KB216830

공감각 아름다운 밤에

キョウカンカク 美しき夜に

≪KYOKANKAKU UTSUKUSHIKI YORU NI≫

© Ryo AMANE 2013

All rights reserved.
Original Japanese edition published by KODANSHA LTD.
Korean translation rights arranged with KODANSHA LTD.
through JM Contents Agency Co.

이 책은 JMCA를 통해 일본의 KODANSHA LTD.와 독점 계약하여 한국어판 출판권이
블루홀식스에 있습니다.

공감각 아름다운 밤에

キョウカンカク 美しき夜に

아마네 료 장편소설
이연승 옮김

블로홈

차례

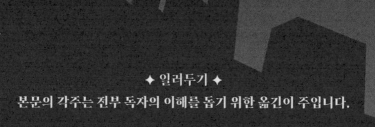

✦ 일러두기 ✦
본문의 각주는 전부 독자의 이해를 돕기 위한 옮긴이 주입니다.

"그래. 그리고 나는 공감각에 대해 조금 알고 있네.
공감각을 가진 사람들은 감각이 서로 얽혀 있지."
나는 설명을 시작했다.
"소리에서 색을 느끼거나
소리에서 촉감을 느끼기도 한다더군.
자네의 경우는 아무래도 맛에서
형태를 느끼는 것 같아."
"아, 그렇군. 그거 안심이야."
마이클이 입을 열었다.
"한마디로 정상이라는 말이지?"
"'정상'이라는 건 지극히 상대적인 개념이니
희귀한 사례라고 해두지.
특이하기는 해도 전혀 없는 건 아니니까."

—리처드 E. 사이토윅
『공감각자의 놀라운 일상 - 형태를 맛보는 사람, 색을 듣는 사람』 중

서장

20XX년 12월 19일.

오토미야 미야가 X현 호시모리시에 머문 지 어느덧 약 2주가 지났다. 호화로운 호텔 생활에도 슬슬 질려 어젯밤 떠날 생각이었지만 갑작스러운 의뢰 때문에 일정이 바뀌었다. 이런 상황이 익숙하기는 하다.

12층에서 내려다보는 호시모리만은 장관이었다. 물감을 쏟아부은 듯 짙푸른 바다가 햇빛을 받아 반짝이고 있다. 시가 지난 10년간 추진해 온 공해 대책의 성과다. 다만 잘 정비된 해안가에는 이 호텔을 비롯해 호시모리 마린 타워와 쇼핑몰 등이 들어서고 있어 행정 방침이 친환경 일변도가 아니라는 것을 알 수 있다.

개발된 해안 지역을 둘러보고 있으니 거리를 오가는 사람들이 자연스레 시야에 들어왔다.

대화를 나누든, 휴대폰 화면을 들여다보고 있든, 이어폰으로 귀를 막고 있든 다른 사람과 부딪치지 않고 올곧게 목적지로 향하는 사람들.

'다들 참 대단해' 하고 반쯤 감탄하고 미야는 시가지 쪽으로 눈길을 옮겼다. 남쪽에는 주택이 정연하게 들어서 있어 지방 시골 도시에서 벗어나려는 기세와 활기가 느껴진다. 반면 북쪽에는 폐공장이 그대로 방치된 채 있다.

"아무튼 그런 이유로 오토미야 씨에게 플레임 건을 부탁드리려는 겁니다."

"경치 구경하면서 분위기 좀 느껴 보려고 했더니 다 망치네."

고개를 돌리지 않고 그렇게 내뱉는 미야 뒤에서 야하기가 소리 죽여 웃었다.

일주일 만에 듣는 야하기의 웃음소리는 역시나 불쾌했다.

"오토미야 씨는 바다를 싫어하시지 않나요? 무엇보다 그 색이."

"야하기 씨의 부하들은? 못 믿는 거야?"

질문을 무시하고 다른 질문을 던진다.

"아뇨, 부하들도 믿을 만하죠. 다만 그 플레임 건만큼은 오토미야 씨에게 맡기는 게 좋겠다고 판단했습니다. 누구보다 적임자예요. 오토미야 씨의 그 능력을 활용하면 금세 해결될 거라고 믿습니다."

"뭔가 다른 꿍꿍이가 있는 듯한 말투, 이제는 지겨워."

"직설적으로 말씀드릴까요?"

미야는 고개를 흔들었다. 야하기가 어떤 말투로 말하건 해야 할 일은 정해져 있다. 다른 선택지가 없다는 것도 안다.

"플레임이라면 그 사이코 킬러 말이지?"

"네, 그렇습니다. 피해자를 살해하고 굳이 시신을 불태운다는 점 때문에 언론에서 '플레임'이라고 부르기 시작했죠. 정말 악랄한 작명 센스입니다. 참고로 플레임이 시신을 어디서 불태우는지는 아직 밝혀지지 않았습니다. 시신이 구워진 상태는, 스테이크로 비유하자면 미디엄과 웰던의 중간 정도. 그럭저럭 센 화력으로 구웠지만 탄화 수준은 아니라고."

"그런 걸 스테이크에 비유하는 야하기 씨의 취향도 충분히 악랄해."

"**오토미야 씨 같은 머리색을 가진 분께 취향을 평가받을 이유**는 없는 것 같습니다."

"얼마 전 일을 막 마치고 며칠간 뉴스를 아예 안 봤어. 일을 시킬 거면 제대로 알려 줘."

그의 말을 다시 무시하고 미야는 다른 정보를 요구했다.

"알겠습니다. 첫 번째 피해자 여성의 시신이 발견된 건 약 한 달 반 전인 11월 2일. 신원 미상. 시내 노인 요양 센터 '기주엔'의 야외에 설치된 업무용 음식물 쓰레기 처리기 속에 들어 있던 시신을 출근한 사회 복지사가 발견했습니다. 음식물 쓰레기에 뒤덮인 시신은 불에 탄 상태였지만, 부검 결과 사인은 목 졸림으로 밝혀졌습니다. 나이는 40에서 60세 전후. 영양 상태가 좋지 않았던 점으로 보아 노숙인이었을 가능성이 있습니다. 오토미야 씨도 아시다시피 어떤 집단에 속하지 않고 혼자 생활했다면 신원을 파악하기 상당히 어렵습니다. 현재 실종자 명단을 확인 중이지만 시간이 걸리는 상황입니다.

그로부터 약 3주 뒤인 11월 22일 발견된 두 번째 피해자도 첫 번째 피해자와 외형상 주요 특징들이 거의 일치합니다. 여성이며 지금까지 신원이 밝혀지지 않았죠. 이분은 시내의 주조 회사 '기요카와 주조'의 창고에 버려져 있었습니다. 더 정확히 말하면, 창고에 있는 사용 중인 술통 속에 버려져 있었다고 합니다. 시신은 역시 불타 있었고요.

두 사건 모두 살해 장소와 시신 소각 장소는 확인되지 않았습니다. 플레임이라는 양반은 왜 이토록 번거로운 방법으로 사람을 죽이고 다니는 걸까요?"

"플레임 본인에게 물어보면 알 수 있겠지. 뭐, 그런 짓을 하는 이유, 그러니까 범행 동기에 사건 해결의 실마리가 있을 수도 있겠네. 어쨌든 여성 노숙인들을 노린 연쇄 살인 사건으로 조사하면 되겠어."

"솔직히 저도 그렇게 생각했습니다만, 예단은 역시 금물 같습니다."

"자꾸 말을 빙빙 돌리지 말아 달라고 했을 텐데."

미야는 돌아서서 야하기를 쩨려봤다.

"계속 그런 식으로 할 거면 의뢰, 거절할 거야."

"실례했습니다."

야하기는 가볍게 고개를 숙였다. 그러나 정작 '네가 과연 거절할 수 있을까?'라는 말을 할 것 같은 태도다.

"그래서? 뭐가 예단이라는 건데?"

"12월 14일 이른 아침에 세 번째 시신이 발견됐습니다. 이번에는 주택가에 있는 호시모리시 7호 공원에 시신이 버려져 있었다고 하네요. 살해 시점은 13일 자정. 이번에도 목 졸려 살해된 후 불태워졌습니다. 여성이라는 점에서는 공통되지만 앞선 두 분과 달리 이번에는 치열로 신원이 비교적 간단히 파악됐다고 합니다."

한 달 반 만에 세 명의 희생자라.

미야는 야하기가 자신에게 일을 맡기려는 이유를 어렴풋이 알 것 같았다.

"피해자의 이름은 아마야 가렌. 16세. 시내의 현립 호시모리 고등학교에 다니는, 아니 다녔던 소녀입니다."

I. 탐정

1

12월 20일.

아마야 산시로는 호시모리 마린 타워의 전망대에 홀로 서서 창밖을 바라보고 있었다.

어제까지의 맑은 날씨가 거짓말처럼 하늘과 바다 모두 잿빛으로 물들어 있다. 망막에는 비치지만 이것이 현실의 풍경이라는 실감이 들지 않는다.

가렌도 여기 이렇게 서서 바깥 경치를 구경하는 것을 좋아했다. 눈을 깜빡이는 것도 아까운지 두 눈을 크게 뜨고.

근처에 쇼핑몰이 생기기 전까지 호시모리 마린 타워는 한적했다. 사람이 별로 없고 입장료도 저렴해서 우리 남매의 놀이터처럼 한때는 거의 매일 왔다.

둘 다 사춘기에 접어들고부터는 함께 오는 횟수가 줄었지만 어쨌든 가렌과의 추억이 가득 담긴 곳이다.

그래서 그런지 상을 당해 학교를 쉬는 오늘도 자연스레 발걸음이 이곳으로 향했다.

쇼핑몰이 생긴 뒤에는 평일, 휴일 할 것 없이 북적이는 호시모리 마린 타워. 그러나 오늘 이렇게 한산한 건 분명 플레임 사건 때문일 것이다.

피해자가 둘 다 노숙인이라고 하니 우리와는 상관없어. 가렌이 피해자가 되기 전까지는 다른 시민들도 대부분 그렇게 생각했을 것이다. 산시로도 마찬가지였다. 근처에서 일어난 사건이고 피해자들의 죽음이 안타깝지만 TV 너머의 허구처럼 느껴졌다.

그러나 가렌의 죽음은 플레임 사건의 양상을 한번에 바꿔 놓았다. 누구나 피해자가 될 수 있다는 가능성이 제기된 것이다. 동시에 '여고생이 불타 죽었다'라는 언론의 선정적인 보도가 세간의 이목을 더 집중시켰다.

가렌의 시신이 발견되고 이틀 후, 피해자의 집을 에워싼 기자들을 보고 탐문 나온 형사는 눈살을 찌푸리며 말했다.

"기자들은 유족을 직접 인터뷰하려 들 겁니다. 하지만 저들도 괴물은 아니니 유족이 현재 인터뷰에 응할 상태가 아닌 걸 알면 조용히 물러날 거예요. 아니면 저희 기자 회견 때 윗선에서 한마디해 달라고 부탁드려 볼까요?"

실력 있는 형사의 이미지와는 거리가 먼 푸근하고 몸집이 퉁퉁한 형사였지만 그렇게 말해 준 건 고마웠다.

분명 어머니, 즉 히메코가 쇠약해진 모습은 심상치 않았다. 아들 산시로와 간단한 대화를 하는 것조차 힘들어 보였다. 형사의 말대로 하는 게 맞을지 고민했다.

그러나 산시로는 "제가 직접 기자들과 이야기할게요" 하고 자처하고 나섰다. 어차피 지금 맞서지 않으면 일부 기자들은 파파라치처럼 집요하게 우리를 쫓아다닐 것이다. 그렇게 되면 어머니는 더 버티지 못한다. 그들의 호기심을 조금이라도 충족시켜 주기 위해 아들인 내가 나서야겠다고 결심했다.

퉁퉁한 형사는 "그런 일을 미성년자에게 시킬 수는 없습니다" 하고 필사적으로 제지했다. 평소 합기도를 배우며 단련하고 있지만 겉으로는 왜소해 보이는 산시로가 그리 믿음직스럽지 않았을 수도 있다. 그래도 산시로는 "저희 가족의 분노와 원통함을 확실히 보여 줘야 범인도 더 빨리 잡힐 거예요" 하고 밀어붙였다.

산시로가 기자들 앞에 나선 건 가렌의 시신이 발견되고 사흘이 지난 12월 17일이었다.

모여든 카메라와 마이크 앞에서 움츠러들 뻔했지만 나름대로 의연하게 잘했다고 생각한다. 여동생을 잃은 슬픔과, 혼자 힘으로 남매를 키운 어머니가 지금 앓아누워 계시다는 사실을 거듭 호소했다. 산시로의 진심이 통했는지 그날 이후 기자들의 발길이 끊겼다. 사건의 잔혹성과 산시로가 미성년자인 점도 반

영돼 실명과 얼굴 사진도 보도되지 않았다.

그 덕에 어머니는 조금씩 생기를 되찾았다. 지금은 "가렌의 장례식이라도 제대로 치러 줘야지" 하며 바쁘게 움직이고 있다. 어머니를 지킬 수 있었던 만큼 최선의 결과인 것이다.

하지만 여동생은 지키지 못했다.

X현에서는 관례상 경야✦와 고별식을 마친 후 시신을 화장하지만, 가렌의 시신은 상태가 너무 끔찍해서 며칠 간의 경찰 조사와 부검을 거쳐 이미 화장을 마쳤다. 넌 기자들을 열심히 상대했으니 장례식은 엄마에게 맡기렴. 너도 힘들 텐데 무리하지 않아도 돼. 어머니는 그렇게 말했지만, 아무것도 하지 않고 가렌의 유골함을 보고 있자니 슬픔과 무력감만 커졌다.

그래서 집을 나와 이곳에 왔다.

동생이 그런 작은 유골함 속이 아닌 이곳에 있을 것만 같아서.

모레 동생의 장례식을 치른다는 사실을 도저히 믿을 수 없어서.

눈을 감자 눈꺼풀 안쪽에 가렌의 모습이 떠올랐다.

검고 긴 머리카락, 흑진주 같은 눈동자, 수줍게 웃는 밝은 미소.

이토록 생생하게 남아 있는 가렌이 정말 죽었다니. 앞으로

✦ 발인 전날 가족과 지인이 모여 고인을 기리며 함께 밤을 지새우는 의식.

난 '동생을 지키지 못했다'라는 후회를 평생 떠안은 채, 가렌이 살아 있던 시간보다 더 긴 시간을 살아가야 하는 걸까.

그때 가렌의 모습 위로 간자키 레이의 단정한 얼굴이 겹쳤다.

"너, 레이 씨를 좋아하지?"라고 꼬집어 물었던 게 초등학교 3학년 때였을까. 그때 가렌은 깜짝 놀라서 "어떻게 그런 말을 그렇게 쉽게 할 수 있어?"라고 되묻더니 보기에 딱할 만큼 뺨을 붉게 물들였다.

그런 레이가 산시로의 상태를 확인하러 온 게 이틀 전이었다.

"산시로, 넌 지금 자신을 너무 몰아세우고 있어. 가렌을 지켜 주지 못했다고 괴로워하지 마. 가렌도 네가 그러는 걸 원치 않을 거야."

레이는 산시로의 얼굴을 보자마자 그렇게 조언했다. 그때는 순순히 알겠다고 했다.

거짓말해서 미안해요, 레이 씨. 사실 전 도저히 그럴 자신이 없어요.

아버지 대신 내가 어머니와 가렌을 지킬 것이다. 지금껏 그렇게 맹세하고 살아왔는데.

죽고 싶다. 어머니가 곁에 있는데도 무책임하게 그런 생각을 하게 됐다.

"저기요."

그때 뒤에서 목소리가 들려 퍼뜩 정신을 차렸다. 현실로 돌아온 산시로는 반사적으로 고개를 돌렸다.

그리고 넋이 나갔다.

말을 건 사람은 스무 살 정도 돼 보이는 젊은 여자였다. 언제 다가왔는지 놀라울 정도로 가까이에 서 있다. 키는 165센티미터 남짓. 산시로보다 기껏해야 4, 5센티미터 정도 작을 테니 여자치고 큰 편일 것이다. 투명할 정도로 새하얀 피부와 뚜렷한 쌍꺼풀, 지적인 느낌을 주는 이마, 얇고 부드러워 보이는 입술. 최고의 예술품 같은 완벽한 외모를 보며 무심코 '절세미인'이라는 단어의 뜻을 실감했다.

하지만 '절세미인'이라는 말을 상쇄하고도 남을 독특한 개성도 있었다.

장식이 없는 검정 롱코트와 회색 바지 정장. 비교적 수수한 차림새지만 왼쪽 손목에 찬 진홍색 보석 박힌 백금 팔찌가 센스를 돋보이게 한다. 옷만 보면 '조금 세련된 여자 직장인'이라는 말이 통할 수도 있을 것이다.

그러나 문제는 옷이 아닌 다른 쪽에 있었다.

허리까지 내려오는 긴 머리카락이 한 점의 흐림 없는 달빛처럼 맑은 광채를 발산하는 은색이다. 거기에 눈썹도 같은 색으로 꼼꼼히 염색했다. 눈동자에 은색 컬러 콘택트렌즈를 끼지 않은 게 오히려 이상하게 느껴질 정도다.

한마디로.

머리카락과 눈썹을 온통 은빛으로 염색한, 보기에도 예사롭지 않은 여자가 다가와 자신에게 말을 건 것이다.

"……."

산시로는 돌아선 채 움직일 수 없었다. 이 여자는 누구? 나이는 아마 나보다 많겠지만 절대 평범한 직업을 가진 사람은 아니다.

여자는 자신만만하게 미소 지으며 입을 열었다.

"아마야 산시로 군?"

내 이름을 알고 있다. 그래서 산시로는 그녀의 정체를 알아차렸다.

언론 관계자나 기자구나.

이런 머리색으로 일하는 게 허락되는 직장에 다닌다면 아마 자극적인 누드 사진을 실어 판매량을 올리는 삼류 잡지의 편집자나 작가 아닐까. 독자의 흥미를 끌 만한 선정적인 인터뷰를 따 오라는 윗선의 지시를 받고 온 걸까.

"아마야 산시로 군, 맞지?"

여자가 다시 물었다. 의문형이지만 상대가 '아마야 산시로'라고 확신하는 말투다.

"네, 뭐……."

산시로가 퉁명스럽게 대답하자 여자는 갑자기 눈을 부릅떴다. 입도 살짝 벌어진다. 꼭 신기한 걸 본 어린아이처럼 무방비한 표정이다. 왜 이런 표정을 짓는 걸까.

"네. 제가 아마야 산시로인데, 무슨 일이시죠?"

의아해하면서도 얼른 용건을 꺼내라고 재촉했다. 그렇게 그녀의 입에서 가렌의 이름이 거론되면 바로 '죄송합니다만 드릴 말씀이 없습니다' 하고 자리를 뜰 생각이었다.

"있지…… 그게, 이런 말 하기 좀 그렇지만."

여자는 난처한 것처럼 이맛살을 살짝 찌푸렸다.

"꼭 죽겠다면 말리지는 않겠지만, 그만두는 게 좋을 것 같아."

순간 차가운 손으로 심장을 꽉 붙잡힌 듯한 기분이 들었다.

"……무슨 말씀인지 모르겠는데요."

"아, 미안. 말이 좀 이상했나? 설마 더 죽고 싶어진 건 아니지?"

"제가 자살할 사람으로 보이나요?"

여자는 고개를 흔들었다. 긴 은발이 아름답게 흔들린다.

"표정은 전혀. 하지만 목소리가 **보였어**."

"네? 그게 무슨 소리죠? 목소리가 어떻게 보여요."

"아니, **나한테는 보여**."

이 사람, 지금 뭐라고 하는 거지? 혹시 뭔가 위험한 약이라도 했나?

"사이좋은 남매라고 들었지만 스스로 목숨을 끊고 싶을 정도로 괴로워하다니. 그래도 역시 죽어야겠다는 생각은 접는 게 좋을 거야. 어머니도 계시잖아."

조금 전 내가 '죽고 싶다'라고 생각한 걸 꿰뚫어 본 걸까? 아니, 속지 말자. 식상한 속임수일 뿐이다. 사랑하는 여동생이 살해당해 죽고 싶을 만큼 슬퍼하고 있다는, 그런 누구나 할 법한 상상을 그럴싸하게 입에 담고 있을 뿐이다.

"어쨌든 진정하렴. 그리고 누나한테 가렌에 대한 이야기를 조금만 들려줄래?"

이것 봐. 본인은 자기 페이스로 날 끌어들였다고 생각하겠지만, 그렇게 호락호락하지 않다.

이런 부류는 정면에서 거절해도 어차피 끈질기게 달라붙는다. 그렇다면 이쪽도 허를 찔러 주는 게.

"가렌 이야기? 좋아요."

"고마워. 그럼 라운지로 가서……."

"그전에 누님 이야기부터 들어볼까요?"

최대한 장난스럽게, 마치 길거리에서 헌팅하는 남자처럼 묻는다. 여자의 눈이 다시 커졌다.

"누님이 모든 면에서 제 이상형 같아서요. 전 심각한 시스콘, 그러니까 시스터 콤플렉스가 있는데, 여동생을 제외하고 이렇게 예쁘다고 느낀 여자분은 처음이에요. 저와 함께 이런저런 이야기를 나눠 볼까요? 둘이서만, 아무도 없는 곳에서요. 응? 안 되나요? 그럼 어쩔 수 없죠. 포기할게요. 안녕히 계세요."

허를 찔러 줄 기세로 그렇게 한바탕 퍼붓고 여자 옆을 지나쳤다. 설마 피해자 유족이 이런 장난스러운 멘트를 던질 줄은 상상도 못 했을 것이다. 잘 피해 갔다.

그렇게 생각하려는 찰나, 손목을 붙잡혔다. 합기도를 해서 팔 힘에는 자신이 있다. 하지만 팔찌를 찬 여자의 왼팔은 가늘지만 쉽게 뿌리칠 수 없을 만큼 힘이 셌다.

"어른을 놀리면 안 돼, 꼬마야."

"아뇨, 진심이에요. 누님만 괜찮으면 라운지가 아니라……."

"아직도 그런 소리를 하는 거니? 그렇게 새파란 목소리로?"

새파란 목소리?

"너에게는 가렌이 정말 소중했구나. 넌 지금 가벼운 남자인
척 꾸며대지만 네 목소리는 계속 파란 물방울 형태를 하고 있
어. 당장에라도 목숨을 끊을 것 같은, 순수한 파랑. 어쩌면 처
음일지도 모르겠네. 누군가의 목소리에서 이토록 아름다운 파
란색을 본 건."

여전히 여자가 하는 말을 이해할 수 없었다.

그러나 여자의 진지한 눈빛을 마주하고 있는 동안 저항하고
픈 마음이 점점 사그라들었다.

2

두 사람은 라운지에 있는 천 의자에 나란히 앉았다.

여자는 허리를 꼿꼿이 세우고 앉아 자기 이름을 오토미야 미
야라고 소개했다. 발음 연습에나 쓰일 법한 희한한 이름이다.
비단 머리색만 이상한 게 아닌 듯하다.

그것도 모자라 여자는 더 이상한 말을 꺼냈다.

"실은 말이지. 나한테는 공감각이 있어."

"공, 감, 각?"

처음 듣는 단어에 당황한 나머지 외국어처럼 말하고 말았다.

그런 산시로가 우스운지 미야가 나직이 웃음을 터뜨렸다. 사랑스러운 인형 같으면서도 품위 있는 미소다.

튀는 헤어스타일을 하고 있지만 의외로 좋은 집안 환경에서 자란 사람일 수도 있다.

"공감각이란 글자에서 색을 보거나 소리에서 냄새를 느끼는 것 같은 특수한 지각 현상을 말해. 평범한 사람이 자극받으면 반응하는 감각에 더해 다른 감각들도 함께 반응하는 거야. 예를 들어 미국의 신경과 의사 리처드 E. 사이토윅 박사는 자신이 쓴 책에서 '강렬한 맛의 음식을 먹으면 감각이 팔을 타고 손가락 끝까지 간다'라고 하는 친구를 소개했어. 이건 미각에 더해 촉각이 반응한 사례지."

갑자기 이런 엉뚱한 이야기를 들어 봐야 "아, 네"라고 건성으로 답할 수밖에 없다. 그런 산시로의 반응은 아랑곳하지 않고 미야는 말을 이어 갔다.

"내 경우는 소리에 청각과 함께 시각이 반응해서 어떤 소리를 들으면 색이나 형태가 보여. 일반적으로 '색청'이라 불리는 공감각이야."

"그런 초능력 같은……."

"아니, 초능력은 아니야. 미국과 영국, 그리고 일본에도 공감각 협회가 있어. 게다가 공감각 사례 자체는 19세기에 보고됐으니 역사도 꽤 긴 편이야.

물론 일반인과 다른 뛰어난 기억력을 가진 공감각자가 있고, 유명한 예술가 중에도 공감각자로 여겨지는 사람들이 있기는 해. 다만 특별한 재능을 보이는 사람들이 있다고 해도 어디까지나 인간의 지각 현상의 일종일 뿐, 초능력은 아니야.

참고로 공감각은 10만 명당 한 명꼴로 나타난다고 해. 2천 명이나 2만 5천 명이라는 설도 있지만 난 10만 명 설을 믿고 있어. 자각하지 못하는 사람이나 감각이 미약한 사람을 합치면 더 많을 수도 있겠지만, 일상생활에 영향을 미칠 정도로 강력한 공감각자는 대략 그 정도 비율일 거야.

호시모리시의 인구가…… 음, 14만 명 정도 된다고 했나? 반올림하면 20만 명이니 지금 이 순간 거리에 나 말고도 공감각자가 한 명 더 있어도 이상하지 않다는 계산이 나오네."

"14만 명을 반올림하면 10만 명이라 지금 이 순간 거리의 공감각자는 오토미야 씨 한 명뿐이라는 계산이 되는데요."

그렇게 지적하자 미야는 입을 다물고 이맛살을 찌푸렸다.

"아, 그렇구나. 실수했어. 사실 나, 산수에 약해서. 수학은 잘하는데."

"산수를 못 하면서 어떻게 수학을 잘해요?"

"내 공감각은 좀 특이해서 말이야."

미야는 당황하지 않고 이야기를 원점으로 돌렸다.

"보통 공감각은 뇌의 어떤 메커니즘 때문에 생긴다고 하는

데, 나 같은 경우에는 시세포도 함께 활성화돼. 그래서 너무 강력한 나머지 맨눈으로는 아주 작은 소리에도 짙은 색과 형태가 보여. 그럼 불편해서 일상생활을 제대로 할 수 없으니 평소에는 특수한 콘택트렌즈를 껴서 조절하고 있어."

그렇게 말하며 미야는 '메롱'을 하듯 양손 검지로 눈을 가렸다. 자세히 보니 두 눈에 끼워진 콘택트렌즈가 보였다.

이런 특수한 콘택트렌즈는 어디서 구할 수 있는 걸까.

"하지만 아무리 조절해도 어쩔 수 없이 눈에 들어오는 소리도 있어. 그게 바로⋯⋯."

"아까 저에게서 보였다는 자살을 바라는 사람의 목소리인가요?"

"눈치가 빠르네."

입가를 올려 미소 지을 때 공감각자가 아닌 산시로의 눈에도 '싱긋' 하는 자막이 보이는 것 같았다.

"정확히 말하면 보이는 건 '생명을 빼앗으려는 사람의 목소리'지만. 아무튼 그런 목소리는 사람에 따라 형태나 농도 차이는 있어도 기본적으로 색은 같아. 아무리 콘택트렌즈로 조절해도 이 색만큼은 지울 수 없어."

"그런 목소리가 파랗게 보인다는 말인가요?"

그렇다면 아까 내 목소리는 계속 파랗게 보였을 것이다. 형태는 물방울이라고 했나. 목소리가 그렇게 '보이는' 세상은 어떤 풍경일까. 도무지 상상 가지 않았다.

그래서 문득 의문이 생겼다.

"그럼 제가 자살하려 한다는 건 어떻게 아셨죠? 보이는 건 '생명을 빼앗으려는 사람의 목소리'라고 하셨죠? 그럼 자기 자신이 아닌 타인의 목숨을 빼앗으려는 사람일 수도 있잖아요."

날카로운 미야의 눈매가 감탄한 듯 더 가늘어졌다.

"이야, 넌 정말 감이 좋구나. 근데 다른 누군가를 죽이려는 사람의 목소리는 파란색이 아닌 다른 색으로 보여."

"어떤 색이죠?"

"비밀."

미야는 장난스럽게 얼버무리고 말을 이었다.

"아무튼 이 능력을 인정받아서 난 어떤 사람으로부터 플레임 사건 수사를 의뢰받았어. 쉽게 말하면 탐정이지, 탐정. 아무튼 그 사람에게 정보를 듣고 개인적으로도 이것저것 조사했는데, 피해자 중 한 명인 아마야 가렌은 아버지를 일찍 여의고 오빠인 산시로 군을 가장 믿고 따랐다고 하더라고. 그래서 먼저 찾아가 이야기를 들어보기로 한 거야. 동생 일 때문에 학교를 쉴 것 같아서 원래는 집으로 찾아가려고 했어. 그러다 우연히 여기서 널 발견한 거고."

"그러니까 결국 오토미야 씨는 탐정이시라는 말인가요?"

"응……혹시 탐정처럼 안 보이니?"

"아뇨, 딱히 그런 건."

자극적인 누드 사진을 실어 판매 부수를 올리는 삼류 잡지의 편집자나 작가로 보였습니다.

그렇게 솔직히 대답하면 얻어맞을 것 같았다.

막상 대화를 나누다 보니 첫인상과 많이 달라진 점도 있었다.

머리색이 특이하고 말투도 거친 편이지만, 좋은 집안 출신 같은 품위가 엿보였다.

거기에 내 자살 충동까지 진정시켜 줬으니 나쁜 사람은 아니지 않을까.

"아무튼 그런 이유로 힘들겠지만 이야기를 들려줄 수 있을까? 혹시 가렌이 그런 일을 당하기 전 뭔가 이상한 낌새 같은 건 없었어?"

"그런 게 왜 궁금하세요?"

"가렌은 다른 두 피해자와 달리 신원이 바로 밝혀졌어. 나이도 훨씬 어려서 굳이 따지면 눈에 띄는 피해자라고 할 수 있는 거야. 그게 신경 쓰여. 그 아이가 왜 피해자로 선택됐을까. 우선 거기서부터 시작해 보려고 해."

가렌이 피해자로 선택된 이유? '운 나쁘게 변태 살인마를 만났다'. 거기서 사고가 멈춰 깊이 생각해 보지 못했다. 하지만 듣고 보니 분명 이상한 점도 있다.

그 '이상한 점'이 대략 무엇인지 감이 잡히기도 했다.

산시로는 자리에서 일어나 천천히 창가 쪽으로 갔다. 가렌이 자주 와서 구경한 호시모리만의 풍경이 눈앞에 펼쳐진다. 시선을 조금 왼쪽으로 옮기면 주택가. 그 일각에 있는 공원에 불에 탄 가렌의 시신이 무참히 버려져 있었다.

"네, 뭔가 이상했어요, 가렌은."

미야에게 등을 돌린 채 말을 꺼냈다.

"사실 그런 일이 있기 몇 주 전부터 이상했어요. 말을 걸어도 왠지 딴생각을 하는 것 같았고, 뭔가를 고민하거나 숨기는 것 같기도 했어요."

평소 어머니가 일 때문에 집을 자주 비웠고 나이 차이도 한 살밖에 나지 않아서 가렌과 산시로는 남매라기보다 친구 같은 사이였다. 가렌은 연애 이야기를 제외하고는 무엇이든 오빠에게 털어놓았고, 산시로도 관심 가는 여자아이의 마음을 가렌에게 물어보기도 했다.

그런 가렌이 "오빠와 같은 고등학교에 가고 싶어"라는 말을 처음 꺼냈을 때는 역시나 놀랐다. 호시모리 고등학교는 X현에서 가장 들어가기 어려운 학교이기 때문이다. 가렌의 성적으로는 무리일 게 뻔했지만, 산시로는 최선을 다해 동생의 공부를 도왔다. 거기에 본인의 노력도 더해져 결국 가렌이 호시모리 고등학교에 최종 합격했을 때는 둘이 얼싸안고 기뻐하기도 했다.

'오빠가 짜증 난다', '여동생이 시끄럽다'라고 서로를 비난하는 친구들을 전혀 이해할 수 없었다. 나와 가렌은 그런 남매였다.

하지만 어느 날부터 갑자기 가렌은 산시로를 피하기 시작했다. 뭔가 고민이 있어 보이는데 전과는 달리 아무것도 알려 주지 않았다. '언젠가 스스로 털어놓겠지' 하고 느긋하게 기다렸지만 시간이 흘러도 똑같았다. 오히려 점점 더 자기만의 세계에 파고들어 고뇌하는 것 같았다. 결국 보다 못한 산시로가 "무슨 일이야?"라고 묻자 가렌은 이렇게 대답했다.

"아무것도 아니야."

억지로 웃는 게 뻔히 보이는, 당장에라도 울음을 터뜨릴 것 같은 미소를 지으며 이렇게 덧붙이기도 했다.

"어차피 오빠는 할 수 없는 일이니까."

무리하게 캐물으면 역효과가 생길 것 같지만 뭐라도 해 주고 싶다.

고민이 있다면 전처럼 솔직히 말해 주면 좋을 텐데.

그런 두 상념 속에서 산시로가 고민하는 사이, 가렌은 목숨을 잃었다.

"결국 무엇 때문에 고민했는지는 모르는 거야?"

뒤에서 들린 질문에 산시로는 고개를 끄덕였다.

"경찰에도 이야기했지만 정말 모르겠어요. 어머니와 친구들도 모르겠다고 하고요……. 결국 전 가렌에게 아무것도 해 주지 못했어요. 적어도 **그 전화**만 받았어도 가렌이 살았을지도 모르는데……."

말하고 나서야 실언했다는 것을 깨달았다.

"그 전화?"

아차. 조심스레 고개를 돌리니 미야의 표정이 변해 있었다.

크게 뜬 두 눈은 호기심으로 반짝이고 있고, 입가는 날카롭게 위로 올라갔다.

꼭 제물을 찾아낸 마녀처럼 한기가 느껴지는 미소였다.

"무슨 전화? 의뢰인에게 받은 수사 자료에 그런 내용은 없었는데. 경찰에 말하지 않은 거지?"

이제는 도망칠 수 없다. 이성이 아닌 본능으로 깨달았다.

"……휴대폰에 부재중 전화가 있었거든요."

산시로는 마지못해 고백했다.

"휴대폰 화면이 깨져서 13일 저녁에 수리를 맡겼어요. 며칠이면 고칠 수 있다고 했고, 포인트도 쌓인다고 해서 임대폰은 빌리지 않았고요. 그런데 그게 제 폰에 음성 메시지가 남아 있다는 걸 알게 됐어요. 휴대폰 수리를 마치고 돌아온 뒤에요. 어딘지 모를 밖에서 걸려 온 전화였는데."

"어떤 내용이었니?"

"특별한 건 없었어요……. 그냥 집에 가는 게 늦어질 것 같다고."

"중요한 단서가 될 수도 있는데 경찰에는 왜 말하지 않았어?"

"죄송해요. 다른 이야기들을 하다 보니 깜빡해서……. 경찰이 사건 당일 밤 가렌의 행적을 아직 파악 못 한 것 같아서 오늘 중으로 전달하려고는 했는데."

"어떻게 그런 걸 깜빡하지? 일부러 은폐했다는 의심을 사도 할 말 없겠는걸."

"음성 메시지가 남겨진 시간에 가렌 문제로 친구와 상담하고 있었어요. 그때 제가 전화를 받았다면 가렌이 죽지 않았을 수도 있다고 생각하니…….”

“수리 중이었으니 어쩔 수 없지.”

“……사실 휴대폰을 수리 맡겼다는 것도 가렌에게 말하지 않았어요. 저한테 계속 뭔가를 숨기는 것 같아서 저도 그만……. 만약 집에서 나가기 전에 한마디라도 해 줬더라면…….”

가렌이 어머니에게 연락해 운명이 바뀌었을지도 모른다.

즉, 내가 시시한 심술을 부린 탓에 가렌을 지키지 못한 것이다.

제삼자가 그렇게 생각할까 봐 두려웠다. 유치하다는 걸 알지만.

미야는 다 말하지 않아도 이해한다는 듯 두 손을 허리에 얹고 크게 한숨을 내쉬었다. 어느새 표정에서 냉기가 사라져 원래 표정으로 돌아와 있다.

“어쩔 수 없지. 늦기는 했지만 휴대폰은 네가 직접 경찰에 전달하는 게 좋을 것 같아. 알겠니?”

“네.”

위압적인 말투가 아닌데도 산시로는 저도 모르게 차렷 자세로 대답했다.

“하지만 그전에.”

미야가 또다시 장난을 떠올린 어린아이 같은 표정을 지었다. 눈 깜짝할 사이에 표정이 달라지는 여자다.

"그 휴대폰을 나한테 빌려줄래?"

"네?"

"그러니까, 경찰에 넘기기 전에 내가 먼저 확인해 보고 싶어. 그 휴대폰."

"집에 두고 왔으니 가져올게요."

미야에게 그렇게 말하고 마린 타워에서 나갔다. "나도 같이 갈게"라는 제안은 단호히 거절했다. '지금 어머니의 상태로 당신 같은 은발 여자를 만나면 괜한 충격을 받을지 모른다'라는 뜻을 완곡하게 전하며 당분간 어머니를 찾지 말아 달라고 부탁하자 미야는 흔쾌히 이해해 줬다.

"단, 꼭 돌아와야 해. 어차피 도망쳐야 소용없어. 네 주소는 이미 알고 있으니까."

그렇게 말하며 산시로를 보내 준 미야의 얼굴은 탐정이라기보다 악당 같았지만.

그래도 순순히 보내 준 것은 나를 신뢰했기 때문일 것이다.

그 신뢰를 저버리는 것 같아 마음이 무겁지만, 사실 휴대폰은 점퍼 주머니 속에 있었다.

오랫동안 타고 다니는 접이식 자전거를 타고 산시로는 집을 향해 달렸다. 집에 도착해서는 최대한 조용히 현관문을 열었다. 바깥과 다른 냉기가 뺨을 스쳤다. 안쪽 방에서 어머니와 Y현에서 달려온 이모가 장의사와 상의 중인 듯했다. 방해되지 않게 조용히 "저 왔어요" 하고 알리고 2층으로 올라갔다. 방에 들어가 문을 잠그고 책상 앞에 서서 가방에 손을 넣었다.

안에서 꺼내 든 것은 큼직한 서바이벌 나이프였다.

이걸 두고 오려고 미야에게 거짓말하고 집에 온 것이다.

언제, 어떻게 샀는지는 도무지 기억나지 않는다. 정신을 차려 보니 어느새 책상 위에 있었다. 어디선가 뚝 떨어졌을 가능성을 진지하게 의심하기도 했지만 가슴에 새겨진 플레임을 향한 살의, 즉 '플레임은 살 가치가 없다'라는 어두운 집념이 그것을 부정했다.

그렇다. 나는 플레임을 죽이기 위해 이 칼을 산 것이다.

가렌은 그토록 폭력을 싫어했는데도.

아버지인 아마야 세이시로는 파출소에서 근무하던 경찰관이었다. 구체적으로 무슨 일을 했는지는 모른다. 산시로가 그런 것에 관심을 가지기도 전인 여섯 살 때 괴한의 칼에 찔려 순직했기 때문이다. 시민을 지키려고 자기 자신을 희생했다고 했다.

슬펐지만 자랑스럽게 여기기로 했다. 그러지 않으면 아버지가 편히 쉬지도 못할 테니까. 제가 아버지의 뜻을 받들게요. 아버지를 대신해 어머니와 가렌을 지킬게요. 아버지의 무덤 앞에서 그렇게 맹세했고, 흐느끼는 가렌을 보며 다짐은 더 굳어졌다.

어머니는 슬퍼할 겨를도 없어 보였다. 집은 할아버지 대부터 살아온 단독주택이고, 순직자 유족 앞으로 나오는 연금도 적지 않았다. 그러나 앞으로 혼자 힘으로 어린 두 아이를 키워야 하니 돈은 많을수록 좋았다. 장례식이 끝나고 얼마 후 어머니는 동네 서점에서 일하기 시작했다.

어머니는 남매를 위해 최대한 시간을 내려고 했지만, 자연스럽게 산시로가 가렌을 돌보는 시간이 늘었다. 네가 가렌을 잘 봐주니 엄마도 안심하고 일할 수 있어. 어머니에게 그런 말을 들을 때마다 산시로는 아버지와의 약속을 지키고 있다는 생각이 들어 기뻤다.

그게 오만이라는 것을 깨달은 건 초등학교 2학년 때였다.

공원에서 가렌이 괴롭힘을 당하고 있었다. 나이 많은 아이들에게 둘러싸여 이리저리 밀쳐지고 욕설을 듣고 있었다. 이유는 눈빛이 마음에 들지 않는다느니, 한부모 가정 주제에 옷을 잘 입고 다닌다느니 하는 생트집이었다.

정신을 차렸을 때 산시로는 이미 남자아이에게 발차기를 날리고 있었다. 마침 공수도장에 다니기 시작했던 때라 실력을 시험하고픈 마음도 있었을 것이다. 결국 말만 앞섰던 아이들은 산시로에게 혼쭐이 나 울면서 집에 돌아갔다.

어때, 가렌. 오빠가 널 지켜 줬어.

그런 의기양양한 기분은 가렌의 울음소리에 묻혀 버렸다.

"폭력은 싫어. 폭력만 없었어도 아빠는 죽지 않았을 테니까. 다른 사람을 때리거나 발로 차는 오빠도 보기 싫어. 무서워. 오지 마. 저리 가."

울음 섞인 목소리였지만 아마 그렇게 말했던 것 같다.

너무도 큰 충격에 그 후의 일은 잘 기억나지 않는다.

며칠 후 산시로는 공수도를 그만두고 합기도 도장으로 옮겼다. 공수도가 더 적성에 맞았지만, 상대를 적극적으로 공격하지 않고 몸을 지키는 무예인 합기도가 가렌을 지키는 데 적합하다고 판단했기 때문이다.

가렌도 "공수도보다 훨씬 나은 것 같아" 하며 기뻐했다.

그 뒤로도 가렌은 극단적일 정도로 폭력을 꺼렸다. TV에서 격투기 시합이 나오면 조건 반사처럼 채널을 돌렸다. 야구장에서 벌어지는 난투극 장면 등도 보지 못했다. 이래서 이 험한 세상을 살아갈 수 있을까. 그런 불안한 마음이 없지 않았지만, 가렌의 의사를 존중해 주는 게 오빠의 역할이라고 생각했다.

"그런데도 이런 칼을 들고 다니다니. 대체 뭐 하는 거야, 난."

산시로는 서랍에 서바이벌 나이프를 집어넣고 단단히 잠갔다.

플레임을 찾아 찔러 죽일 작정이었을까. 그러면서도 스스로 목숨을 끊고 싶어 하다니.

조금 전 나는 정말 제정신이 아니었다. 정신을 차리게 해 준 오토미야 미야에게 아무리 감사해도 부족하다. 그 여자를 만난 건 행운이다.

오토미야 씨 같은 젊은 여자가 플레임을 직접 붙잡지는 못할 것이다.

하지만 그런 능력이 있다면, 어쩌면 가능할지도 모르겠다는 생각도 들었다.

그러니…….

결국 난 가렌을 위해 뭔가를 해 주고 싶다.

그것은 어머니를 위한 일이기도 하고, 아버지와의 약속을 지키지 못한 것에 대한 작은 속죄도 될 테니까.

시계를 보니 예상보다 시간이 많이 흘러 있었다. 기다리게 하면 안 되니 얼른 가야겠어. 머릿속 한구석에서 그렇게 생각하며 휴대폰을 꺼내 걸려 온 전화를 확인했다. 무음 모드로 해 두고 있어서 몰랐는데 문자가 두 통 와 있었다. 같은 반 친구인 사오토메 겐지와 가렌의 친구 아야노코지 아야코에게 온 것이었다.

—표정이 많이 심각하던데, 이상한 생각 하지 마. 가렌이 슬퍼할 짓을 하면 아무리 내가 평화주의자여도 가만히 안 있을 거야.

평화주의자라니. 겐지답다.

—설마 가렌 때문에 스스로 목숨을 끊으시려는 건 아니죠? 혹시라도 그런 생각이 든다면 'PSYCHO의 방'에 접속해 보세요. PSYCHO 씨의 말씀을 들으면 사라질 희망이 생길 거예요! URL 주소는…….

아야코는 여느 때처럼 오타 섞인 문자로 이상한 사이트를 추천하고 있다. PSYCHO는 영화 〈사이코〉에서 따온 걸까. 사이트 이름부터 죽고 싶어질 것 같아 접속할 마음은 없지만.

그건 그렇고, 이상한 생각을 하지 말라고 하고 죽을까 봐 걱정해 주다니. 레이에게는 '자신을 너무 몰아세우는 것 같다'라는 말도 들었다. 아무래도 내가 생각보다 주변 사람들을 더 불안하게 만드는 걸까.

괜찮다고 답장을 보내고 1층으로 내려갔다.

거실을 들여다봤다. 가렌의 유골이 담긴 유골함이 하얀 천이 깔린 받침대 위에 있다.

다녀올게, 가렌.

널 위해 할 수 있는 일을 찾은 것 같아.

"……그래서 예정보다 일찍 아마야 산시로를 만났어. 아마야 가렌은 살해되기 직전 그 아이에게 전화를 걸었다고 해. 응. 휴대폰은 본인이 직접 전달하게 할 거야. 하지만 그전에 내가 먼저 확인을."

야하기가 뭔가 말하기 전에 미야는 "그럼, 이만" 하고 일방적으로 전화를 끊었다. 미야가 휴대폰을 먼저 확인하는 것에 불만을 제기하거나 반대하지는 않겠지만, 두어 마디 빈정거림은 들어야 할 테니까.

어머니의 손을 잡고 온 남자아이가 신기한 듯 이쪽, 정확히 말하면 은발을 바라보고 있다. 미야와 눈이 마주치자 아이는 깜짝 놀라 고개를 돌렸다. 어머니는 완고할 정도로 바다 쪽만 바라보며 미야를 시야에 넣으려 하지 않았다.

호시모리 마린 타워 입구에 선 자신이 본의 아니게 사람들의

통행을 방해하는 것 같다. 은빛 머리를 허리까지 기른 여자가
서 있으면 스쳐 지나가기 꺼려지기는 할 것이다. 그 정도는 자
각하고 있다.

그렇다고 무난한 색으로 염색할 생각은 털끝만큼도 없지만.

미야는 스마트폰을 코트 주머니에 넣고 입구에서 조금 떨어
졌다. 검지로 머리를 만지작거리며 바다를 본다. 납빛 하늘에
침식된 듯한 칙칙한 파란색.

어제 바다가 그나마 나았다.

이런 눈을 갖게 된 뒤부터 이따금 사람들의 목소리에서 파란
색을 보게 됐다. 대부분 불순물이 잔뜩 섞인 탁한 파란색이다.
어디까지나 가볍게, 깊은 고민 없이 '죽고 싶다'라고 생각하는
사람들. 그런 녀석들은 내버려두자. 어차피 진심으로 죽을 생
각 따위 없을 테니까. 그것이 골치 아프게 살지 않기 위한 자신
만의 삶의 지침이었다.

하지만 산시로의 파란색은 달랐다.

순도 높은 보석처럼 고귀한 푸른 물방울.

가만히 두면 당장에라도 타워에서 뛰어내릴 것만 같은, 깊고
깊은 파란색.

여동생의 죽음을 그토록 슬퍼하다니. 그러면서 감정을 겉으
로 드러내지 않으려고 그토록 애쓰다니. 라운지로 옮겨 간 뒤
에도 산시로는 가끔 파란 목소리로 미야에게 가벼운 농담을 던
지기도 했다.

강한 아이다.

야하기의 말에 따르면 기자들 앞에도 스스로 나섰다고 한다. 야하기는 "어머니를 지키려면 그게 최선이라고 판단했겠죠"라고 했다.

마른 몸에 초식 동물을 연상시키는 눈. 어릴 때는 여장이 잘 어울렸을 법한 선이 고운 생김새. 그런 외모와 달리 아마야 산시로는 확고한 중심을 가지고 있다.

다만, 그만큼 위험하다.

여동생을 지키지 못했다는 자책과 슬픔. 그 아이는 지금 아슬아슬하게 그런 감정들을 견디고 있다.

어떤 계기로 균형이 무너지기라도 하면 골치 아픈 일이 일어날 것이다.

"오토미야 씨!"

목소리가 들린 쪽으로 고개를 돌렸다. 자전거에 탄 산시로가 손을 흔들며 빠르게 달려오고 있다. 약속한 대로 돌아왔다.

"일찍 왔네."

"서둘렀으니까요."

어깻숨을 몰아쉬는 산시로의 이마에는 추운 날씨인데도 땀이 맺혀 있었다.

"그래서, 휴대폰은 잘 챙겨 왔니?"

"물론이죠. 하지만 먼저 말씀드릴 게……."

"아, 잠깐만."

주머니에 손을 넣으려는 산시로를 미야가 제지했다.

"천천히 하고 싶으니까 일단 조금 더 조용한 곳으로 가자."

"조용한 곳?"

"그래, 호텔."

그러자 산시로는 어안이 벙벙한 것처럼 입을 떡 벌렸다. 그대로 아무 말도 하지 않는다.

"호텔로 가자니까."

미야는 다시 말했다.

"호텔요? 오토미야 씨랑? 괜찮기는 한데……. 아, 아니, 괜찮지 않죠. 애초에 저희, 만난 지 얼마 되지도 않았는데……."

산시로는 우스울 정도로 당황하기 시작했다.

3

미야가 데려간 호텔은 산시로가 예상했던 곳과 달랐다.

"……아무리 화려한 머리색을 했다고 해서 그렇게 불쑥 남자를 호텔에 데려갈 분은 아니라고 생각했지만."

"응? 뭐라고 했니?"

"아, 아무것도 아니에요."

고개를 살짝 기울인 미야는 천진난만한 소녀처럼 사랑스러웠다. 산시로는 미야가 자신을 놀리려고 이런 표정을 짓는다고 확신했다. 조금 전 헌팅남인 척하고 도망치려 한 일에 대한 앙

갚음일까.

하지만 피해자 유족이라는 이유로 지나치게 배려하려는 것보다 낫다.

호시모리 마린 타워에서 도보 2분. 호시모리만이 내려다보이는 '아크 호텔 호시모리'는 부유층 전용의 호화 호텔이다. 고급스럽고 웅장한 외관은 산시로 같은 평범한 고등학생에게 '출입 금지'라고 말하고 있다. 호텔에 들어와 본 게 처음인 것은 물론 10대 때 이런 경험을 하게 될 줄은 몰랐다.

미야는 엘리베이터를 타고 12층에 올라가더니 익숙한 것처럼 복도를 걸었다. 산시로는 두꺼운 카펫 위를 걷는 것만으로도 마음이 지칠 것 같았다. 똑같이 생긴 문이 줄지어 있는 호텔 복도는 왜 이리도 조용하고 삭막한 걸까.

"오토미야 씨는 계속 이 호텔에 머물고 계신 건가요?"

"이전 일 때문에 여기 온 지 2주 정도 된 것 같아."

분위기에 압도돼 기어들어 가는 산시로의 목소리와 달리 미야의 목소리는 변함없었다.

"일을 마치면 떠날 계획이었는데 어쩌다 보니 정착해 버렸네. '라 스리즈'라는 맛있는 케이크 가게를 찾아 그곳 점장인 교코 씨와도 친해졌고."

라 스리즈라. 어릴 때부터 이 동네에 살았지만 처음 듣는 가게 이름이었다.

"숙박비가 비싸지 않나요?"

"그렇지. 하지만 돈은 있으니까."

딱히 자랑하는 것도 아닌 지극히 자연스러운 어조다. 그 의뢰인이라는 사람이 후원자인 걸까. 수사 자료도 가지고 있다고 하는데, 대체 어떤 사람일까. 궁금했지만 물어도 '탐정은 의뢰인의 정보를 공개하지 않을 의무가 있어'라는 대답이 돌아올 게 뻔했다.

"여기야."

멈춰 선 미야는 코트 주머니에서 카드키를 꺼냈다. 객실 번호 1202호. 문을 열며 옆방인 1201호 쪽을 힐끗한 것 같지만 착각일 수도 있다.

"들어와."

문이 열렸다.

미야가 머무는 방은 아담한 싱글 룸이었다. 한쪽 벽면에 있는 창문으로 호시모리만이 한눈에 들어온다. 날씨가 좋았다면 장관이 펼쳐졌겠지만 아쉽게도 납빛 하늘에서는 빗방울이 떨어지기 시작했다. 창가에는 소파와 테이블. 만약 가렌이 있다면 하루 종일 저기 앉아 창밖을 구경하지 않았을까.

"아무 데나 편하게 앉으렴."

그렇게 친절하게 말해도 앉을 곳은 소파와 화장대 의자, 침대밖에 없다. 역시 침대에 앉기는 조금 마음에 걸려서 소파에 앉았다.

지금껏 알고 있던 소파라는 가구의 개념을 완전히 바꿔 놓을 정도로 편안한 착석감이었다.

등받이의 감촉을 만끽하며 방을 둘러봤다. 2주 동안 머물렀다는데 생활감이 거의 없다. 꼭 모델 하우스 같다. 유일하게 침대 옆 테이블에 있는 사과 마크 노트북만이 투숙객의 취향을 말해 주고 있었다.

"차를 가져올 테니 기다려 줄래?"

코트를 벗은 미야는 꼼꼼하게 코트 주름을 펴서 옷장에 넣었다. 습관이 된 동작이다. 겉보기와 달리 역시 좋은 집안에서 자랐다는 게 느껴진다.

드디어 시작인가.

산시로는 차를 준비하는 미야를 보며 심호흡을 했다. 무릎에 둔 점퍼 위에서 휴대폰을 꼭 쥐었다.

"자, 오래 기다렸습니다."

산시로에게 차를 내온 미야는 찻잔을 손에 들고 침대에 앉았다.

"확인한다고 해도 음성 메시지만 들을 거야. 사생활을 침해하는 짓은 절대 하지 않아. 그걸 확인시켜 주려고 너와 함께 이곳에 왔어. 자, 그럼 휴대폰을 줄래?"

"드리기 전에 부탁이 있어요."

산시로는 미야의 눈을 정면으로 보며 입을 뗐다.

"휴대폰을 드릴 수는 있어요. 하지만 저도 수사를 도울 수 있게 해 주세요."

굳은 결의를 담아 말했지만 미야는 얼굴 근육 하나 움직이지 않았다. 그래도 준비해 온 말들이 봇물 터지듯 나왔다.

"저 같은 어린애가 할 수 있는 일이 별로 없다는 건 알아요. 하지만 이대로 아무것도 하지 않고 가만히 있는 걸 견딜 수 없어요. 자기만족이어도 좋으니 가렌을 위해 뭔가 해 주고 싶어요. 플레임 수사를 함께하게 해 주세요."

오토미야 씨 같은 젊은 여자가 플레임을 직접 붙잡지는 못할 것이다.

하지만 그런 능력이 있다면, 어쩌면 가능할지도 모르겠다는 생각도 들었다.

그러니 플레임 수사를 함께했으면 좋겠다.

바로 그것이 산시로가 내린 결론이었다.

미야는 여전히 입을 다물고 있다.

"거절하실 건가요? 그럼 휴대폰도 드리지 않을래요. 경찰에 전달하지도 않을 거고요. 이걸 단서로 저 혼자 플레임을 잡을 거예요."

"아무 기술도 없는 네가 그걸 가지고 있다고 해서 잘 활용할 수 있을 것 같지 않은데."

"……어떻게든 해 볼 거예요."

목소리에서 자신감이 사라지려고 했지만 최대한 강한 척을 했다. 그러자 미야는 나직이 웃음을 터뜨렸다.

"귀엽네, 산시로 군. 난 안 된다고 한마디도 안 했는데."

"네? 그럼……."

"그래, 좋아. 도와줄래? 어차피 혼자서 힘들 것 같아 의뢰인에게 조수를 소개해 달라고 부탁할 생각이었거든."

"오토미야 씨……."

'아마추어가 끼어들 일이 아니다'라고 호통을 들을 거라고 예상했다. 이 정도면 '나쁜 사람은 아닌 것 같다' 수준이 아니다. 오토미야 미야라는 이 여자는 훌륭한 인격자다.

"감사합니다. 방해되지 않게 최선을 다할게요. 유가족이라고 너무 신경 쓰지 마시고 제가 할 수 있는 일이 있으면 뭐든 말씀해 주세요."

"그렇게 의욕 넘칠 필요는 없어. 내가 이득이 더 크니까."

"이득요?"

"응."

미야는 환하게 미소 지으며 고개를 끄덕였다.

"난 산시로 군을 의심하고 있거든."

순간 내 표정이 얼어붙는 소리가 산시로의 귀에도 선명하게 들리는 듯했다.

"……의심한다고요?"

나를? 의심한다고? 뭘 의심한다는 거지? 대화의 흐름상 답은 하나다. 미야가 의심하는 것은 바로 …….

"그래. 산시로 군이 가렌을 죽인 살인범일 가능성이 제로는 아니라고 생각해."

뭔가 말하려 해도 목소리가 나오지 않는다. 놀라움 때문인지 분노 때문인지는 알 수 없다.

"차분히 들어보렴."

미야는 미소를 잃지 않고 말을 이었다.

"플레임의 희생자가 된 피해자 중 처음 두 명의 여성은 신원 불명이고 나이가 40에서 60세 전후라는 공통점이 있어. 하지만 세 번째 희생자인 가렌의 신원은 금방 밝혀졌지. 나이도 두 사람보다 훨씬 어리고, 공통점이라곤 호시모리 시내에서 시신이 발견됐다는 것과 사후에 시신이 불탔다는 것뿐이야. 아까도 말했지만 가렌 한 사람만 눈에 띄게 이질적이야. 그 말은 곧."

"가렌 일은 플레임을 모방한 자의 범행일 수도 있다는 거군요."

"역시 눈치가 빠르구나, 산시로 군은."

칭찬받아도 이번만큼은 기쁘지 않았다.

"가렌을 죽인 범인이 모방범이라면 저도 용의선상에 오르는 건가요?"

"유감이지만 그래. 넌 평소 여동생을 정말 아낀 오빠였지만 어떤 계기로 가렌을 해친 후 플레임의 범행으로 위장하려 했을 수도 있지. 아예 불가능하지는 않아."

"제가 말씀드리기도 좀 그렇지만, 조금 전까지만 해도 제가 죽고 싶어 한다고 하셨잖아요."

"목소리가 파랗게 보였으니 그게 연기가 아닌 건 알아. 하지만 그 역시 죄책감을 견디지 못해서일 수 있지. 자살하고 싶어 한다는 게 가렌을 죽이지 않았다는 증거가 될 수는 없어."

"가렌의 사망 추정 시간은 12월 13일 밤 10시에서 자정 사이라고 들었어요. 그 시간에 전 사오토메 겐지라는 친구와 함께 역 앞 패밀리 레스토랑인 '노비조'에 있었고요. 아까 말씀 드렸듯 거기서 가렌 문제로 겐지와 상담했어요. 제 알리바이는 완벽해요. 경찰분들도 알고 계실 거고요."

"의뢰인에게 받은 수사 자료를 읽어서 나도 알아. 하지만 뭔가 속임수를 썼거나, 아니면 그 친구가 공범일 가능성도 있지."

그게 무슨 헛소리야.

산시로는 그렇게 소리치지 않으려고 필사적으로 어금니를 깨물었다.

아무래도 미야가 나를 만나러 온 목적에는 가렌의 이야기를 듣는 것뿐 아니라 내가 범인인지 관찰하는 것도 있었던 것으로 보인다.

"……그렇구나. 잘 알겠어요. 오토미야 씨는 정말 믿음직스러우시네요."

산시로는 억지로 웃으며 말했다.

"절 손쉽게 용의자 명단에서 제외한 경찰과 달리 오토미야 씨는 저를 계속 의심하고 계시니까요. 탐정이라면 무릇 그 정도는 하셔야죠. 게다가 의심스러운 절 조수로 곁에 두며 수사와 감시를 함께 하시려는 거잖아요? 오토미야 씨의 강점에는 그런 것도 있나 보네요. 두뇌 회전이 빠른 만큼 플레임도 금방 잡으실 수 있을 것 같고요."

진심으로 그렇게 생각하는 것은 아니었다. 하지만 입 밖에 냄으로써 억지로 믿고자 했다. 오토미야 미야는 믿음직스럽다. 그런 그녀와 함께 움직이면 반드시 플레임을 찾을 수 있다. 가렌을 위해, 그리고 어머니를 위해서도 좋은 일이다.

"이야기가 빨라서 다행이네. 응. 난 너 같은 아이를 싫어하지 않아."

산시로의 내적 갈등은 아랑곳하지 않고 미야는 기쁜 얼굴로 차를 홀짝이더니 찻잔을 테이블에 내려놓고 일어섰다.

"아무튼 그래서 네가 조수가 돼 주면 나도 환영이야. 서론이 길었는데, 이제는 휴대폰을 줄래? 확인해 볼게."

손을 내민 미야에게 산시로는 최대한 침착한 척하며 휴대폰을 건넸다.

"그런데 확인한다고 하셨는데 뭘 어떻게 확인하시려는 건가요? 이 방에 음성 분석 장비 같은 건 없어 보이는데."

"그런 건 없어도 돼."

휴대폰을 손에 든 채 미야는 옷장을 열어 뭔가를 꺼냈다.

"나한테는 공감각이 있으니까."

그녀가 손에 쥔 것은 인이어 타입의 이어폰이었다.

"소리가 아주 선명하게 들리지만 전자 상가 같은 곳에서 흔히 파는 이어폰이야."

가렌은 이어폰을 휴대폰에 꽂고 테이블에 올려놓았다.

"그걸로 가렌의 목소리를 들으실 건가요?"

"응. 정확히 말하면 가렌의 목소리를 **보는** 거지만."

"오토미야 씨의 눈에는 '생명을 **빼앗으려는** 사람의 목소리'만 보이는 거 아니에요?"

"콘택트렌즈로 조절하면 되거든. 맨눈으로는 소리가 너무 많이 보여서 힘들지만, 콘택트렌즈를 끼면 도수에 맞춰 다양한 소리를 볼 수 있어. 소리가 가장 잘 보이는 콘택트렌즈를 끼고 올 테니 조금만 기다려 줄래?"

그렇게 말하고 미야는 화장실에 들어갔다. 혼자 남은 산시로는 휴대폰을 보며 생각에 잠겼다.

공감각이라. 사람마다 정도 차이는 있지만 미야의 경우 콘택트렌즈로 조절하지 않으면 일상생활에까지 지장을 준다고 한다. 얼마나 불편할까. 저렇게 밝게 행동하고 불량해 보이는 머리색을 하고 있지만, 어쩌면 그녀에게도 아픈 과거가 있을지 모른다. 그렇게 자연스럽게 미야의 과거를 상상하게 됐다.

"오래 기다렸지? 응? 표정이 왜 그리 심각해? 혹시 화장실 가고 싶었니?"

"아니에요."

산시로는 상상을 접었다.

"그렇게 진지한 얼굴로 부정하지 마. 농담이니까."

"이해하기 힘든 농담이나 하지 마세요······. 콘택트렌즈는 바꿔 끼셨나요?"

"응."

당당하게 고개를 끄덕이지만 겉으로 봐서는 바꿔 꼈는지 구분할 수 없다. 화장실에 가기 전과 마찬가지로 미야의 눈동자는 새까맸다.

"자, 그럼 시작해 볼까?"

미야는 화장대 의자를 한 손으로 가볍게 들어 산시로의 맞은편에 놓았다. 그러고는 의자에 앉아 이어폰 한쪽을 오른쪽 귀에 꽂고 다른 쪽을 산시로에게 내민다. '너도 들을래?'라고 몸짓으로 묻는다.

잠시 망설였다. 이 전화만 받았다면. 가렌의 목소리를 들으면 그런 후회가 더 깊어질 것 같았다.

"······네. 들을게요."

그래도 산시로는 이어폰을 꼭 쥐었다.

"좋아. 남자답네. 그럼 네가 직접 음성 메시지를 재생해 줄래? 휴대폰은 기종마다 사용법이 달라 잘 모르거든."

긴 다리를 포개고 말하는 미야를 향해 고개를 끄덕이며 음성 메시지 재생 화면을 띄웠다.

'21시 40분, 공중전화'

이것이 가렌에게 걸려 온 마지막 전화다.

"공중전화로 전화한 거야?"

"걘 휴대폰이 없으니까요."

"흐음. 요즘 시대에 보기 드문 여고생이었구나."

"약간 구식인 면이 있긴 하죠."

가렌에 대해 미야는 과거형으로, 자신은 현재형으로 말하고 있다. 그걸 깨닫고 문득 이상한 기분이 들었다. 올바른 일본어를 구사하는 건 미야 쪽인데.

"시작할게요."

재생 버튼에 손가락을 올리자 미야의 얼굴에서 미소가 사라졌다. 팽팽한 침묵이 깔린다. 분위기에 떠밀리듯 산시로는 손가락으로 재생 버튼을 눌렀다.

들린다. 공중전화 특유의 잡음이 섞인 가렌의 목소리가. 마치 지금도 이 세상에 존재하는 것처럼.

—여보세요. 오빠? 나야. ……음, 안 받아서 아쉽네. 그게…… 가야 할 곳이 있어서 집에 조금 늦게 들어갈 것 같아. 밤중이 될지도 몰라. 미안. 엄마한테는 걱정 말라고 전해 줘. 그럼 안녕.

뚝.

가렌과의 접점이 사라진 소리.

어느새 눈을 감고 있다. 온몸이 뜨겁고 호흡이 거칠다.

이 음성 메시지를 지금껏 몇 번이나 들었을까.

조금 늦게 들어갈 것 같아. 가렌은 그렇게 말하지만 앞으로 가렌이 돌아올 일은 영원히 없다. 내가 휴대폰을 수리 맡겼다는 걸 알렸다면. 요새 가렌 상태가 이상해. 대체 무슨 일인지 모르겠어. 그렇게 진지한 얼굴로 겐지에게 상담해 놓고 정작 당사자의 전화를 받지도 못해 죽게 만들다니. 한심할 따름이다.

가렌, 미안. 지켜 주지 못해서 정말 미안.

"한 번 더 들려줄 수 있어?"

눈을 떴다.

맞은편에 앉은 미야는 다리를 포갠 채 상반신을 살짝 내밀고 있다. 꼭 제물을 발견한 마녀처럼 냉랭한 미소를 짓고 있다.

"뭔가 알아내셨어요?"

"방금 음성을 듣고 여러 가지가 **보였어.**"

음성을 듣고, 보였다. 이상한 표현이지만 미야에게는 엄연한 사실이다.

"몇 번 더 들으면 더 많은 게 보일 것 같아. 부탁해."

고개를 끄덕이고 다시 음성 메시지를 재생했다. 가렌의 마지막 목소리가 흐른다. "한 번 더"라는 미야의 목소리.

"한 번 더 부탁해.", "한 번만 더.", "한 번만."

여섯 번째 재생을 끝으로 세는 것을 포기했다. 미야는 지금 뭔가를 포착하려 하고 있다. 다른 생각은 하지 않고 그것에 협력하기로 했다.

그러는 한편, 재생 버튼을 눌러 같은 목소리가 흐를 때마다 산시로는 새삼 깨달았다.

아마야 가렌은 이제 디지털 속에서만 존재한다는 것을.

몇 번째인지 모를 재생이 끝나자 미야는 침묵했다. 가볍게 말아 쥔 왼손을 입가에 대고 허공을 응시하고 있다. 괜한 소리를 내어 불필요한 색이 보이지 않게 산시로는 잠자코 미야가 입을 열기를 기다렸다.

"응. 정리 끝. 덕분에 여러 가지가 보였어."

시간이 꽤 흐르고서야 미야가 입을 열었다. 마녀에서 원래 표정으로 돌아와 만족스럽게 미소 짓고 있다.

"뭐가 보였나요?"

"열차 건널목 소리."

미야는 이어폰을 귀에서 떼고 침대 옆 노트북을 가져와 펼쳤다. 버튼을 누르자 경쾌한 시작음과 함께 노트북 뒷면의 사과 마크가 빛난다.

"그 사과 마크 달린 노트북은 일반인에게는 조작법이 너무 어려워 주로 창작자들이 사용하는, 별로 대중화되지 않은 컴퓨터 아닌가요?"

"그 말에는 오해가 많아서 애플 노트북 사용자로서 처음부터 끝까지, 말한 걸 후회할 정도로 완벽하게 고쳐 주고 싶지만 뭐, 용서할게."

용서한다고 하면서도 미야의 표정은 굳어 있다.

"그런데 건널목 소리 같은 것도 보여요?"

급히 화제를 돌리자 미야는 진지하게 입을 뗐다.

"물론이지. 열차 건널목에서 '깡깡' 하고 울리는 소리는 히스

테릭한 노란색이라 꼭 깨진 유리 조각이 눈을 찌르는 것 같더라. 가렌의 음성 메시지에서는 그런 형태가 희미하게 보였어."

"그럼, 가렌이 전화를 건 곳은……."

"열차 건널목 근처 공중전화."

순식간에 피가 끓어올랐다. 사건 당일 밤 가렌의 행적이 조금 더 좁혀졌다.

"이것 보렴."

그녀의 말에 따라 노트북을 들여다봤다. 화면에는 호시모리시와 그 주변을 상공에서 내려다본 지도가 표시돼 있었다.

"이건 Earth X라는 프로그램이야. 꽤 정밀한 지도가 3D로 표시돼. 여기서 보면 건널목의 위치는……."

미야는 익숙한 손놀림으로 지도에 표시를 해 나갔다. 클릭할 때마다 노란 표식이 생긴다. 그 수는 생각보다 많았다. 끓어오르던 피가 급속도로 다시 식었다.

"생각보다 많네요."

금세 잡힐 것 같았던 가렌의 행적이 다시 멀어지는 느낌이었다.

"이 모든 곳을 조사하는 건……."

"설마. 그런 번거로운 짓은 안 하고, 그럴 필요도 없어."

미야가 역을 클릭했다.

호시모리역. 이 심플한 이름의 역은 시 거의 정중앙에 위치해 있어 시내를 남북으로 가로지르는 철로의 중계지다.

"건널목 외에도 보이는 소리가 있었거든. 음성 메시지가 녹음된 시간이 21시 40분이라면."

미야가 키보드로 뭔가를 입력했다. 그러자 철로 위에서 열차 아이콘이 달리기 시작했다.

"이걸로 열차가 어느 부근을 달리고 있었는지 알 수 있어."

왼쪽 상단에 시계가 표시됐다. 21시 38분, 39분……

"여기네."

21시 40분이 되자 미야가 시계를 클릭했다. 동시에 아이콘이 멈췄다.

"건널목 외에 열차가 달리는 소리 같은 것도 보신 거예요?"

"응. 안개 같은 회색이 처음에는 희미하게 보이다가 점점 짙어졌어. 즉, 가렌이 전화한 곳 옆에서 건널목 경보가 울리고 열차가 다가왔다는 뜻이야. 참고로 이 노선에 화물 열차는 다니지 않아. 회송 열차도 없는 시간대고. 그렇다면……."

상행선과 하행선. 보통 열차와 급행열차. 21시 40분, 시내와 그 부근을 달린 열차 중 해당하는 것은.

"조건을 충족하는 장소는 여기뿐이네."

미야가 한 지점을 가리켰다.

주택가 북쪽에 있는 열차 건널목.

이 건널목 너머 북쪽은 아직 개발이 진행되지 않아 폐공장만 덩그러니 있는 지역이다.

"그날 밤 열차 운행에 큰 지연은 없었을 거야. 즉, 이 건널목 근처에 있는 공중전화에서 가렌이 전화를 걸었다는 말이 돼."

"이런 곳에서 왜? 집과도 먼 곳인데."

"음성 메시지에서 '가야 할 곳이 있다'라고 했지? 가렌은 여기로 가려고 했던 게 아닐까?"

미야의 가는 손가락이 폐공장을 가리켰다.

"이 일대에는 다른 눈에 띄는 건물이 없어. 집에 돌아가는 시간이 밤중이 될지도 모른다고 했으니 가렌은 이 폐공장에 갔을 가능성이 커. 그렇다면 그 전화는 폐공장으로 향하기 직전에 걸었을 테고."

"그런 곳에 볼일은 없을 텐데……."

폐공장은 산시로가 태어났을 때부터 가동을 멈춘 채 거의 20년 가까이 방치돼 있다. 어릴 때는 '탐험'이라는 명목으로 몇 번 발을 들인 적도 있다. 하지만 9년 전 사건 이후 완전히 발길을 끊었다.

가렌도 그런 곳에 가까이 가고 싶었을 리 없다.

"이 근처에서 누군가와 만나기로 한 게 아닐까요?"

"이런 외딴곳에서, 그것도 밤에? 평범한 여자아이면 경계해서 다른 장소를 고르지 않았을까. 그리고 정말 그런 약속이 있었다면 목격자도 나왔을 테고. 아무튼 아직 폐공장에 갔다고 단정할 수는 없지만 가능성은 커 보이네. 여기가 범행 현장이었을지도."

"그럴 리 없어요. 조사하면 금방 나올 거예요. 가렌은 죽은 후에……."

불태워졌다. 차마 그 다섯 글자를 입에 담을 수 없었다.

미야도 눈치챘는지 노트북 화면을 보며 말을 이어 갔다.

"물론 경찰이 이 폐공장도 조사했겠지. 하지만 공장 안은 물론이고 어디에서도 시신을 태운 흔적은 나오지 않았대. 다시 조사해 볼 가치는 있어."

"그럼 지금 당장 가 봐요."

경찰이 찾지 못한 걸 우리가 찾을 수 있을까. 속으로 반신반의했지만 뭔가 할 수 있는 일이 있다면 잠자코 있을 수 없다.

"아니, 지금은 안 돼."

미야는 찬물을 끼얹은 것처럼 말했다.

"무슨 말씀이세요? 범인은 연쇄 살인마예요. 단서를 잡았다면 한시라도 빨리……."

"어차피 가 봐야 할 수 있는 일이 없을 테니까."

미야가 노트북 화면에서 고개를 들었다. 마린 타워에서 본, 장난을 떠올린 어린아이 같은 표정이다. 하지만 눈빛이 결정적으로 다르다.

두 눈이 병적일 정도로 붉게 충혈돼 있다.

사람의 안구 모세혈관이 이토록 굵어질 수 있다는 걸 처음 깨달았다.

"그건……."

"하핫. 놀랐니?"

충혈된 눈을 보고 있으니 경쾌한 웃음소리도 가슴 아프게 다가왔다.

"지금 웃으실 때가 아니에요. 당장 의사를……."

"아니, 아픈 건 아니야. 반동 같은 거니 신경 쓰지 않아도 돼."

"반동요?"

"그래. 소리를 너무 오래 쳐다봐서."

미야는 그 상태 그대로 크게 기지개를 켰다.

"소리를 너무 집중해서 보다 보면 늘 이렇게 돼. 눈이 뻑뻑해 좀 아플 때도 있어. 특히 건널목 소리는 끝이 뾰족해서. 아마 평소 시력도 떨어졌을 거고."

"그럼 공장에 가도 소용없다는 말인가요?"

"그래. 게다가 지금은 비도 내리잖아. 단서가 있어도 빗소리에 섞이면 보일 것도 안 보여. 그걸 떠나 지금 내 상태로는 외출하기 힘들어."

미야에게 그런 말을 듣고서야 비로소 빗소리가 격렬해진 걸 깨달았다. 폭우라 해도 무방할 정도의 비가 창유리를 난폭하게 두드리고 있다. 미야는 몸을 일으켜 침대 쪽으로 가더니 그곳에 누워 가만히 눈을 감았다.

"많이 피곤하지만 열두 시간 정도 자면 회복할 거야. 내일이면 비도 그칠 테니 나 혼자 다녀올게."

"왜 오토미야 씨 혼자요? 전 조수 겸 용의자 아닌가요?"

"모레가 가렌의 장례식 아니니? 내일은 작별 준비를 해야 하지 않겠어?"

"집에 있어 봐야 기분만 우울해져요. 그것보다 플레임을 잡고 싶어요."

"그래도 어머니를 도와드려야 할 것 같은데."

"……괜찮아요. 어머니와 장의사분이 전부 도맡아 하시고 계셔서 제가 할 일은 없어요."

―넌 기자들을 열심히 상대했으니 장례식은 엄마에게 맡기렴. 너도 힘들 텐데 무리하지 않아도 돼.

산시로가 돕고 싶다고 할 때마다 어머니는 그렇게 말했다.

아무것도 하지 않고서는 못 배기겠다고 몇 번이나 호소하려고 했다. 하지만 가렌에게 가장 잘 어울리는 장례식을 치러 주고 싶다며 다른 친척의 도움도 거절한 채 제단에 둘 꽃을 고르고, 앨범을 꺼내 보고, 지인들에게 연락하며 바쁘게 움직이는 어머니를 보고 있으면 아무 말도 할 수 없었다.

어머니는 성대한 장례식을 치르는 게 딸에게 해 줄 수 있는 유일한 일이라고 믿고 있다. 그렇게 일부러 몸을 바쁘게 움직이며 슬픔을 달래려 하고 있다. 그런 심정이 가슴 아플 정도로 느껴졌다.

속으로 '모전자전일지도' 하고 생각했다.

미야는 뭔가 석연치 않은 듯했지만 눈을 감은 채로 "알겠어" 하고 고개를 끄덕였다.

"그럼 내일 아침 9시에 이 호텔 로비에서 만나자. 아, 미리 말하는데 너 혼자 폐공장에 가는 건 용납 못 해. 그곳에 플레임이 있을지도 모르니까. 그런 위험한 짓을 벌이는 녀석은 조수로서 실격이야. 두 번 다시 네 일을 돕지 않을 거고 플레임에 대한 정보를 주기는커녕 감시까지 철저히 붙여서 스트레스만 가득 선사할 테니, 그런 삶을 바라면 그렇게 하렴."

"네. 내일까지는 혼자 움직이지 않을게요."

사실 오토미야 씨가 말씀하시기 전까지는 혼자 간다는 발상 자체를 못 했어요.

그게 본심이지만 가벼운 말투와 달리 미야가 힘들어 보여서 얌전히 고개를 끄덕였다. 빗소리가 안구에 더 큰 부담을 주는 것 같았다.

"그럼 내일 뵐게요."

미야는 눈을 감은 채로 가볍게 손을 들었다. 문 쪽으로 향하던 산시로는 멈춰 서서 침대에 누운 미야를 봤다.

나보다 나이가 많을 것이다. 하지만 이렇게 보면 차이가 그리 많이 나는 것 같지도 않다. 적어도 "어른을 놀리면 안 돼, 꼬마야"라는 말을 들을 정도는 아니다. 아직 10대일 수도 있다.

게다가, 너무 말랐다.

마린 타워에서는 코트를 걸치고 있어서 몰랐지만 오토미야 미야의 몸매는 무척이나 가녀렸다. 투명할 정도로 새하얀 피부와 어우러져 꼭 잘 만들어진 유리 세공품 같다. 힘주어서 손을 대면 당장에라도 깨져 버릴 것 같다.

불안했다. 의뢰인에게 일을 받는다고 하는데, 그 사람은 왜 미야에게 수사를 맡기는 걸까. 강한 공감각을 제외하고는 이토록 가냘픈 젊은 여자에 불과한데.

"왜 그래?"

멀뚱히 서 있는 산시로가 의아한 것처럼 미야가 눈을 살짝 떴다. 충혈된 눈에서 반사적으로 시선을 피했다.

"아, 그게, 너무 마르신 것 같아서요. 혹시 밥을 제대로 안 챙겨 드시는 거 아니에요?"

즉흥적으로 둘러대자 미야가 한숨을 푹 쉬었다.

"남자들은 왜 그리 가슴에 집착하는 걸까. 정말 불쌍한 동물들이지. 이런 게 크든 작든 무슨 상관이라고."

"네?"

마른 것 같다고 한 게 절대 가슴에 한정된 이야기는 아니었는데.

"아무튼 안녕히 주무세요. 오토미야 씨."

다시 문으로 향하는 산시로 뒤에서 "아, 잠깐만" 하는 소리가 들렸다. 돌아보니 미야는 눈을 감은 채로 목소리에 힘을 실어 말했다.

"그 '오토미야 씨'라는 호칭은 그만해 줄래? '미야 씨'로 충분해."

만난 지 몇 시간도 안 된 여자를 성이 아닌 이름으로 부르기 조금 민망하지만 당사자가 원한다면 어쩔 수 없다.

"네. 이름으로 불러도 되는 거죠?"

다시 묻자 미야는 눈을 감은 채로 "그래"라고 했다.

"실은 내가 싫어하는 녀석이 언제나 날 이름이 아닌 성으로 부르거든. '오토미야 씨' 하고."

II. 죠수

1

　호텔에서 나가 비를 피하려고 호시모리 마린 타워로 갔다. 낮에 미야와 나란히 앉았던 의자에 앉아 하늘을 올려다보니 어제만 해도 맑게 개었던 하늘이 울분을 털어내듯 차가운 비를 뿌리고 있었다.

　비 때문에 흐릿해진 호시모리시를 보며 오늘 하루 있었던 일을 되돌아봤다. 한꺼번에 여러 가지 일이 일어나 생각을 정리하기 쉽지 않았다.

　비바람이 간신히 잦아든 건 저녁 6시가 지나서였다. 거리는 이미 겨울밤에 녹아들고 있었다.

　아직 완전히 그치지는 않았지만 슬슬 돌아가도 될 것 같아 산시로는 생각에 잠긴 채로 몸을 일으켰다. 타워 밖에 나가자

차가운 공기가 무수한 바늘처럼 피부를 찔렀다. 고개를 움츠리며 자전거에 올라탔다.

오토미야 미야, 라.

천천히 페달을 밟으며 산시로는 다시 기억을 되짚었다.

가렌을 죽인 것이 플레임의 모방범의 소행일지도 모른다. 그런 발상은 한 번도 하지 못했다. 그 점에 주목한 것만으로도 오토미야…… 그러니까 미야 씨는 나보다 훨씬 똑똑하다. 용의자 취급을 당한 건 심히 유감이지만 조수로 삼아 줬으니 그 문제는 더 이상 언급하지 않을 생각이다.

그보다 더 신경 쓰이는 건.

"오토미야 미야, 라."

이번에는 직접 소리 내어 말해 봤다. 입에서 나온 말이 찬 공기에 하얗게 물들어 허공으로 흩어진다. 시야 한구석에서 그 모습을 보며 더 세게 페달을 밟았다.

내가 소리를 본다면 기껏해야 이 정도다. 하지만 이건 숨에 섞인 수증기가 급속도로 식어 물방울이 돼 하얗게 보이는 것뿐이다. 일정 수준 이상 시력만 있으면 누구나 볼 수 있다.

미야는 다르다. 콘택트렌즈의 도수에 따라 다양한 소리에서 색과 형태가 보인다고 한다. 청각에 부수적으로 시각이 반응해 소리가 보이는 것이다.

그것이 그녀의 공감각이다.

처음에는 대단한 능력이라고 생각했다. 본인은 부인하지만

'생명을 빼앗으려는 사람의 목소리'를 볼 수 있는 건 거의 초능력에 가깝지 않은가. 그런 능력 덕분에 플레임 수사를 의뢰받은 게 틀림없다고 확신했다.

하지만 그녀의 공감각이 정말 그렇게 유용할까.

상황에 따라서는 유용할 수도 있다. 실제 미야는 목소리에 묻은 색을 보고 산시로의 자살 충동을 가라앉혀 줬다. 그 점만큼은 진심으로 감사하고 있다.

그러나 활용하기에 너무 불편한 능력이라는 생각도 들었다. 현재 미야는 공감각을 과도하게 사용한 대가로 두 눈이 충혈돼 원하는 대로 움직일 수 없는 상태가 됐다.

사건 당일 밤 가렌의 행적에 대해서도 마찬가지다. 분명 미야는 소리를 보고 짧은 시간 만에 단서를 얻었다.

하지만 경찰이라면 더 쉽게 얻을 수 있지 않을까.

음성을 분석할지, 공중전화의 통화 기록을 조사할지는 알 수 없다. 그래도 미야보다 시간이 조금 더 걸릴지언정 적은 수고를 들여 가렌의 움직임을 파악할 수 있을 것이다.

그렇게 생각하니 그 오토미야 미야라는 여자가 별로 미덥지 못한 존재처럼 느껴지기도 했다. 침대에 힘없이 누워 있던 그녀에게 공감각을 제외한 다른 특별한 능력이 있는 것 같지도 않다. 의뢰인은 왜 미야에게 플레임 사건의 수사를 맡겼을까. 솟구치는 의문을 억누를 수 없었다.

만약 미야가 플레임의 마수에 의해 위기에 빠진다면.

역시 내가 지켜 줘야 하는 걸까.

조수로서라기보다 한 남자로서.

하지만 안심해, 가렌. 그런 상황에 직면하더라도 난 최소한의 폭력만 행사할 거야. 네가 슬퍼할 만한 짓은 절대 하지 않을거야.

새롭게 다진 결심에 호응하듯 휴대폰 벨소리가 울려 퍼졌다.

대중 앞에 결코 모습을 드러내지 않는 정체불명의 뮤지션 '이리스'의 몇 년 전 히트곡 'Messiah Complex'가 연주됐다. 전문가와 평론가들에게는 '대중성에 너무 치우쳤다'라는 혹평을 받았지만, 산시로가 좋아하는 곡 중 하나다.

자전거 속도를 늦추며 휴대폰을 꺼냈다. 그러고 보니 경찰에 아직 전달하지 못했는데 내일로 미뤄도 될 것이다. 미야가 다시 휴대폰을 빌려 달라고 할 수도 있다.

전화를 걸어 온 사람은 사오토메 겐지였다. 산시로는 도로 옆에 자전거를 세웠다.

"여보세요."

―오, 받는군.

겐지의 목소리. 늘 그렇듯 싹싹함이라곤 없이 퉁명스럽다. 그 안에 미묘하게 섞인 안도감도 느껴졌다.

―안 받으면 어떡해야 하나 싶었는데.

"호들갑 떨지 마. 괜찮다고 아까 문자 했잖아."

―그렇게 짧은 문자로는 모르지. 요 며칠 너, 표정이 굉장히

심각했으니까. 아야코도 걱정했어.

표정이 굉장히 심각했다니. 역시 친구 눈은 속일 수 없나 보다. 공감각 같은 게 없어도 이런 식으로 들키게 된다.

—지금 밖이야?

"응. 말 나온 김에 겐지, 너한테 할 이야기가 있어."

12월 13일 밤, 노비조에서 겐지와 상담하고 있을 때 가렌에게 전화가 걸려 왔다는 것. 휴대폰을 수리 중이어서 받지 못했다는 것. '수리를 맡겼다고 알렸다면 가렌이 살았을지도 모른다'라는 죄책감 때문에 아직 경찰에 전달하지도 않았다는 것.

시간으로 치면 고작 이틀이지만 더 오랫동안 숨겨 온 비밀을 털어놓는 기분이었다.

"미안. 너한테도 말 안 해서."

—음. 근데 왠지 뭐, 그럴 것 같았어.

허무할 정도로 담담한 대답에 맥이 풀렸다.

"경찰한테 말하지 않은 거, 화 안 나?"

—화날 리 있나. 잊었나 본데, 난 평화주의자야. 가족을 잃은 니에게 화내서 뭐 하겠어.

예상 못 한 대답이었지만 정말 아무 감정이 없을 리는 없다.

겐지는 가렌을 좋아했다. 고백도 했지만 보기 좋게 거절당해 '소설이나 만화 취향이 잘 맞는 편한 이성 친구' 지위에 머물러 있었다. 가렌이 산시로 앞에서는 말하지 못한 고민을 털어놓을 때도 있었던 듯하다. 그래서 13일 밤 일부러 노비조에서 겐지를 만나 상담한 것이다(아쉽게도 그때 겐지는 '특별히 짚이는 건 없다'라고 했지만).

그렇게 쉽게 정리될 문제는 아니다. 평범한 친구를 잃은 것과 다른 종류의 슬픔을 겐지도 느끼고 있을 게 분명했다.

—전화 일은 신경 쓰지 마. 그냥 타이밍이 안 좋았을 뿐이지 네 책임이 아니야.

겐지는 평소와 다름없이 말했다.

—그보다 괜히 가렌이 슬퍼할 만한 생각이나 행동 같은 건 하지 마. 예를 들어 스스로 목숨을 끊으려 한다거나, 플레임을 찔러 죽여야겠다고 생각한다거나.

"말도 안 돼. 그럴 리 없잖아. 한 번도 해 본 적 없어."

산시로는 웃으며 둘러댔다. 그 후 두어 마디를 더 나누고 "그럼 모레 밤에 보자"라는 겐지의 말을 끝으로 통화를 끝냈다.

모레 밤, 가렌의 장례식.

그 단어를 명확하게 입에 담지 않는다는 점에서 겐지의 슬픔이 느껴졌다.

주택가에 들어설 무렵 다시 빗줄기가 거세지기 시작했다. 내일 날씨는 괜찮을까. 미야는 비가 오면 불필요한 소리를 더 많이 보게 되는 것 같은데.

자전거 페달을 더 세게 밟았다. 집까지 얼마 안 남았다. 본격적으로 비가 퍼붓기 전에 돌아가야 한다.

그때 앞에 있는 차 안에서 키 큰 남자가 내리는 모습이 보였다. 어둠과 비 때문에 흐릿하지만 검은 우산을 쓰고 이쪽으로 다가오는 것 같다. 아는 사람일까. 자전거 속도를 다시 줄이고 눈을 크게 뜨자 그제야 그가 간자키 레이인 것을 알아볼 수 있었다.

"레이 씨."

산시로가 먼저 말을 걸자 레이가 가볍게 우산을 들어 올렸다. 그 앞에서 자전거를 세웠다.

"안녕, 산시로."

가까이서 보니 레이의 얼굴은 오늘도 소름이 돋을 만큼 이목구비가 완벽했다.

가렌이 계속 그를 짝사랑해 온 이유를 새삼 알 것 같았다.

간자키 레이는 같은 합기도 도장에 다니는 선배다. 산시로보다 네 살 많은 21살. 현 내 최고 수준의 국립 X대학 의과 대학에 재학 중이며 정신과 의사를 목표로 밤낮으로 공부에 매진한다고 들었다.

합기도를 시작한 직후부터 그와 알고 지냈다. 현 내 초등학생 대회 우승자이자 공부도 잘하는 레이에게 산시로는 완전히 매료됐다. 레이도 산시로를 친동생처럼 귀여워해 줬다.

9년 전 폐공장 사건 때 잠시 소원해진 걸 제외하고는 지금껏 관계를 이어 오고 있다. 문무를 겸비한 레이는 산시로뿐 아니라 가렌에게도 동경하는 선배였다. 지금은 해외에 주재원으로 나가 있다는 레이의 부모님도 겉으로는 티 내지 않았지만 늘 '우리 아들은 대단해'라고 자랑스러워하는 것 같았다.

유일한 단점이라면 여자관계가 너무 화려하다는 점일까.

산시로가 아는 것만 해도 그는 중학생 때부터 여섯 명의 여자와 사귀었다. 게다가 최단 교제 기간은 2주. 헤어질 때마다 "사귈 때는 끝까지 함께할 생각이었어"라고 반성하곤 하지만, 그런 교훈이 다음 연애에 반영되는 것 같지 않았다. 가렌이 레이와 정말로 교제를 시작할까 봐 오빠로서 솔직히 걱정한 것도 사실이었다.

그러나 다행인지 불행인지 레이에게 가렌은 어디까지나 여동생 같은 존재였고, 레이는 가렌이 자신을 짝사랑한다는 사실조차 모르는 것 같았다.

"이런 데서 뭐 하세요?"

"도장 갔다가 집에 가는 길이야. 바로 가려고 했는데, 모레가 가렌의 장례식이잖아. 혹시 뭔가 도울 일이 없을까 해서 전화하려고 했어. 아주머니가 어떠신지도 궁금했고."

간자키 집안과 아마야 집안은 가족 단위로도 교류했다. 어머니는 용모가 단정하고 공부를 잘하는 데다 합기도 실력까지 뛰어난 레이를 무척 마음에 들어 했다. 가끔 가렌의 뺨이 달아오르는 것도 눈치채지 못하고 딸 앞에서 "레이 같은 사위가 있으면 참 좋을 텐데"라는 말을 하기도 했다.

"감사합니다. 그런데 괜찮을 것 같아요. 저조차 도울 필요가 없다고 하시거든요."

"그렇구나……. 아주머니, 대단하시네. 힘드실 텐데."

레이는 슬픔 섞인 목소리로 중얼거리고 입을 다물었다. 가렌의 죽음을 애도하는 동시에 플레임을 향한 분노를 새로이 다지는 느낌이었다.

이 사람도 가렌의 죽음을 정말 슬퍼하고 있구나.

레이는 한동안 더 침묵하더니 우산을 쓰지 않고 가만히 서 있는 산시로를 보며 말했다.

"시간 빼앗아서 미안. 조심해서 가. 난 이만 가 볼게."

"레이 씨."

산시로는 차에 타려는 그를 다시 불러 세웠다.

고개를 돌린 레이의 얼굴은 몹시 괴로워 보였다.

하마터면 눈물이 터질 뻔했다. 가렌은 앞으로 영원히 이 사람에게 마음을 전할 수 없게 됐다. "의리 초콜릿이야. 모두한테 나눠 주고 있어"라고 둘러대며 오직 레이만을 위한 밸런타인 초콜릿을 만들 수도 없게 됐다.

직접 불러 세웠으면서도 산시로는 말을 잇지 못했다. 왜 불렀는지도 분명하지 않았다.

세차게 내리는 빗소리가 침묵을 더 두드러지게 했다.

"할 수 있는 일이 있으면 뭐든 말해 줘. 최선을 다해 도울게."

레이는 슬픔을 억누르며 위로하듯 말했다. 산시로는 눈물을 보이지 않으려고 고개를 깊숙이 숙였다. 그러면서 떠올렸다.

플레임은 레이가 가진 이런 따스함의 편린조차 없는 인물이다. 인간다운 면모가 조금이라도 있었다면 그런 끔찍한 짓을 저지르지도 않았을 것이다.

집에 돌아와 어머니와 이모 앞에서 가렌의 음성 메시지를 지금껏 비밀로 해 왔다는 사실을 털어놨다. 두 분 다 놀랐지만 경찰에도 제대로 전달하는 것을 조건으로 산시로를 용서해 줬다.

내일 아침 나가야 할 일이 있다는 산시로의 말에 이모는 마뜩잖은 표정을 지었다. 무슨 일인지 물었지만 '플레임 수사를 돕는다'라고 솔직히 말하면 괜한 걱정을 끼칠 것 같아 산시로는 "가렌과 추억이 깃든 장소들을 둘러보려고 해요."라고 했다. 이모는 여전히 달갑지 않은 기색이었지만, 어머니는 "그래, 원하는 대로 하렴"이라고 해 줬다. "단 저녁 전에는 돌아와야 해. 가렌이 외로울 테니까"라고 덧붙이는 어머니는 두 뺨이 야위기는 했어도 얼마 전보다 건강해 보였다. 산시로가 조금 안도하자 어머니는 잠시 후 이맛살을 찌푸리며 다시 입을 열었다.

"……미안하다, 산시로."

"언니가 왜 사과해?"

"맞아요, 엄마. 오히려 제가 죄송하죠."

웃으며 그렇게 말하고 욕실에 가서 서둘러 샤워하고 혼자 간단히 저녁을 먹고 산시로는 방 컴퓨터 앞에 앉았다.

가렌이 살해된 후 플레임 사건에서 멀어지기 위해 일부러 신문과 TV, 인터넷을 피했다. 뉴스 보도를 접하면 가렌이 살해된 사실이 새삼 와닿아 가슴이 미어질 것 같았다. 아버지의 순직과 연결 지어 '부녀의 비극'이라며 선정적으로 보도될 것도 쉬이 예상이 됐다.

하지만 이제는 미야의 조수가 됐으니 손 놓고 있을 수만 없다. 미야는 혼자 폐공장에 가지 말라고 했을 뿐이니 정보 수집 정도는 해도 될 것이다.

경찰의 공식 발표든 추측이든 소문이든 상관없다. 첫 번째 희생자가 발견된 11월 2일부터 지금까지의 플레임 사건에 대한 정보를 하나하나 되짚어 보기로 했다.

'플레임 호시모리'

맥박 뛰는 소리를 귓가에서 느끼며 검색 창에 그렇게 입력했다.

그리고 약 두 시간 뒤.

산시로는 손가락으로 눈썹 사이를 누르고 책상에 엎드려 있었다.

구역질이 났다.

'추측이든 소문이든 상관없다'라는 건 역시나 경솔한 생각이었다.

인터넷에 떠도는 정보 속 가렌은 산시로는 모르는 또 다른 가렌이었다.

'미모의 여고생'이라고 보도한 어느 인터넷 신문 사이트가 있었다. 물론 가렌이 못생겼다고 할 수는 없지만 웃을 때 귀여운 정도이고 가족 눈으로 봐도 미인은 아니었다.

'모두에게 사랑받았다'라고 보도한 영상 뉴스 사이트도 있었다. 물론 미움받지는 않았을 것이다. 하지만 극도로 폭력을 싫어하는 그 성격 때문에 '착한 척한다', '재수 없는 타입'이라는 비아냥거림을 들으며 따돌림을 당할 뻔한 적도 있었다.

그나마 이런 건 긍정적인 면에서의 과장이니 나은 편이다.

익명 게시판과 SNS에는 입에 담기도 끔찍한 또 다른 '가렌'이 활개 치고 있었다.

성격, 평소 행실, 사상, 남자관계……. '언론이 보도하지 않는 진실'이라는 수식어 아래 터무니없는 이야기들이 사실인 양 퍼지고 있었다. 그 모든 게 사실이라면 아마야 가렌은 완벽한 인격 파탄자이지만 각각의 '가렌'을 믿는 이들은 그런 것까지 생각하지 않는 듯했다. 자신이 아는 '가렌'에 대해 제멋대로 댓글을 남기며 무분별하게 소비할 뿐이다. 혹은 가렌이 생전 겪었을 고통, 아픔, 공포를 소재 삼아 잔인한 망상을 펼치며 즐기고 있었다.

음성 메시지 속 가렌의 목소리를 들을 때마다 가렌은 이제 디지털 세계에서만 존재한다고 느꼈다. 그게 꼭 틀린 생각은 아니었지만 정확한 것도 아니었다.

디지털 세계 속에서 '가렌'은 수없이 많았다.

작은 점으로 잘게 쪼개져, 바람에 날리듯 흩어지고 무너지는 가렌.

파편화되어 가는 가렌.

산시로는 고개를 흔들며 환각을 떨쳤다. 더 이상 가렌이 산산조각 나게 둘 수 없다. 그것을 위한 방법은 단 하나. 세간의 관심이 줄게 하는 것.

그러려면 한시라도 빨리 플레임을 붙잡아야 한다.

산시로는 치미는 메스꺼움을 한숨과 함께 몸 밖에 뱉어내고 다시 키보드를 두드렸다.

2

허리까지 내려오는 머리카락은 어둠을 흩뿌린 것처럼 검었다. 내 눈으로 봐도 꽤 잘 어울린다고 느낀 소녀의 생각이 결코 자만은 아니었을 것이다.

부모님은 엄격하면서도 자상했다. 언니와도 사이가 좋아 주변에서는 두 사람을 '사이좋은 자매'라고 불렀다. 어느 것 하나 부족할 게 없는 유복한 가정. 부모는 소녀가 원하는 건 무엇이든 해 주었다. 다만.

"바이올린을 배우고 싶어."

소녀가 그런 말을 꺼냈을 때는 적잖이 놀라는 모습을 보였다. 교양 있는 부부는 독서와 연극 관람 등이 취미였지만 음악, 그것도 클래식에는 별 관심이 없었기 때문이다. 딸이 바이올린에 관심을 가진 계기가 뭘까. 그렇게 궁금해했지만 학교에서도 계기가 될 일은 없었다고 언니는 부모에게 알렸다. 그래서 고개를 갸우뚱하며 직접 물어도 소녀는 정확한 이유를 얼버무리면서 바이올린을 꼭 배우고 싶다고 했다. 평소 얌전한 소녀가 이토록 고집을 피우는 건 드문 일이었다. 부모는 의아해하면서도 "네가 그렇게까지 원한다면야 어쩔 수 없지" 하고 결국 딸을 음악 학원에 보내기로 했다.

왜 갑자기 바이올린을 배우고 싶어졌는지 소녀는 말할 수 없었다.

'TV에서 바이올린을 연주하는 사람을 보고 있을 때 아주 예쁜 금색 띠가 보였어요. 처음에는 흐릿했지만 계속 보고 있으니 조금씩 선명해졌어요. 그리고 소리도 전보다 더 아름답고 선명하게 들리기 시작했어요.'

그렇게 솔직히 털어놓으면 사랑하는 부모님과 언니가 자신을 이상하게 볼까 봐 무서웠다. 그런 상황을 소녀는 그 무엇보다 두려워했다.

그로부터 몇 년이 지나 소녀의 어머니는 그 사실을 알게 됐다.

그러나 소녀의 아버지와 언니는 사건이 일어나기 전까지 알지 못했다.

이건 처음으로 '소리가 보인다'라는 걸 자각했을 때의…… 꿈? 회상? 타임슬립? 알 수 없다. 알 수 없지만 어쨌든 벗어나야 한다.

미야는 보이지 않는 뭔가에 저항하며 무거운 눈꺼풀을 억지로 떴다. 안구에 따가운 통증이 밀려왔다.

"……윽."

혀를 차고 잠시 눈을 감았다가 숨을 천천히 내쉬고 이번에는 느리게, 살짝 눈을 떴다. 시야가 안개에 휩싸인 것처럼 뿌옇다. 시신경이 요란하게 맥박 치는 느낌이고 머리가 무겁다. 납덩이 같은 몸을 간신히 일으켜 시계를 찾는 것만으로 어지럼증이 밀려왔다.

아무렇지 않은 척 산시로를 집에 보낸 것까지가 한계였다.

─인간은 원래 여러 자극을 동시에 견딜 수 있게 만들어지지 않았습니다.

야하기의 거슬리는 목소리가 머리에 되살아났다.

─물론 공감각자들은 대부분 두 가지 감각이 동시에 반응하는 상황에 익숙하죠. 심지어 세 가지 이상의 감각에 자극받는 사람도 있다고 하지 않습니까.

─하지만 그건 평소에도 그랬으니 자기도 모르는 사이 내성이 생겼을 뿐입니다. 예를 들어 제가 지금 이 순간 갑자기 소리가 '보이기' 시작하면 뇌는 패닉에 빠질 겁니다. 그걸 넘어 하나의 자극에 오감이 일제히 반응한다면 얼마나 큰 타격을 받을까요. 인간은 원래 그렇게 만들어진 것입니다. 생후 2, 3개월까지는 누구나 공감각을 가지고 있다가 성장하며 잃는다는 설도

있다는데, 그게 맞다면 인간은 '유아기 때 더 강인한 뇌를 가지고 있다'라고 할 수 있을지 모르겠네요. 전 뇌과학자가 아니므로 생물학적 근거는 없는 가설이지만요.

—오토미야 씨처럼 강력한 공감각자분들도 마찬가지입니다. 소리에 극도로 집중하면 부담이 상당할 수밖에 없어요. 조심하십시오. 오토미야 씨는 평소에도 무리하는 경향이 있어 걱정됩니다.

날 걱정하는 게 아니라 날 대체할 사람을 찾는 게 걱정이겠지.

기억에 자리 잡은 야하기를 향해 미야는 독설을 내뱉었다.

콘택트렌즈를 빼고 샤워하고 자자. 미야는 비틀거리며 화장실로 향했다. 콘택트렌즈를 빼려고 거울을 들여다보니 병적으로 충혈된 눈이 보였다.

—쟤는 공감각자가 아닐 거야. 공감각은 어디까지나 뇌가 반응하는 현상이니까. 안구에까지 영향을 끼치는 건 이상해.

—하지만 눈도 뇌의 일부라는 말이 있잖아. 확실히 특이하기는 하지만 아예 불가능한 사례라고 단정 짓기는 섣부르지 않을까? 그걸 떠나 '공감각자가 아니다'라는 이유로 쫓아내는 것도 맞지 않아.

—여기는 공감각자들의 모임이야. 관계없는 사람은 다른 모임에 가는 게 맞아. 그건 본인을 위한 것이기도 해.

이런 눈으로 공감각자 모임에 갔을 때 우연히 들은 대화도 떠올랐다. 미야는 한 번 더 혀를 찼다.

오늘 난 뭔가 이상하다.

산시로를 구한 것까지는 괜찮았다. 그가 발산하는 파란색은 가만히 두면 당장에라도 목숨을 던질 사람처럼 순수한 색이었다.

하지만 그런 아이를 조수로 삼을 줄이야.

아마야 가렌을 죽인 건 플레임의 영향을 받은 모방범의 소행일 수 있다. 그건 사실이다. 하지만 그 소년이 여동생을 죽였을 리는 없다. 그걸 뻔히 알면서도 '널 의심한다'라는 그럴싸한 구실을 들어 조수로 삼겠다고 약속해 버렸다. 귀찮은 일은 질색이니 적당히 넘겨도 됐는데.

인정하고 싶지 않지만, 이유는 알고 있다.

그 아이의 파란색에 내 파란색이 겹쳐 보였기 때문이다.

그 아이도 나와 마찬가지로…….

"바보 같아."

얼른 샤워나 하자.

미야는 재킷을 벗고 위에서부터 블라우스 단추를 풀었다. 쇄골 아래에 커다란 상처가 새겨져 있다. 그곳만이 아니다. 상처와 멍은 온몸 곳곳에 있다.

—탐정 일에 열중하는 건 괜찮지만, 오토미야 씨, 조금만 더 자신을 소중히 여기십시오. 그 얼굴에 상처라도 나면 어쩌려고 그러십니까?

—걱정 마. 이런 머리색에다 얼굴에 흉터까지 있으면 사람들 눈에 더 띄어서 탐정 일에 지장을 줄 테니까. 어떤 상황에서도

얼굴만큼은 지키려고 노력하고 있어.

언젠가 야하기와 그런 대화를 나눈 적이 있다.

그때 야하기는 "그런 문제가 아닌데요" 하고 쓴웃음을 지었던가.

난 진지하게 답한 건데, 생각할수록 이상한 사람이다.

아니, 이상하다고 하면 조금 전 산시로도 마찬가지다. 호텔에 가자고 했을 때 그 아이는 유난히 당황스러워했다. 둘만 있으면 내가 무슨 짓이라도 저지를까 봐 겁이 났던 걸까. '만난 지 얼마 되지도 않았다'라는 둥 이해할 수 없는 말을 하기도 했다. 나는 그저 소리가 잘 보이는 조용한 곳에 가고 싶었을 뿐인데.

"뭐, 됐어."

미야는 잡념을 떨치고 나머지 단추를 풀었다.

3

12월 21일.

오늘은 집에 갈 때까지 조수 역할에 충실하자. 가렌을 향한 그리움은 잠시 접어 두자.

그렇게 마음을 다잡고 산시로가 호텔 로비에 도착했을 때 미야가 이미 마중 나와 있었다. 어제와 같은 회색 바지 정장을 입었다. 액세서리는 왼쪽 손목에 찬 진홍색 보석이 박힌 팔찌뿐.

의외로 수수한 스타일을 선호하는 듯하다.

거기에 주차장에 세워진 차도 지극히 평범한 소형차였다. "미야 씨라면 화려한 스포츠카를 타고 다니실 줄 알았어요" 하고 산시로가 솔직하게 털어놓자 미야는 어이가 없다는 듯 말했다.

"렌트카 비용은 내가 내야 하니까. 일부러 싼 걸로 했어."

비현실적인 은발과 현실적인 금전 감각의 간극을 느끼며 산시로는 조수석에 올라탔다.

어제 내린 폭우는 겨울의 변덕이었는지 오늘은 하늘이 맑고 푸르렀다. 산시로는 운전하는 미야 옆에서 한동안 창문으로 들어오는 햇살을 즐겼다.

"아크 호텔 호시모리에서 폐공장까지 30분 정도 걸린다고 하니 절반쯤 온 것 같아."

미야는 핸들을 붙잡고 정면을 보며 말했다. 옷차림과 차에 이어 또 하나 의외인 점. 폭주족 우두머리라고 해도 어울릴 머리색을 한 주제에 미야는 안전 운전을 중시했다.

역시나 좋은 가정에서 엄격한 교육을 받으며 자란 걸까.

어제에 이어 산시로는 미야의 과거를 상상했다. 옆모습을 살짝 훔쳐보니 정말 예쁜 얼굴이다. 왜 이런 귀한 집 아가씨가 머리를 은색으로 염색하고 탐정 같은 일을……

시선을 알아차리고 미야가 산시로 쪽을 힐끗 봤다. 어제의 충혈된 눈은 거짓말처럼 가라앉아 있었다.

"왜 그래?"

어느새 넋 놓고 보고 있었나 보다. 산시로는 황급히 고개를 돌렸다.

"아무것도 아니에요……. 아, 그보다 어젯밤 사건에 대해 조금 생각해 봤는데요."

억지로 화제를 돌리자 미야는 "응?" 하고 도발적으로 미소 지었다.

"오, 뭐라도 알아낸 거야? 명탐정 산시로 군의 추리를 들어 볼까?"

"추리라고 할 정도는 아니에요. 다만 일련의 사건과 별개로 이해하기 어려운 일들이 일어나고 있다는 걸 깨달았어요."

빨간불이 보이자 앞차와 충분한 거리를 유지한 채 미야가 브레이크를 밟았다. 천천히 속도를 늦춰 차가 완전히 정차하고서야 미야는 산시로에게 고개를 돌렸다. 이렇게까지 철저한 안전 운전자도 드물지 않을까.

"이해하기 어려운 일?"

"네. 첫 번째 피해자가 발견된 날짜는 11월 2일. 그보다 사흘 전인 10월 30일 옆 동네인 요코카와시에서 전직 정치인 나루카와라 고조 씨가 뇌출혈로 쓰러졌어요. 그는 병원으로 이송됐지만 끝내 의식을 회복 못 하고 일주일 후 사망했다고 해요. 76세의 고령이기도 해서 병사로 결론 내려졌어요."

수첩을 보며 말하자 미야는 의아한 듯 고개를 갸웃거렸다.

"병사로 죽은 사람이 플레임과 무슨 상관인데?"

"사망 타이밍이 묘해요. 나루카와라 씨에게는 그 의혹이 있었거든요."

거기서 산시로는 잠시 말을 끊고 미야의 반응을 살폈다. 외모로 인한 편견이겠지만 평소 미야가 신문이나 TV를 챙겨 보는지 의심스러웠다. 미야는 고개를 돌려 정면을 봤다. 모르는 이야기라 고개를 돌린 줄 알았지만 신호가 어느새 파란불로 바뀌어 있었다. 미야는 가속 페달을 밟아 차를 출발시키고 입을 열었다.

"의혹이라면 혹시 그 비서의 의문사 의혹 말이야? GT 건설의 불법 정치자금 수수 의혹에 대해 나루카와라는 '비서인 다나카 다카노리의 독단적 행동'이라 해명했고, 그 후 지목된 비서가 갑작스럽게 목숨을 끊었지. 하지만 유서가 남아 있지 않고 현장 상황이 수상하다는 점에서 경찰은 나루카와라의 살해 또는 살해 교사 혐의를 의심해 수사에 착수했어. 체포는 시간 문제로 여겨졌지만, 그 후 지나치게 빠른 수사 종결과 함께 나루카와라가 사건과 무관하다는 발표가 나왔지. 일부 주간지에서는 당의 간사장까지 지낸 나루카와라의 압력 때문이라고 보도하기도 했지만, 결국 진실은 밝혀지지 않은 채로 나루카와라는 그대로 정계를 은퇴했어."

"잘 아시네요."

"뉴스는 신문과 TV, 인터넷까지 다 확인하니까."

"대단하세요."

"어쩔 수 없지. 난 탐정인걸."

미야는 짐짓 도도하게 말했다. 아무래도 산시로가 속에 품은 편견을 눈치채고 일부러 의혹을 자세히 설명한 느낌이다. 조금 분하지만 모르는 척 넘기기로 했다.

"그래서? 여기서 어디에 플레임이 등장하는데? 나루카와라 가 불타 죽은 것도 아니잖아."

"직접 등장하지는 않지만 이상하지 않나요? 의혹이 있는 상 태에서 정계를 떠나 지방에 칩거하던 정치인이 갑자기 죽었어 요. 게다가 나루카와라 씨는 쓰러지기 직전까지 건강에 이상이 전혀 없었다고 해요."

"그래서, 그게 플레임과 어떻게 연결되는데?"

"그전에 하나 더. 12월 12일, 이번에는 부녀자 연쇄 살인범 인 스기노 겐이치로가 호시모리 시내 자택에서 쓰러져 있는 걸 이웃 주민이 발견했어요. 원인은 심장마비. 그 역시 병원으로 옮겨졌지만 나루카와라처럼 의식을 되찾지 못하고 사흘 후 사 망했어요."

"그 사람이 부녀자 연쇄 살인범으로 확정된 건 아니잖아. 증 거 불충분으로 10월에 무죄 판결이 나왔으니까."

즉시 대답이 돌아왔다. 정말 뉴스는 꼼꼼히 체크하고 있는 것 같다.

"그렇기는 하지만 검찰 측에서는 크게 반발했다고 해요."

"그의 범행이 거의 확실했다고 해도 무죄는 무죄야. 법률상 으로는 범인이 아닌 거지. 그게 법치 국가고."

예상 밖의 대답에 산시로는 흠칫 놀랐다.

스기노 겐이치로는 두 명의 여성을 살해한 혐의로 기소됐다. 목격 증언과 알리바이 유무 등을 통해 경찰은 스기노를 범인으로 지목했다. 물증은 없지만 정황 증거로 입증이 가능하다고 보고 검찰도 기소에 이르렀다.

재판은 몇 년간 이어졌다. 1, 2심에서는 무기징역 선고가 나왔다. 그러나 대법원에서 판결이 뒤집혔다. '스기노의 아버지가 재계 거물이라 뒷돈이 오갔다'라는 소문이 돌았지만 진실은 알 수 없었고, 여론은 의분에 휩싸여 사법부를 비난했다.

미야라면 그들처럼 '증거 따위 필요 없어! 그런 인간은 천벌을 받아야 마땅해!'라고 할 줄 알았는데.

만난 지 스물네 시간도 되지 않았으니 당연하다면 당연하지만, 산시로는 아직 자신이 오토미야 미야에 대해 잘 모른다는 것을 새삼 깨달았다.

"눈이 왜 동그래졌어?"

"아뇨, 별거 아니에요. 아무튼 그 스기노 겐이치로도 갑자기 죽었어요. 사망 직전인 12월 14일에 플레임 사건의 세 번째 피해자인 가렌이 발견되는 바람에 크게 주목받지는 못했지만, 조금 이상하지 않나요?"

"스기노는 나이는 젊지만 비만 체형이었다고 하니 심장마비가 왔어도 이상하지 않아. 또 '저주다', '천벌이다'라고 떠드는 사람들은 있었지만 경찰도 결국 사건성은 없다고 발표했잖아.

그리고 그걸 떠나 어차피 나루카와라나 스기노는 둘 다 플레임과 접점이 전혀 없지 않아?"

"하지만 우연이라고 하기에 너무 절묘하지 않나요? 비슷한 시기에 법적으로 무죄를 받은 악인들이 연이어 의문사했어요. 뭔가 관련성이 있다고 볼 수도 있지 않을까요? 이 안에 이번 사건을 해결할 힌트가 숨겨져 있을지도 몰라요."

"흐음……. 혹시 누군가가 사신死神의 노트를 주워 그 두 사람의 이름을 적었다거나?"

"'데스노트' 말인가요? ……장난치지 마세요. 전 진지하게 말씀드리는 거라고요."

몸을 앞으로 내민 산시로를 보지 않고 미야는 어렴풋이 미소 지었다.

"미안, 미안. 그런데 좀 그렇잖아. 세상 모든 일을 플레임과 연관 지을 필요는 없어. 우연이 겹칠 수도 있는 거지. 단언컨대 나루카와라와 스기노는 플레임과 관련 없어. 그리고 설령 있다고 해도 그게 뭐? 사이코 킬러인 플레임이 정의감에 불타올라 그 악인들을 심판하기라도 했다는 거야?"

"……뭐, 저도 그렇게까지 진지하게 생각한 건 아니에요. 그냥 좀 신경 쓰여서."

그렇게 말하며 뺨이 달아오르는 걸 느꼈다. 사실 속으로는 대단한 발견이라고 자신했다. 하지만 미야에게 일축당하자 정신이 번쩍 들었다. 두 의문사와 플레임 사건. 비슷한 시기에 일어난 기이한 사건이지만, 듣고 보니 시기만 겹쳤을 뿐이지 직접 관계는 없어 보인다. 나루카와라와 스기노의 시신이 불태워진 것도 아니다.

"네 추리, 설마 그게 다니?"

"아뇨. 아직 더 있어요."

미야에게 맞서듯 산시로는 고개를 흔들었다.

"플레임은 시신을 왜 불태우는가. 그 이유 말인데요."

"오, 흥미로운 주제네."

그렇게 대꾸하고 미야는 카 내비게이션을 봤다. 그녀에게 호응하듯 "다음 교차로에서 우회전하세요"라는 기계음이 들렸다. 교차로까지 아직 거리가 있지만 미야는 브레이크를 밟아 차를 감속시켰다. 정말 겉보기와 다른 모범적인 안전 운전자다.

미야는 우회전 방향 지시등을 켜고 "아무튼, 그래서?"라고 물었다.

"떠올릴 수 있는 가능성은 세 가지예요. 첫째, 시신을 불태운 건 피해자들의 신원을 감추기 위해서다. 실제로 첫 번째와 두 번째 피해자는 아직 신원이 밝혀지지 않았어요. 범인은 어떤 이유로 피해자를 살해한 후 그들의 신원을 감추려고 한 거예요."

"기각."

반쯤 예상한 즉답이 돌아왔다.

"네. 그게 사실이라면 그냥 태우기만 하면 되지 그 후 굳이 음식물 쓰레기 처리기나 술통에 시신을 숨길 이유는 없겠죠."

"맞아. 또 정말 시신의 신원을 숨기는 것만이 목적이었다면 호시모리만에 던지거나 산속에 묻어도 돼. 그리고 일본 경찰은 실력이 뛰어나니 어차피 언젠가는 시신의 신원이 밝혀지게 돼 있어. 이 정도로 세간이 떠들썩해진 만큼 조직의 체면 문제도 걸려 있고."

"그럼 두 번째 가능성, 그러니까 원한은 어떨까요? 죽이는 것만으로는 성에 안 차 불태워야 직성이 풀렸던 거예요. 이해하기 어려운 시신 유기 장소들도 범인에게는 뭔가 의미가 있었겠죠. 만약 이 가설이 맞다면 첫 번째와 두 번째 피해자의 신원이 밝혀지면 범인은 금세 압축될 수밖에 없어요. 그들에게 원한을 품은 사람이 범인일 테니까요."

미야는 살짝 말아 쥔 왼손을 입가에 대고 잠시 생각에 잠겼다.

"그럼 가렌은?"

"가렌이 다른 사람에게 그토록 강렬한 원한을 샀을 리는 없어요. 그러니 플레임에게 뭔가 불리한 장면을 목격했기 때문에 제거됐거나, 아니면 역시 모방범의 소행이겠죠. 후자라면 미야 씨 말씀대로 저도 용의자에 포함되겠네요."

마지막 한마디는 최대한 대수롭지 않게 말했다.

"그렇구나. 그런데 시신을 태운 이유가 정말 원한이라면 가렌을 죽인 건 자동으로 모방범의 소행이 되지 않을까?"

"왜죠?"

"가렌의 입을 막는 것까지야 그렇다 쳐도 시신을 태울 필요는 없으니까."

"아."

무심코 목소리를 높였다. 미야는 정면을 보며 의기양양하게 입꼬리를 올렸다.

"그렇지? 시신을 불태워서 원한을 푼다. 즉, 플레임에게 시신을 '태우는' 행위 자체가 어떤 의식 같은 거였다면 단순히 뭔가를 목격했을 뿐인 가렌의 시신을 불태울 이유가 없어. 살해 후 시신을 숨기거나 어딘가에 버리면 그만이지. 굳이 불태워서 자기 범행임을 고백할 필요가 없다는 말이야.

하지만 현실에서 가렌의 시신은 불태워졌어. 그렇다면 그 목적이 입막음이라고 보기는 어렵겠지. 따라서 첫 번째, 두 번째 피해자의 시신을 태운 동기가 원한이었다면, 가렌 일은 모방범의 소행으로 볼 수 있는 거야. 사건 전 가렌의 행동이 뭔가 이상했던 것도 그것과 관련 있을지 모르고. 물론 피해자들의 신원이 밝혀져서 가렌과의 접점이 밝혀지기라도 하면 상황이 달라질 수도 있겠지만."

"네. 그 말씀이 맞아요."

순순히 인정하자 미야는 더 자신만만하게 말했다.

"그렇지? 그런데 뭐, 네 추리도 나름 일리는 있다고 생각해. 흐음, 다음 모퉁이에서 좌회전이구나. 운전은 오늘이 두 번째라 그런지 역시 긴장되네."

"지금 당장 차를 세워 주세요."

그러자 미야가 의아한 눈으로 산시로를 봤다.

"뭐? 왜?"

"방금 '운전은 오늘이 두 번째'라고 하셨죠?"

"응. 면허 따고 운전할 기회가 없었으니까. 뭐, 면허 자체도 딴 지 아직 1년 반밖에 안 됐지만."

1년 반 만에 두 번째 운전……. 지금까지도 여러 의외의 면을 봤지만 이것이 가장 의외다. 유난히 안전 운전을 고집한다고 생각했는데 그저 익숙하지 않아서였던 것이다.

"제발 사고 나기 전에 차를 세워 주세요."

"걱정이 너무 지나친 거 아니니? 지금까지도 무사고 무위반이었어."

"그건 초보 운전자들의 단골 멘트잖아요. 지금이라도 늦지 않았으니 택시로 가요. 택시비는 제가 낼게요."

"너무 늦었어. 폐공장까지 얼마 안 남았으니까. 자, 봐."

무섭게도 미야는 핸들에서 손을 떼며 왼쪽 앞을 가리켰다.

도로 앞에 열차 건널목이 있었다.

이 건널목을 기점으로 호시모리시의 풍경은 사뭇 달라진다. 이 너머는 개발의 손길이 아직 미치지 않았다.

건너편에 쇠락한 미개발지의 양상이 펼쳐졌다. 도로 양옆에 앙상한 나무가 무질서하게 늘어서 있다. 여름에는 푸른 잎으로 뒤덮이겠지만 지금 같은 계절에는 초라한 갈색 나뭇가지만 보인다. 건널목 바로 앞에는 편의점이 있었다. 그리고 편의점 입구 쪽에.

낡은 공중전화가 있었다.

가렌은 저기서 마지막 전화를 걸었던 걸까.

지금까지 밝혀진 가렌의 마지막 행적.

시야에서 공중전화가 차지하는 비중이 점점 커졌다. 이쪽이 다가가는 게 아니라 저쪽에서 다가오는 느낌이다.

휴대폰을 수리 맡겼다고 미리 알려 줬더라면……. 아니, 애초에 수리를 맡기지 않았더라면……. 아니, 그만두자. 슬퍼하거나 후회하는 건 나중에 해도 충분하다. 지금은 오토미야 미야의 조수 역할에 충실하기로 마음먹었다.

"저 공중전화, 조사해 볼까요?"

산시로는 조수라면 할 법한 제안을 입에 담았다.

"아니, 그럴 필요 없어. 감식반이 조사하면 뭔가 나올 수도 있겠지만 우리는 그런 기술이 없잖아."

미야는 그렇게 대답하더니 가속 페달을 밟는 발에 힘을 주었다. 순식간에 속도가 붙은 차가 단숨에 공중전화와 건널목을 지나쳤다.

건널목 앞에서는 일시 정지. 그런 교통 법규는 고등학생인 산시로도 알지만 그렇게 하지 않은 건 미야가 역시 운전에 익숙하지 않은 탓일까. 열차가 오지 않으니 괜찮다고 판단한 걸까.

아니면 미야 나름의 배려였을지도 모른다.

"그나저나 플레임이 피해자들의 시신을 불태운 이유 말인데."

산시로가 입을 열기 전 미야가 다시 물었다.

"세 가지를 떠올렸다고 했지? 마지막 하나는 뭐야?"

"……마지막 하나는."

생각만으로도 무서워서 입 밖에 꺼내기 망설였지만, 굳게 마음먹고 입을 열었다.

"범인은 피해자를 강간했던 게 아닐까요?"

"강간? 그건 또 엉뚱한 발상이네. 강간이라. 왜 그런 생각을 한 거야?"

"그렇게까지 엉뚱하지는 않아요."

산시로는 침을 한 번 삼키고 침착한 척하며 말을 이었다.

"드라마에서 봤는데, 강간한 시신을 그대로 두면 그곳에 남은 정액의 DNA 감정으로 개인을 특정할 수 있다고 해요. 그러니 정액을 태워 없애려고 시신을 불태운 거예요. 한마디로 증거인멸이죠."

말하고 보니 역시 이 가설이 가장 유력해 보인다. 첫 번째, 두 번째 피해자의 추정 연령대가 다소 높다는 게 마음에 걸리지만 꼭 젊은 여성만 강간 피해를 입는 건 아니다. 거기에 세 번째 피해자인 가렌은 열여섯의 어린 나이였다.

플레임은 가리지 않고 여성을 덮쳐 강간하고 정액을 없애기 위해 시신을 불태운, 최악의 인간쓰레기인 것이다.

"역시 대단하구나, 넌."

미야가 산시로를 보며 감탄한 듯 말했다.

"아뇨. 이런 추리는 누구나 할 수 있을걸요. 경찰도 분명 떠올렸을 테고요. 그보다 앞을 똑바로 보고 운전해 주세요. 사실상 초보 운전이시니까요."

"아니, 내가 칭찬한 건 추리가 아니라 '소중한 여동생이 강간당했을지도 모른다'라고 네가 냉정하게 분석했다는 점이야."

"그것도 별로 칭찬받을 일은 아니에요."

산시로는 가볍게 받아쳤다. 냉정하게 분석했다는 것. 미야에게 그렇게 보였다는 사실에 은근히 안도하면서.

"아무튼 이 추리는 앞뒤가 맞죠? 플레임의 정체는 연쇄 강간범이고, 전과가 있을지 모른다. 그 선에서 수사하면 되지 않을까요?"

"아니."

그러나 예상 밖으로 미야는 딱 잘라 부정했다.

"경찰 수사에서 강간을 입증할 물증은 발견되지 않았다고 해."

"그러니까 정액이 시신과 함께 불탄 거예요."

"아니, 정액은 그렇게 쉽게 타지 않아."

미야가 갑자기 선생님 같은 투로 설명했다.

"질 내부에는 불이 잘 닿지 않거든. 아주 강한 화력으로 태우지 않는 한 질 안의 정액까지 소각할 수는 없어. 증거인멸 수단으로서는 불안한 거야."

"플레임에게 그런 지식이 없었을 수도 있죠. 그냥 태우면 된

다고 생각해 시신에 불을 붙였는데 운 좋게 정액까지 탔을 수
도……."

"물론 그럴 가능성도 있겠지. 하지만 결정적으로 시신들에
서는 산성 포스파타아제가 검출되지 않았어. 그러니 강간 살인
가능성은 극히 낮아."

"산성 포스파타아제요?"

처음 듣는 단어였다.

"그래. 산성 포스파타아제는 동물 중에서 인간과 원숭이의 정
액에만 포함된 성분이야. 시신이 새카맣게 타서 정자가 소실돼
도 산성 포스파타아제는 남아 검출되는 경우가 많아. 웬만한 수
준으로 태워서는 완벽하게 없애는 건 불가능해. 세 명의 피해자
에게서는 산성 포스파타아제가 검출되지 않았어. 그 말은 즉."

"……강간은 없었다."

"그래. 거기에 만약 플레임이 콘돔 같은 걸 써서 정액이 남
지 않게 했다면 이번에는 시신을 태울 필요가 없어지지. 애초
에 세 명의 피해자 모두 그렇게 강력한 화력으로 태워진 건 아
니야. 강간의 물증을 없애고 싶었다면 시신이 탄화될 만큼 철
저히 태웠을 테고, 유기 장소도 더 발견되기 어려운 곳으로 하
는 게 좋아."

가렌은 강간당하지 않았다.

가렌이 죽은 사실은 변함없는데도 안도감 때문에 온몸에서
힘이 풀렸다. 세 번째가 가장 가능성 큰 추리라고 자부했지만

가장 부정하고 싶은 추리였다는 것도 뼈저리게 깨달았다.

살해로 모자라 강간까지 당하다니, 그건 너무 잔인하다.

"조금은 안심이 되니?"

"네, 뭐……."

솔직하게 고개를 끄덕이고 산시로는 속내를 들킨 것 같아 무심코 추궁하듯 물었다.

"미야 씨는 산성 포스파타아제나 시신 상태 같은 걸 어떻게 다 알고 계시는 거예요?"

"의뢰인한테 들었어. 뭐, 산성 포스파타아제를 조사하는 건 일반적인 법의학 상식이라 그렇게 특별한 것도 아니지만."

이 여자의 입에서 '일반적인 법의학 상식'이라는 단어가 나올 줄은 몰랐다.

혹시 미야 씨는 의대생일까. 산수도 못 하면서?

또 그런 정보들까지 속속들이 다 아는 의뢰인은 대체 어떤 사람일까.

"아무튼 그런 이유로 강간은 없었어. 그보다는 오히려 원한 쪽이 가능성이 커. 네 말대로 플레임에게는 음식물 쓰레기 처리기나 술통에 시신을 숨기는 행위 자체에 어떤 의미가 있었을지도 몰라. 그렇다면 가렌 일은 역시 모방범의 소행일 거고."

"그렇군요. 네. 그래서 미야 씨는 저를 곁에 두고 수사에 협조하게 하는 동시에 감시도 하는 거겠죠."

"바로 그거야. 네가 모방범일 가능성이 있으니까. 게다가 이렇게 나와 함께하는 것도 수사 정보를 얻기 위해서일 수 있지. 내가 널 신뢰해서 조수로 삼았다고 생각하면 큰 오산이야."

"저를 의심한다는 걸 그렇게까지 강조하지는 마세요. 아무리 그래도 저도 상처받는다고요……. 자, 그럼 그렇게 말씀하시는 미야 씨는 플레임이 시신을 불태운 이유를 뭐라고 보시는 거예요?"

"글쎄……."

미야는 왼손을 가볍게 말아 쥐고 입가에 댄 채 잠시 침묵했다. 뭔가를 숙고할 때의 습관 같은데, 초보 운전자라는 걸 알게 된 지금은 한 손으로 운전하는 모습이 아슬아슬해 보인다. 핸들은 제대로 붙잡아 달라고 말해야 할지 산시로가 망설이고 있을 때.

"솔직히 잘 모르겠어. 그 이유, 그러니까 시신을 불태운 동기가 이번 사건의 열쇠 같기는 한데 말이야. 다만 네가 말한 그 원한 설은 나도 유력한 가설이라고 생각해. 그리고 그다음으로 유력한 게 바로 정신 이상자 설이야."

정신 이상자 설?

"플레임은 정신 이상자라 별생각 없이 시신을 태우고 유기하는 것을 즐긴다. 그러니까 일련의 행동에 이유 따위 없는 거지. 그렇다면 그런 기이한 장소들에 시신을 유기한 것도 이해되지 않아? 물론 이 경우 죽기 전 가렌의 상태가 조금 이상했다는 걸 설명할 수 없다는 게 마음에 걸리지만."

드라마 각본이라면 시청자의 반감을 살 내용이지만, 의외로 진실은 그럴 수도 있다. 그렇다면 가렌이 다른 피해자들과 비교해 이질적인 점도 설명이 된다.

즉, 플레임은 아무 생각도 없이 일을 벌이고 있다는 뜻이다.

시신의 신원 은폐, 원한, 강간, 그리고 정신 이상자. 신원 은폐와 강간을 부정한다면 플레임이 시신을 불태운 동기는 원한일까? 아니면 정말 동기 따위 없는 단순 정신 이상자의 소행?

"폐공장이 저기니?"

미야의 말에 산시로는 앞쪽을 봤다.

폐허.

오른쪽 앞으로 그렇게 표현할 수밖에 없는 공간이 있었다. 건널목에서 안전 운전으로 약 5분. 걸어서도 충분히 갈 수 있는 거리다.

"……네."

드라마라면 이쯤에서 공장을 향해 걷는 가렌의 환영이 보일 것이다.

하지만 눈을 아무리 부릅떠도 현실에서는 아무것도 보이지 않았다.

4

폐공장은 도로의 약간 안쪽에 있는 3층짜리 건물이었다. 부식돼 가는 회색 콘크리트 벽이 거대한 묘비를 연상케 한다.

"먼저 가 있어. 난 소리가 잘 보이는 콘택트렌즈로 바꿔 끼고 갈게."

길가에 차를 세우자마자 미야가 말했다.

"아뇨, 기다릴게요. 그리고 폐공장에 대해서도 할 이야기가……."

그러자 미야가 입술을 쭉 내밀며 산시로의 말을 가로막았다.

"산시로 군은 아직 여자의 마음을 모르는구나. 여자는 남자 앞에서 콘택트렌즈를 바꿔 끼는 모습을 보이고 싶어 하지 않는 법이야."

"어차피 미야 씨는 그런 거 별로 신경 안 쓰시잖아요. 그보다……."

"됐어. 어서 내리렴. 얼른."

항의도 소용없이 차에서 쫓겨났다. 콘택트렌즈를 바꿔 끼는 모습을 보이고 싶어 하지 않는 심리라니. 그런 건 처음 듣는다. 아무래도 미야는 이상한 부분에서 예민한 듯하다. 결국 산시로는 어쩔 수 없이 혼자 먼저 폐공장으로 발걸음을 옮겼다.

주변이 바짝 말라 색이 바랜 잡초로 뒤덮여 있다. 조금 전 떠올린 '거대한 묘비' 이미지에 '아무도 손질하러 오지 않는'이라는 한마디가 더해진다.

아무도 손질하러 오지 않는 거대한 묘비.

9년 전만 해도 생각도 못 했다. 그때는 그저 규모가 큰 귀신의 집 정도로 생각했다.

"기다리게 해서 미안."

종종걸음으로 다가온 미야는 수색에 방해되리라 판단했는지 긴 은발을 하나로 묶은 모습이었다. 차 뒷좌석에 있던 검정 코트는 걸치지 않았다.

"안 추우세요?"

"코트 같은 걸 걸치면 움직일 때 불편하고, 게다가 내가 좋아하는 옷이라 더럽히고 싶지 않아."

그러더니 미야는 폐공장을 올려다보며 말했다.

"만약 가렌이 건널목을 건넜다면 목적지는 여기뿐이겠지. 이대로 쭉 가면 옆 동네인 요코카와시가 나오고. 혹시나 해서 묻는데, 가렌이 요코카와시에 아는 사람이 있었니?"

"아뇨, 없었어요. 요코카와시에 따로 볼일이 있었을 것 같지도 않고요. 물론 여기에도 볼일은 없었겠지만."

산시로는 미야와 나란히 폐공장 주변을 걸었다.

'아무튼 그래서 미야 씨, 사실은……' 하고 산시로가 입을 떼려고 할 때.

"되게 크다. 조사하기 힘들겠어."

미야는 폐공장을 올려다보며 한숨을 푹 내쉬었다.

"원래는 식용유인가 뭔가를 만들던 공장이었다고 해. 그러다 20여 년 전 작업 중 직원의 실수로 가스 폭발이 일어나 수많은 사상자를 내고 결국 폐쇄됐어. 그런데 건물주가 워낙 고집이 센 노인이라 팔지 않고 그대로 방치해 두다가 결국 이 지경이 된 거야. 최근에야 겨우 시가 설득한 끝에 매각하기로 해서 내년쯤에는 이 일대도 개발이 진행될 거래."

"잘 아시네요."

"오기 전 대충 조사해 봤거든."

미야는 폐공장을 둘러싼 철조망 앞에서 멈춰 섰다. 어디로 들어가야 할지 고민하는 것 같다.

"그런데 건물주라는 그 노인도 너무하지 않니? 이런 건물을 방치해 두면 불량배의 아지트가 되거나 부랑자들이 머무는 곳이 될 게 뻔한데."

"업체에서 가끔 나와 점검은 하는 것 같아요. 하지만 그러지 않아도 아무도 여기 오지 않을걸요. 여기서 유령이 나온다는 소문이 있으니까요."

"유령? 가스 폭발로 죽은 사람들 말이야?"

"그것도 그렇지만, 유령 이야기에 어울리는 다른 사건도 있었어요."

"아, 뭔지 알겠다. 9년 전 그 일 말이지?"

"아시나요? 그때……."

"9년 전 여름."

미야는 철조망에 손을 얹고 먼저 이야기를 시작했다.

"시내에서 아이들이 탐험 놀이를 한다며 이 공장에 왔다지. 그런데 그때 공장 안에서 지독한 악취가 풍겼다고 해. 이상해서

안을 들여다보니 그곳에서는 남녀 8명이 몸을 겹친 채 죽어 있었어. 인터넷 자살 사이트에서 만난 사람들이 집단 자살 장소로 이곳을 고른 거야. 하필 계절도 여름이라 아이들이 발견했을 때 시신은 이미 부패가 상당히 진행된 상태였대. 정말 그런 바보 같은 녀석들이 어딨어? 유족과 시신을 본 사람들에게 평생 트라우마로 남을 게 뻔한데. 죽기 전에 그런 것도 몰랐을까?"

철조망을 잡은 미야의 손에 힘이 들어가는 게 보였다.

말을 꺼내기에 타이밍이 좋지 않지만 더 이상 미룰 수 없다. 미야는 어차피 '왜 더 빨리 말하지 않았니?'라고 화낼 것이다.

"……사실 그때 그 사건의 당사자인 아이가 총 세 명이었는데, 그중 둘이 저와 가렌이에요."

"뭐?"

단정한 얼굴과 어울리지 않게 미야는 얼빠진 듯 반응했다.

공장 안에는 콘크리트와 유리 조각, 그밖에 어디에 쓰이는지 알 수 없는 쇳조각 등이 널려 있었다. 군데군데 드러난 철골은 살이 떨어져 뼈가 드러난 인체를 연상시킨다. 갖가지 기체가 뒤섞인 악취는 깊이 들이마시면 몸 안이 썩을 것 같았다.

그런데도 안쪽의 무너진 천장으로 햇빛이 들어오고 바닥 틈새에서는 잡초가 자라고 있다. 지금은 시들었지만 여름이 되면 생기 넘치는 초록빛으로 물들 것이다. 폐허와는 어울리지 않는 광경처럼 느껴졌다.

"네가 이곳에서 그런 큰 사건을 겪었다니. 왜 미리 말하지 않은 거야?"

깨진 창문을 지나 공장 안으로 들어간 뒤에도 미야의 기분은 풀리지 않은 듯했다.

"그러니까, 아까부터 몇 번이나 말씀드리려고 했는데 미야 씨가 들어주시지 않았잖아요."

"그럴 때는 무리해서라도 알리는 게 조수의 철칙이야. 모르니?"

"몰라요. 미야 씨가 멋대로 정한 철칙 아닌가요?"

"멋대로 정해도 돼. 난 탐정이니까."

"그런 건 탐정이 아니라 독재자예요."

어쨌든 무리해서 알려 주지 않은 건 엄연한 사실이다. 9년 전 그 일이 플레임 사건과 관련 있을 리도 없다고 판단했다.

"원래 탐정이 하는 말은 독단적이어도 다 정론이란다. ……그나저나 시신을 발견하고 트라우마를 겪었다는 그 세 아이 중 나머지 한 명은 누구니?"

마지막 억지 주장을 펼치고 미야는 간신히 기분이 풀린 것처럼 물었다.

"제가 다니는 합기도 도장 선배예요. 저보다 나이가 네 살 많고 평소 행실도 똑 부러지는 분인데, 가장 먼저 공장에 들어와 부패한 시신을 마주치는 바람에 안타깝게도 그 자리에서 속에 든 걸 전부 게워내고 말았죠. 전 겁에 질린 가렌의 눈과 귀를 막느라 바빠서 시신 쪽은 제대로 보지도 못했지만 상태가 아주 심각했다고 해요."

그 일을 계기로 한동안 레이와 소원해졌다. 중학교 입시가 다가왔다는 점과 자신보다 어린 아이들 앞에서 위액까지 토했다는 사실에 대한 민망함. 그 두 가지가 이유 아니었을까.

"즉, 이 공장은 네게 별로 낯선 장소가 아니라는 뜻이네."

"네. 하지만 9년 전 사건 이후로는 한 번도 와 본 적 없어요. 가렌도 마찬가지였을 거고요. 그래서 마지막 날 밤 가렌이 왜 이 공장에 왔는지 전혀 모르겠어요."

"흐음."

미야는 바닥에 있는 쇠파이프에 서서 주변을 둘러봤다. 깨진 창문으로 한 줄기 바람이 불어왔다.

"일단 조금 더 수색해 보자. 경찰이 놓친 게 있을 수도 있으니까."

왠지 뭔가를 발견할 수 있다고 확신하는 듯했다.

수색 결과, 공장은 산시로가 예상한 것보다 훨씬 더 황폐한 상태였다.

가끔 생각난 것처럼 녹물을 떨어뜨리는 천장의 쇠파이프.

페인트가 벗겨져 이제는 뭘 뜻하는지 알 수도 없는 벽에 적힌 숫자들.

발을 내디딜 때마다 힘을 주면 바닥판이 떨어져 나갈 것 같은 계단.

곳곳에서 9년의 세월을 훨씬 뛰어넘는 풍화가 진행돼 있었다.

하지만 알게 된 것이라고는 그뿐이었다.

뭔가가 불탄 흔적은 고사하고 범행의 흔적을 암시하는 건 아무것도 없었다.

다 허물어져 가는 이런 외딴곳에, 그것도 한밤중에 가렌이 혼자 왔을 리 없다. 그런 확신이 더 강해졌다.

"눈에 띄는 건 없네."

3층 수색을 마치고 미야가 말했다. 산시로는 고개를 끄덕이며 주변을 둘러봤다. 3층은 칸막이와 문까지 전부 철거돼 있다. 어디에 어떤 공간이 있었는지도 상상되지 않았다.

"경찰이 조사했을 때도 마찬가지였어요. 가렌은 역시 이곳에 오지 않은 게 아닐까요? 물론 피해자의 시신을 태우려면 사람들 눈에 띄지 않는 이곳이 최적의 장소인 것 같기는 해요. 하지만 어디에도 뭔가를 태운 흔적 같은 건 없잖아요."

"그래, 없지. 눈으로 확인하는 한."

"설마 '시각과 청각으로 확인하면 뭔가 찾을 수 있다'라고 하시려는 건가요? 가렌이 살해된 지 일주일도 넘었으니 소리로 뭔가를 알 수 있을 리 없어요."

"서두르지 마, 서두르지 마."

미야는 여유롭게 말했다.

"사실 방금 조금 재밌는 소리가 보였거든."

"소리가 보였다고요? 이렇게 조용한데?"

"완전한 무음 상태는 아니잖아. 가끔 바람 소리가 들리기도 하고."

물론 그렇기는 하지만 그런 게 보여 봐야 무슨 소용 있을까.

미야가 고개를 들었다. 무너진 천장에서 보이는 하늘이 어느새 납빛 구름으로 뒤덮여 있다. 또 비가 올 모양이다.

"비, 괜찮을까요? 어제처럼……."

"지금 낀 건 보슬비 정도의 소리는 안 보이는 콘택트렌즈라."

그때 문득 강한 바람이 불어왔다. 뒤로 묶은 미야의 은발이 말꼬리처럼 흔들린다. 찬 기운 때문에 산시로는 목을 움츠렸지만 미야는 여전히 여유로웠다.

"좋아. 바람도 많이 강해졌네. 자, 그럼 두 번째 수색을 시작해 볼까."

산시로는 미야의 목적이 무엇인지 도무지 감을 잡을 수 없었다.

그 후 공장을 두 바퀴 더 도는 동안 미야는 아무 말도 하지 않았다.

갑작스럽게 바람이 불어 깨달은 사실인데 공장 내부는 바람이 마음대로 드나드는 통로가 돼 있었다. 유리 없는 창문, 틈새 투성이 벽, 구멍이 숭숭 뚫린 천장. 원하는 곳에서 거침없이 바람이 불어 들어오고 있다. 콘크리트 벽과 어우러져 울려 퍼지는 바람 소리에 청각이 자극받는다. 공감각자인 미야는 시각도 동시에 자극받고 있을 것이다.

1층. 바닥 거의 중앙에 선 미야는 세차게 부는 바람 속에서 상하좌우 사방을 둘러봤다. 그때 한층 더 강한 바람이 불어 바닥에서 먼지와 녹, 정체불명의 물질이 뒤섞여 날아올랐다.

산시로는 반사적으로 눈을 감을 뻔했지만, 미야는 두 눈을 크게 뜨고 관찰을 계속했다. 뭘 보고 있는지 묻고 싶었지만 방해될 것 같아 참았다.

강풍이 지나간 후 다음 바람은 찾아오지 않았다.

"바람 소리는 하늘색."

예고 없이 튀어나온 미야의 한마디.

"하늘색을 띤 여러 둥근 구체가 데굴데굴 굴러가는 게 바람 소리야. 그런데 다른 곳보다 유독 색이 옅고 구체 수가 적은 곳이 있어. 거기가……."

미야의 말에 화답하듯 또 강한 바람이 불었다. 바닥에 쌓인 잡다한 물질이 날아오른다.

"저기인가."

미야는 뭔가를 발견한 것처럼 벽을 향해 뚜벅뚜벅 걸어갔다. 입구 오른쪽 도로에서 가장 멀리 떨어진 벽이다. 영문을 알 수 없지만 산시로도 서둘러 그 뒤를 쫓았다.

골조에 둘러싸인 공간이었다. 공장이 한창 가동될 때는 칸막이가 설치돼 방으로 쓰였을 것이다. 벽 옆에는 먼지를 뒤집어

쓴 스테인리스 책장이 방치돼 있는 걸 보니 사무실이었을 수도 있다.

"이 근처야."

그 앞에 멈춰 선 미야는 왼손 주먹으로 벽을 가볍게 두드리기 시작했다.

탁탁.

경쾌한 소리가 허공에 퍼진다. 미야가 지금 뭘 하려는지 산시로는 알 수 없었다.

"뭐 하시는 거예요?"

답답한 마음에 물어도 대답이 없다. 미야는 그저 벽을 계속 두드리며 돌아다니기만 했다.

탁탁, 탁탁, 탁탁.

반복되는 소리. 이 소리는 미야의 눈에 어떻게 비치고 있을까. 그렇게 생각한 순간, 산시로는 지금 미야가 비로소 뭘 하려는지 이해했다. 그래도 일절 소리 내거나 움직이지 않고 미야를 지켜봤다.

바람 소리가 울려 퍼지는 곳에서 미야는 계속 벽을 두드렸다.

그리고 그 움직임이 마침내 어느 지점에서 멈췄다.

"이 주변만 다른 곳과 색이 달라."

책장 바로 옆 벽이었다. 주변과 마찬가지로 도색이 벗겨져 썩어 가고 있다. 언뜻 보기에는 특별할 게 없어 보인다. 미야는 다시 한번 그 벽을, 이번에는 조금 힘주어 두드렸다.

탁탁.

가까이 가서 들어도 산시로의 귀에는 역시 같은 소리로 들렸다.

"정말 다른가요?"

"응. 여기만 소리가 다른 곳보다 엷고, 둥근 모양을 하고 있어."

그렇게 말하며 책장을 관찰하다가 미야는 문득 뭔가를 발견한 것처럼 허리를 숙였다. 아래에서 두 번째 선반에 왼손을 집어넣는다.

찰칵.

유난히 경쾌한 소리가 들린 순간.

책장이 앞으로 움직였다.

무슨 일이 일어났는지 순간적으로는 이해할 수 없었다. 산시로는 당황하며 지금껏 책장이라고 생각한 것과 그 너머를 멍하니 바라봤다.

눈앞에 펼쳐진 넓은 공간을 보고서야 지금껏 책장이라 생각한 것이 문이었다는 것을 비로소 깨달았다.

"이게 뭐죠?"

두드렸을 때 색이 다른 벽을 찾는다는 건 알았다. 그 벽과 바람이 만드는 소리가 다른 벽과 다르게 보일 거라고도 짐작했다.

하지만 그것을 발견한 이후 무엇이 나타날지까지는 예상 못했다.

"숨겨진 문이네."

미야는 별로 놀란 기색도 없이 벽 너머에 나타난 방을 들여다봤다.

"숨겨진 문이라니…… 공장에 이런 게 왜?"

"글쎄. 근데 내부 크기가 여덟 평도 안 돼 보이니 아마 남들에게 들키면 곤란한 돈이나 물건 같은 걸 숨겨 두고 있었던 게 아닐까? 건물주가 괴팍한 사람이라고 하니 이것저것 켕기는 게 많아서 지금껏 공장 매각에 응하지 않았는지도 모르지. 물론 난 이런 숨겨진 문이나 공간을 별로 싫어하지 않지만."

"숨겨진 문이라니…… 이런 건 만화에나 나올 법한……."

"아니, 현실에도 있어. 이런 문을 만들어 주는 업체가. 일본은 어떨지 모르지만 미국에는 심지어 이런 문들을 전문적으로 제작하는 회사도 있고 제대로 된 걸 만들려면 꽤 많은 돈이 든다고 해."

"그런 것도 잘 아시네요."

"사실 우리 본가에도 있거든."

역시 부잣집 아가씨. 평범한 가정에서 거금을 들여 집 안에 숨겨진 문 같은 걸 만들지는 않을 것이다. 그렇다면 그런 부잣집 아가씨가 왜 머리를 은색으로 염색하고 탐정 일 같은 걸 하는 걸까.

산시로의 의문을 알 리 없는 미야는 주머니에서 가는 손전등을 꺼내 전원을 켰다. 작은 방 안에 빛이 들어왔다.

그곳에 비친 광경을 본 순간, 산시로는 깜짝 놀라 숨을 집어삼켰다.

창문 하나 없는 삭막한 공간이었다. 그런 공간의 바닥, 천장, 벽, 아니 작은 방 전체에.

불에 탄 자국이 시커멓게 퍼져 있었다.

"분명 뭔가를 숨기고 있던 비밀 방이었겠지. 공장 폐쇄 후 오랫동안 쓰이지 않았지만, 누군가 우연히 책장이 숨겨진 문인 걸 알아차리고 이곳을 이용하기로 마음먹은 거야."

"네? 그 누군가는 이런 곳에서 대체 뭘 하려고……?"

산시로는 정답을 알면서도 질문을 던졌다.

"시신 소각."

미야는 담담하게 대답했다.

소각. 시신. 피해자의 시신. 피해자? 그게 누구지? 신원 미상의 두 사람? 아니. 피해자는 총 세 명이다. 그리고 그 세 번째가 바로 아마야 가렌. 내 여동생. 가렌은 살해당했다. 살해당하고 불태워졌다. 이 방 안에서. 그럼 저 불탄 흔적은. 저 흉측한 검은 그을음은.

그날 밤 가렌은 이곳에 와서 살해된 후 불에 타…….

"자, 이걸로 플레임에 대한 단서를 조금은 얻었네. 플레임은 이곳에 비밀 방이 있다는 걸 알고 있었어. 시신을 태울 장소를 확보하는 건 극히 어려운 일이지만, 이 방 안이면 태운 흔적도 쉽게 발견되지 않겠지. 그 세 사람의 시신은 분명 이 안에서 불태웠을 거야."

미야의 목소리가 어딘가 먼 곳에서 들리는 것 같다.

"이렇게까지 시신을 태우는 데 집착했다는 건, 어떤 목적이 있든 일반인은 이해할 수 없는 광기 때문이든 플레임에게 시신 소각은 아주 중요한 의미였다는 뜻이겠지⋯⋯. 응? 너, 괜찮니?"

괜찮냐고? 뭐가? 그리고 애초에 '너'가 누굴까.

"얼굴이 하얗게 질렸잖아. 산시로 군."

산시로 군? 아, 그건 나다. 내 이름이다.

아버지와의 약속을 지키지 못하고 여동생도 지키지 못한 한심한 남자의 이름.

딱딱 하고 이상한 소리가 난다. 시끄럽다. 뭐야? 미야 씨에게 방해될 텐데. 이상한 소리가 보이기라도 하면 어쩌지.

"떨고 있잖아. 춥니?"

그 말을 듣고 소리의 원인이 자신의 어금니인 것을 깨달았다.

"죄송해요. 괜찮습니다⋯⋯. 괜찮아요. 괜찮아요⋯⋯."

그렇게 괜찮아요, 라고 반복하는 동안 산시로는 무릎에 힘이 풀려 그 자리에 주저앉고 말았다.

"좀 괜찮아졌어?"

미야의 말을 듣고 조수석에 앉은 산시로는 힘없이 고개를 끄덕였다. 손에 든 컵에 뜨거운 커피가 담겨 있다. 미야가 차에 두고 있던 것이다. 한 모금 마시자 몸 깊은 곳까지 온기가 전해졌다.

오늘은 집에 가기 전까지 가렌을 떠올리며 슬퍼하지 말자고 다짐했는데.

"볼썽사나운 모습을 보여서 죄송해요."

"아니, 저런 곳을 보면 누구나 동요할 거야. 내가 무신경했어. 미안해."

미야는 아버지에게 혼이 난 소녀처럼 풀 죽어 있었다. 이런 표정도 짓는구나. 왠지 그녀에게서 어떤 균형이 깨진 듯한 느낌도 들었다.

"플레임은 그 방의 존재를 아는 사람이겠죠. 하지만 전 그런 곳이 있는 줄 몰랐어요. 하지만 그 '몰랐다'를 증명할 수 없으니 앞으로도 전 계속 모방범 후보로 남는 건가요?"

균형을 되찾으려고 일부러 사건 이야기를 꺼냈다. 그런 마음이 전해졌는지 미야는 "안타깝게도 그건 맞아" 하고 조금 과장되게 고개를 끄덕였다.

"모방범을 넘어 네가 저 장소를 알고 있었다면 처음 두 사건도 산시로 군의 소행, 즉 아마야 산시로가 플레임일 수 있어."

"그렇게 되지 않았으면 좋겠네요. 제발."

일부러 토라진 척을 하자 미야는 입꼬리를 올려 미소 지었다. 균형이 다시 돌아온 것 같다.

"아무튼 산시로 군이 플레임인지 아닌지를 떠나 수사 시작 이틀 만에 여기까지 알아낸 건 대단한 거야. 이제 감식반이 저 곳을 조사하면 뭔가가 나올지 몰라."

감식이라. 아까 공중전화 앞에서도 말했듯 미야는 역시 그런 쪽 기술은 없는 듯하다. 하지만 그 방의 존재는 미야의 공감각 덕에 찾을 수 있었다. 플레임이 시신을 태운 현장이 어딘지는 경찰도 찾았을 테고, 이 폐공장은 유력한 후보지 중 하나였을 것이다. 하지만 그들도 숨겨진 문까지 찾지는 못했다.

미야는 소리를 볼 수 있기에 이토록 쉽게 문을 발견할 수 있었던 것이다.

그런 능력을 과신할 수는 없겠지만 미야는 경찰이 찾지 못하는 걸 찾을 수 있다. 그래서 그 정체불명의 의뢰인도 미야에게 수사를 맡긴 걸까.

그래도 역시 미야 혼자 살인마를 쫓는 건 너무 위험하다.

"의뢰인에게 보고해야겠어. 아무래도 그쪽 수사는 벽에 부딪힌 것 같으니까."

그쪽 수사? 자세히 묻고 싶은 유혹이 들었지만 탐정에게 의뢰인의 정보는 비밀 유지 의무 대상일 테니 묻지 않기로 했다.

"너도 의뢰인을 만나 볼래?"

그래서 그런 질문을 받았을 때는 하마터면 손에 든 컵을 떨어뜨릴 뻔했다.

"뭐야? 왜 그래, 위험하게."

"……만나도 될까요? 의뢰인의 정보는 탐정의 비밀 유지 의무에 해당하지 않나요?"

"응? 내가 한 번이라도 '비밀 유지 의무'라는 단어를 네 앞에서 썼었나?"

돌이켜봤다. 어제 호시모리 마린 타워에서 처음 만난 이래 지금껏 미야는…….

"확실히 말씀하신 적이 없기는 하네요."

"그렇지? 정말 산시로 군은 생각이 너무 많다니까. 신경 쓰지 마. 야하기 씨라면 괜찮아."

"야하기 씨군요. 의뢰인의 이름이."

"응. 경찰청 안에서 '초超' 자가 세 개는 붙을 정도로 유능한 엘리트 관료야."

"네? 경찰청요? 미야 씨의 의뢰인이 경찰관이라고요?"

당황하는 산시로를 보며 미야는 짐짓 "후훗" 하고 악당처럼 웃었다.

"어머, 알아서는 안 될 걸 알아 버렸네, 산시로 군. 이렇게 된 이상 이제 돌이킬 수 없어. 다른 사람 앞에서 섣불리 입을 놀렸다가는 국가 권력에 의해 네 존재가 지워질 거야."

"뭐예요, 그 전형적인 악당 같은 대사는. 애초에 미야 씨 멋대로 알려 주신 거잖아요."

"후후훗."

악당 같은 게 아니라 악당 자체로 정정해야겠다. 아까 풀이 죽어 보였던 건 결국 연기였을까.

"자, 그럼 이제 돌이킬 수 없다는 것도 알았으니 만나러 가볼까? 그 김에 네 휴대폰도 전달하고. 아직 경찰에 넘기지 않왔지?"

미야가 차에 시동을 걸었다.

"오늘은 아크 호텔 호시모리에 야하기 씨가 있을 거야."

Ⅲ. 용의자

1

아크 호텔 호시모리로 가는 차 안에서 산시로는 줄곧 혼란스러웠다.

비밀이라 공개되지 않을 거라 믿은 의뢰인은 '야하기'라는 이름의 경찰관이었다. 경찰이 왜 일반인, 그것도 아직 10대일지도 모르는 어린 여자에게 수사를 의뢰했을까. 미야의 공감각이 강력하다는 점을 감안하더라도 현직 경찰관이 의뢰인이라는 건 좀처럼 납득되지 않는다. 그걸 떠나 경찰청의 엘리트 관료가 개별 사건을 수사하는 것도 이상하다.

"경찰이 왜 미야 씨에게 수사를 의뢰한 건가요?"

"경찰보다 내가 더 빨리 사건을 해결할 수 있다고 판단했겠지. 야하기 씨는 늘 효율을 최우선으로 생각하는 면이 있거든.

실적도 있고."

미야는 야하기라는 사람의 기행에 이미 익숙한지 당연한 듯 말했지만 산시로는 도무지 이해할 수 없었다. 현직 경찰관이 일반인에게 수사 정보를 유출한 게 밝혀지면 파면은 피할 수 없다.

혼란이 채 가라앉기도 전에 호텔에 도착했다. 미야는 하나로 묶은 머리를 풀고 산시로와 함께 호텔로 들어갔다. "어서 오십시오"라는 호텔 직원의 인사에 미야는 익숙하게 고개를 숙였지만 산시로의 모습은 직원 눈에 그야말로 어색하게 비쳤을 것이다.

엘리베이터를 타고 12층으로 올라갔다. 일단 숙소인 1202호로 돌아갈 줄 알았지만 미야는 옆방인 1201호 앞에서 발걸음을 멈췄다.

"여기야."

어제 미야가 이 방을 힐끗 봤던 게 떠올랐다.

"옆방에 묵고 계신 거예요?"

"응. 옆방에 있으면 여러모로 편하잖아. 밖에서 만나면 불륜이나 매춘 같은 불필요한 오해를 살 수도 있지만, 이러면 다른 사람한테 들킬 염려도 없고."

그렇구나. 감탄하는 사이 미야가 방의 초인종을 눌렀다.

"야하기 씨, 나야. 그때 말한 그 휴대폰 주인을 데려왔어."

야하기. 미야의 의뢰인. 어떤 사람일까.

그러나 긴장한 산시로의 허를 찌르듯 방 안에서는 대답이 없었다.

"안 계신 것 같은데요."

"오늘은 하루 종일 방 안에 있겠다고 했는데. 잠들었나? 에이, 어쩔 수 없네."

미야는 재킷에서 카드키를 꺼내 인식판 위에 올렸다.

"열쇠를 가지고 계신 거예요?"

"응. 내 방 카드키도 야하기 씨한테 맡겼어."

'불륜이나 매춘 같은 불필요한 오해를 살 수도 있다'라고 했으니 야하기라는 사람은 아마 남자일 것이다. 그런데도 방의 카드키를 맡기다니, 너무 무신경한 게 아닐까.

미야가 방문을 열었다. 순간 음악 소리가 귀에 들어왔다. 클래식 음악. 아마 바이올린 소리. 부드러우면서도 강렬한 열정이 느껴지는 선율.

조금 망설였지만 산시로는 결국 거리낌 없이 방 안으로 들어가는 미야의 뒤를 따랐다.

인기척이 없다. 야하기는 정말 외출한 모양이다.

내부는 미야의 방을 뒤집어 놓은 구조였다. 창가 테이블에 스피커에 연결된 휴대용 음악 플레이어가 있다. 저기서 소리가 흐르는 걸까.

"무슨 곡이죠?"

대답을 기대하고 물은 건 아니었다. '록이 아니면 음악이 아니다'라며 목에 핏대를 세울 것 같은 은발 여자에게 클래식 음

악에 대해 물어봐야 제대로 된 대답이 돌아올 리 없다고 생각
했다.

"기욤 르뢰의 바이올린 소나타."

돌아왔다.

"기욤 르뢰는 19세기 후반에 활약한 벨기에 음악가야. 어릴
때부터 바이올린, 피아노, 첼로 등을 배워 젊은 천재라는 칭송
을 들었고 당시 가장 촉망받는 음악가 중 한 명이었어. 특히 이
바이올린 소나타는 그가 남긴 곡 중에서도 고요함 속에 강렬한
열정이 담겼다는 평가를 받는 걸작으로…… 응? 근데 산시로
군, 클래식에 관심이 있었니?"

산시로는 멍한 얼굴로 "아뇨, 딱히……" 하고 고개를 흔들
었다.

"그래? 그럼 자세히 설명하지는 않을게. 르뢰가 그렇게 유명
한 음악가는 아니니까 모르는 것도 당연해."

"미야 씨는 클래식을 잘 아세요?"

"조금. 어렸을 때 바이올린을 했거든."

간혹 눈에 띄는 부잣집 아가씨 같은 모습, 만들려면 거액이
드는 숨겨진 문. 그것만으로도 충분한데 이번에는 바이올린까
지 나왔다. 이 여자는 대체 얼마나 상류층 자제인 걸까.

"오토미야 씨. 방금 르뢰를 모르는 게 당연하다고 하셨나요?
전 세계 사람들이 지금 이 시간에도 르뢰의 음악을 들으며 깊
은 감동에 전율하고 있을 텐데, 당연한 건 아니지 않을까요."

갑작스럽게 들린 목소리에 순간 온몸이 얼어붙었다.

말투는 정중하다.

그런데도 느껴지는 압도적인 위압감.

조금 전만 해도 인기척이 없었는데, 대체 어디서?

"욕실."

당황한 산시로에 비해 미야의 목소리는 그야말로 차분했다.

그 말대로 욕실 문이 천천히 열렸다. 아까 앞을 지나칠 때는 인기척이 전혀 없었다. 혹시 숨겨진 통로가 있어서 그곳으로 들어온 걸까. 그렇게 설명하면 그나마 납득할 만했다.

"야하기 씨는 직업 특성상 자신의 기척을 지우는 데 능숙해."

산시로의 동요를 느꼈는지 미야는 나직이 설명했다.

"르쾨의 불행은 재능을 충분히 발휘하기에 그에게 주어진 시간이 너무 짧았다는 겁니다."

욕실에서 모습을 드러낸 사람은 연갈색 선글라스를 끼고 검정 정장을 입은 키가 큰 남자였다.

나이는 잘 모르겠다. 언뜻 40대로 보이지만 보기에 따라 20대 후반으로도, 그보다 더 나이 들어 보이기도 한다.

"1870년 태어나 1894년에 사망했죠. 이 세상에 불과 24년밖에 존재하지 않은 겁니다. 그의 때 이른 죽음은 인류 음악사의 가장 큰 손실 중 하나입니다. 미완성으로 끝난 피아노 4중주가 르쾨의 손에 직접 완성됐다면 얼마나 위대한 명곡이 됐을까요."

나이를 가늠하기 어렵게 하는 가장 큰 요인은 아마 철사처럼 빼빼 마른 체구일 것이다. 온몸에서 불필요한 살은 모두 깎여 나간 듯 이상하리만치 각진 모습이다. 움푹 팬 두 볼은 유령을 연상시키는 반면 선글라스 너머로 보이는 눈빛은 온화하다. 경찰관이라기보다 연구실에 며칠씩 틀어박혀 사는 학자가 떠올랐다. 알쏭달쏭한 사람. 그것이 산시로가 받은 야하기의 첫인상이었다.

"오히려 야하기 씨가 르쾨를 좋아하는 건 그가 요절했기 때문 아니야? 음악과는 무관하게."

미야의 싸늘한 말에 열변을 토하던 야하기가 쓴웃음을 지었다. 그 표정도 왠지 모르게 알쏭달쏭한 느낌이다.

"냉정하시군요. 오토미야 씨는."

"사실을 말했을 뿐이야."

무뚝뚝한 미야를 보며 야하기의 쓴웃음이 더 짙어졌다. 그리고 그제야 산시로는 그에게서 풍기는 알쏭달쏭한 느낌의 이유를 이해했다.

눈은 웃고 있지만, 입가가 거기에 전혀 연동되지 않는다.

'입은 웃고 있지만 눈은 웃지 않는' 사람은 지금껏 몇 번인가 만난 적이 있다. 하지만 이 남자는 정반대다.

눈은 웃고 있지만 입은 웃지 않는다.

그 결과 마치 안드로이드 로봇처럼 표정에 온기가 결여돼 있다.

이 사람이 바로 미야의 의뢰인인가. 등줄기에 소름이 돋았다.

직감이 말해 줬다. '이 남자 앞에서는 절대 방심하면 안 된다' 라고.

"이쪽이 어제 전화로 말한 남자아이야. 가렌의 오빠, 아마야 산시로 군."

"아, 안녕하세요. 처음 뵙겠습니다."

예고 없는 소개에 산시로는 황급히 고개를 숙였다. 야하기는 눈만 웃는 얼굴로 산시로를 보며 입을 열었다.

"안녕하세요, 처음 뵙겠습니다. 경찰청에서 근무하는 야하기라고 합니다. 그런데, 산시로 씨는 신을 믿습니까?"

"네? 신이요?"

"처음 만난 사람한테 그런 거 묻지 않기로 했잖아."

갑작스러운 질문에 당황하는 산시로 뒤에서 미야가 시비조로 말했다.

"아, 그랬죠. 깜빡했습니다. 실례했네요. 그럼 산시로 씨. 당신은 그 아마야 세이시로 씨의 자제분이라고 하더군요. 직접 뵌 적은 없지만 용감한 경찰관이었다고 들었습니다. 만나 뵈어 영광입니다."

야하기가 가슴 주머니에서 꺼낸 경찰수첩은 믿기 힘들 정도로, 아니 믿고 싶지 않을 정도로 진짜 같았다.

"여동생분 일은 송구할 따름입니다. 저희 능력이 부족해 아직 플레임을 체포하지 못하고 있으니까요. 참으로 면목이 없죠. 열심히 수사 중이지만 아직 단서가 전혀 없다고 해도 과언이 아닌 상황입니다. 그래서 비장의 카드로 오토미야 씨에게 사적으로 수사를 의뢰했습니다. ……이런 사정은 이미 알고 계시겠죠?"

"네. 조금 전에 들었어요."

"그렇군요. 다행입니다."

야하기는 고개를 끄덕이고 같은 어조로 말을 이었다.

"현직 경찰관이 탐정을 고용해 수사 정보를 유출한다는 이야기는 절대 다른 사람 앞에서 하시면 안 됩니다. 그런 행동을 하면 당신과 그 이야기를 들은 분, 거기에 덤으로 그분의 가족들까지 모조리 국가 권력에 의해 세상에서 지워질 테니까요."

미야에게 들은 것과 같은 으름장이다. 하지만 180센티미터가 넘는 키에, 입은 웃지 않는 남자에게 들으니 훨씬 무시무시하다. "네. 그런 일은 절대 없을 거예요" 하고 시선을 돌리자 야하기가 오른손에 쥔 알약 상자가 눈에 들어왔다.

"아, 이거 말입니까?"

야하기가 상자를 들어 올렸다. 투명한 상자에 하얀 알약이 들어 있다.

"혹시 무슨 약인지 아십니까? 아니, 모르시겠죠. 설명해 드리지요. 이건 폭력성을 제어하는 약입니다. 일종의 신경 안정제죠. 전 하루에 두 번 이 약을 먹지 않으면 정신이 불안정해져 야성이 전면에 드러나 버립니다. 때로는 살인 충동도 느껴 주변 사람들에게 해를 끼치기도……."

"단순한 감기약에 거창한 설명 붙이지 마."

미야의 비난 섞인 말에 야하기는 또다시 쓴웃음 지었다. 여전히 눈으로만. 산시로가 도움을 청하듯 미야 쪽을 보니 미야는 불쾌하기 짝이 없다는 듯이 팔짱을 끼고 있었다.

"자꾸 선 넘으면 일, 그만둘 수도 있어."

"이런, 이런. 오토미야 씨는 정말 농담도 잘하십니다."

"야하기 씨만큼은 아니야."

"말씀을 액면 그대로 받아들이겠습니다. 죄송합니다, 산시로 씨. 장난이 좀 심했네요."

야하기는 고개를 숙였지만 왠지 겉으로만 반성하는 것처럼 보였다.

"일단 거기 앉으십시오. 차 마시면서 천천히 이야기합시다."

미야는 창가 소파, 산시로는 화장대 의자에 앉았다. 야하기는 찻잔을 가져오고는 아쉬운 것처럼 음악을 껐다.

미야는 호시모리 마린 타워에서 산시로를 만난 이야기, 휴대폰에 녹음된 음성을 듣고 사건 당일 밤 가렌의 행적을 파악했다는 이야기, 폐공장에서 플레임이 시신 소각 때 사용한 것으로 추정되는 비밀 공간을 발견한 이야기 등을 간략하게 설명했다. 침대에 앉은 야하기는 맞장구 한 번 치지 않고 말없이 미야의 이야기에 귀를 기울였다.

"지금으로서는 이 정도야. 그 비밀 방의 위치는 알려 줄 테니 감식반을 보내든 말든 마음대로 해. 그쪽 판단은 야하기 씨한테 맡길게."

미야는 테이블에 있는 메모지를 한 장 찢어서 공장 지도를 그려 야하기에게 건넸다. 지도를 받아든 야하기가 입을 열었다.

"숨겨진 문이라. 왜 저희가 조사할 때는 못 찾았을까요."

"꽤 정교하게 만들어져서 대충 봐서는 알 수 없었을 거야. 실력 있는 장인이 만든 것 같았어. 그렇지? 산시로 군."

"네. 미야 씨의 공감각이 없었다면 찾는 데 훨씬 시간이 오래 걸렸을 거예요."

"그렇군요. 이것만으로도 오토미야 씨에게 부탁한 보람이 있습니다."

"그리고 그…… 이게 지금껏 경찰에 숨기고 있던 휴대폰인데요."

산시로는 조심스럽게 휴대폰을 내밀었다. 야하기는 "호오" 하고 흥미로운 듯 휴대폰을 내려다봤다.

"알겠습니다. 제가 맡아 두죠. 불편하시지 않게 최대한 빨리 돌려드리겠습니다. 담당자에게는 제가 전달할 테니 따로 말씀하실 필요는 없습니다."

휴대폰을 받아들며 말하는 야하기의 목소리가 예상했던 것보다 자상했다. 그러나 여전히 입은 전혀 웃고 있지 않다.

이 남자의 감정이 눈과 입에 연동되는 경우가 있기는 할까.

"오토미야 씨. 사실 저도 한 가지 보고드릴 게 있습니다. 어제오늘 사이 드디어 수사에 진전이 있었거든요."

야하기는 자리에서 일어나 침대 옆에 둔 가방에서 서류 뭉치를 꺼냈다.

"어머. 경찰도 일하고 있었구나. 감탄했어."

"오토미야 씨를 감탄시켜 드릴 수 있어 영광입니다."

그야말로 허울뿐인 겉치레 말이다. 미야는 무뚝뚝한 얼굴로, 야하기는 형식적인 미소로 서로를 바라보고 있다. 싫어하는 녀석이 날 이름이 아닌 성으로 부른다. 미야가 말한 그 싫어하는 사람이 누구를 가리키는지 알기 싫어도 알 수 있었다.

그런데도 서로에게 자기 방 카드키를 맡기고 있다니, 정말 특이한 사람들이다.

"이건 오토미야 씨보다 경찰에 더 적합한 일이었으니까요. 신원 불명이었던 피해자 두 명의 신원이 밝혀졌습니다."

산시로는 숨을 집어삼켰다. 미야의 표정에서도 미약하게 놀라는 기운이 느껴졌다. 야하기는 "어떻습니까? 경찰도 일하는 거 맞죠?" 하고 고개를 숙여 서류를 봤다.

"첫 번째 피해자는 48세의 오이타 가나에 씨. 남편과 10년 전 이혼한 후 행방이 묘연해졌고, 조사 결과 이 일대 거리에서 노숙인으로 살았다고 합니다. 두 번째 피해자는 55세의 사카이 기요미 씨. 이분도 사업 실패 후 종적을 감추고 노숙 생활을 했다고 합니다."

"두 사람 사이에 접점이 있어?"

"아뇨. 전무하다고 해야 할 것 같습니다. 출신지, 성장 환경,

직장, 결혼 상대, 인간관계, 노숙 생활, 기타 모든 면에서 아무런 접점이 없었습니다. 가렌 씨와의 연관성도 없어 보이고요. 지금까지 수사본부는 범인이 피해자에게 원한을 가진 사람인지, 아니면 단순 정신 이상자인지를 파악 못 하고 있는데, 이로써 전자일 가능성은 거의 사라졌다고 해도 과언이 아니겠지요."

원한은 아니다. 산시로와 미야 사이에서도 유력하게 언급됐던 동기가 제거됐다. 그렇다면 플레임은.

"……플레임은 정신 이상자고, 지금 아무 이유도 없이 사람을 죽이고 불태우고 다니는 묻지 마 살인마라는 뜻이야?"

미야의 중얼거림을 듣고 야하기가 대답했다.

"그렇다면 예컨대 방화범들처럼 '불을 보며 흥분한다'라는 식의 이유를 떠올려 볼 수도 있겠죠. 플레임의 경우 그 태우는 대상이 사람이다. 단지 그런 사건일지도 모릅니다. 그렇다면 플레임의 정체는 오토미야 씨 말씀대로 정신 이상자 부류가 되겠죠. 음식물 쓰레기 처리기나 술통에 시신을 숨긴 것도 이성적인 선택이 아닌 광기의 일면일지도 모르고요."

"정신 이상자…… 이상자라……. 그럼 가렌은 왜 희생된 걸까? 그날 플레임과 상관없는 어떤 이유로 폐공장에 갔다가 우연히 사건에 휘말린 걸까?"

미야는 주먹을 쥔 왼손을 입가에 대고 반쯤 혼잣말하듯 중얼거렸다. 그녀의 의문은 산시로의 의문이기도 했다.

시신을 불태운 것, 그리고 기이한 곳에 유기한 것도 이유라고는 없는 플레임의 이상성 때문으로 가정하자. 그리고 가렌은 운 나쁘게도 그런 미치광이의 눈에 띄었다.

그렇다면 가렌은 그날 밤 왜 폐공장에 간 걸까. 살해되기 몇 주 전부터 가렌의 상태가 왠지 이상했던 이유도 알 수 없다. 아니면 가렌의 상태가 이상했던 건 플레임과 관련이 없는 걸까.

왼손을 입가에 대고 미동도 하지 않는 미야와, 어느새 눈을 감고 있는 야하기. 두 사람이 침묵하자 방 안이 금세 조용해졌다. 시곗바늘 소리가 유난히 크게 들린다. 천천히 그쪽으로 눈을 향하자 오후 4시였다.

이제는 초저녁이라고 해도 될 시간대다.

조수 역할은 일단 여기까지다.

"미야 씨, 죄송해요. 저는 이제 슬슬 가 봐야 할 것 같아요."

"아, 그렇구나. 시간이 벌써 이렇게 됐네."

미야는 흠칫 놀라 산시로를 봤다.

"늦게까지 붙잡아 둬서 미안. 차로 데려다줄게. 네 자전거, 접이식이지? 뒤에 싣고 가자."

"아뇨. 그렇게까지 하실 필요는……."

"괜찮아, 어차피 나도 경야에 참석할 거니 가는 길을 확인해 두고 싶어. 내비게이션만으로 불안해."

"미야 씨가 경야에요? 왜요?"

"수사의 일환. 참석자 중 수상한 인물이 있을지도 모르잖아."

설마 가렌의 지인 중에 플레임이 있다고 의심하는 걸까. 아니, 그건 아니에요. 플레임은 가렌과 일면식도 없는 사람이에요. 그리고 일면식도 없는 사람이 경야에 불쑥 찾아오면 의심받겠죠. 플레임이 그렇게 얼빠진 놈이라면 진즉 잡혔을걸요. 경야에 오셔 봐야 수확은 없어요.

그렇게 지적하려고 했지만 정작 입에서는 "네. 알겠어요. 그렇게 하죠"라는 말이 튀어나왔다.

스스로도 이해할 수 없었다.

"그럼 잠깐만 기다려 줄래? 먼지 때문에 옷 좀 갈아입고 올게."

폐공장을 돌아다니느라 미야의 정장 여기저기에 먼지가 묻어 있었다. 산시로가 "네" 하고 고개를 끄덕이자 미야는 "금방 올게" 하고 문으로 향하다가 문득 야하기 쪽을 보며 말했다.

"야하기 씨도 내일 경야에 같이 갈래?"

그러자 야하기는 눈을 가늘게 뜨고 말없이 고개를 흔들었다.

"전 사양하겠습니다. 수사본부에서 조문을 갈 테니까요. 아시다시피 일부 형사들이 절 극도로 싫어해서."

"그야 그렇겠지."

그야 그럴 것이다.

미야는 입 밖으로, 산시로는 마음속으로 거의 동시에 말했다. 야하기는 어울리지도 않게 쾌활하게 웃음을 터뜨렸다.

"원래 옳은 일을 하는 사람일수록 눈엣가시가 되는 법이죠."

"산시로 군, 이런 사람과 함께 있는 게 괴롭겠지만 최대한 빨리 갈아입고 올 테니 조금만 참아 줘."

"괴롭지는 않아요."

어색할 수는 있겠지만요. 그렇게 솔직히 말할 수 없었다.

미야가 종종걸음으로 방을 나가자 산시로와 야하기 둘만 남았다. 야하기는 입을 열지 않았다. 이것저것 묻고 싶은 게 있었지만 질문을 거부하는 자 특유의 분위기를 발산하고 있다. 미야가 나간 지 10초도 되지 않았는데 예상대로 벌써 어색해졌다.

기분을 전환하려고 일부러 미야가 나간 문 쪽을 봤다.

갈아입은 옷도 정장일 것이다. 내일 경야 때도 검정 정장을 입고 오지 않을까. 머리가 은발이기는 해도 단정한 느낌을 줄 테니 그것대로 예쁠 것이다. 치마 정장도 잘 어울릴 것 같은데…….

"산시로 씨는 오토미야 씨 같은 타입을 좋아하시는군요. 어떤 옷을 입고 올지 기대하고 계시죠? 하지만 바지 정장인 건 변함없을 겁니다. 오토미야 씨는 치마를 싫어하니까요. 뭐 그래도 충분히 기대되시겠지만."

"……예쁜 분은 맞으니까요."

당황한 걸 들키지 않게 일부러 무뚝뚝하게 수긍했다. 알아차렸는지 알 수 없지만 야하기도 "저도 기대됩니다" 하고 역시 눈으로만 웃었다.

"외모에 있어서만큼 오토미야 씨는 제 취향에 99퍼센트 부합합니다. 유일하게 아쉬운 건 초유初乳라는 점일까요."

"초유?"

"네. '가녀린 가슴'이라는 의미에서 '초유'라 부릅니다. '빈유'라는 단어는 너무 품위가 떨어지니 경찰청에서는 대신 이 단어를 쓰도록 널리 권장하고 있죠."

누가 들어도 노골적인 거짓말을 자랑스럽게 말해 봐야 난처할 뿐이다.

그러고 보니 가렌도 자기 가슴을 신경 쓰는 것 같았다. 미야 씨를 만났다면 친근감을 느꼈을지도.

하지만 가렌이 미야 씨를 만날 일은 앞으로 결코 없다.

그렇다. 그래서 내일 경야를……

"아무튼 가슴에 관해서만큼은 오토미야 씨는 제가 허용할 수 있는 선을 크게 밑돕니다. 그에 반해 얼굴은 완벽하니 신의 변덕이 유감스러울 따름이죠. 그녀 스스로는 부인하지만 내심 신경 쓰는 것 같으니 은근히 떠보고 반응을 지켜보는 것도 꽤 재미있습니다. 산시로 씨도 가슴 이야기를 한번 꺼내 보면 알 겁니다. 과한 부정이 돌아오니까요."

"야하기 씨는 왜 미야 씨에게 수사를 의뢰하신 건가요?"

질문을 거부하는 자 특유의 분위기를 꿰뚫으며 산시로는 가렌에 대한 상념을 간신히 떨쳐냈다.

"왜, 라고 하시면?"

"저렇게 젊은 여성분께 살인마 수사를 맡기는 건 위험하지 않나요? 그걸 떠나 현직 경찰관이 사적으로 탐정을 고용한다는 말은 들어본 적이 없어서요."

"흐음."

초유 이야기를 할 때보다 야하기의 눈빛이 조금 더 진지해졌다.

"제게는 지극히 당연한 일이지만 의문스러우시다면 답해 드리지요. 우선 수사를 의뢰한 이유. 그것은 물론 오토미야 씨가 강력한 공감각자이기 때문입니다. 저희가 간과한 단서를 그녀는 찾을 수 있죠. 실제로 그 폐공장에서 비밀 방을 발견하지 않았습니까? 거기에 훈련도 충분히 받았고 성격이 철두철미하니 자기 안전은 스스로 지킬 수 있을 겁니다."

요컨대 '안전에 관해서는 자기 책임'이라는 말일까. 석연치 않다.

"그리고 또 한 가지, 산시로 씨는 지금 오해하고 계십니다. 전 탐정을 고용한 적이 없습니다. '탐정'이라는 건 편의상의 호칭이죠. 사건을 수사하려면 그럴싸한 호칭이 필요하니까요. 가장 무난하고 범용성 높은 단어가 '탐정'이었을 뿐입니다."

미야는 '탐정'이라서 일을 의뢰받은 게 아니라, 의뢰받았기 때문에 '탐정'이 되었다는 걸까. 뭔가 알 것 같으면서도 아리송하다.

"그럼 애초에 미야 씨는 대체 뭐 하시는 분인가요?"

"저의 인형입니다. 하지만 관계자들 앞에서 '안녕하세요. 전 인형이랍니다'라고 소개하면 수사에 지장이 생길 테니 '탐정'이라는 호칭을 쓰게 하는 거죠."

야하기는 진지한 눈빛과 말투로 대답했다.

이런 엉뚱한 대답을 할 때만 눈과 입의 감정이 연동되다니.

"인형인 만큼 조금 더 제 말에 잘 따라 줬으면 좋겠는데 말이죠. 예를 들어 머리를 검게 염색하라고 해도 절대 말을 듣지 않습니다. 물론 전 관대하기 때문에 그 정도는 눈감아 주고 있지만요."

"눈감아 줘도 되나요? 은발 여성이 수사 현장에 있으면 너무 눈에 띄잖아요. 자칫하다가 미야 씨 배후에 야하기 씨가 있다는 게 알려질 위험도 있지 않을까요?"

"그건 두 가지 관점에서 반박할 수 있습니다. 첫째, 현직 경찰관이 누군가를 고용해 수사를 벌이는 건 그리 드문 일이 아닙니다. 고용주가 저라는 걸 쉽게 알아채지 못할 거고, 설령 알아채더라도 크게 문제 될 건 없습니다. 물론 알려지지 않는 게 가장 좋겠지만요."

"그래요?"

"네. 사회 시스템이 복잡한 요즘 같은 시대에 경찰력만으로 수사하는 건 한계가 있습니다. 보다 효율적인 수사를 위해 외부 도움을 받는 게 권장되지는 않아도 묵인되고 있죠. 산시로 씨가 그걸 모르는 건 관계자들이 입 다물고 있거나 언론에서 보도하지 않기 때문입니다. 아마 산시로 씨 주변에서도 말없이 경찰에 협조하는 사람이 있지 않을까요?"

그런 건 만화나 애니메이션 속에서나 생길 일이다. 물론 주변 사람들의 말과 행동을 365일 24시간 완벽하게 파악하는 건 아니지만 그래도 역시 납득하기 어렵다. 그럴싸한 허풍에 속아 넘어가고 있다는 기분도 들었다.

"둘째, '은발 여성'이라는 건 뒤에서 수군거릴 수는 있어도 금세 다른 정보에 묻히기 마련입니다. 현대 사회에는 하늘에 뜬 별만큼이나 많은 정보가 산재해 있죠. 그것들의 제대로 된 출처를 찾기란 쉽지 않습니다. 사람들이 흥미를 잃으면 그저 도시 전설로 변질되기도 일쑤고요. 각각의 정보를 접하는 사람들은 서로 연결되지 않고 파편화돼 있으니 최소한의 정보 조작으로 진실을 모호하게 만들 수도 있습니다.

아까는 조금 과장해서 말했지만, 설령 산시로 씨께서 저에 대해 떠들어댄다고 해도 국가 권력을 조금만 행사하면 꼭 산시로 씨의 가족분들께 해를 끼칠 필요도 없이 오토미야 씨의 존재를 숨길 수 있습니다. 권력자나 비밀을 지키고 싶어 하는 자들에게 아주 편리한 세상이 됐죠."

의문이 다 해소된 건 아니지만 조금 전 이야기보다는 수긍이 갔다.

파편화.

야하기가 입에 담은 단어는 우연히도 어젯밤 자신도 떠올렸던 것이기 때문이다.

작은 점으로 잘게 쪼개져, 바람에 날리듯 흩어지고 무너지는 가렌.

파편화되어 가는 가렌.

"한마디로 여러분의 평온한 일상을 위해 경찰과 그 협력자들이 지금도 보이지 않는 곳에서 노력하고 있다는 뜻입니다."

"그렇군요. 한마디로 '세카이계'라는 거네요."

조금 전처럼 산시로는 가렌에 대한 생각을 떨치기 위해 즉흥적으로 말했다. 그러자 야하기는 뭔가를 의심하듯 눈썹을 가운데로 모았다.

"세카이계? 그게 뭐죠?"

"음…… 저도 잘은 모르지만 친구가 그런 단어를 쓰더라고요. 서브컬처의 한 장르라고 해요."

—이 작품이 세카이계의 역사를 바꿨어.

—응, 나도 그렇게 생각해.

언젠가 겐지와 가렌이 어떤 애니메이션을 두고 그런 대화를 나누는 걸 옆에서 들었다.

"산시로 씨의 친구라…… 그럼 그분도 고등학생인가요?"

"네."

"그런 분이 아는 단어를 제가 모른다는 건…… 굴욕이군요. 반드시 알아보겠습니다."

'굳이 그럴 건 없을 텐데'라고 생각될 만큼 야하기는 진심으로 아쉬워했다.

다만, 역시 눈으로만.

입과 눈은 더 이상 연동되지 않고, 그의 표정도 안드로이드 상태로 돌아와 있었다.

10분 후.

산시로는 바지 정장으로 갈아입은 미야가 운전하는 차에 타 있었다. 목적지는 산시로의 집. 미야는 그곳에서 산시로를 내려 주고 장례식장을 보러 가겠다고 했다. 어두워서인지 미야는 낮보다 더 안전 운전을 했다.

"야하기 씨랑 무슨 이야기 했어?"

"뭐, 이것저것."

'미야 씨는 초유시네요'라고 해 보세요. 그럼 자신은 그런 건 신경 쓰지 않는다고 강조할 겁니다. 그 고집 세 보이는 얼굴에서 화난 듯한, 억울해하는 듯한 감정을 엿보는 게 실로 즐겁습니다. 야하기는 그 뒤로도 산시로에게 그렇게 권했지만 그 말대로 했다가는 조수석에서 걷어차여 차 밖으로 쫓겨날 것이다.

그보다 더 중요한 이야기를 하고 싶었다.

"현직 경찰관이 왜 미야 씨 같은 여성분께 수사를 의뢰했는지 물었지만 납득할 만한 대답을 못 들었어요."

"그 사람 나름의 계산이 있겠지. 지금까지도 그랬고."

평소 하는 말과 달리 미야가 야하기를 아예 신뢰하지 않는 건 아닌 게 느껴졌다. 그래도 산시로는 물어야 했다.

"이런 말씀을 드리면 실례일지도 모르지만, 야하기 씨는 정말 믿을 수 있는 분인가요? 도대체 무슨 생각을 하는지 통 모르겠고, 미야 씨에 대해서는, 그⋯⋯."

"'인형'이라고 했지?"

다 알면서도 그 밑에서 일하다니. 놀라는 산시로를 보며 미야는 얼굴을 찌푸린 채 턱을 들었다.

"나도 남을 깔보는 그 태도는 정말 질색이야. 하지만 나에게 공감각을 제어할 수 있는 콘택트렌즈를 준 사람이 야하기 씨야. 그것만큼은 감사하고 있어."

어디서 샀나 싶었는데 야하기에게 받은 것이었나 보다.

"그리고 의외로 정의감도 강한 편이야. 오해받기 쉬운 타입이기는 하지만."

"정의감이 강하다고요? 전혀 그래 보이지 않던데요."

"그러니 오해받기 쉬운 타입이라는 거야."

미야는 살짝 쓴웃음을 지었다.

"아까도 말했지만 야하기 씨는 원래 직함 앞에 '초'가 세 개쯤 붙는 엘리트 관료였어. 실력이 뛰어나고 실적도 많이 올려서 경찰 내부에서 앞날을 촉망받았다고 해. 그런데 그것들을 다 포기하고 대신 특례로 일본 전국 지자체 수사에 관여할 수 있는 권한을 얻었어. 그렇게까지 해서 범죄에 맞서려는 것 자체가 그가 가진 정의감의 증거 아닐까? 물론 특권을 얻으려고 권력자의 약점을 캐거나 경쟁자를 밀어내는 등 여러 악질적인 짓을 벌였다고는 해. 게다가 경찰 조직 안에서 아주 눈에 띄는 존재라 주변에도 야하기 씨를 좋아하는 사람이 별로 없다고 하고. 내키는 대로 다른 담당자가 있는 사건에 끼어드는 것도 미움받는 원인 중 하나겠지. 물론 가장 큰 문제는 당사자의 성격 때문이겠지만. 본인 입으로는 '전국에 내 열렬한 신봉자들이 있다'라고 주장하지만 별로 설득력은 없어 보여."

이야기를 들을수록 야하기라는 사람은 더 종잡을 수 없다. 제 발로 출셋길에서 벗어나 오직 정의감만으로 그렇게까지 할 수 있을까.

미야 씨도 지금 속고 있는 게 아닐까요. 안드로이드 같은 그의 얼굴을 떠올리면 무심코 그렇게 따져 묻고 싶어졌다.

ㅡ목적지까지 5분 남았습니다.

카 내비게이션이 그렇게 알렸다.

문득 현실로 되돌아온 느낌이었다.

'목적지'는 내가 사는 집이다. 그곳에서 가렌은 웃지도 울지도 못한 채 작은 유골함 안에 갇혀 있다.

"난 내일 폐공장 수색 결과를 기다리며 정보를 조금 더 수집해 볼게. 저녁에 장례식에 갈 테니 난 신경 쓰지 말고 가렌의⋯⋯."

"조금만 천천히 가 주세요."

정신을 차리니 이미 그런 말을 외친 뒤였다.

미야가 눈을 동그랗게 뜨고 조수석으로 고개를 돌렸다.

"아니, 그게⋯⋯ 미야 씨는 초보 운전자시니까요."

산시로는 당황해서 억지 미소를 지으며 덧붙였다.

"거의 다 왔네요. 전 이만 조수 역할을 잠깐 멈추고 가렌의 오빠로 돌아갈게요. 앞을 보세요. 사고 나면 어쩌시려고 그래요."

산시로는 그렇게 얼버무리면서 비로소 자신의 마음을 파악했다.

차로 데려다주겠다는 미야의 제안에 순순히 따르고, 그녀가 옷을 갈아입고 오는 걸 기대하며 기다리고, 야하기의 초유 이야기에 장단을 맞춰 준 이유는 단 하나다.

가렌과 아직 헤어지고 싶지 않은 것이다.

그래서 가렌의 오빠로 돌아가기를 미루려고 발버둥을 친 것이다.

2

12월 22일.

아침부터 산시로는 현실감이 희미했다. 거실에 놓인 유골함 앞에서 생각 없이 시간을 보냈다. 유골함이 호시모리 장례식장으로 옮겨진 뒤에도 변함없었다.

그리고 맞이한 경야의 밤.

흰색과 분홍색 꽃으로 둘러싸인 제단. 그 가운데에 있는 직사각형 액자 안에서 수줍게 웃고 있는 가렌.

이것이 '영정'이라는 걸 도저히 믿을 수 없었다.

스님이 경을 읽는 동안에도 산시로는 자신이 왜 향을 피워야

하는지 이해하지 못했다.

지금 난 뭘 하는 걸까. 이러면 마치 가렌이 죽은 것 같지 않은가. 자리에 돌아가서도 고개를 계속 갸웃거렸다. 직접 물어보려 해도 가렌은 이제 어디에도 없다.

엄마, 이건 이상하지 않아? 옆에 앉은 어머니에게 산시로는 눈빛으로 동의를 구했다.

그러나 눈에 보이는 건 텅 빈 껍데기처럼 공허한 어머니의 옆얼굴이었다.

초췌함을 감추려고 일부러 짙게 한 화장이 가슴을 더 아프게 했다.

전보다 괜찮아졌다고 믿었는데.

전? 그게 언제일까.

그렇다. 가렌이 죽은 직후다.

조금 더 정확히 말하면, 살해당한 직후.

그렇다. 가렌은 살해됐다.

내가 제대로 살피지 못해서. 지켜 주지 못해서.

살해당하고 불태워져 아무렇게나 버려졌다.

가렌, 넌 그렇게 끔찍한 꼴을 당했는데 정작 플레임은 지금도 어딘가에서 태연하게……

"괜찮니?"

미야의 목소리를 듣고 퍼뜩 정신이 들었다.

어느새 산시로는 장례식장 밖에 있었다. 언제 나왔는지 기억나지 않는다. 그걸 떠나.

"여기가 어디죠?"

"주차장."

그 말을 듣고서야 지금 자신의 위치를 인식했다.

호시모리 장례식장의 주차장. 한 구석에 설치된 화단. 그것을 둘러싼 블록 위에 산시로는 앉아 있었다. 미야는 두 손을 코트 주머니에 넣고 눈앞에 서 있다.

이렇게 눈에 띄는 은발인데도 장례식장에 와 있는 줄도 몰랐다.

"혹시 제가 갑자기 뛰쳐나왔나요?"

그렇다면 어머니와 친척들에게 걱정을 끼쳤을 것이다.

"괜찮아. 주변 사람들에게 말하고 나왔어. 입술 움직임으로 짐작건대 '몸이 안 좋아서 잠깐 바람 좀 쐬고 올게요'라고 한 것 같아. 최소한의 예의는 확실히 지키더라. 감탄이야, 감탄."

"미야 씨는 독순술도 할 줄 아세요?"

"엘러리 퀸보다 드루리 레인을 좋아하니까."

"잘 모르지만 고전 미스터리에 나오는 탐정이죠?"

산시로는 힘없이 웃으며 하늘을 올려다봤다.

어두운 밤이었다. 달도 별도 짙은 구름에 가려져 빛을 발하지 못한다. 밤바람이 차지만 아직 안에 들어갈 기분은 아니었다.

미야가 산시로 옆에 앉았다.

"미야 씨, 혹시 거미 좋아하세요? 구름♦말고 벌레요."

산시로는 밤하늘을 올려다보며 물었다.

"싫어해. 거미줄을 보고 있으면 왠지 내가 붙잡힌 기분이 들어서."

갑작스러운 질문에도 미야는 망설임 없이 대답했다. 산시로는 직접 물어 놓고는 "특이한 이유네요" 하고 건성으로 맞장구를 쳤다.

"가렌도 거미를 싫어했어요. 특히 거미 다리를 보면 질색했던 것 같아요. 그런데 거미를 발견할 때마다 오만상을 지으면서도 손으로 거미를 집어 밖에 던지더라고요. 이유를 물으니 '죽이면 불쌍하니까'라고 했어요. 아버지가 그렇게 돌아가신 바람에 폭력을 누구보다 싫어했던 거예요. 아무리 작은 벌레여도 가급적 죽이지 않으려고 했죠. 바퀴벌레에게만은 '미안해, 미안해' 하고 사과하며 살충제를 뿌렸지만요.

그런데 그러면서도 살인 사건이나 분쟁, 학살 관련 뉴스는 꼭 챙겨 봤어요. '아무리 내가 싫어해도 현실에 폭력은 엄연히 존재하니까. 그걸 아예 외면하는 건 그로 인해 불행을 겪는 사람들에게 미안한 일이야'라고 하면서요. 격투기 시합 하나 못

♦ 일본어로 '거미(蜘蛛)'와 '구름(雲)'은 똑같이 '구모'라고 읽는다.

보던 아이였으니 얼마나 무리했던 걸까요.

……왜죠? 왜 그런 아이가 살해당하고 불태워지는, 그런 비참한 최후를 맞아야 했던 거죠? 비록 16년밖에 못 산다고 해도 가렌에게는 조금 더 어울리는 평화로운 마지막이 있었을 텐데…….”

얼굴이 하늘과 수평이 되도록 목을 더 꺾었다. 그래도 눈물이 뺨을 타고 흐를 것 같아 결국 눈을 지그시 감았다.

“……죄송해요. ‘장례식은 슬픔에 마침표를 찍기 위한 의식’이라고 어떤 책에서 읽은 기억이 나요. 그래서 장례식을 마치면 마음이 조금은 안정되는 거라고 하더라고요.”

하지만 그렇게 기대하면서도 한편으로 ‘가렌의 죽음을 직면하게 돼 오히려 슬픔이 더 커지는 게 아닐까’ 하는 불안도 떨칠 수 없었다.

미야는 한동안 아무 말도 하지 않았다.

“……넌 나랑 닮았네.”

문득 그렇게 중얼거렸다.

“그럴 리가요. 안 닮았어요, 전혀.”

“그래. 어떻게 생각하건 그건 네 자유니까. 넌 그렇게 생각할 수 있지.”

눈을 감고 부정하는 산시로를 보며 미야는 웃으며 답하고 다시 입을 다물었다. 산시로도 말없이 같은 자세로 앉아 있었다. 그렇게 감정이 가라앉기를 애타게 기다렸다.

얼마나 그러고 있었을까.

안정을 조금 되찾은 산시로는 눈물이 흘러내리지 않게 조심스레 눈을 떴다.

빈소에서 나오는 조문객은 의외로 적었다. 장례식장 밖에서 대기 중인 취재진이 더 많을지 모른다. 플레임이 두려워 야간 외출을 자제하는 걸까.

가렌이 외로울 테니 내일은 조금 더 조문객이 많았으면.

그렇게 속으로 기원하며 돌아가는 조문객을 보고 있을 때 문득 살집 있는 중년 남자와 젊은 남자가 눈에 들어왔다. 살찐 남자는 주변을 연신 두리번거리고 있다. 어디선가 본 적이 있는 것 같다고 생각하는 동안 두 사람이 산시로 쪽으로 다가왔다.

아무래도 산시로를 찾고 있었던 듯했다.

"괜찮니? 갑자기 나가서 걱정했잖아."

인자해 보이는 미소를 보자마자 누군지 기억했다. 가렌의 갑작스러운 죽음 이후 "네가 직접 기자들을 상대하지 않아도 돼"라고 말해 준 형사였다. 이름이…….

"안녕하세요, 요시노가리 경감님. 오랜만이네요."

그렇다. 요시노가리 경감이다 ……어라?

"미야 씨, 요시노가리 경감님을 아세요?"

"뭐, 조금."

"여어, 오랜만이군. 오토미야 양. 또 뭔가 조사 중인가? 여기 있는 걸 보니 혹시 플레임 사건?"

"비밀이에요."

"비밀이라니. 그럼 어쩔 수 없군."

요시노가리가 쓴웃음을 지었다. 미야는 조금 전과 달리 무표정한 얼굴로 돌아가 있었다.

자세한 사정은 알 수 없지만 야하기에게 사건을 의뢰받았다는 걸 요시노가리에게 알릴 마음이 없어 보인다. 야하기는 자신이 미야를 고용한 게 알려져도 크게 문제 될 건 없다고 했지만, 미야 쪽에서 밝히기를 꺼리는 듯 보였다.

쓴웃음 지으며 미야를 보던 요시노가리는 문득 진지한 얼굴로 산시로를 향해 깊숙이 고개를 숙였다.

"다시 한번 여동생의 명복을 빈다. 범인은 반드시 잡을 테니 조금만 시간을 주렴."

"감사합니다. 잘 부탁드려요."

산시로도 고개 숙여 답례했다.

"경감님, 이제 슬슬……."

요시노가리와 함께 고개를 숙인 젊은 형사가 조심스레 입을 열었다. 이름이 아마 사토였던 것 같다.

"아, 그렇군. 그럼 산시로. 앞으로도 혹시 뭔가 떠오른 게 있으면 바로 연락 주렴. 오토미야 양도 좋은 정보를 얻으면 공유 부탁합니다."

요시노가리는 그렇게 말하고 등을 돌렸다. 사토는 미야의 은빛 머리카락을 의아하게 쳐다보다가 말없이 요시노가리를 따라갔다. 두 사람의 뒷모습이 다시 장례식장 쪽으로 향한다. 어머니에게도 인사하러 가는 걸까. 관계자들을 탐문하러 가는 걸까. 아니면 둘 다일까.

"별로 믿음직스러워 보이지는 않지만 좋은 분 같아요. 요시노가리 경감님."

"그래. 확실히 믿음직스럽지는 않지."

미야는 담담하게 말했다.

"무능한 건 아니지만 수사 능력이 뛰어나다고 할 수 없는 분이니까. 야하기 씨 말로 플레임 사건은 실질적으로 저분이 현장 수사를 지휘하고 있다고 해."

수사 능력이 뛰어나지 않은 사람이 현장 책임자라니. 야하기가 폐공장의 숨겨진 방에 대해 알려도 큰 진전은 기대하기 어려울지 모른다. 야하기가 주는 정보를 달갑게 여길 것 같지도 않다. 야하기 입으로 '일부 형사들이 나를 극도로 싫어한다'라고 할 정도이니 궁합은 최악 아닐까.

결국 플레임을 잡을 수 있는 사람은 정말 미야 씨뿐인 걸까. 그런 불안마저 고개를 들었다.

"전 이제 괜찮아졌으니 어머니에게 가 볼게요. 미야 씨는 조문객들을 살펴봐 주세요."

조심스럽게 입을 열자 미야가 기다렸다는 듯이 말했다.

"살펴보라고 하지만 지금 누가 봐도 수상한 녀석이 다가오고 있어. 저것 봐."

누가 봐도 수상한 녀석? 그런 사람이 가렌의 장례식장에?

산시로는 반신반의하며 미야가 가리키는 쪽을 봤다.

키가 훤칠하고 어깨가 넓은 남자가 다가오고 있었다. 밤인데도 또렷이 보이는 샛노란 머리가 존재감을 뽐내고 있다.

"우와, 머리가 정말 샛노랗네. 저런 화려한 머리로 장례식장에 온다고? 말도 안 돼. 염색 스프레이 같은 거라도 뿌리고 오지."

'미야 씨도 은발이잖아요'라고 지적해 주기를 바라나 싶어 표정을 살피니 아무래도 진심 같았다.

노란 머리 남자 옆에는 호기심 가득한 눈으로 주변을 둘러보는 키 작은 소녀도 보였다. 두 사람 다 호시모리 고등학교 교복을 입고 있다. 노란 머리 남자는 산시로와 눈이 마주치자 무뚝뚝하게 손을 들어 올렸다. 산시로도 약간의 애정을 실어 손을 들어 화답했다.

"응? 아는 사람?"

"네, 친구예요."

산시로는 속으로 '노란 머리라 질 나쁜 녀석일 거라는 편견은 버리세요'라고 중얼거렸다.

"여, 산시로."

"와 줘서 고마워, 겐지."

걸음을 멈추고 고개를 돌린 노란 머리 남자, 사오토메 겐지를 향해 산시로가 대답했다. 겐지는 두 손을 주머니에 넣고 어깨를 으쓱했다.

"전화는 거짓말이었네. 너, 하나도 안 괜찮아 보여. 창백한 얼굴로 나가길래 얼마나 걱정했는지 알아? 아야코랑 가렌에게 향을 올리고 오느라 조금 늦었지만."

"죄송해요, 산시로 선배."

옆에 있는 키 작은 소녀 아야노코지 아야코가 기도하듯 두 손을 앞으로 모았다.

"아야코는 걱정돼서 바로 따라가려고 했어요. 하지만 겐지 선배가 '아직은 아니야'라고 해서."

"당연하지."

겐지는 진지한 얼굴로 고개를 끄덕이더니 미야에게 시선을 향했다.

"이렇게 예쁜 여자 친구분께서 걱정해서 바로 쫓아갔으니까. 우리가 가 봐야 방해만 될 게 뻔하지 않겠어?"

······여자 친구?

여기서 '여자 친구'는 '이성 친구'가 아닌 '연인'을 뜻할 것이다. 그리고 그 대상은 내 옆에 앉은 이 은발 여자를 말하는 걸까.

"안녕하세요. 처음 뵙겠습니다. 산시로와 같은 반 친구인 사오토메 겐지라고 합니다. 이 녀석이 이런 미인분과 사귀고 있는 줄은 몰랐네요. 지금껏 꼭꼭 숨기고 있었다니, 정말 친구 자격도 없는 녀석이라니까요. 그런데 뭐, 나쁜 아이는 아니니 앞으로 잘 부탁드립니다."

겐지는 머리는 좋지만 가끔 이렇게 성급하게 판단할 때가 있어 곤란하다.

산시로는 조심스레 미야를 향해 고개를 돌렸다. 미야는 꼭 신기한 생명체라도 관찰하듯 겐지를 빤히 올려다보고 있다. 겐지도 정면에서 미야의 눈빛을 응시했다. 금발 남자와 은발 여자가 서로 마주 보는 흔치 않은 구도가 펼쳐졌다.

그때 미야가 갑자기 두 손으로 입을 가리고 "풋" 하고 웃음을 터뜨렸다.

"재미있는 이야기를 하는구나. 내가 이렇게 어린 아이를 만날 리 없잖니. 몇 년 더 지나 멋진 성인 남자가 되면 고려해 볼 수도 있겠지만."

"아야코도 동감이에요. 산시로 선배가 이런 미녀와 사귈 리 없어요."

미야 씨도 아야코도 정말 너무하다. 그렇게까지 말하면 나도 상처받는다고.

하지만 겐지는 그런 미야의 말이 뜻밖인 듯했다.

"산시로의 여자 친구분이 아니라는 말인가요?"

"당연하지. 난 오토미야 미야. 탐정이야. 지금 플레임을 쫓고 있는데 산시로 군에게 조수가 되어 옆에서 도와 달라고 했어. 그러니까 이 아이와는 전혀 그런 관계가 아닐뿐더러 어떤 감정조차 없으니 걱정 마렴."

특별히 미야 씨를 만나고 싶었던 건 아니고, 설령 그럴 마음이 생긴다고 해도 내 능력 밖인 걸 알지만 이렇게까지 남자 취급을 못 받는 건 조금 충격이었다.

"아무튼 그래서, 산시로 군. 이 두 사람은?"

"아…… 얘는 사오토메 겐지예요. 가렌 사건이 있었던 날 밤에 저와 패밀리 레스토랑에 있었죠. 보시다시피 판단이 성급하고 머리 색도 이렇지만 이상하게 공부만큼은 잘하는 아이예요."

"어이, 가장 중요한 걸 잊었잖아."

겐지는 미야를 향해 고개를 숙였다.

"오해해서 죄송합니다. 무례했네요. 전 사오토메 겐지라고 합니다. 머리를 노랗게 염색한 탓에 종종 오해를 사지만 전 평화주의자입니다."

"평화주의자?"

"네. 언제 어디서든 폭력에 반대합니다."

지금 이 자리에서 굳이 진지하게 평화주의자라고 밝힐 필요는 없을 텐데. 가렌의 장례식장이라 그런 걸까.

"플레임을 수사하신다고요? 전 잘 모르지만 산시로가 옆에서 도울 정도면 장난으로 하시는 건 아니겠죠. 혹시 저도 도울 일이 있으면 뭐든 말씀해 주세요. 큰 도움은 못 되겠지만."

"응, 잘 부탁해. 산시로 군, 이분은?"

"아야노코지 아야코. 중학생 때부터 가렌의 친구였고 고등학교에서도 같은 반이었어요. 집에도 자주 놀러 왔죠."

"처음 뵙겠습니다. 여자 탐정이라니, 뭔가 미스터리 같아서 멋져요! 아야코, 감격이에요!"

기쁨에 찬 얼굴로 손을 내미는 아야코. 미야는 그 손을 붙잡으며 말했다.

"아야노코지 아야코 씨라니. 발음 연습하기 좋은 이름이네."

'오토미야 미야' 씨가 할 말은 아닌 것 같지만.

"맞아요. 그렇답니다. 사실 아야코도 이상한 제 이름이 싫어요. 가렌은 이름이 예뻐서 늘 부러워했어요."

"오, 그렇구나."

아야코에게 대답하는 미야의 얼굴에 희미하게나마 그늘이 드리워져 있는 걸 산시로는 알아차렸다. 잠시 후 미야는 "응, 확실히 예쁜 이름이긴 하지. '가렌'은" 하고 한 번 더 강조했다.

"그렇죠? 예쁘죠? 정말 예쁜 이름이에요."

'예쁘다'를 연발하는 아야코 앞에서 고개를 끄덕이는 미야는 꼭 억지로 미소 짓는 것처럼 보였다. 자신을 삼인칭인 '아야코'라 부르며 어리광 섞인 목소리로 말하는 아야코가 마음에 들지 않는 걸까. 확실히 아야코는 같은 여자들에게 비호감으로 낙인찍힐 때가 많고, 성격이 괄괄한 미야와 잘 안 맞을 것 같지만.

자세히 보니 미야는 아야코와 눈을 마주치고 있지 않았다.

시선을 왼쪽 손목에 찬 팔찌로 떨구고 있다.

"가렌…… 왜 그렇게 된 걸까요."

미야의 그늘진 표정을 눈치채지 못한 채 아야코는 이번에는 가라앉은 목소리로 중얼거렸다. 여전히 감정 기복이 심한 아이다.

"가렌이 그렇게 된 이유와 범인의 정체는 아직 밝혀지지 않았지만, 반드시 밝혀낼 거야."

"부탁드려요! 아야코도 도울 일이 있으면 뭐든 도울게요!"

"저도 기대하겠습니다. 경찰은 전혀 믿을 수 없어서."

겐지는 그렇게 말하고 당연한 것처럼 주머니에서 담배를 꺼냈다.

"겐지, 선생님들이 와 계시잖아. 형사들도 있고."

"맞아. 들키면 정학 확정이야. 아야코도 네 편 못 들어 줘."

"한동안 담배를 끊었으니까. 오늘은 좀 마음대로 해도 돼."

"미성년자는 법적으로 담배를 피울 수 없으니 한동안 끊었다는 건 이유가 안 돼."

"나도 알아. 정학당해도 상관없어."

겐지는 짜증 섞어 말했다. 감정을 자제하고 있지만 가렌의 죽음과 플레임이 붙잡히지 않은 상황 때문에 혼란스러운 듯 보였다.

"평화주의자인지는 몰라도 겐지 군은 아직 어린애네."

미야는 한숨을 푹 내쉬고 일어서더니 겐지가 손에 든 담뱃갑을 통째로 빼앗았다.

"제 거예요. 돌려주시겠어요?"

겐지가 험악한 눈빛으로 으르렁거려도 미야는 주눅 든 기색 없이 그대로 담뱃갑을 꽉 움켜쥐었다. 그러더니 의연하게 겐지의 눈을 정면으로 봤다.

"담배는 백해무익해. 주변 사람들에게도 피해를 주고. 보건 체육 시간에 안 배웠니? 잊은 거야?"

"설마 그런 불량한 외모로 '전 지금껏 담배를 한 개비도 피워 본 적 없는 청순가련한 아가씨예요'라고 말씀하시려는 건 아니겠죠?"

"그런 말을 한다는 것부터 네가 어린애라는 증거야. 난 담배는 이미 열다섯 살에 졸업했으니까."

열다섯 살에 졸업?

……못 들은 척하자.

입 밖에 내지는 않아도 겐지와 아야코도 비슷하게 당황하고 있다는 걸 알 수 있었다.

"아, 그러고 보니 산시로 선배."

아야코가 분위기를 바꿀 것처럼 활기차게 손을 번쩍 들었다.

"그 사이트, 들어가 보셨어요?"

"그 사이트? 뭐?"

"아야코가 추천한 'PSYCHO의 방' 사이트요. PSYCHO 씨의 말씀을 들으면 살아갈 희망이 생길 거라고 문자 보냈잖아요."

"아, 그러고 보니 그런 문자가 왔었지. 근데 미안하지만 사이트 이름만 봐도 우울해질 것 같아서 아직 안 들어가 봤어."

"너무해요. 이름 차별이에요! 선배가 사람을 이름으로 차별하다니, 믿을 수 없어요! 사이트 관리자인 PSYCHO 씨는 고민하는 어린 양들에게 친절하게 조언해 주시고, 허스키한 목소리로 '죽고 싶어지지 않는 노래'라는 자작곡까지 올려 주시는데!"

어떤 노래일까. 궁금하지 않은 건 아니지만 들어 봐야 시간 낭비일 것이다. 관심 끄자.

"그리고 산시로 선배는……."

그 뒤로도 투덜투덜 불평을 늘어놓던 아야코의 입이 그 사람을 발견한 순간 뚝 멈췄다.

"레이 씨다!"

장례식장에서 간자키 레이가 나오고 있었다.

아야코는 더는 산시로에게 볼 일이 없는 것처럼 쏜살같이 레이에게 달려갔다. 겐지가 "저 녀석은 누구야?" 하고 물었다.

"간자키 레이 씨. 합기도 도장 선배야."

"아, 저 사람이……."

'가렌이 좋아했던 남자군'이라는 말을 삼키는 게 느껴졌다. 물론 가렌에게 레이에 대한 마음을 직접 들은 적은 없을 것이다. 하지만 겐지는 워낙 똑똑하고 눈치 빠른 아이이니 어렴풋하게나마 알지 않았을까.

자신이 차인 이유가 레이 때문이라는 것도 짐작하고 있을지 모른다.

"혹시 저 사람이 9년 전 너와 폐공장에 함께 갔던 사람이니?"

겐지에 이어 질문하는 미야를 향해 산시로는 고개를 끄덕였다.

"그렇구나. 근데 겉보기에는 시신 같은 걸 봐도 멀쩡할 타입인데."

"미야 씨. 아까부터 계속 신경 쓰였는데, 외모만 보고 선입견을 가지지 말아 주세요."

"무슨 소리니. 첫인상이 얼마나 중요한데."

"노란 머리인 제가 이런 말씀 드리기 그렇지만, 첫인상을 언급하시려면 그 은발부터 어떻게 하시는 게 좋을 것 같네요."

"뭐? 근데 이건 염색한 게 아니라 타고난 머리카락인걸."

"거짓말!", "거짓말!"

산시로와 겐지의 목소리가 겹쳤다. 미야는 태연하게 "너희는 사이가 좋구나" 하고 미소 지었다. 겐지가 "정말 정체를 알 수 없는 분이네" 하고 불안한 듯 혼잣말을 중얼거리는 소리가 들렸다.

레이가 산시로를 알아보고 다가왔다. 옆에 아야코가 찰싹 달라붙어 있다.

"산시로, 괜찮아? 여전히 안색이 별로 좋지 않아."

가슴에 스밀 것처럼 부드럽고 자상한 목소리였다.

"괜찮아요. 걱정 끼쳐서 죄송해요."

"레이 씨가 걱정해 주는 산시로 선배가 부러워요."

팔에 매달린 아야코를 보며 레이는 쓴웃음을 지었다.

아야코는 레이를 짝사랑하고 있다. 중학생 때 가렌과 함께 합기도 대회를 응원하러 갔다가 첫눈에 반했다고 한다. 이후 '팬클럽 1호 회원'을 자처하고 남들이 보기에 과할 만큼 레이에게 접근하고 있다. 지금껏 몇 번이나 고백했고 그때마다 거절당했지만 기죽는 기색도 없다.

"오히려 더 투지를 불태우고 있는 것 같아 곤란해.", "친구가 같은 남자를 좋아한다고 해서 눈치 볼 필요는 없지 않나? 과감하게 고백해 버려", "아니, 난 딱히 레이 씨와 사귀고 싶은 건 아니야.", "역시 넌 거짓말을 정말 못한다니까.", "놀리지 마!".

생전 가렌과 그런 대화를 나눈 적이 있지만 어차피 아야코의 사랑이 이루어질 리는 없다. 차분한 성인 남성 분위기를 물씬 자아내는 레이와, '어른스러운 초등학생'이라고 해도 통할 것 같은 아야코는 누가 봐도 어울리지 않았다.

"레이 씨, 소개할게요. 얘는 같은 반 친구인 사오토메 겐지예요. 보기보다 괜찮은 아이예요."

오늘 두 번째 소개다. 겐지는 "처음 뵙겠습니다" 하고 무표정하게 고개를 숙였다. 레이는 환하게 미소 지으며 "반가워, 앞으로 잘 부탁해" 하고 인사했다.

"그리고 이쪽은 오토미야 미야 씨……."

그렇게 말하며 산시로가 미야를 돌아본 순간.

얼어붙었다.

미야는 레이를 빤히 쳐다보고 있었다.

크게 뜬 두 눈에 호기심이 가득 차 있고, 입가는 날카롭게 치솟아 있다.

꼭 제물을 발견한 마녀처럼 한기가 감도는 그 미소.

순식간에 등줄기가 오싹해졌다. 겐지는 어리둥절하게 미야를 봤고, 아야코는 겁에 질려 레이 뒤에 숨었다.

"안녕하세요. 처음 뵙겠습니다."

개성 넘치는 미야 앞에서도 레이는 신사다운 태도를 잃지 않았다.

"네, 안녕하세요."

미야의 말투는 레이의 태도와 걸맞지 않았다. 미야는 살짝 비틀거리는 걸음걸이로 레이 앞에 다가가 그를 가로막는 것처럼 섰다.

두 사람 다 멋지고 아름다웠지만, 화려하다기보다 차갑고 어색하기 그지없는 대치 구도였다.

"미야 씨는 가렌과 어떤 사이셨죠? 혹시 친구분?"

"아, 저기 말이죠. 레이 씨, 이분은……."

"탐정입니다. 플레임이 어디 사는 누군지 밝히려고 조사 중이에요."

미야는 말을 더듬으며 끼어드는 산시로가 아예 존재하지 않는 것처럼 무시하고 대답했다.

"아, 그렇군요. 탐정님이셨군요. 잘 부탁드립니다. 꼭 플레임을 잡아 주시기 바랍니다."

"네, 안심하세요. 플레임은 **지금 막 찾았으니까요.**"

플레임을 찾았다? 그것도 지금 막?

미야가 지금 막 만난 사람은 레이다. 그럼 미야가 가리키는 플레임은…….

모두가 말문이 막혀 있는 사이 레이는 곤혹스러운 것처럼 미소 지었다.

"꼭 제가 플레임이라도 되는 것처럼 말씀하시네요."

산시로와 친구들과 대화할 때와 달리 공손하게 '저'라고 하는 레이에게서 성인 남성의 여유가 느껴졌다. 그에 반해 미야는 의심을 숨기지 않았다.

"어머, 제가 '되는 것처럼' 말했다고요?"

"네. 유감스럽게도 그렇게 들렸습니다. 뜻밖이지만."

"맞아요, 미야 씨. 레이 씨는 가렌과 평소에도 사이가 좋았고……."

"12월 13일 밤, 당신은 어디서 뭘 하고 있었나요?"

여전히 산시로의 말을 가로막으며 미야가 물었다. 레이는 쓴웃음을 지은 채로 대답했다.

"13일……. 가렌이 살해된 날이군요. 네. 그러지 않아도 경찰분들께서도 물어서 답해 드렸습니다. 집에서 혼자 책을 읽었다고."

"흐음. 그 말은 즉, 알리바이 증인이 없다는 뜻이네요."

"그렇게 되겠죠. 부모님이 일 때문에 해외에 나가셔서 혼자 살고 있으니까요."

미야는 마녀 같은 표정 그대로 비아냥거리듯 입술을 비틀었다.

"이렇게 한 걸음 더 플레임에게 가까워졌네요."

"……이유를 한번 들어볼 수 있을까요? 갑자기 왜 저를 의심하게 되셨는지. 전 오늘 미야 씨와 처음 만났는데 말이죠. 게다가 보아하니 저와 대화를 나누기 전부터 이미 저를 의심하신 것 같은데요."

"비밀이에요."

"그럼 저도 반박할 도리가 없군요. 혹시 제가 산시로 군과 대화하는 모습이 수상해 보였나요?"

어깨를 으쓱하는 레이와 무슨 일인지 몰라 당황하는 겐지, 아야코.

그러나 산시로는 왠지 미야가 말한 '비밀'의 정체를 알 것도 같았다.

미야는 공감각을 통해 '생명을 빼앗으려는 사람의 목소리'가 보인다고 했다. 그리고 '타인을 죽이려는 사람의 목소리'는 자살을 기도하는 사람의 목소리와 다른 색으로 보인다고도 했다.

설마 레이의 목소리가 미야의 눈에…….

"가렌은 죽기 몇 주 전부터 왠지 이상한 행동을 보였다고 해요. 뭔가를 숨기는 사람처럼. 그렇지? 산시로 군."

산시로는 미처 생각을 정리하지 못한 채 고개를 끄덕였다.

"가렌에게 대체 무슨 일이 있었던 걸까요? 제가 상상한 스토리는 이래요. 가렌은 어떤 계기로 세상을 떠들썩하게 만든 살인마 플레임의 정체를 알게 됐다. 놀랍게도 그는 평소 알고 지내던 오빠였다. 고민 끝에 가렌은 그 오빠에게 자수를 권했다. 하지만 그는 말을 듣지 않고, 오히려 가렌을 살해한 후에 시신을 불태웠다⋯⋯. 어떤가요?"

"스토리로는 흥미롭네요. 증거가 없다는 게 흠이지만."

레이는 더 이상 웃고 있지 않았다. 의심받고 있는데도 꼭 남의 일인 것처럼 침착하다. 근거도 없이 플레임이라고 단정 짓는 미야의 말을 진지하게 받아들이지 않기로 마음먹은 듯했다.

"증거만 없을 뿐이지 말은 되죠. 가렌 혼자 다른 피해자들과 경우가 다른 것도 설명할 수 있고요."

"설명이 되는 건 오직 그뿐이지 나머지는 하나부터 열까지 설명할 수 없는 것 같은데요."

"예를 들면?"

"제가 정말 플레임이고 가렌을 죽인 이유도 미야 씨께서 말씀하신 대로라고 가정해 보죠. 하지만 그전에 근본적인 문제로, 제가 왜 사람을 죽이는 것으로 모자라 시신을 불태워야 할까요? 미야 씨도 아시겠지만 시신 한 구를 태우는 데는 엄청난 수고가 듭니다. 마땅한 장소도 확보해야 하고요. 왜 그런 고생을 하면서 시신을 불태우겠어요?"

"다행히 시신을 태운 장소는 어제 찾았어요. 겐지 씨와 아야코 씨가 있으니 어디라고 정확히 말씀드릴 수는 없지만, 아주 의외의 장소였죠. 다만 레이 씨가 전혀 모를 곳은 아니에요. 그런 점들로 미뤄도 전 레이 씨가 플레임일 가능성이 크다고 생각해요."

레이는 마치 고급 유머를 들은 사람처럼 재미있다는 듯 웃었다. 켕기는 게 있는 사람의 반응으로는 전혀 보이지 않았다.

"알겠습니다. 그럼 장소는 그렇다 치고, 다시 말씀드리지만 동기는? 제가 시신을 불태운 이유가 뭘까요? 아니면 전 그냥 이유도 없이 시신을 불태우는 정신 이상자라는 말일까요?"

"네. 지금으로서는 살인과 시신 소각의 명확한 이유를 찾지 못했으니 그 가능성이 가장 크다고 생각해요."

"그럴 리 없잖아요!"

결국 아야코가 참을 수 없다는 듯 소리쳤다.

"이렇게 멋지고 어른스러운 레이 씨가 정신 이상자라뇨! 말도 안 돼요. 그렇죠, 레이 씨?"

"멋지고 어른스럽다는 게 정신 이상자가 아닌 근거가 될지는 모르겠지만, 아무튼 아야코의 말대로 전 정신 이상자가 아닙니다."

"원래 정상과 비정상의 경계는 엄밀히 따지면 존재하지 않는답니다."

볼에 바람을 넣고 불만을 표시하는 아야코 옆에서 레이는 다시 어깨를 으쓱했다.

"일반론을 언급하시는 걸 보니 결국 절 의심하게 된 증거 같은 건 없는 듯하군요. 그럼 전 이만 실례하겠습니다."

미야의 눈빛은 여전히 흔들리지 않는다. 눈 한 번 깜빡이지도 않고 날카롭게 레이를 응시하고 있다.

레이가 플레임이라고 믿어 의심치 않는 사람의 모습이었다.

"산시로. 내일 있을 고별식에도 참석할게."

"……네, 꼭 와 주세요. 가렌도 분명 기뻐할 거예요."

산시로는 마른 목소리로 간신히 그 말만 짜냈다. 레이가 가볍게 고개를 끄덕이고 등을 돌릴 때.

"감시를 붙이겠습니다."

미야가 그렇게 선언했다.

"감시라니…… 미야 씨, 지금 무슨 말씀을 하시는 거예요."

놀라는 산시로를 아랑곳하지 않고 미야는 도발적인 미소를 머금었다.

"저는 당신이 플레임이 틀림없다고 생각하니 그걸 반드시 증명해 보이겠어요. 그때까지 불가피하게 당신을 감시하고자 하는데, 딱히 켕기는 게 없다면 상관없겠죠?"

"미야 씨, 농담이 지나치신 것 같아요."

"아니, 산시로, 난 괜찮아. 굳이 그렇게 해야 미야 씨의 직성이 풀린다면 그렇게 하시지요. 하지만 그런다고 의혹이 풀릴까요? 제가 감시당하는 동안 사건이 일어나지 않으면 '감시 때문에 사람을 죽이지 못했다'라고 하실 거 아닌가요?"

"걱정 마세요. 머지않아 진실이 밝혀질 테니."

"네. 그럼 열심히 해 보십시오. 기대하겠습니다."

레이는 태연하게 말하고 돌아섰다. 그러나 곧 다시 뭔가 떠오른 듯 멈춰 서서 미야를 돌아봤다.

"떠나기 전에 하나만 말씀드리겠습니다. 저는 가렌을 친동생처럼 아끼고 귀여워했습니다. 그것만큼은 꼭 알아주셨으면 합니다."

조용하고 침착한 목소리였다.

하지만 산시로는 레이가 지금껏 억눌러 온 감정을 처음으로 드러냈다고 느꼈다.

3

아야코는 불만 가득한 얼굴로 레이를 졸졸 쫓아갔다. 겐지도 뭔가 할 말이 있는 듯했지만 결국 별말 없이 "먼저 가 볼게" 하고 자리를 떴다.

미야와 산시로만 남았다.

"솔직히 오늘은 수사에 진전이 거의 없었는데 마지막에 생각도 못 한 수확이 생겼네. 이렇게 플레임에게 다가갈 줄은 나도 몰랐어."

마녀에서 평소로 돌아온 미야가 들뜬 듯 중얼거렸다.

"산시로 군, 넌 오늘 밤새 여기 있는 거지?"

"네, 그래야죠."

경야 때 고인 곁에서 하룻밤을 지새우는 것을 '요토기夜伽'라고 한다. 그전에 고인을 기리는 '쓰야후루마이通夜振る舞い'라는 연회를 열기도 하지만 X현에서는 일반적이지 않다. 게다가 가렌의 경우 사건의 양상이 워낙 끔찍하고 범인도 아직 붙잡히지 않은 탓에 생략하기로 했다.

"야하기 씨에게 휴대폰을 넘기기는 했지만 혹시 간자키 레이의 전화번호를 외우고 있니?"

"네. 오래전부터 알고 지낸 사이니까요."

"그럼 가기 전에 알려 줄래? 하나만 확인하면 더 적극적으로 나갈 수 있을 것 같아."

"뭘 확인하실 건데요?"

"최근 몇 주 동안 X현과 인근 현에서 플레임 사건이 아닌 다른 미제 살인 사건이 있었는지. 만약 없었다면 간자키 레이가 플레임일 가능성이 더 커져. 목소리 색이 그토록 짙은 만큼 잔혹성도 충분하니 이미 거의 확실하다고 할 수 있겠지만."

"역시 목소리인가요?"

산시로는 무심코 긴장한 목소리를 가다듬으며 물었다.

"그래. 엊그제 네가 나한테 물었지? 타인을 죽이려는 사람의 목소리는 어떤 색이냐고. 알려 줄게. 다른 사람을 죽이려는 사람의 목소리는 말이지. 내 눈에는 피처럼 붉은 진홍색으로 보여. 그런데 간자키 레이의 목소리는 처음부터 끝까지 진홍빛으로 물들어 있었어. 진홍색이 마치 독사처럼 꿈틀거리며 하늘로 올라가는 느낌이었달까? 그렇게 선명한 진홍색은 태어나서 처음 봤어. 너희 눈에 보이지 않는 게 신기할 정도야."

자살을 기도하는 사람의 목소리는 파란색, 살인을 기도하는 사람의 목소리는 진홍색. 그리고 레이의 목소리는 진홍색이었다.

그 말은 즉.

"24시간, 365일을 진홍색 목소리로 말하는, 머리부터 발끝까지 살의로 똘똘 뭉친 사람. 그 목소리는 최근에 누군가를 죽였고, 앞으로도 죽이려고 하는 희대의 살인마의 목소리였어. 간자키 레이가 플레임이야. 틀림없어."

"전 납득 못 하겠어요. '타인을 죽이려는 목소리 색이 보였다'라는 것만으로 레이 씨가 플레임이라고요? 그런 추리는 듣도 보도 못했어요."

억지로 웃으려다가 웃지 못하는 산시로를 보며 미야는 담담히 말했다.

"지금 들었으니 됐어. 플레임은 살인으로 모자라 피해자의 시신을 불태우고 있고, 그건 그만한 악의와 살의가 없는 사람은 할 수 없는 짓이야. 간자키 레이의 진홍색 목소리는 그런 조건을 차고 넘치도록 충족해. 그리고 내 공감각이 강력하고 정확하다는 건 이제는 너도 알지 않니?"

반박할 수 없었다. 산시로의 자살 충동을 잠재운 것, 가렌의 살해 당일 행적을 파악한 것, 폐공장의 숨겨진 문을 발견한 것도 전부 미야의 공감각 덕분이었다. 그래도 레이가 플레임이라는 건 너무 황당무계하다.

공수도를 배우다가 넘어와 적응하지 못 하고 의욕을 잃어 가는 산시로에게 합기도의 묘미를 알려 준 사람이 레이였다. 지금껏 도장에서 함께 땀 흘려 온 레이. 가렌이 중학생 때 만든,

모양이 별로고 맛도 너무 쓴 초콜릿을 맛있게 먹어 준 레이. 우리 남매를 위해 밤늦게까지 공부를 가르쳐 준 레이…….

기억 속 레이의 어떤 모습도 플레임의 인물상과 일치하지 않는다.

미야는 눈을 들여다보듯 산시로를 올려다봤다.

"평소 강렬한 살인 충동에 사로잡혀 있던 간자키 레이가 노숙인 두 명을 살해했다. 가렌은 그 사실을 알게 돼 오빠인 네게 전화를 걸었다가 그만 희생됐다. 모순은 없는 것 같은데."

"모순은 없을 수 있지만 증거도 없어요. 레이 씨는 정말로 가렌을 친동생처럼 아끼고 귀여워했어요. 그런 아이를 왜 죽이겠어요."

"간자키 레이가 플레임이라는 증거를 가렌이 손에 넣었으니까. 그래서 입을 틀어막은 거지. 아무리 친동생처럼 아긴다고 해도 자기 안위가 더 중요한 법이니."

"레이 씨는 장례식 준비도 돕겠다고 했어요. 자기가 죽여 놓고 그렇게까지 한다고요?"

"자기가 의심받고 있는지 확인하고 싶었던 게 아닐까?"

"가렌은…… 레이 씨를 정말 좋아했어요. 그런 아이를 죽였을 리……."

"논리가 맞지 않을뿐더러 그건 가렌의 마음이잖아. 간자키 레이는 어땠을까?"

"……가렌의 마음을 전혀 눈치 못 채는 것 같기는 했어요."

"그럼 입을 틀어막을 때도 망설일 이유가 없었겠네."

하나하나 지적할 때마다 무너져 내린다.

"……그리고 레이 씨가 시신을 태워서 이상한 곳에 숨긴 동기가 '정신 이상자'이기 때문이라고요?"

최대한 비아냥거림을 섞어 말했지만 미야는 "그래, 맞아" 하고 가볍게 고개를 끄덕였다.

"너와 가렌 앞에서는 든든한 형과 오빠 행세를 했겠지만, 사이코 킬러가 틀림없어. 다만 가면을 벗기는 건 쉽지 않아 보이네. 지금으로서는 물증도 없으니 붙잡으려면 카드가 좀 더 필요하겠지.

그래서 일단 감시를 붙이려고 해. 그럼 더 이상의 희생은 막을 수 있을 거야."

미야는 가볍게 말아 쥔 왼손을 입가에 대고 혼잣말처럼 중얼거렸다.

미야의 머릿속에는 이미 '간자키 레이=플레임'이라는 도식이 생겨 버렸다. 하지만 그 근거는 '목소리가 진홍빛이어서'라고 한다.

그런 건 납득할 수 없다.

레이가 살인 욕구에 사로잡혀 있다는 것도 이해되지 않는다. 백 번…… 아니, 만 번 양보해 그런 욕구가 있다고 해도 아무 이유도 없이 사람을 죽이고 시신을 불태울 만큼 미친 사람이라고는 도저히 생각되지 않는다.

광기.

오히려 그 단어에서는 왠지 모르게 야하기의 인위적인 미소
가 떠올랐다.

IV. 감시자

1

소녀가 열세 살 때 소녀의 어머니와 언니가 병원에 입원했다. 주변 어른들은 말을 아꼈지만 두 사람이 그 뒤로도 병원에서 영원히 나오지 못할 거라는 건 혼란 속에 있던 소녀도 알 수 있었다.

"네 잘못이 아니란다."

홀로 화를 면한 아버지는 소녀에게 다정하게 말했다.

"넌 잘못한 게 없어. 전혀. 그건 단지 불행한 사고였던 거야. 그러니 신경 쓰지 마렴. 앞으로도 네가 하고 싶은 대로, 원하는 대로 살아가면 돼. 하지만 말이다. 집 밖에 나가는 것만큼은 삼가는 게 좋을 것 같아."

아버지의 자상함은 변함없다. 소녀의 어머니와 언니는 처음부터 존재하지 않았던 것처럼 행동하며 소녀가 말을 걸면 언제나 미소 지어 줬다. 늘 소녀가 먼저 말을 걸었다. 그날 이후 아버지 쪽에서 먼저 말을 걸어 오는 일은 한 번도 없었다.

그리고 소녀가 그런 사실을 깨달았을 때는 집 2층에 있는 10평짜리 거실이 소녀의 세계가 돼 있었다.

소녀가 거실에서 보내는 시간이 길어지자 아버지는 2층을 개조했다. 욕실과 화장실은 물론 간이 부엌도 만들었다. 더는 거실이라 부를 수 없을 정도로 호텔 원룸처럼 호화로운 공간이 됐다. 그래서 소녀가 집을 나갈 이유가 더 현저히 줄었다. 복도로 이어지는 문은 막혔고, 출입구는 오로지 옆방으로 통하는 문만 남았다.

그 문은 옆방에서 보면 책장의 형태를 하고 있었다.

"미국 업체에 의뢰해서 만들었단다. 아무것도 모르는 손님들 눈에는 평범한 책장처럼 보이겠지. 이 너머에 방이 있을 거라고는 누구도 상상 못 할 거야."

아버지는 그 '누구도'에 자신도 포함하고 싶어 하는 것 같았다. 이해심 많고 자상한 아버지의 얼굴은 꼭 TV 드라마에서 복사해서 붙여 넣은 것 같았다. 그렇게 느끼지 않을 수 없었다.

열네 살을 석 달 앞뒀을 때부터 소녀는 유난히 혼잣말이 많아졌다. 긴 은발 머리카락을 마구 잡아당기며 "제길", "짜증 나", "다 죽여 버리고 싶어" 같은, 예전 자신이라면 절대 입에 담지 않았을 욕설들을 내뱉었다. 때로는 "너무 힘들어", "왜 나만 이런 일을 당해야 하는 건데", "미안, 미안. 미안해, 엄마. 미요 언니. 정말 미안해" 하고 눈물을 흘리기도 했다.

그럴 때 소녀의 목소리는 온통 파란색으로 물들어 있었다. 목소리를 낼 때마다 시야에 푸른 거미줄이 드리워졌다.

'죽고 싶다'라고 생각했다.

그것을 실행에 옮기지 않은 건 아버지의 존재 때문이었다.

내가 죽었을 때 아버지가 안도의 한숨을 쉬면 어쩌지.

그렇게 생각하면 두려워서 목숨을 끊을 수 없었다.

그런 상상을 할 때마다 소녀의 목소리 색은 더 짙고 깊은 파란색이 되어 갔다.

열네 살 생일 전날부터 담배를 피우기 시작했다.

계기는 기억나지 않는다. 맛있다고 느낀 적도 없다. 그저 푸른 혼잣말을 망막에 새기는 것보다 낫다고 여겼다.

밀폐된 방 안은 금세 담배 냄새로 가득 찼고 소녀의 몸에도 악취가 배었다. 하지만 평소 사람을 만나지 않으니 상관없었다. 거울을 들여다보면 늘 검정 원피스를 입은 야윈 은발 소녀가 담배를 피우고 있었다.

눈 밑에는 짙은 다크서클.

'나는 병에 걸렸구나' 하고 소녀는 생각했다.

그리고 얼마 후 온라인 서점에서 의학 서적을 구입했다.

의사의 말이 생각났다.

—아주 강력하고 희귀한 징후를 보이고 있지만, 공감각 자

체는 인간에게 일정 비율로 나타나는 지각 현상입니다. 질병이 아니기 때문에 치료 대상도 아닙니다.

거짓말이다. 속아선 안 된다. 그는 돌팔이다.

이건 병이 맞다. 그러니 어딘가에 치료법이 있을 것이다. 꼭 치료법을 찾아내고 말겠다. 난 병에 걸렸다. 이건 분명히 병이다. 틀림없이 병이다.

병이어야 한다.

구입한 책은 의학 입문서였지만 학교에 제대로 다니지 않아 초등학교 과학 수준 지식만 지닌 소녀에게는 너무 어려웠다. 어쩔 수 없이 소녀는 중학교 생물부터 공부하기 시작했다. 돈은 아버지가 얼마든 대 주었다. 시간이 걸리더라도 반드시 치료법을 찾아내겠다고 다짐했다.

의학 공부에는 뜻밖의 효과도 있었다.

의학 서적을 열심히 읽는 동안에는 목소리에서 푸른 거미줄이 보이지 않는다는 것을 깨달았다.

공부에 집중할 때만큼은 죽고 싶지도 않았다.

책에 매달려 있는 동안은 괜찮다.

치료법을 찾는 것.

푸른 거미줄을 걷어내는 것.

그 두 가지를 위해 소녀는 공부에 매진했다.

혼잣말, 옷이 스치는 소리, 책장을 넘기는 소리. 소녀에게는 그것들이 자신을 지켜 주는 단단한 고치처럼 **보였다.**

12월 23일. 아크 호텔 호시모리 1202호.

미야는 창가 소파에 앉아 호시모리만을 바라보고 있었다.

어젯밤 산시로에게 간자키 레이의 연락처를 듣고 헤어졌다. 산시로는 끝까지 불만스러워 보였다. '어릴 적부터 알고 지낸 친한 형이 플레임'이라는 사실을 도저히 받아들이지 못하는 것 같았다. 그 심정이 아예 이해되지 않는 건 아니다. 하지만 산시로도 간자키 레이의 목소리를 직접 보면 인정할 수밖에 없을 것이다.

불길하게 소용돌이치는, 그 숨 막히는 짙은 붉은색.

그것은 사람을 죽이고 싶어서 어쩔 줄 모르고, 실제 사람을 죽였으며, 앞으로도 계속 사람을 죽이고 싶어 하는 광란의 살인마의 목소리다. 물론 공감각은 주관적이니 객관적인 증거가 될 수 없다. 그러나 '간자키 레이가 플레임'이라는 건 어느새 미야에게 흔들리지 않는 사실이 됐다.

자신의 눈에 보이는 걸 다른 사람과 공유하지 못하는 것은 언제나 그렇듯 불편한 일이다.

기본 설정에서 바꾸지 않은 스마트폰의 벨소리가 울렸다. 야하기였다.

"여보세요."

—접니다. 지난번 보여 드리지 못한 수사 자료를 가져왔으니 지금 그쪽으로 가겠습니다. 오늘은 계속 호텔에 계실 거죠?

즉시 대답할 수 없었다. 어젯밤 '간자키 레이가 플레임'이라고 보고했을 때 야하기는 이렇게 말했다.

―그럼 더 이상 아마야 산시로를 조수로 쓸 필요가 없겠군요. 그가 모방범으로 아마야 가렌을 살해했을 가능성은 없어졌으니까요.

그렇다. 그 말이 맞다. 비록 진지하게 한 말이 아니라고 해도 모방범 후보에서 벗어난 이상 산시로를 곁에 둘 이유가 없다. '간자키 레이가 플레임'이라는 진실을 받아들이지 못하는 만큼 수사에 도움 되지도 않는다. 산시로를 조수로 둬서 생길 이점이 하나도 없다. 그리고 그 역시 간자키 레이를 의심하는 탐정의 조수 일 같은 건 더 이상 못 하겠다고 포기할 수도 있다.

하지만 지금 산시로에게서 '플레임 사건 수사'를 앗아가 버린다면.

그 아이는 나와 닮았다. 내가 그 아이라면 어떨까. '플레임'을 놓쳐 버리면 나는…… 아니, 산시로 군은…….

―오토미야 씨?

"잠깐 나갔다 올게. 산시로 군을 데려와야겠어. 그 애는 간자키 레이와 친한 듯하니 뭔가 정보가 더 있을 거야. 아직 조수로 쓸 만해.

―쓸 만하다고요? 그렇군요. 그것참 편리한 말이네요.

의미심장한 웃음소리가 마음을 술렁이게 했다.

"뭐 불만이라도?"

―아뇨, 너무 날 세우실 필요 없습니다. 걱정돼서 그러는 거니.

"걱정?"

—네. 미야 씨가 절 따라 하시는 게 아닌가 하는 걱정입니다.

콘택트렌즈로 조절하고 있는데도 야하기의 목소리에서 가시 형태가 보이는 것 같았다.

—혹시 제가 오토미야 씨에게 '탐정' 일을 선사했듯 산시로 씨에게도 '조수' 일을 선사했다고 생각하십니까? 오토미야 씨에게 좋은 효과가 있었다고 해서 그 역시 같을 거라는 보장은 없습니다. 사소한 일로 선을 넘거나 예상치 못한 행동을 할 수도 있죠. 그렇게 되면 오토미야 씨는 크게 후회하실 텐데, 저는 그게 걱정입니다.

"……내가 야하기 씨를 따라 할 리 없잖아. 난 그저 수사를 원활하게 하려고 그 아이를 조수 삼았을 뿐이야. 다른 이유는 없어."

—그렇다면 다행입니다. 제 착각이었나 봅니다.

"응. 야하기 씨가 자의식 과잉 같아. 난 누가 돈을 준다고 해도 야하기 씨를 따라 할 생각 따위 없어."

야하기가 받아치기 전에 미야는 수화기 너머의 웃음소리를 향해 "그럼 나중에 봐" 하고 전화를 끊었다.

2

경야와 달리 고별식에서는 끝까지 도망치지 않았다. 이상한

말일 수 있지만 영정 사진을 앞에 두고 하는 의식에 내성 같은
게 생긴 느낌이었다. 때때로 소리치고 싶은 충동도 어떻게든
억눌렀다. 레이가 어젯밤 미야의 일방적인 의혹 제기에도 개의
치 않고 참석해 준 것도 도움이 됐을 것이다.

어머니도 고별식의 시작부터 끝까지 의연한 모습을 잃지 않
았다. 어젯밤에 본 공허한 옆얼굴은 나 자신의 심정이 투영된
환상이었을지 모른다는 생각이 들 정도로 오늘 어머니는 당당
했다.

그렇게 무사히 고별식을 마치고 쾌청한 오후를 맞이했다.

산시로는 겐지와 함께 호시모리 어린이 공원 벤치에 앉아 있
었다. '어린이 공원'이라는 이름이 붙기는 했지만 낡은 놀이기
구들이 거의 망가져 있고 평소에도 사람이 별로 없는 곳이다.
긍정적으로 표현하면 언제나 한적하고 아늑한 공원이라는 뜻
도 된다.

"고별식, 괜찮았지?"

"응. 어제보다 사람도 많이 와 줘서 고맙더라."

"가렌네 반 친구처럼 보이는 애들도 많이 왔던데. 경야 때 오
지 않은 건 플레임이 무서워서였겠지. 낮에 습격당하지 않을
거라는 보장은 없지만 아무래도 밤에 비하면 확률이 낮으니까.
자연스러운 심리야."

"역시 넌 논리적이네."

건성으로 대답하고 잠시 침묵이 이어졌다.

"그런데 이 공원, 일요일 낮인데도 이렇게 사람이 없다니. 이 건 분명 이상해. 다 경찰 수사가 지지부진하기 때문일 거야. 아 직 단서도 나온 게 없으니까. 듣자 하니 플레임의 정체가 여고 생이라는 의견도 있다더라. 자칭 범죄 심리 전문가라는 아줌마 가 TV에 나와 '수사본부 형사에게 얻은 확실한 정보'라고 하면 서 그럴싸하게 설명했어."

"아무리 그래도 여고생이 그런 짓을 저지르겠어?"

산시로는 '현대 사회에는 하늘에 뜬 별만큼이나 많은 정보가 산재해 있다'라는 야하기의 말을 어렴풋이 떠올리며 이번에도 건성으로 대답했다.

"……함께 온 마당에 이런 말 하기 뭐하지만, 역시 혼자 있고 싶었던 거야?"

"아니야. 네가 불러 준 덕에 기분 전환도 됐고, 뒷정리를 어 머니가 다 하고 계셔서 딱히 내가 할 일도 없어. 다만, 뭐랄 까…… 아직 내 마음을 나도 잘 모르겠어."

어젯밤 미야와 헤어진 직후에는 '레이 씨의 의혹을 풀어야 한다'라는 조바심에 사로잡혀 아무것도 손에 잡히지 않았다. 하지만 장례식장으로 돌아가 가렌이 담긴 유골함 앞에 선 순간 머릿속에서 미야, 레이, 심지어 플레임도 사라져 버렸다. 눈보 라가 휘몰아치듯 머릿속이 새하얘지고 하염없이 눈물만 흘렀 다. 그러면서 두 가지 감정이 점점 격해지는 걸 느꼈다.

장례식으로 슬픔에 마침표를 찍을 수 있을 거라는 기대.

오히려 슬픔이 더 커질 거라는 불안.

그러나 둘 중 어느 쪽도 맞지 않았다.

장례식을 다 마친 지금의 심정을 한마디로 표현하면 '어처구니가 없다'였다.

물론 슬프지 않은 것은 아니다. 하지만 이로써 가렌과 영영 이별이라는 상황을 도저히 믿을 수 없다는 쪽이 더 강했다.

역시 가렌을 위해 뭔가 해야 한다.

그리고 그것은 바로 플레임을 붙잡는 일이다.

하지만 정작 믿어 온 미야는 엉뚱한 사람을 플레임으로 단정해 버렸다.

"그러고 보니 오늘 아야코는? 왔었나?"

멍한 얼굴로 묻자 겐지가 씁쓸하게 미소 지었다.

"예상은 했지만 역시 못 들었나 보네. 어젯밤에 아야코가 너한테 몇 번이나 전화했대. 그런데 계속 안 받는다고 아까 나한테 전화해서 투덜거렸어."

"아, 그러고 보니 말하는 걸 깜빡했다. 수리 맡긴 휴대폰을 얼마 전 찾았는데 지금도 내 손에 없거든. 가렌이 남긴 음성 메시지 때문에 경찰이 가져갔어. 아무튼 그래서, 아야코는?"

"몸이 안 좋대. 아침에 못 일어나는 바람에 고별식에도 못 갈 것 같다고 너한테 정말 미안하다고 전해 달랬어."

"아야코가? 어제는 멀쩡해 보였는데?"

"가렌이 이제 세상에 없다는 사실이 새삼 타격을 준 게 아닐까. 아야코 같은 특이한 애랑 잘 지낼 아이가 별로 없는데도 가렌은 개랑 친했잖아. 어쩌면 아야코한테 가렌은 친구라기보다 친언니 같은 존재였을지도 몰라."

아야코는 중학교 시절까지만 해도 '반의 인기인'이었다고 한다. 외모는 초등학교 5, 6학년 정도로 보이고, 자신을 '아야코'라는 삼인칭으로 부르며, 늘 애교 섞인 목소리로 아양을 떠는 중학생. 거슬리는 아이가 없지 않았겠지만 우수한 성적이 그녀를 지켜 줬다. '조금 특이한 것도 다 머리가 좋기 때문'이라는 자신만의 독특한 포지션을 굳혀 주변에서 공부를 가르쳐 달라는 부탁도 많이 받았다고 한다.

그러나 고등학교에 입학하자 더는 그런 포지션을 지킬 수 없게 됐다. 호시모리 고등학교는 X현의 우등생들이 모이는 명문 학교다. 결국 '머리가 좋다'라는 아야코의 특성은 묻히고, '조금 특이한 아이'라는 이미지만 남았다. 거기에 '재수 없다', '남자를 밝힌다' 등의 부정적인 특성이 더해지는 데는 그리 오랜 시간이 걸리지 않았다.

—따돌림을 당한 수준은 아니지만 친구들과 사이가 별로 좋지 않은 것 같아. 나한테 다가온 것도 입학할 때 그나마 친하게 지냈던 여자아이들 그룹이랑 멀어져서래. 나쁜 아이는 아니니 어떻게든 도와주고 싶어.

올여름에 가렌은 슬픈 표정으로 산시로에게 그렇게 말했다.

"뭐, 아무튼 그래서 아야코는 결국 못 왔어."

"그렇구나."

나와 겐지가 느끼는 슬픔과는 종류가 다르겠지만 깊이만큼은 비슷하게 아야코도 힘들어하고 있을지 모른다.

겐지도 그런 아야코를 떠올렸는지 한숨을 내쉬며 담배를 꺼내려다가 미야에게 압수당했다는 걸 깨닫고 손을 멈칫했다.

"그런데 그 미야 씨라는 은발녀는 대체 누구야? 그런 머리를 타고난 머리라고 우기질 않나, 처음 만난 간자키 레이 씨더러 갑자기 플레임이라고 하질 않나. 그러고 보니 그 여자도 오늘 안 온 것 같던데?"

"아, 그분은 처음부터 올 생각이 없었을 거야."

이제는 '수상한 녀석'을 찾을 필요가 없으니까.

어젯밤, 오늘 만날 약속을 따로 잡지 않았다. 그걸 넘어 향후 계획도 정하지 않았다. 레이를 플레임으로 단정 짓는 미야에게 산시로는 반발했다. 후회하지는 않지만 조수로서 자격 미달이라는 낙인이 찍혀도 어쩔 수 없다.

미야 없이 나는 앞으로 뭘 해야 할까. 평범한 고등학생인 내가 플레임을 쫓는 건 불가능하다. 가렌을 잃은 슬픔과 스스로의 무력감을 곱씹으며 오직 경찰 수사가 진전되기를 기다리던 시절로 돌아갈 수밖에 없는 걸까.

"올 생각이 없었다고? 그럼 저건?"

겐지가 턱짓했다.

설마 했지만 그쪽으로 고개를 향하니 미야가 보였다. 눈이 마주치자 소녀처럼 미소 지으며 종종걸음으로 다가온다. 어젯밤 일이 미야에게는 생각보다 심각하지 않았던 걸까.

"미야 씨. 제가 여기 있는 걸 어떻게 아셨어요?"

"집에 갔더니 어머니께서 여기 갔을 거라고 하시더라. 너랑 별로 안 닮았던데."

"닮지 않았다면 그분은 이모예요. 어머니는 절 꼭 빼닮았으니까요."

얼굴뿐 아니라 사고방식도.

그래서 나처럼 가렌을 위해 뭔가를 하면서 슬픔을 달래려 하고 있다.

"이모가 미야 씨 머리 색을 보고 놀라지 않았어요?"

"괜찮아. 난 이미 익숙하니까."

당신만 익숙해져 봐야 소용없잖아.

"산시로의 친구라고 했더니 공원에 갔을 거라고 친절하게 알려 주시던걸. 그나저나 산시로 군, 한가하면 나랑 함께 가지 않을래?"

"무슨 일 있나요?"

"야하기 씨랑 회의."

회의. 겐지 앞이라 구체적으로 말하지는 않지만 대화 흐름과 '야하기 씨'라는 이름만 들어도 어떤 회의인지 묻지 않아도 알 수 있다. 다만 조금 망설여졌다. 자신은 지금 '간자키 레이가 플레임'이라는 미야의 추리에 정면으로 맞서고 있기 때문이다.

"어때? 조수님. 다양한 의견이 있는 게 사건 해결에도 좋아서 그러는 거야. 하지만 가렌의 장례식이 막 끝났고 어머니 곁에 있고 싶다고 하면 굳이 강요하지는 않을게."

고민됐다. 처음부터 '다양한 의견'이라고 전제하는 걸 보니 회의를 거쳐도 미야와 추리가 일치하는 건 쉽지 않아 보인다.

하지만 이대로 가만히 있으면 또 슬픔과 무력감에 사로잡힐 것이다. 어머니 옆에 있고 싶지만, 지금 가지 않으면 미야는 '간자키 레이＝플레임'이라는 추리를 확정 지을 것이다.

그렇다면 지금은 어머니를 이모에게 맡기고 미야와 함께 가야 한다.

"네, 갈게요. 너무 늦어지면 안 되니 얼른 가요."

결연한 얼굴로 말하자 미야는 "좋아" 하고 힘차게 고개를 끄덕였다.

"아, 잠깐만요. 탐정님."

그때 겐지가 자기 존재를 어필하듯 짐짓 큰 소리로 끼어들었다.

"응? 겐지 군도 같이 가고 싶니?"

"아뇨. 전 지식은 있지만 지혜가 없어서 어차피 걸림돌만 될 텐데요."

"지혜가 없지는 않을 텐데. 호시모리 고등학교는 현 제일 명문이기도 하고."

"우연히 시험에 붙었을 뿐이에요. 그리고 그런 건 일종의 암

호라고 제 바이블이자 기적의 명작 만화인『기생수』에 나와요."

겸손도 농담도 아닌 진심 어린 눈빛으로 말하고 겐지는 산시로의 어깨에 손을 얹었다.

"그것보다 설령 플레임을 찾더라도 애가 자제력을 잃지 않게 해 주세요. 폭력 사태가 벌어지기라도 하면 가렌이 슬퍼할 테니까요. 그게 평화주의자로서 제 부탁입니다."

"알겠어. 산시로 군이 무모한 짓을 하지 않게 옆에서 잘 돌볼게."

"……날 못 믿나 보네."

하지만 괜찮아, 겐지. 너 역시 지금 격앙된 감정을 억누르고 있을 테고, 어머니도 장례식 내내 의연했어. 그렇게 두 사람 다 열심히 노력 중인데 나 혼자 자제력을 잃을 수는 없어.

서랍에 넣어 둔 그 서바이벌 나이프도 다시는 꺼내지 않을 거야.

미야가 세워 둔 차를 함께 타고 아크 호텔 호시모리로 향했다.

"겐지는 참 괜찮은 아이 같아."

미야는 핸들을 붙잡고 유쾌하게 웃으며 말했다.

"『기생수』가 바이블이라고 하는 걸 보면 나랑 성격도 잘 맞을 것 같고. 그 책은 분명 인류 최고의 걸작이니까. 그걸 읽지 않은 사람은 환경 문제를 논할 자격이 없지."

"괜찮은 아이라는 근거가 그건가요?"

미야는 산시로를 곁눈질하며 입꼬리를 올려 미소 지었다. 어젯밤 일은 정말 하나도 신경 쓰지 않나 보다. 산시로는 "앞을 제대로 보고 운전해 주세요"라고 주의하고 덧붙였다.

"겐지는 좋은 녀석이 맞아요. 순수하기도 하고요."

"노란 머리는 별로 순수해 보이지 않는데."

"그러니까 은발인 미야 씨가 그런 말을 해 봐야 설득력이 없다니까요. 여전히 선입견으로 사람을 판단하시네요. 겐지는 정말 요새 보기 드문 순수한 아이예요. 올해 봄부터 본격적으로 친해지기는 했지만, 적어도 그것만큼은 확실히 보증해요."

"올해 봄이라면 2학년이 된 뒤부터 알고 지낸 거니?"

"네. 겐지가 먼저 말을 걸어 왔어요."

8개월 전. 늦게 핀 벚꽃이 아직 만개해 있던 4월. 방과 후 학교 복도를 걷고 있는데 겐지가 말을 걸어 왔다.

"어이, 아마네 산시로."

사오토메 겐지의 존재는 산시로도 알고 있었다. 아무리 호시모리 고등학교의 교풍이 '자기 할 일만 확실히 하면 나머지는 마음대로 해도 좋다'라고 할 정도로 자유롭다지만, 그의 노란 머리는 역시 눈에 띄었기 때문이다. 하지만 접점은 없고 말을 주고받은 적도 없었다. 2학년에 올라 같은 반이 된 후에도 마찬가지였다. 그래서 갑자기 이름을 불렀을 때는 깜짝 놀랐다.

조금 틀리기는 했지만.

"아마네 산시로 맞지?"

"아니, 아마야야, 아마야. 자주 헷갈려 하는데 '네柿'가 아니라 '야弥'야."

허공에서 손가락을 움직이며 한자 차이를 설명하자 겐지는 "이런, 미안" 하고 진심으로 미안한 것처럼 고개를 숙였다. 뭐야, 의외로 예의 바른 녀석이네. 그렇게 생각하던 찰나 겐지는 고개를 들어 대뜸 다시 입을 열었다.

"네 여동생한테 반했어. 그러니 나와 친구가 되어 줘."

"뭐?"

겐지의 사연은 이랬다.

사흘 전 이웃 동네에서 불량배들이 중학생의 돈을 빼앗는 현장을 목격했다. 약자를 괴롭히는 모습을 가만히 지켜보고 있을 수 없어서 그 중학생을 도망가게 하고 불량배들과 싸워 그들을 때려눕혔다. 그런 현장에 호시모리 고등학교 교복을 입은 소녀가 불쑥 나타났다.

―그만하세요. 폭력은 안 돼요.

"온몸을 부들부들 떨며 울먹이는 목소리로 필사적으로 호소한 아이가 바로 네 여동생이야. 가련하면서도 정말 용감한 모습이었어."

"오, 그렇군."

그러고 보니 사흘 전 가렌이 유독 지친 얼굴로 집에 돌아왔던 게 떠올랐다.

"그런 여자는 태어나서 처음 봐. 꼭 다시 만나고 싶어. 너도 우리 관계를 인정해 줬으면 해."

"내가 인정하고 말 게 뭐 있어. 그리고 미안하지만 동생은 폭력적인 남자를 싫어해. 포기하는 게 좋을걸."

"그럼 난 폭력을 행사하지 않는 평화주의자가 될래. 현대 사회를 살아가려면 재력과 무력, 지력이 필수적이지. 하지만 재력은 가질 수 없을 것 같으니 지금껏 무력과 지력에 중점을 뒀는데, 앞으로는 무력도 버릴 거야. 이 노란 머리는 어중간한 녀석들을 위협해 쓸데없는 갈등을 피하기 위한 거니 양보할 수 없지만."

미묘하게 앞뒤가 안 맞는 설명으로 들리지만, 가렌을 진심으로 좋아하는 건 확실해 보였다.

그 일을 계기로 겐지와 친해졌다. 가렌도 처음에는 다소 겁을 먹었지만 '소설과 만화 이야기를 나눌 수 있는 친구'라며 겐지에게 마음을 열었다. 지력에 중점을 뒀다고 자부한 만큼 겐지의 지식 수준은 폭넓었고, 산시로는 들어본 적 없는 문학 작품이나 영화 이야기로 열띠게 토론하는 두 사람의 모습이 몹시 화기애애해 보였다.

안타깝게도 교제 상대로는 일찌감치 탈락한 것 같지만.

가렌에게 차인 이야기를 제외하고 겐지와의 추억을 들려주자 미야가 말했다.

"흐음, 그래서 '평화주의자'였구나. 괜찮은 녀석이라기보다 귀여운 녀석이었네, 겐지 군."

"아무리 그래도 그런 덩치에 귀엽다는 표현은 안 맞는 것 같아요."

젠지 이야기를 하는 동안 어느새 아크 호텔 호시모리에 도착했다. 두 사람은 엘리베이터를 타고 12층에 올라가 야하기의 방을 향해 나란히 걸었다.

"대체 뭐예요, 저 인간은!"

그때 문득 앞에서 젊은 남자의 고함이 들렸다.

"어이, 어이. 진정해. 저런 녀석이라는 건 이미 알고 있었잖아."

남자를 달래는 또 다른 중년 남자의 목소리. 무슨 일인지 묻기도 전에 미야가 산시로의 손목을 붙잡았다.

"응? 왜 그러세요?"

미야는 대답하지 않고 산시로의 손을 잡아끌며 복도를 달리더니 모퉁이 뒤에 숨었다.

"야하기 씨 방은 이쪽이 아니라……."

"쉿!"

미야는 산시로를 제지하며 벽에 등을 갖다 붙였다. 영문을 알 수 없지만 산시로도 일단 미야와 함께 복도를 살폈다.

"우리가 왜 저런 인간한테 수사 자료를 갖다 바쳐야 하는 거죠? 그것도 저 사람은 잊어버려서 알지도 못하는 걸. 경감님은 이런 상황이 이해가 되십니까?"

"아니, 이해되는 건 아니야."

두 남자의 목소리와 발소리가 가까워져 왔다.

"하지만 야하기 씨는 역시 좀 특이하니까. 이렇게 불려 오는 게 하루 이틀도 아니고, 일일이 화내다가는 버티지 못해. 저 사람 나름의 생각이 있을 테니 묵묵히 따를 수밖에."

"아무리 그래도 플레임 수사가 지지부진한 이런 시기에 굳이⋯⋯."

"수사가 지지부진한 건 내 책임이기도 하지."

"아, 죄송합니다. 그런 의도로 말씀드린 건⋯⋯."

"하하, 신경 쓰지 말게. 원래 늙은이는 책임을 지는 게 일이니까."

"그렇게 말씀하실 만큼 나이 드신 것도 아니지 않습니까. 그리고 이건 경감님만의 책임이 아니죠. 수사관 모두의 책임이지."

숨어 있던 산시로와 미야 옆을 두 사람이 지나갔다.

요시노가리 경감과 사토 형사였다.

그들은 미야와 산시로를 눈치채지 못하고 그대로 걸어갔다. 그들이 지나간 뒤에도 미야는 한동안 움직이지 않았다. 이목구비가 지나치리만큼 뚜렷해서 가만히 있는 미야가 꼭 은발의 마네킹처럼 보였다. 산시로는 무심코 심장 박동이 빨라지는 걸 느꼈다.

미야가 여전히 손목을 붙잡고 있어서 그럴 수도 있다.

"갔네."

미야가 마침내 입을 연 건 요시노가리와 사토 형사가 엘리베이터에 탄 소리가 들리고 10여 초가 지난 후였다.

"저분들을 피해야 하는 거예요?"

"꼭 피해야 하는 건 아니지만, 피할 수 있다면 피하고 싶어."

미야는 말을 마치기도 전에 산시로의 손목을 놓고 다시 발걸음을 뗐다.

"저분들, 야하기 씨가 부른 걸까요?"

"대화를 들어보니 그런 것 같네. 야하기 씨도 참 센스 없다니까. 요시노가리 경감님이 올 거라고 미리 알려 주면 좋잖아."

뒤따라오는 산시로에게 미야는 부루퉁하게 말했다.

"미야 씨는 요시노가리 경감님을 정말 피하고 싶은가 봐요. 그런데 정작 부하들에게는 사랑받는 상사 같던데요."

"수사 능력에 문제가 있어."

"능력이 부족한데도 사랑받는다면 더 대단하죠. 인격적으로 굉장히 훌륭한 분 아닐까요?"

"뭐, 네가 그렇게 생각한다면 그럴지도."

무뚝뚝한 대답에서 미야가 요시노가리에게 좋은 감정을 가지고 있지 않다는 게 느껴졌다.

1201호.

"여어, 기다리고 있었습니다."

야하기는 그저께 만났을 때처럼 눈만 웃는 얼굴로 두 사람을 맞았다. 이 남자가 활짝 웃는 모습은 아무리 상상력을 동원해도 떠올릴 수 없을 것 같았다.

"오토미야 씨는 산시로 씨를 계속 조수로 기용하실 생각인가 보군요."

"응. 그럼 안 돼?"

시비 걸듯 되묻는 미야에게 야하기는 "아뇨, 딱히 안 될 건 없지요" 하고 의미심장하게 대답했다. 미야는 불쾌해 보였지만 그래도 입고 온 코트를 정중히 접더니 창가 의자에 바른 자세로 앉아 무릎 위에 코트를 올렸다.

"산시로 씨, 잘 오셨습니다. 오토미야 씨께서 용의자를 찾았는데도 당신이 계속 의문을 제기하는 상황이라 들었습니다. 그래서 조수 일을 그만두시는 건 아닐까 걱정했고요."

"레이 씨에 대해 말씀하신 거예요?"

산시로는 야하기의 시선을 피하며 물었다. 연갈색 선글라스 너머의 눈이 여전히 웃고 있지만 입가에 감정이 없어 '굳이 오지 않으셔도 됐는데'라고 하는 것 같아 무서웠다.

미야는 "응, 말했어" 하고 고개를 끄덕였다.

"다른 곳에 미제 살인 사건이 있는지 조사해 달라고 했거든. 나도 직접 알아봤고. 그 결과 미제 살인 사건뿐 아니라 살인 의혹이 있는 사고사나 자살도 없다는 게 밝혀졌어. 이로써 간자키 레이는 다른 사건의 범인이 아닌 플레임이라는 게 더 확실해진 거야. 그 관점에서 이번 사건을 한 번 더 검토하고 싶어서 자료를 준비해 달라고 했어."

"자료를 받느라 얼마나 고생했는지 아십니까? 전 조직 안에서 미운 오리 새끼니까요. 하지만 X현 경찰의 높으신 분들과 친분이 있다는 걸 넌지시 알리니 다들 흔쾌히 자료를 내주더군요."

그러니까 미움받는 거예요. 산시로는 조금 전 만난 사토 형사를 떠올리며 그렇게 말하려다가 참았다. 미야도 뭔가 할 말을 참는 것처럼 입을 꾹 다물다가 잠시 후 다시 입을 열었다.

"그래서? 간자키 레이가 플레임이라는 걸 증명할 만한 정보가 있었어?"

"결론부터 말씀드리면 없습니다. 애초에 가렌 씨가 살해된 시점에 수사본부에서 이미 그를 한차례 불러 조사했죠. 유력한 용의자 중 한 명이었으니까요."

"레이 씨가 용의자였다고요?"

깜짝 놀라는 산시로에게 야하기는 당연하다는 듯이 고개를 끄덕였다.

"단서가 전무하니 지푸라기라도 잡는 심정이었겠죠. 유일하게 신원이 확인된 피해자의 인간관계를 살피는 건 필연이었습니다. 물론 산시로 씨와 산시로 씨의 어머니, 사오토메 겐지 씨도 용의선상에 있었습니다. 모두 알리바이가 확인되어 혐의를 벗었지만, 오토미야 씨는 산시로 씨가 알리바이를 용의주도하게 조작했을 가능성도 의심한 것 같더군요."

"이제 의심하지 않아. 플레임은 간자키 레이니까."

"목소리가 붉어서?"

야하기는 눈빛으로 조소하더니 다시 자료로 시선을 떨궜다.

"간자키 레이, 21세, X대학 의학부 3학년. 알리바이가 없는 탓에 가렌 씨의 시신 발견 직후 그는 유력한 용의자였습니다. 성실해 보이는 외모와 달리 여자관계에 안 좋은 소문이 많아서 그런 쪽으로 가렌 씨와의 갈등을 의심했죠. 하지만 결국 갈등 같은 건 밝혀지지 않았고, 수사에도 협조적이었으며, 결정적인 증거도 없어서 일단 용의선상에서 제외됐습니다. 참고로 간이 검사이기는 해도 정신 감정도 실시했습니다. 결과는 '이상성이 인정되지 않는다'라고 나왔죠."

"가렌의 시신이 발견된 지 9일밖에 안 됐어. 정신 감정에는 보통 최소 한 달, 필요하다면 몇 개월이 걸리잖아. 언제 감정했는지 몰라도 그렇게 일찍 결과가 나왔다고?"

"아뇨, 그럴 리 없죠. 감정 결과가 나온 건 올해 10월입니다."

"그게 무슨 뜻이야?"

산시로도 속으로 미야와 똑같이 물었다. 가렌이 죽기도 전에 레이 씨가 정신 감정을 받았다?

"이건 운이 좋았다고 해야 할 것 같습니다. 사실 X대학 의학부에는 유명한 정신 감정의가 있거든요. 간자키 레이는 그 교수의 강의를 들었고 수업의 일환으로 정신 감정 피험자가 된 겁니다. 교수는 제 오랜 지인이기도 한데, 특별히 저에게만 감정 결과를 알려 줬습니다. '간자키 레이는 향후 정신 의학계를 이끌어 갈 소중한 인재다'라고 전화로 호통을 쳐서 설득하는

데 애먹기는 했지만요.

아무튼 결과는 '이상성 없음'. 비록 간이 검사이기는 해도 그 교수의 정신 감정은 정확도가 높은 것으로 유명합니다. 거기서 이상성이 없다는 결과가 나온 이상 의심할 여지가 없습니다."

"확실해? 정말 이상이 없다고?"

좀처럼 믿지 못하는 미야에게 야하기는 힘차게 고개를 끄덕였다.

"시신에 불을 붙이는 이상성의 배경에는 인간이 불타는 모습을 보고 싶어 하거나, 불을 지르면 기분이 안정된다거나, 성적 흥분을 느낀다거나 같은 게 있겠지만, 간자키 레이에게 그런 종류의 이상성은 전혀 발견되지 않았습니다. 물론 정상과 이상은 종이 한 장 차이일 수 있지만, 간자키 레이가 그런 부류의 살인자가 아닌 것만은 확실합니다."

"식인 충동은?"

"식인 충동?"

미야의 뜬금없는 질문에 야하기 대신 산시로가 되물었다.

"그래. 카니발리즘이라고 불리는 그거. 간자키가 식인 충동을 가진 이상자일 가능성은 없어? 즉, 먹기 위해 시신을 불태웠다."

무시무시한 가설을 아무렇지도 않게 입에 담는 미야를 보며 야하기는 고개를 저었다.

"한니발 렉터♦가 나오는 영화가 흥행에 성공하자 그가 사이코 킬러의 상징처럼 자리 잡았지만, 전 '식인 충동=이상자'라고 생각하는 건 성급하다고 봅니다. 지구상에는 식인 풍습이 문화로 자리 잡은 민족이 있고, 그런 걸 야만적이거나 비인간적이라고 단정 짓는 건 현대 문명의 오만이라는 의견도 있죠. 물론 문화와 무관하게 인육을 섭취함으로써 성적 흥분이나 쾌감을 느끼는 사람도 있습니다. 네, 그건 어엿한 이상자라 할 수 있겠죠.

아무튼 이런 제 설명에 의거해 만약 간자키 레이가 식인을 '문화'로 인식하고 있었다면 정신 감정에서 이상성이 발견되지 않을지도 모릅니다. 하지만 현대 일본에서 식인은 문화로 받아들여지지 않습니다. 그걸 떠나 희생자들의 시신에서 타액 같은 건 전혀 검출되지 않았고, 칼이나 포크 등으로 시신을 훼손한 흔적도 없었죠. 따라서 카니발리즘 쪽은 무시해도 무방한 가능성이니 그것이 동기가 될 수는 없습니다."

식인이 문화라고? 도무지 동의하기 어려운 주장이지만, 야하기의 말에서는 꼭 그런 민족을 실제로 접했거나 심지어 함께 생활한 경험이 있는 사람처럼 강한 설득력이 느껴졌다.

"간자키 레이에게 이상성은 발견되지 않았습니다. 따라서 오

♦ 미국의 범죄 스릴러 소설 '한니발 렉터' 시리즈와 이를 바탕으로 한 영화 〈양들의 침묵〉에 등장하는 유명 악역 캐릭터.

토미야 씨가 봤다고 주장하는, 아니 오직 오토미야 씨에게만 보이는 간자키 레이의 목소리 속 살인 욕구가 진짜라고 해도 그는 아무 의미 없이 사람을 죽이는 게 아닌, 어떤 명확한 이유나 목적 때문에 사람을 죽이거나 죽이고 싶어 한다는 말이 됩니다. 하지만 현재로서 플레임은 뚜렷한 목적 없이 오직 이상성 때문에 사람을 죽이고 시신을 불태우고 있을 가능성이 큽니다. 이상성이 인정되지 않은 간자키 레이의 인물상과 일치하지 않죠."

"저…… 혹시 야하기 씨는 레이 씨를 플레임으로 보시지 않는 건가요?"

"네. 예상되는 범인상과 어긋나니까요."

처음으로 산시로의 눈에 야하기가 좋은 사람처럼 보였다.

"신원이 밝혀진 피해자 두 명과 간자키 레이의 관계는? 거기에 뭔가 있다면 동기가 밝혀질지도 몰라. 단지 광기 때문이 아닌 어떤 이해관계 같은 게 얽힌 동기가……."

간자키 레이가 정신 이상자일 가능성이 부정됐는데도 미야는 끈질기게 물고 늘어졌지만 야하기는 또다시 고개를 저었다.

"오이타 가나에 씨와 사카이 기요미 씨, 두 분 다 간자키 레이와는 어떤 접점도 없었습니다. 간자키 레이가 자원봉사 같은 걸 해서 노숙인들을 접한 경험이 있는지도 알아봤지만 그런 사실도 없습니다."

잇따른 부정에 미야도 결국 입을 다물었다.

"또 범인이 드나든 것으로 밝혀진 현장 네 곳은 폐공장, 기주엔, 기요카와 주조, 7호 공원인데 이 모든 곳에서 단서가 될 물증은 발견되지 않았습니다. 목격 증언도 전무하고요. 전 어제 오토미야 씨가 알려 주신 폐공장 쪽에 기대를 걸었지만, 아무래도 플레임은 자신의 기척을 지우는 데 천부적인 재능을 타고난 것 같습니다. 물증으로 추적하는 건 어려울지도 모르겠네요."

기척을 지운다.

그 말을 들은 순간 산시로의 머릿속을 뭔가가 스쳐 지나갔다.

그것은 사건 해결로 이어질 수도 있는 뭔가 중요한 요소 같지만, 너무 가까이 있어 전체상을 파악할 수 없는 물체처럼 정체가 불분명했다. 기척을 지운다. 어디선가 비슷한 일이…….

"아무튼 간자키 레이를 플레임이라고 단정 짓기에는 근거가 너무 빈약합니다."

야하기의 말 때문에 생각이 끊겼지만, '간자키 레이＝플레임' 설이 틀렸다는 귀중한 한마디였기에 산시로는 일단 깊이 고민하지 않기로 했다.

"물론 저는 오토미야 씨의 공감각을 절대적으로 신뢰하지만 오직 그것만으로는 움직일 수 없는 게 현실입니다."

"맞아요, 미야 씨. 레이 씨의 목소리가 붉다는 것 자체가 어쩌면 착각일지도 몰라요. 그리고 설령 붉다고 해도…… 그게 꼭 살인 욕구라고 할 수 없지 않을까요? 레이 씨의 목소리에 담긴 다른 감정이 우연히 붉게 보였을 수도 있잖아요."

"그건 불가능해. 공감각에는 지속성이라는 게 있어. 나 같은 색청을 예로 들면, 어떤 소리가 어떤 색으로 보이는지는 공감각자마다 다르지만, 일단 한번 그 색으로 보이면 그 뒤로는 계속 같은 색으로 보여. 나에게 붉은색은 살인 욕구를 나타내는 색이야. 목소리에 담긴 감정의 양에 따라 짙고 엷음에는 차이가 있지만, 그것만은 변하지 않아."

조용하지만 강하게 반박하는 미야.

"게다가 그토록 새빨간 목소리를 어떻게 잘못 보겠어. 그건 정말 다른 사람을 죽이고 이미 거기에 맛 들인 사람의 목소리였어."

"지금으로서는 레이 씨를 플레임이라고 설명할 수 있는 근거는 오직 죽기 전 가렌의 행동이 조금 이상했다는 것뿐이에요."

산시로는 다른 방향에서 반론을 제기하기로 했다.

"'가렌은 레이 씨가 플레임이라는 사실을 알게 돼 자수를 종용하다가 살해됐다'라는 것 외에는 앞뒤가 맞는 게 하나도 없잖아요. 레이 씨한테는 노숙인들을 죽인 후 불태울 동기가 없고, 그렇다고 그가 동기 없는 살인을 저지를 사이코 킬러도 아니에요."

"이상성 외에 다른 동기가 있어. 시신을 태우고 이상한 장소들에 버려야만 했던 동기가. 그러다 간자키 레이는 예상치 못하게 가렌을 죽이고 그 시신을 불태워 공원에 유기하는 것으로 수사를 교란시키며 진짜 동기를 위장한 거야."

"진짜 동기라. 즉, 오토미야 씨는 이번 사건을 '와이더닛'으로 분류하시는 거군요."

와이더닛? 산시로가 느낀 의문을 감지했는지 미야가 설명을 덧붙였다.

"'와이더닛'이라는 건 미스터리의 유형 중 하나야. '범인이 범행을 왜 저질렀는가?', 즉 범행 동기가 핵심인 미스터리를 뜻해. 다른 유형으로는 범인 맞히기에 중점을 둔 후더닛(누가 범인인가?)과 트릭 해명에 중점을 둔 하우더닛(어떻게 했는가?)이 있어. 아무튼 야하기 씨가 말한 대로 이번 사건을 굳이 미스터리로 분류하면 와이더닛이 되겠지. 범인은 이미 특정돼 있고 범행 수법 자체도 특이한 건 아니니까. 거기에 증거를 기대할 수도 없는 이상, 범행 동기로 공략할 수밖에 없어."

"동기라. 정말 그런 게 있다면 저도 오토미야 씨에게 동의할 수 있을 텐데 말이죠."

"이야기를 대충 들어보니 그럼 간자키 레이한테는 감시도 못 붙이는 거야? 이번 일에 형사를 투입하지 않기로 정해졌어?"

"아, 못 붙이는 건 아닙니다. 저에게 약점을 잡힌…… 아니, 이거 실례. 저를 존경해 마지않는 수하 형사들이 몇몇 있으니까요. 다만 그들을 배치하는 데까지 시간이 좀 걸릴 것 같습니다."

"그럼 나 혼자 계속 감시하라는 거야?"

"그건 아니지만 지금으로서는 간자키 레이에게 인력을 할당할 가치가 있는지 불분명하다는 게 문제겠죠."

"······혹시 미야 씨 눈에는 보이지 않는 것까지 보이니 거기에 현혹되신 게 아닐까요?"

불만스럽게 야하기를 째려보는 미야를 향해 산시로가 조심스럽게 말하자 미야의 눈빛이 더 날카로워졌다.

그 모습은 자신을 이해해 주지 않는 세상에 분노를 표출하는 활동가 같기도, 자신의 주장을 이해받지 못해 투정을 부리는 어린아이처럼 보이기도 했다. 안타깝지만 산시로는 입을 열지 않을 수 없었다.

"레이 씨가 정말 플레임이라면 설명할 수 없는 게 너무 많잖아요. 저는 이번 사건의 범인은 역시 동기 따위 없는 정신 이상자가 아닐까 싶어요. 시신을 태우고 유기하는 것도 저희는 이해하지 못할 자신만의 논리로 저지르고 있는 거예요. 그리고 미야 씨도 얼마 전까지 이상자 설을 유력하게 거론하시기도 했잖아요."

"간자키 레이를 만나기 전까지는 그랬지. 하지만 이상자 설에는 허점도 있어. 사건 전 가렌의 모습이 왠지 이상했다는 건 어떻게 설명할래? 그런 시간에 가렌이 혼자 폐공장에 간 이유는?"

"그건······."

"이렇게 생각해 볼 수도 있지 않을까요?"

대답을 주저하는 산시로 대신 야하기가 입을 열었다.

"오이타 가나에 씨, 사카이 기요미 씨를 죽인 건 정신 이상자인 플레임의 동기 없는 살인이었다. 하지만 가렌 씨 일은 모방범의 소행인 것이다. 사건 전 가렌 씨의 모습이 뭔가 이상했다고 하셨죠? 그녀가 표적이 된 이유가 바로 거기 있는 겁니다. 전 이게 가장 허점 없는 추리라고 생각하는데, 만약 모방범이 간자키 레이라면 오토미야 씨가 보신 붉은 목소리를 설명할 수 있죠. 간자키 레이는 폐공장의 비밀 방에 대해서도 알고 있었을 수 있으니 진짜 플레임과 마찬가지로 그 방을 이용했을지도 모르고요."

"가렌을 해친 사람이 모방범이라면 그 녀석도 정신 이상자일 거예요. 제 동생은 모두에게 사랑받지는 않아도 다른 사람에게 살해될 정도로 원한을 살 아이가 아니에요."

"그러니 그렇게 되면 사건 전 가렌 씨의 상태가 이상했다는 걸 설명할 수 없다는 겁니다."

그렇다.

"⋯⋯뭔가 헷갈리기 시작하네요."

힘없이 중얼거리는 산시로 옆에서 미야는 마음을 가라앉히려는 것처럼 눈을 지그시 감았다. 몇 초간 같은 자세로 있다가 잠시 후 천천히 다시 눈을 뜨고 입을 열었다.

"확실히 나도 헷갈리기 시작했어. 여기서 잠시 정리해 보자. 야하기 씨, 컴퓨터 좀 빌릴게."

야하기의 노트북 앞에 앉은 미야는 우리가 제시한 추리의 요점을 텍스트 파일로 정리하기 시작했다.

'이상자 설' 제시자 - 산시로

● 오이타, 사카이 살해 동기와 시신 소각 및 유기 이유
- 범인의 이상성 때문
● 아마야 가렌의 살해 동기와 시신 소각 및 유기 이유
- 범인의 이상성 때문
● 사건 전 가렌의 모습이 이상했던 것과 사건의 연관성
- 설명 불가(사건과는 무관?)
● 비고
- 간자키 레이는 이상성이 인정되지 않았으니 플레임이
  아님

'모방범 설' 제시자 - 야하기

● 오이타, 사카이 살해 동기와 시신 소각 및 유기 이유
- 범인의 이상성 때문
● 아마야 가렌의 살해 동기와 시신 소각 및 유기 이유
- 플레임 모방범의 소행
● 사건 전 가렌의 모습이 이상했던 것과 사건의 연관성
- 현재로서는 알 수 없지만 여기에 모방범을 특정할 단서가
  있을 것으로 추정
● 비고
- 간자키 레이가 모방범일 가능성도 있음

'간자키 레이 설' 제시자 - 미야

● 오이타, 사카이 살해 동기와 시신 소각 및 유기 이유
- 설명 불가
● 아마야 가렌의 살해 동기와 시신 소각 및 유기 이유
- 간자키 레이가 입막음을 하려고 살해한 후 수사 교란을
위해 시신을 소각, 유기함
● 사건 전 가렌의 모습이 이상했던 것과 사건의 연관성
- 사건 전 가렌의 모습이 이상했던 건 간자키 레이가 플레임
  이라는 걸 알아차렸기 때문
● 비고
- 간자키 레이의 목소리에는 살인 욕구의 색채가 보임. 하지
  만 그에게는 오이타, 사카이를 죽일 동기가 없음. 또 정신
  감정 결과 이상성도 인정되지 않음

"⋯⋯거의 완벽할 정도로 세 사람이 세 가지 의견으로 갈렸
네요."

미야가 작성한 파일을 보며 산시로는 한숨을 내쉬었다.

"다양한 의견이 나오는 게 진실에 가까워지기도 쉽다고 하잖
아. 두 사람 다 그 붉은 목소리를 봤다면 머릿속이 이미 간자키
레이 설로 가득했겠지만."

"하지만 오직 제 모방범 설에만 '설명 불가'가 한 개도 없군

요. 결국 최종적으로는 모방범 설을 택할 수밖에 없을 것 같습니다만."

"확실히 모방범일 가능성도 있다고 보지만, 난 그 목소리를 직접 봤다니까. 게다가 그는 이토록 아무 증거도 남기지 않고 범행을 계속하고 있어. 이번 사건에 여러 사람이 관여했다면 그건 불가능해. 플레임은 틀림없이 단독범이야. 간자키 레이, 오직 한 명."

단독범이라는 근거는 그렇다 쳐도 '목소리가 붉기 때문에 범인'이라는 건 너무 비논리적이다. 야하기도 비슷한 생각을 하는지 미야를 바라보는 눈빛이 의심으로 가득 차 있다. 분위기를 감지한 미야는 자리에서 일어나 말했다.

"동기에 대해 좀 더 검증해 보고 올게. 미안하지만 잠시 나 혼자 있게 해 줘."

그런 말을 남기고 대뜸 방에서 나갔다. 곧이어 옆방에서 문이 여닫히는 소리가 들렸다.

"콘택트렌즈를 빼고 노이즈 캔슬링 이어폰을 끼겠죠. 그러고 있을 때 머리가 가장 잘 돌아간다고 하니."

"그런가요."

그 뒤로 산시로와 야하기 사이에서도 대화가 끊겼다. 그저께만 해도 미야는 야하기와 둘만 남게 해서 미안하다고 했지만 오늘은 그런 걸 신경 쓸 여유도 없는 모양이다. 심지어 그제와 달리 이번에는 언제 돌아올지도 모른다. 가능하면 얼른 집에 보내 줬으면 하는데 지금 그런 말을 꺼내는 건 야하기에게 실 례될 것 같았다.

"그런데 야하기 씨. 제 휴대폰 말인데, 언제쯤 돌려받을 수 있을까요?"

그렇게 묻자 야하기는 눈가의 근육만 써서 미소 지었다.

"아, 그러지 않아도 돌려드리려고 했습니다. 가렌 양의 음성 메시지는 감식반 컴퓨터에 저장했습니다. 협조해 주셔서 감사 합니다."

야하기는 가방에서 산시로의 휴대폰을 꺼냈다. 증거물 비닐 봉지에 담긴 채로 받을 거라 예상했지만, 휴대폰은 처음 산시 로가 건넸을 때 상태 그대로였다. 그저께 이후 누구의 손을 거 치지 않고 그대로 되돌아온 느낌이었다.

휴대폰에서 전화와 문자가 왔음을 알리는 램프가 깜빡거렸다.

"원래 경찰이 증거물을 가지고 있을 때 전원을 켜 두나요?"

"아뇨. 필요할 때를 제외하고는 보통 꺼 두죠. 전화라도 오면 번거로워지니."

"전화가 엄청나게 온 것 같은데요."

"아, 그런가요. 관리가 허술했군요. 나중에 단단히 주의해 놓 겠습니다."

그야말로 무성의한 대답이다. 사실 가렌의 음성 메시지는 경 찰에 그다지 중요한 정보가 아니었던 걸까. 산시로는 맥이 빠 진 채로 수신 내역을 살폈다. 전화는 총 여덟 통 왔다. 어젯밤에 다섯 통, 오늘 아침에 세 통. 모두 아야코에게 걸려 온 것이다. 문자는 한 통. 이 역시 아야코에게 왔다. 발신 시간은 어젯밤 11시 30분이었다.

'안녕하세요! 벌써 주무세요? 혹시 가렌 일 때문에 우울해서 전화를 안 받으시는 거면 '타로의 관 완다호'라는 사이트에서 운세를 점쳐 보세요! 살아갈 이욕이 샘솟을 거예요. URL은……'

여전히 오타 섞인 문자로 이상한 사이트를 추천하고 있다. 산시로는 가벼운 두통을 느끼며 중간에 읽기를 멈췄다.

음성 메시지는 총 두 통. 첫 번째는 사건 당일 밤 가렌이 남긴 메시지. 두 번째는 오늘 아침 아야코에게 온 메시지다. 산시로는 "잠깐만 실례할게요" 하고 음성을 재생했다.

—여보세요, 산시로 선배? 어제부터 계속 전화를 안 받으시던데 무슨 일이에요? 아야코, 선배가 전화를 안 받아서 엄청 슬퍼요. 설마 레이 씨를 플레임 취급한 그 이상한 은발 여자한테 납치된 거예요? 아니, 그럴 리 없겠죠. 아야코, 오늘 몸이 안 좋아서 고별식에 참석 못 할 것 같아요. 사오토메 선배한테도 말해 놓을게요. 그럼 바이바이.

이후 겐지에게 전화를 건 것으로 보인다. 목소리만 들어서는 컨디션이 별로 나쁜 것 같지 않은데. 말의 요점을 종잡을 수 없는 것도 평소 아야코다웠다.

"그나저나 그저께 했던 이야기 말입니다만."

산시로가 휴대폰을 주머니에 넣고 있을 때 야하기가 입을 열었다.

"그저께 했던 이야기요?"

"세카이계 이야기 말입니다. 산시로 씨가 제게 알려 주셨죠. 그 후 개인적으로 알아봤습니다. 고등학생도 아는 단어를 제가 모르는 건 굴욕이니까요."

정작 말한 사람은 까맣게 잊고 있었는데. 의외로 어린아이 같은 면이 있는 사람이다.

"주인공인 '나'와 히로인인 '너'를 중심으로 한 '나와 너'의 소소한 관계성 문제가, 구체적인 중간 단계 없이 '세계의 위기' 또는 '세상의 종말' 같은 추상적이고도 거대한 문제로 직결되는 작품군, 그런 걸 두고 세카이계라고 부른다더군요. 소년 소녀가 주인공인 작품이 많다고도 위키피디아에 적혀 있었습니다."

"찾아보셨다는 곳이 위키피디아예요?"

그것도 명색의 엘리트 관료가. 아니, 인터넷에서 효율적으로 검색하고 끝내는 게 엘리트 관료의 이미지에 맞을 수도 있다.

"세카이 계열로 분류되는 소설과 만화책들도 주문했으니 그리 걱정하지 않으셔도 됩니다. 나중에 시간 나면 읽어 보려고 합니다. 제 선입견을 깨뜨려 줄 작품을 만나기를 기대하고 있습니다."

"뭐죠? 그 선입견이라는 게."

"'세카이계'라는 장르는 사실 2000년대 출생 세대까지만 통

용되는 게 아닐까?' 하는 선입견입니다. 2010년 이후 전력 하나만 놓고 봐도 단 한 번의 사고로 전 세계가 무너질 수 있을 정도로 위태롭게 공급되고 있다는 게 드러났죠. 그리고 지금도 그런 무너진 균형 속에서 목숨을 걸고 일하는 사람들이 있습니다. 이런 시대에 그런 소소한 관계성으로 엮인 소년 소녀가 세상을 구한다는 낙천적인 이야기가 과연 엔터테인먼트로 성립될 수 있을까요? 그런 선입견을 가지고 있습니다."

"현실이 그렇기 때문에 오히려 더 엔터테인먼트로 성립되는 게 아닐까요?"

산시로는 '지금 대체 무슨 이야기를 하는 거지' 하고 머리 한 구석에서 의아해하면서도 떠오른 반론을 입에 담았다.

"물론 그런 측면도 있겠죠. 미스터리에서 '일상 미스터리'의 부흥도 사회 불안과 무관하지 않을 테니까요. 다만 세카이계는 어떨까요.

2010년 이후 드러난 건 위태로운 균형만이 아닙니다. 복잡하고도 기괴하게 얽힌 사회 시스템이 만천하에 드러났죠. 페르디낭 드 소쉬르의 『일반 언어학 강의』에 나오는 것처럼 인간은 언어로 세상을 구분합니다. 언어에 의해 이름 붙여지기 전까지 사물이나 관념 따위는 존재하지 않죠. '세카이계'라는 단어도 마찬가지입니다. 2000년대 초반에 생긴 단어라죠? 이후 '세카이계'라는 단어를 둘러싸고 긍정론과 부정론, 정의에 대한 논의 등이 있었던 것 같습니다만…… 그런 걸 차치하고라도 현대 사회는 이미 세상을 지나치게 분화하고 있습니다. 예를 들어 에너지 정책 하나만 봐도 서로 말이 통하지 않는 사람들의 주장이 엇갈리고 이해관계가 충돌해 좀처럼 방향이 잡히지 않죠. 구원의 수단을 찾을 수 없는 사회, 그것이 바로 지나치게 분화된 세상입니다. 그런 세상을 소년 소녀에게 맡기기에는 짐이 너무 무거울뿐더러 무엇보다 무책임합니다.

아무튼 그런 것들이 백일하에 드러나 우리의 미래를 강하게 짓누르고 있는 지금, 세카이계라는 장르가 과연 사람들의 공감을 불러일으킬지, 불러일으킨다면 나중에 어떤 형태로 변화할지, 아니면 변화하지 않은 상태 그대로 계속 공감을 불러일으킬지도 궁금합니다. 흥미가 동합니다."

"그렇게 어렵게 생각하지 말고 그냥 즐기면 되지 않을까요?"

논점을 파악하지 못해 일단 그렇게 말하자 야하기는 어깨를 으쓱했다.

"바로 그저께까지 '세카이계'라는 단어 자체를 몰랐기 때문에 제가 엉뚱한 말을 하고 있을 가능성도 인정합니다.

하지만 적어도 '이 세상의 분화'에 관해서만큼은 틀리지 않는다고 자신합니다. 인터넷 덕분에 이제는 누구나 손쉽게 정보에 접근하고 자신이 가진 정보를 세상에 전할 수 있게 됐죠. 심지어 꼭 컴퓨터 앞에 앉지 않아도요. 그리고 정보가 늘어남에 따라 세상의 분화에도 점점 가속도가 붙습니다. 이건 확신해요. 아, 그렇다고 오해하지는 마십시오. 전 일부 특권 의식에 사로잡힌 정신 나간 언론인들이 정보를 좌지우지하던 시대를 그리워하는 게 아닙니다. 그때보다 지금 시대가 수백 배는 낫죠. 다만 이 사회의 정보량이 인류의 처리 능력을 앞지르고 말았습니다. 그리고 그 종착점은 세상의 분화가 극도로 진행된 사회 즉, 절대 고독의 사회입니다."

여전히 논점이 보이지 않는다. 무심코 입에 담은 '세카이계'라는 단어 때문에 어떻게 이런 방향으로 이야기가 흘러가는지도 알 수 없다. 다만.

세상의 분화.

절대 고독.

그 두 가지 단어만큼은 산시로의 가슴을 깊숙이 파고들었다.

작은 점으로 잘게 쪼개져, 바람에 날리듯 흩어지고 무너지는 가렌.

파편화되어 가는 가렌.

"그래서 현대 사회에는 저나 오토미야 씨 같은 사람이 필요한 겁니다. 세카이계 속 주인공들과 달리 세상을 구할 수는 없겠지만."

"……왜 '그래서'인가요? 설명이 부족한 것 같은데요."

산시로는 가렌의 환상을 떨치려고 일부러 밝게 물었다. 그러자 야하기는 호들갑스럽게 입을 가리며 말했다.

"아차, 제가 말이 너무 많았군요. 아무리 산시로 씨여도 이것만은 가르쳐 드릴 수 없습니다. 오토미야 씨 식으로 말하자면 '비밀'입니다."

"실수하신 게 아닌 거 다 알아요. ……혹시 일부러 그렇게 뭔가 있어 보이려고 세카이계를 핑계 삼아 장황하게 이야기하신 건가요?"

"언제 돌아올지 모를 오토미야 씨를 잠자코 기다리는 건 지루하니까요."

선뜻 인정하는 야하기. 그저 장난으로 한 이야기였던 걸까.

……진지하게 들은 내 잘못인가.

"뭐, 미야 씨 같은 분은 야하기 씨가 말씀하신 현대 사회에 필요한 존재일지도 모르겠네요. '절대 고독' 같은 건 아랑곳하지 않는 분 같으니까요."

호락호락해 보이고 싶지 않은 마음에 깊이 생각하지 않고 그렇게 내뱉자 대번에 야하기의 표정이 달라졌다.

입가는 여전히 무표정하다. 그러나 두 눈의 온도가 확연히 내려갔다.

겨울밤에 보는 금속처럼 차가운 눈빛. 마녀 모드가 발동된 미야의 얼굴이 냉기를 뿜는다면 야하기의 이 눈빛은 얼음으로 만든 창살 같다.

"그렇군요. 산시로 씨 눈에는 오토미야 씨가 고독과 무관해 보이나요?"

목소리도 얼어붙어 있다. 세카이계에 대해 열변을 토하던 조금 전과 분위기가 사뭇 다르다. 방 안의 온도까지 내려간 기분도 들었다.

"뭐, 그렇게 보이도록 ……한 거지만요."

무심코 새어 나온, 이번에야말로 실수로 입을 잘못 놀린 것 같은 중얼거림.

정확히 알아들은 건 아니지만……. 아니, 내가 잘못 이해한 걸까. 아니면 단지 농담일까. 하지만 이 말이 정말 진심이라면 전에 야하기 씨가 말한 '인형'이라는 단어의 의미는……. 설마…….

그때 주머니에 넣은 지 얼마 안 된 휴대폰이 격렬하게 진동했다.

"받으셔도 됩니다."

그렇게 권하는 야하기는 어느새 두 눈으로 미소 짓고 있다. 얼음으로 된 창살도 사라졌다. 그래도 산시로는 마치 최면에 걸린 사람처럼 그에게서 눈을 떼지 못한 채 휴대폰을 꺼냈다.

"여보세요."

─산시로? 나야, 레이. 피곤하겠지만 잠깐 시간 좀 내줄 수 있을까? 가렌 문제로 할 이야기가 있어. 가능하면 오토미야 씨도 함께.

레이는 나직한 목소리로 그렇게 말했다.

3

레이가 약속 장소로 정한 곳은 역 앞 패밀리 레스토랑인 '노비조'였다. 그곳까지 가는 차 안에서 미야는 그림으로 그린 것처럼 'ㅅ' 모양으로 입가를 일그러뜨리고 있었다.

산시로는 야하기가 했던 말을 미야에게도 전해야 할지 고민했다. 그러나 단지 내가 잘못 이해한 거면 야하기에게 미안할 뿐더러 미야의 기분만 더 상하게 할 수 있다. 이제 곧 레이를 만나야 하니 쓸데없는 이야기는 하지 않는 게 좋을 듯했다.

"아, 정말!"

고민하고 있을 때 미야가 한숨을 푹 내쉬며 외쳤다.

"도저히 모르겠어. 간자키 레이의 동기를. 그 녀석이 플레임인 건 확실하니 동기만 알면 이 사건이 해결되는데 말이야. 분명 뭔가 있어. 피해자의 시신을 태워야 했던 이유와 필연성 같은 게."

그런 게 없다는 건 곧 레이 씨가 플레임이 아니라는 뜻 아닌가요.

그렇게 지적해 봐야.

"나중에 라 스리즈에 가서 케이크나 실컷 먹어야겠다. 당이 들어오면 머리가 더 잘 돌 거야."

불만스럽게 연신 중얼거리는 지금의 미야에게는 통하지 않을 것이다. 그리고 원래 없는 것을 증명하는 건 지극히 어렵다.

미야는 지금 공감각 때문에 불필요한 것들이 눈에 보이는 탓에 추리의 막다른 골목에 빠진 것처럼 보였다.

레이의 목소리를 볼 수 없는 내가 바로잡아 줄 수도 없다.

문득 다른 사람은 보지 못하는 걸 보는 것은 몹시 외로운 일일지도 모르겠다는 생각이 들었다. 미야를 두고 '절대 고독' 같은 건 아랑곳하지 않는 분 같다'라고 한 건 배려가 너무 부족한 말이었을까.

약속 시각은 오후 4시 30분. 산시로와 미야가 정시에 가게에 들어서자 레이는 이미 와 있었다. 플레임 사건 때문인지 평소 이 시간 치고 가게 안이 한산하다. 특히 여자 손님이 거의 보이지 않았다.

그런 가게 가장 안쪽의 금연석에서 레이는 메뉴판을 뚫어져라 보고 있었다. 산시로와 미야가 가까이 가도 전혀 눈치채지 못했다.

"레이 씨."

번듯한 얼굴로 진지하게 메뉴판을 들여다보는 모습이 왠지 우스워서 산시로는 애써 웃음을 참으며 말을 걸었다. 레이는 "오" 하는 가벼운 탄성과 함께 고개를 들어 산시로와 미야를 보고 수줍은 듯 웃었다.

"미안. 온 줄 몰랐네. 점심을 건너뛴 탓에 나도 모르게 그만. 아, 장례식은 고생 많았어."

"아뇨. 저야말로 바쁘신 와중에 참석해 주셔서 감사해요."

다시 한번 감사의 뜻을 전하자 레이는 "결국 아무것도 못 도와서 미안할 따름이야" 하고 힘없이 미소 지었다. 그리고 미야를 향해서도 가볍게 목례했다.

"안녕하세요, 오토미야 씨."

"안녕하세요."

미야는 싸늘하게 대꾸하고 코트를 벗어 정중히 접고 자리에 앉았다. 절제된 미야의 동작을 레이는 신기한 듯 빤히 바라봤다.

산시로는 레이 옆에 앉았다.

"일단 주문부터 할까요? 저도 출출해서. 저기요."

산시로가 직원을 부르자 웨이트리스가 긴장한 표정으로 다가왔다. 레이의 특출한 외모 때문인지 미야의 은발 때문인지는 알 수 없다.

웨이트리스가 주문을 받고 자리를 떠나자 레이는 "자" 하고 본론에 들어갔다.

"오토미야 씨는 아직 절 의심하고 계시죠?"

"물론이죠. 플레임은 당신 외에는 없어요."

태연히도 무례한 말을 서슴없이 하는 미야. 보다 못해 끼어들려는 산시로를 레이가 손으로 제지했다.

"그렇군요. 다행이네요."

순간 잘못 들은 줄 알았지만 미야가 "다행이라고요?" 하고 되물어서 잘못 들은 게 아닌 걸 깨달았다. 레이는 씩 미소 지었다.

"어젯밤에는 지인들 앞이어서 자제했지만, 플레임으로 의심받는 건 분명 유쾌하지 않은 일이죠. 그래서 어떻게든 의혹을 풀어 보려고 스스로 고민하다가 한 가지 묘안을 떠올렸습니다."

"오, 어떤 묘안일까요?"

미야도 레이처럼 미소 짓지만 눈빛에 경계의 빛이 짙다.

"내일부터 써야 할 리포트가 있어서 전 한동안 집에 틀어박힐 예정입니다. 도서관에 가거나 먹을 것을 사려고 잠깐 나갔다 올 수는 있겠지만 기본적으로 집 안에만 있을 테니 제 움직임을 파악하기 수월하실 겁니다. 그러니 오토미야 씨께서 만족하실 때까지 마음껏 저를 감시하셔도 됩니다."

"신경 써 주셔서 감사하지만 감시할 사람은 이미 구했으니 걱정 안 하셔도 돼요."

조금 전 야하기가 감시에 인력을 투입하기 어려울 것 같다고 했는데도 미야는 눈 하나 깜짝하지 않고 거짓말을 했다.

"하지만 감시 장소를 확보하는 건 어려우실걸요. 그래서 제가 직접 준비했습니다."

"네?"

무슨 뜻인지 몰라 당황스러웠다. 미야도 소리만 내지 않았을 뿐 마찬가지로 놀란 듯했다.

때마침 주문한 음식이 나왔다. 레이 앞에 김이 모락모락 나는 고기 정식이 놓였다. 미야와 산시로는 커피만 주문했다.

아직 긴장이 풀리지 않은 듯한 웨이트리스는 "주문하신 메뉴가 맞으신지요?" 하고 어색하게 확인하고 도망치듯 테이블을 떠났다. 레이는 기다렸다는 듯이 고기에 간장을 듬뿍 뿌리고 만족스럽게 고개를 끄덕였다. 반면 미야는 자기 앞에 놓인 커피 잔을 한 번도 내려다보지 않았다.

"그래서? 뭘 준비했다는 거예요?"

"제가 사는 아파트 주차장을 사이에 두고 맞은편에 팰리스 L 이라는 위클리 맨션이 있습니다. 그곳 건물주 아들이 제 친구 거든요. 친구한테 특별히 부탁해서 방을 하나 잡아 달라고 했습니다. 그곳에서 제가 있는 곳을 감시하실 수 있을 겁니다."

미야는 의심하는 눈빛으로 레이를 빤히 쳐다봤다.

"그런 눈으로 보지 않으셔도 됩니다. 참고로 제가 머무르는 곳은 2층 모퉁이에 있습니다. 팰리스 L에서 보면 문과 창문, 출입구까지 완벽하게 감시하실 수 있을 겁니다."

레이의 얼굴에서는 자신감이 넘쳤다. '난 떳떳하니 당신 마음대로 해'라고 표정으로 말하고 있다.

"레이 씨, 굳이 그렇게 안 하셔도 돼요."

"네. 보통 그렇게까지 하지는 않는데."

산시로는 걱정스러워서, 미야는 의심스러운 마음에 그렇게 말했다. 레이는 난감한 듯 웃으며 덧붙였다.

"어쩔 수 없죠. 저를 의심하는 이유가 '비밀'이라면 저로서는 결백을 증명할 방법이 이 정도밖에 없으니까요."

"하지만 제가 감시하는 동안 플레임 사건이 일어나지 않으면 의혹만 더 짙어지고 결백을 증명할 수는 없어요. 그건 어젯밤 당신도 지적하지 않았나요?"

"희생자가 나오지 않으면 그 자체로 기쁜 일 아닐까요? 제가 사정을 이야기하니 방값은 거의 공짜로 해 주겠다고 하더군요. 물론 그것도 제가 낼 테니 돈 걱정은 안 하셔도 됩니다. 다만 전 플레임이 아니니 감시와 더불어 수사도 계속해 주셔야 합니다. 뭐 그건 경찰분들이 알아서 하시겠지만."

여유로운 레이를 보며 산시로는 그의 제안을 한 번 더 정리했다.

팰리스 L에 잠복한 채 레이를 감시한다. 그러는 동안 플레임 사건이 일어나면 레이가 플레임이 아니라는 게 증명된다. 하지만 그것은 또 다른 누군가가 플레임의 희생양이 된다는 것을 뜻한다. 더 이상의 비극은 보고 싶지 않다.

그렇다면 가장 이상적인 것은 '레이를 감시하는 동안 진짜 플레임을 잡는 것'.

"어떻습니까? 오토미야 씨. 나쁘지 않은 제안 아닌가요?"

미야는 대답하지 않았다. 가볍게 팔짱을 끼고 천장만 보고 있다.

"오늘은 어렵겠지만 원하신다면 당장 내일부터 그 집에 들어가셔도 됩니다. 광고 전단을 보니 내부도 쾌적하고 괜찮은 것 같더군요."

미야는 여전히 천장만 보며 레이를 시야에 넣지 않았다. 산시로도 무심코 고개를 드니 천장의 짙은 갈색 널빤지가 보였다.

혹시 미야가 지금 천장을 응시하는 건 소용돌이치는 붉은 목소리로부터 주의를 돌리기 위해서일까.

그렇게 생각하니 문득 소름이 돋았다. 미야는 스스로 결백을 증명하겠다는 레이의 제안을 받고도 여전히 그를 플레임으로 의심하고 있다. 간자키 레이 설은 미야의 머릿속에서 이미 움직이지 않는 진실이 돼 버렸다.

"……알겠어요."

그제야 레이 쪽을 보고 미야는 입술을 일그러뜨리며 제안을 받아들이겠다고 선언했다.

"내일부터 팰리스 L에 잠복하며 당신을 감시하겠어요. 그동안 플레임은 범행을 저지르지 못할 테니 사건을 재검토해 당신을 고발해 드리죠."

"다행이네요. 방은 내일 정오부터 쓸 수 있다고 하니 모쪼록 편하게 이용하시기 바랍니다."

레이는 안도한 것처럼 크게 숨을 내쉬고 물을 한 모금 마셨다. 조금 전만 해도 메뉴판을 뚫어지게 관찰할 정도로 배고파 보였지만 자기 음식에 아직 손을 대지 않았다.

"안 드세요?"

"네? 아아, 감사합니다."

미야의 싸늘한 목소리를 듣고서야 비로소 알아차린 것처럼 레이는 젓가락을 집어 들었다.

그리고 그 순간, 산시로도 깨달았다.

레이 씨는 지금껏 애써 침착한 척하고 있었을 뿐이다. 속으로는 식욕을 잊을 정도로 잔뜩 긴장해 있었다.

살인마로 의심받는 상황에서 그가 느끼는 무게감과 고통이 산시로에게도 생생히 전해졌다.

4

다음 날인 12월 24일.

산시로가 약속 시각 5분 전인 11시 55분에 팰리스 L에 도착했을 때 미야는 이미 와 있었다.

"안녕."

오늘부터 잠복한다고는 믿기지 않을 정도로 미야는 여유로워 보였다. 익숙한 검정 코트에 회색 바지 정장, 진홍색 보석이 박힌 백금 팔찌. 오직 어깨에 멘 여행용 가방만이 '오늘 밤을 새울 거야'라는 각오를 느끼게 했다.

어제 미야가 "너도 갈래?"라고 물었을 때 산시로는 망설였다. 가렌의 장례 문제로 쉬는 동안 학교는 겨울방학에 들어갔다. 할 일을 마쳤으니 시간도 있었다.

그러나 어머니가 걱정됐다. 고별식 정리까지 마치고 이모는 Y현으로 돌아갔다. 아무리 '가렌을 위해 뭔가를 해 주고 싶다'라고 해도 지금은 어머니를 혼자 두고 싶지 않았다.

어머니는 고별식 다음 날, 즉 오늘부터 일터에 복귀했다. "가뜩이나 바쁜 연말에 계속 휴가를 받았는데 언제까지 쉬고만 있겠어"라고 하는 어머니의 얼굴에서는 웃음기마저 감돌았다.

일상에 돌아가는 것으로 가렌의 죽음을 극복하려 한다는 게 느껴졌다. 그렇다면 나도 미야 씨의 조수로 열심히 뛰는 수밖에 없다.

그래도 미야 씨와 같은 방에서 잘 수는 없으니 밤에는 집에 돌아가는 조건으로 레이 씨를 함께 감시하기로 했다.

"슬슬 가 볼까?"

미야는 꼭 친구 집을 방문하는 사람처럼 편하게 팰리스 L에 들어섰다.

"잠깐만요. 아직 방 번호를 모르시잖아요. 조금 전 레이 씨를 만나 열쇠를 받아 왔어요. 203호래요."

"그 방은 안 써."

무슨 뜻인지 몰라 어리둥절해하는 산시로를 남겨 두고 미야는 안으로 들어가 버렸다. 산시로도 어쩔 수 없이 따라 들어갔다.

팰리스 L 내부는 훌륭했다. 흰 벽과 검은 타일이 깔린 바닥이 세련된 분위기를 자아냈다.

"203호는 안 쓴다는 게 무슨 말인가요?"

함께 계단을 오르며 미야에게 물었다.

"용의자가 준비해 준 방을 쓸 리 없잖아. 어제 202호를 빌렸어. 이미 잠복도 하고 있고."

"잠복? 누가요?"

"야하기 씨."

미야는 그렇게 대답하고 202호 앞에 서서 문을 두드렸다.

—네, 들어오시죠.

방 안에서 들린 대답은 야하기의 목소리가 틀림없었다.

"고생 많아요."

미야가 문을 열었다. 아크 호텔 호시모리와 비교할 수 없지만 내부는 세련된 복층형 원룸이었다. 욕실과 화장실이 분리돼 있고 로프트도 설치돼 있다. 방 안에는 TV와 테이블, 의자 두 개가 있었다.

"어서 오십시오. 기다리고 있었습니다, 오토미야 씨."

야하기는 눈으로만 웃으며 두 사람을 맞이했다.

"야하기 씨가 왜 여기 계신 거예요?"

"내가 부탁했어. 간자키 레이가 내일부터 감시하라고 한 게 신경 쓰였거든. 감시를 시작하기 전 무슨 짓을 저지르려는 게 아닐까 싶어서."

"정말 제멋대로였지요. 느닷없이 전화해서 지금 당장 방을 빌려 간자키 레이를 감시하라니요. 애초에 제가 의뢰한 일인데, 이게 뭡니까. 평소에는 늘 온화한 저도 이번엔 조금 화가 나더군요."

"사전에서 '온화'라는 말의 뜻을 다시 찾아보는 게 좋을 것 같아. 우리 앞이 아닌 다른 데서 그런 말을 했다가는 비웃음만 살 테니까. 아무튼 지금부터는 우리가 감시할 테니 야하기 씨는 그만 가도 돼."

미야는 증거라도 제시하듯 여행용 가방을 툭툭 두드렸다.

"어제부터 오토미야 씨가 직접 감시하면 되지 않았나요?"

"감시에 대비해 체력을 비축하고 싶었고, 그걸 떠나 피곤했어. 간자키 레이의 목소리를 또 보는 바람에."

목소리를 보다. 미야에게 그것은 비유적인 표현이 아니다.

"아무튼 그래서, 간자키 레이는?"

"제가 어젯밤 9시 30분부터 감시를 시작한 이래 지금껏 거의 집 안에만 있었습니다. 10시 30분에 한 번 아파트 앞 편의점에 갔지만 10분도 안 돼 돌아왔죠. 참고로 지금까지 새로운 플레임 사건이 발생했다는 보고도 없었습니다. 그러니 적어도 어제 안에 간자키 레이가 어떤 범죄를 저지른 건 없습니다."

"그렇구나. 움직일 거면 분명 어젯밤일 거라고 예상했는데."

"간자키 레이가 정말 플레임이어도 어제는 범행을 저지르지 않았습니다. 오늘은 외출조차 하지 않았죠. 조금 전 산시로 씨가 찾아갔을 때 오늘 처음 사람을 만난 겁니다."

"네. 열쇠를 받으러 갔어요. 설마 미야 씨가 선수 쳐서 다른 방을 빌리실 줄은 예상 못 했지만."

자기를 감시하라고 일부러 방까지 구해 준 레이도 대단하지만, 그걸 역으로 이용한 미야도 만만치 않다.

"내일부터 감시해 달라고 하는 건 아무리 그래도 수상하잖아. 뭔가 다른 꿍꿍이가 있다고 의심하는 게 당연하지."

"정말로 방을 준비 못 했을 뿐이었어요. 레이 씨는 '사실 어제부터 감시하는 게 이상적이었겠지만 준비를 못 해서 미안'이라고 사과하더라고요."

"거짓말 같아."

미야는 불쾌한 듯 콧방귀를 뀌었다.

"다른 말은 한 거 없어?"

"그리고 뭐, 이런 걸 전해야 할지 모르겠지만……."

미리 망설이는 모습을 보이지 않으면 미야가 눈살을 찌푸릴 게 뻔했다.

"'오토미야 씨는 내가 좋아하는 타입이라 의심받는 상황이 더 괴로워'라고 쓴웃음을 지으며 말씀하시더라고요."

"좋아하는 타입이라고? 내가?"

"오토미야 씨를 좋아한다고요? 이런, 이런. 간자키 레이는 눈썰미가 좋은 듯하네요. 저와 산시로 씨와도 잘 맞지 않을까요."

"왜 저까지…… 아, 물론 미야 씨가 아름다우신 건 인정하지만 타입이라거나 그런 건……."

당황하는 산시로를 아랑곳하지 않고 미야는 심각한 얼굴로 왼손을 가볍게 말아 쥐고 입가에 가져갔다.

"타입…… 타입이라…… 내가……."

"그냥 가볍게 한 말일 테니 너무 진지하게 받아들이지 마세요."

고민하는 미야의 모습이 의외였다. 설마 평소 외모에 대한 칭찬을 별로 듣지 못한 걸까. 물론 야하기는 미야를 자주 칭찬하는 것 같지만 빈말로 판단해 한 귀로 듣고 한 귀로 흘리나 보다.

아니면 평범한 사람들은 은발에 시선을 빼앗기는 탓에 미야의 얼굴 생김새를 자세히 못 보고 지나칠 수도 있다.

"……뭐, 됐어. 난 그런 타입을 좋아하지 않으니까."

미야는 마음을 다잡듯 말하고 창밖을 봤다. 레이가 있는 곳까지는 거리로 약 30미터.

"간자키 레이가 지금 저기 있는 건 틀림없지?"

"그렇습니다. 제가 쭉 감시하고 있었으니……. 아, 지금은 저기 있군요."

모퉁이 쪽 레이의 방에 밖으로 튀어나온 출창이 있었다. 그곳에서 빨간 스웨터를 입은 레이의 모습이 보인다. 뭔가를 의심하듯 눈을 가늘게 뜨고 어딘가를 응시하는 것 같다.

"뭘 보고 있는 걸까요?"

"203호겠지. 우리가 감시를 시작했는지 확인하려는 거 아닐까?"

그러고 보니 레이는 아무도 없는 203호가 의아한 것처럼 바라보고 있었다. 하지만 얼마 안 돼 202호에 우리가 있다는 걸 알아차렸는지 환하게 미소 지으며 우리에게 가볍게 고개를 숙이고 안쪽으로 사라졌다.

"뭐야, 저 여유로운 태도. 짜증 나네. 후회하게 해 주겠어."

"하하. 오토미야 씨는 역시 무섭습니다. 그럼 전 이만 실례하겠습니다. 어제 한숨도 못 자서 피곤하네요."

"조금이라도 쉬었다 가시는 게 어때요?"

산시로가 조심스럽게 묻자 야하기는 고개를 세차게 흔들었다.

"아뇨, 사양하겠습니다. 얼른 집에 가고 싶습니다. 오늘은 크리스마스이브니까요. 아내와 딸이 기다리고 있습니다."

그렇다. 그러고 보니 오늘은 크리스마스이브다. 가렌이 없어서 몰랐다. 매년 이맘때쯤 가렌은 우울해 보였다. 레이가 연인과 성탄을 보내는 모습을 상상하며 슬퍼하는 듯했다. 그것은 12월의 연례행사 같았고, 올해 레이는 드물게도 여자 친구가 없는 듯 보이지만 그전에는 매년 상대가 달라지는 것이 가렌의 마음을 더 아프게 해…….

어라?

"아내와 딸이 기다리고 있다고요?"

스스로도 놀랄 만큼 큰 소리가 터져 나왔다.

"야하기 씨, 결혼하신 거예요? 그런 성격으로?"

"네, 했습니다만. 그런데 '그런 성격으로'라는 건 무슨 뜻인지 모르겠군요, 산시로 씨."

"아, 그게…….."

대신 농담이라고 해 주기를 바라며 미야 쪽을 봤다. 미야는 레이의 집에서 눈길을 떼지 않은 채 입을 열었다.

"믿기 어렵겠지만 농담은 아니야. 엄연히 결혼해서 아이도 있어. 게다가 아내인 시즈카 씨는 야하기 씨에게는 과분할 정도로 미인이시고 친절하기도 해."

"그런…… 그런 말도 안 되는…… 세상에는 정말 하느님도 부처님도 없는 건가요……."

"뭡니까, 두 분. 국가 권력으로 지워 드릴까요?"

농담할 때처럼 눈은 웃지만 입은 역시 싸늘하다. 만약 입 쪽이 진심이라면 신변의 위험을 걱정하는 게 좋아 보였다.

"뭐, 아무튼 그런 이유로 전 사랑하는 가족이 기다리는 집으로 돌아갑니다. 오토미야 씨는 외모만큼은 제 취향의 99퍼센트를 충족시키지만, 아내는 100퍼센트예요. 그야말로 완벽한 여성이죠. 게다가 딸도 이제 열 살이니 앞으로 크리스마스를 함께 보낼 기회가 얼마 남지 않았습니다. 그럼 오토미야 씨, 산시로 씨, 모쪼록 즐거운 크리스마스 보내시기 바랍니다. 단, 이 방은 제 용돈으로 빌렸으니 일만큼은 확실히 해 주셔야 합니다. 크리스마스라고 해서 젊음의 치기에 휘둘려 실수하지 마시고."

"걱정 마. 책임지고 제대로 감시할게. 무슨 일이 있어도 간자키 레이를 놓치지 않을 거야. 그럴 거지? 산시로 군."

"……네, 뭐."

야하기가 말하는 '실수'가 그런 종류가 아닌 것을 알면서 시치미를 떼다니, 이게 바로 성인 여성의 여유일까.

야하기는 "오토미야 씨다운 답변이네요" 하고 눈으로 쓴웃음 지으며 말을 이었다.

"모레쯤에는 제가 잘 키운 형사 한 명을 이곳에 보낼 수 있을 것 같습니다. 그리고 혹시 모르니 미행 세트는 두고 가겠습니다. 유사시 사용하시기 바랍니다. 그럼."

그 말을 끝으로 야하기는 공공칠가방을 바닥에 내려놓고 경쾌한 발걸음으로 방에서 나갔다.

"……가족과 함께할 크리스마스를 정말 기대하시는 것 같네요."

산시로는 여전히 믿지 못하며 중얼거렸다.

"저런 분이 가정을 꾸렸다니. 야하기 씨와 한 지붕 아래에서 사는 걸 보면 그 아내라는 분은 성자 수준으로 훌륭한 분 아닐까요?"

"시즈카 씨가 좋은 분인 건 맞고 네가 걱정하는 것보다 두 사람은 잘 지내는 것 같아. 전에도 말했지만 오해받기 쉬운 타입이라니까, 야하기 씨는."

미야는 야하기가 앉아 있던 의자에 앉아 말을 이었다.

"시즈카 씨는 야하기 씨의 단점이나 특이한 성격까지도 좋아한대. 정말 똑 부러지는 분이셔. 평소 딸한테도 '넌 커서 아빠처럼 되면 안 돼'라고 단단히 당부한다고 하고."

대체 어떤 부부인가.

"우리한테는 저러지만 가족 앞에서는 좋은 아빠 노릇을 하지 않을까? 딸도 야하기 씨를 아주 좋아하는 것 같고 말이야."

미야는 스스로 말한 대로 야하기를 절대 좋아하지는 않지만,

적어도 신뢰는 하고 있는 듯하다.

하지만 산시로는 도저히 그럴 수 없었다. 사람을 헷갈리게 하는 의미심장한 말과 행동 때문만은 아니다. 신뢰하지 못할 결정적인 무언가가 있다. 하지만 구체적으로 떠올려 보려고 해도 생각이 정리되지 않고 형태도 잡히지 않았다.

그 안에 답이 없다는 것을 알면서도 산시로는 야하기가 두고 간 공공칠가방을 내려다봤다.

"이건 뭘까요?"

"미행 세트. 쉽게 말해 변장 도구야. 가발이나 붙이는 수염, 정교하게 만든 비닐 피부 같은 것도 있어. 유사시에는 네게 여장을 시킬 계획이야."

"제 나이에 이제 여장은 무리예요."

"'이제'라고 하는 걸 보니 어릴 때는 했나 보네."

"……하고 싶어서 한 건 아니에요. 어머니와 가렌이 억지로 시켜서."

실언을 후회하자 미야는 "잘 어울렸을 것 같은데" 하고 놀리듯 웃었다.

"그런데 말해 놓고 이런 말 하기 뭐하지만, 어차피 여장할 필요는 없을 거야. 이렇게 감시하고 있으면 간자키 레이는 움직일 수 없을 테니까. 장기전이 될 테니 느긋하게 가자."

"네."

레이 씨, 감시해서 정말 죄송해요.

산시로는 속에서 손을 맞대며 레이에게 사과하고 미야의 옆 자리에 앉았다.

겨울밤은 빠르게 내려와 주변이 어둠에 물들었다.

레이는 오후 4시가 조금 지나자 커튼을 쳤다. 문과 창문 모두 굳게 닫혀 있어서 누군가가 드나드는 기색은 없다. 모습은 보이지 않지만 레이가 지금 눈앞의 집에 있는 건 확실했다.

때때로 몇 마디를 주고받으며 미야는 익숙한 것처럼 계속 창밖을 관찰했다. 반면 산시로는 집중력이 급격히 떨어지는 것을 느꼈다. 거기에 조금 전 어딘가 멀리서 사이렌 소리가 들린 탓에 불안하기도 했다.

가볍게 숨을 내쉬고 휴대폰으로 시간을 확인했다.

오후 6시. 아직 하루의 4분의 1밖에 지나지 않았다.

"지겹니?"

미야는 레이의 방과 산시로를 한꺼번에 시야에 두며 물었다.

"솔직히 말해서, 조금……."

"인생 첫 잠복근무일 테니 어쩔 수 없지. 그래도 여섯 시간이나 버텼네. 좀 쉴래? 나중에 내가 잠깐 눈을 붙일 때는 네가 봐 줬으면 해. 어차피 밤새 감시할 거니 두 시간 정도만 자려고."

"네, 그럴게요."

산시로는 일어나서 크게 기지개를 켰다. 그저 한 곳만 빤히 바라보고 있는 게 이렇게 피곤할 줄은 몰랐다.

연상의 예쁜 누나와 단둘이 같은 공간에 있다는 긴장감도 한 몫했겠지만.

"근데 계속 이러고 계실 거예요?"

산시로는 바닥에 앉아 다리를 쭉 펴며 물었다.

"설마. 야하기 씨가 부하를 보내면 여기는 그쪽에 맡길 거야. 간자키 레이를 감시하며 움직임을 봉쇄하는 동안 동기를 밝혀야지. 저 녀석의 목적이 뭔지는 대충 알아. 자기를 감시해 달라고 해 놓고 사건을 벌일 수는 없으니 한동안 얌전히 있으며 우리가 포기하기를 기다리는 거야."

미야는 지금 '플레임은 왜 살인을 저지르는가?'에 주목하고 있고, 그 답을 '정신 이상자이기 때문'으로 정해 놓았다. 따라서 이 시점에 떠올리면 좋을 것을 꼽는다면 '플레임은 누구인가?'일 것이다.

이번 사건은 '와이더닛'이 아닌 '후더닛'이 맞다.

미야의 추리는 지금 잘못된 방향으로 가고 있다. 그러니 피곤하지만 이대로 쉬고 있을 수만 없다. 미야가 감시를 맡는 동안 내가 할 수 있는 일은…….

"수사 자료 같은 건 없나요?"

"가방 속 흰 봉투에 들어 있어. 원래는 외부 반출 금지지만 야하기 씨한테 빌렸어. 시신 사진이나 고인의 존엄을 해칠 만한 정보 같은 건 역시 가져올 수 없었지만."

"봐도 될까요?"

"그래."

미야는 레이의 방에서 눈을 떼지 않고 대답했다.

미야의 개인 소지품을 보지 않게 주의하며 산시로는 여행용 가방을 열어 봉투를 꺼냈다. 묵직한 봉투에는 서류와 사진이 여러 장 있었다.

첫 번째 사진. 야외에 설치된 음식물 쓰레기 처리기를 멀리서 찍은 사진이다. 두 번째 사진. 음식물 쓰레기 처리기의 내부. 변색된 양배추, 토마토 등이 섞인 음식물 쓰레기에서 유독 레몬만 싱싱한 노란 빛을 내뿜고 있다. 꼭 폐허 속에 흩어진 보석을 보는 것 같으면서도 사진 너머에까지 썩은 냄새가 풍길 듯한 묘한 한 장이었다.

첫 번째 피해자인 오이타 가나에 씨가 이런 곳에 버려져 있었던 걸까.

두 번째 사진. 양조장의 외관. 그다음 사진. '만텐마루'라는 라벨이 붙은 술통. 그다음 사진. 술통 내부. 두 번째 희생자 사카이 기요미 씨는 이 술통 속에 가라앉아 있었다. 포르말린에 보존된 실험동물. 불경스럽게도 그런 생각이 떠오른 건 '술통 속에 시신이 버려져 있었다'라는 상황 자체를 뇌가 거부하기 때문일 것이다.

음식물 쓰레기 처리기든 술통이든 인간이 죽어서 버려질 장소가 아니다.

다음 사진. 익숙한 공원 지도다. 가렌이 버려져 있었던 곳.

산시로는 그 사진을 보자마자 반사적으로 손에 든 것들을 모두 던져 버렸다.

"괜찮아?"

"……네. 그럭저럭."

어정쩡하게 대답하고 다시 서류 뭉치를 주워 들었다. 마음을 가라앉히며 자료를 재차 훑어봤다. 시신 검안서, 발견 상황 등이 상세히 기록돼 있지만 전문 용어가 너무 많아 열심히 읽어도 절반도 이해되지 않았다.

그나마 머리에 들어온 정보는 노인 요양 센터인 '기주엔'이 3년 전 문을 연 이래 입소문이 좋았고 정보 공개에도 적극적이어서 이용자와 가족들의 신뢰를 얻었다는 것. 지난해 방송된 아침 정보 프로그램에서 '만텐마루'의 술이 '요리술로 써도 맛있다'라고 소개된 것을 계기로 제조사인 기요카와 주조가 V자 실적 회복에 성공했다는 것.

그 정도였다.

"플레임은 공원은 물론이고 노인 요양 센터 부지나 양조장에도 용케도 잘 드나들었나 봐요."

그 밖에도 이해한 몇몇 정보를 입에 담자 미야는 등을 돌린 채로 고개를 끄덕였다.

"응. 그래서 장소로 범인을 특정하는 건 어려워 보여. 목격자도 전혀 없고. 간자키 레이의 소행을 암시할 물증이 하나라도 나오면 동기가 불분명해도 플레임으로 단정 지을 수 있겠지만,

기대하기 어려울 것 같아."

"저…… 바보 같다고 생각하실지도 모르지만, 이런 추리는 어떨까요?"

"응? 뭔가 떠올랐니?"

미야는 산시로를 돌아보지 않고 물었다. 애초에 산시로가 간자키 레이 범인 설에 반대하고 있으니 별로 기대하지 않는 듯하다. 조금 망설였지만 산시로는 반쯤 자포자기하며 입을 열었다.

"아무래도 피해자들이 유기된 장소가 피해자의 이름과 관련 있는 것 같아서요."

"이름?"

"네. 우선 첫 번째 피해자인 오이타 가나에老田加奈枝 씨 이름에는 '늙을 노老' 자가 있어요. 그러니 노인 요양 센터. 두 번째 피해자인 사카이 기요미酒井清美 씨 이름에는 '술 주酒' 자. 그러니 양조장."

별 반응을 보이지 않는 미야를 보며 불길한 예감이 커졌지만 산시로는 애써 결론을 말했다.

"즉, 범인은 피해자의 이름과 관련된 장소에 시신을 유기하고 있는 거예요."

그러자 미야가 마침내 산시로를 돌아봤다.

"진심으로 하는 말이니?"

"아, 네……."

"그렇다면 넌 해고야. 지금 당장 집에 가서 나와 플레임 일은 깨끗이 잊어 줘. 잘 가. 안녕히 가세요."

"그렇게까지 진지하게 추리한 건 아니지만, 그래도 지난번의 그 '나루카와라 고조와 스기노 겐이치로의 변사 사건이 플레임 사건과 관련 있다'보다는 낫지 않나요?"

"내가 보기에는 오십보백보는커녕 구십구보백보 정도로 차이를 모르겠는데?"

"그럴 리 없어요."

"그럼 묻겠는데, 플레임이 어떻게 피해자의 이름을 알고 있었다는 거야? 가렌은 그렇다 쳐도 처음 두 희생자는 노숙인이었잖아. 주소나 명부 같은 게 있었을 리 없다고. 아니면 플레임이 일부러 그 사람들을 찾아가 '당신 이름은?' 하고 확인하고 죽였다는 거니? 그럼 다른 사람들 눈에 띄어서 진즉 수사선상에 올랐을걸."

"……노숙인들과 교류가 있었던 거예요. 노숙인 동료나 사회복지사, 자원봉사자 중에 플레임이……."

"그럴 경우에도 똑같이 수사선상에 올랐을 거야. 그럼 플레임이 시신을 태운 목적은? 이름과 관련된 장소에 시신을 유기한 이유는?"

"……정신 이상자라서."

"가렌은? '아마야 가렌'이라는 이름이 7호 공원과는 관련 없는 것 같은데?"

"…………가렌만 모방범의 소행이었거나, 아니면 플레임이 수사를 교란하려고 일부러……."

질문에 답하는 시간이 점점 길어진다. 미야는 어처구니가 없다는 듯 한숨을 푹 내쉬었다.

"산시로 군은 머리가 좋은 것 같으면서도 가끔 헤이스팅스가 되는구나."

"헤이스팅스? 그게 누구예요?"

"명탐정 에르퀼 푸아로의 친구이자 조수."

"……적어도 왓슨이라고는 해 주세요."

"내가 가장 좋아하는 미스터리 소설이 애거서 크리스티의 『엔드하우스의 비극』이거든. 그리고 거의 매번 셜록 홈스의 비서 담당이었던 왓슨과 달리, 헤이스팅스는 푸아로가 맡은 사건에서 비서 역할을 맡은 적이 거의 없는데도 그 덤벙거리는 성격이나 특유의 개성 때문에 왓슨보다 훨씬 임팩트 있는 캐릭터야. 아, 참고로 『엔드하우스의 비극』은 헤이스팅스가 쓴 수기 형식의 소설이란다."

"저를 완전히 바보 취급하시네요."

"그렇지 않아. 헤이스팅스는 정말 좋은 사람이거든."

"전혀 위로가 안 돼요. 그리고 정작 미야 씨의 간자키 레이 설에도 중요한 동기가 빠져 있잖아요."

"나도 알아."

미야가 쓴웃음을 지었다.

"그러니 지금부터 그걸 찾으려는 거야. 당분간 간자키 레이를 감시하면 돼. 그리고 모레 야하기 씨가 부하를 보내면 수사도 재개…….”

그때 휴대폰 벨소리가 울려서 미야는 말을 끊고 주머니에서 스마트폰을 꺼냈다.

“야하기 씨네. 뭐야. 또 딸 자랑이라도 하려는 건가.”

“그분이 딸 자랑도 한다고요?”

미야는 찌푸린 얼굴로 고개를 끄덕이며 전화를 받았다.

“네, 여보세요……. 응, 간자키 레이는 이상 없어……. 뭐? 그런 건 왜…… 아니, 산시로 군도 여기 있어. ……그래. 아까부터 계속 함께 있어. 화장실에 갈 때 말고는 이 집에서 한 발짝도 나가지 않았는데……. 응, 맞아……. 맞다니까……. 그런데 그런 걸 왜 묻는데?”

야하기의 목소리는 들리지 않지만 미야의 대답을 들으니 산시로가 옆에 있는지 확인하는 것 같다. 무슨 이유로 야하기가 그런 걸 묻는지 산시로는 짐작되지 않았다.

“……뭐?”

짐작되지 않지만, 아무래도 뭔가 심각한 상황이 벌어진 것 같다. 미야의 얼굴이 굳었다.

“그게 정말이야? 산시로 군뿐만 아니라 간자키 레이도 집 밖으로 한 발짝도 안 나갔는데?”

왜 레이 씨 이름까지? 대체 무슨 일인 걸까. 심장이 불쾌하게 뛰었다. 야하기의 말이 들리지 않지만 뭔가 흉흉한 소식이 전해진 게 분명했다.

"……쳇!"

미야는 갑자기 요란하게 혀를 차고 스마트폰을 집어 던졌다. 그리고 그 기세 그대로 돌아서서 창문을 열었다.

차마 말릴 새도 없었다. 미야의 모습이 순식간에 시야에서 사라졌다.

미야가 창밖으로 뛰어내렸다는 걸 이해하기까지 시간이 조금 더 필요했다.

"미야 씨!"

산시로는 눈앞에서 벌어진 일을 믿지 못해 창문 아래를 내려다봤다. 미야는 능숙하게 바닥에 착지해 있다. 다행히 흙바닥이라 충격이 최소화된 것 같다. 거기까지 계산했는지는 확실하지 않지만 미야는 자세를 바로잡고 쏜살같이 달려 나갔다.

계단으로 내려가지 못할 만큼 급한 상황일까. 어디 가는 걸까. 아니, 정확한 이유는 몰라도 갈 곳은 레이가 있는 집 말고는 없다.

산시로는 미야를 따라가려고 창밖에 몸을 내밀었지만 금세 포기했다. 미야가 선보인 고양이 같은 재주를 부릴 수 있을 리없다. 그냥 평범하게 계단으로 내려가자.

—여보세요……. 여보세요……. 오토미야 씨.

그때 바닥에 있는 스마트폰에서 야하기의 목소리가 들렸다. 산시로는 서둘러 스마트폰을 집어 들었다.

"여보세요, 야하기 씨? 산시로예요."

그대로 뛰면서 수화기를 향해 말했다.

—산시로 씨? 오토미야 씨는?

"갑자기 휴대폰을 내던지고 창밖으로 뛰어내려 어디론가 달려갔어요. 레이 씨 집에 가는 것 같아요."

—뛰어내렸군요. 오토미야 씨답네요. 하지만 휴대폰을 내던질 정도면 크게 놀란 모양입니다. 그건 오토미야 씨답지 않네요.

"무슨 일이 있었나요?"

—플레임입니다.

깜짝 놀라 숨이 턱 막혔다.

—조금 전 소방서에 신고가 접수됐습니다. 호시모리 시내 어느 단독주택에서 화재 발생. 불길은 금세 잡혔지만 화재 원인이 다름 아닌 인간의 몸이었습니다. 거실에서 온몸이 불탄 여성이 발견된 겁니다.

조금 전 들린 그 사이렌 소리가 그거였나.

플레임이 또다시 사람을 죽였다.

이로써 레이는 용의선상에서 제외될 것이다. 바라던 일이었는데도 전혀 기쁘지 않았다.

또 누군가가 가렌과 같은 꼴을 당할 줄이야.

팰리스 L을 빠져나가 달렸다. 레이의 아파트로 향하는 미야의 뒷모습이 보였다.

—현재 피해자의 신원을 확인 중입니다만, 그 집에 거주하던

사람일 가능성이 큽니다. 가족 구성원을 조사하고 있습니다.

야하기의 목소리를 들으며 미야를 쫓았다. 전속력으로 달리지만 미야가 더 빠르다. 아파트 입구에 들어서자 2층에서 초인종을 누르는 소리가 들렸다. 산시로도 2층에 뛰어 올라갔다.

띵동, 띵동, 띵동, 띵동, 띵동.

짜증과 초조함이 섞인 연타.

쾅, 쾅, 쾅, 쾅, 쾅, 쾅, 쾅, 쾅.

거칠게 문을 두드리는 소리도 더해진다.

"간자키 레이 씨! 안에 있어요? 간자키 레이 씨! 없죠?"

없기를 간절히 바라는 목소리였다. 은발을 휘날리며 온몸으로 문을 두드리고 있다. 이토록 흥분한 미야의 모습을 보는 건 처음이었다.

하지만 레이 씨가 집에서 한 발짝도 나가지 않았다는 건 미야 씨가 가장 잘 알잖아요.

"미야 씨, 진정하세요."

그렇게 말하며 어깨에 손을 얹으려는 순간 눈앞의 문이 서서히 열렸다. 집 안에 있는 사람의 당혹감이 전해지는 움직임이었다.

"무슨 일이죠? 지진이라도 났나요?"

레이가 나타났다. 낮에 산시로에게 열쇠를 건넸을 때와 같은 빨간 스웨터에 검정 바지 차림. 역시 외출한 흔적은 없다.

그때 옆집 문이 살짝 열리더니 이웃 주민이 의심 섞인 눈으로 복도를 봤다. 하지만 그는 미야의 머리카락을 보자마자 곧다시 문을 닫았다.

"계속 여기 있었어요? 집 밖에 한 발짝도 안 나갔어요?"

레이는 무슨 말인지 모르겠다는 듯 눈살을 찌푸렸지만 미야의 "대답해!"라는 호통에 의아해하면서도 고개를 끄덕였다.

"네. 줄곧 리포트를 쓰고 있었습니다. 한 발짝도 집 밖에 나가지 않았죠. 오토미야 씨도 계속 절 감시하시지 않았나요?"

미야는 얼어붙은 얼굴로 망연자실하게 서 있었다.

원래 이렇게 체구가 작은 사람이었나. 여자치고 키가 큰 편일 텐데. 마주 선 레이와의 키 차이를 감안해도 너무 왜소한 느낌이다. 미야가 신발도 제대로 못 신고 이곳까지 달려왔다는 것을 알아차렸다.

─산시로 씨. 산시로 씨.

반복해서 부르는 소리에 산시로는 미야의 스마트폰을 계속 쥐고 있었다는 것을 떠올렸다.

"네."

─아직 정확하다고 하기는 어렵지만 피해자의 신원이 대략 밝혀졌습니다. 피해자는 아야노코지 아야코 씨. 16세. 화재가 난 집의 딸이라고 합니다.

……뭐?

"아야노코지 아야코? 아야노코지 아야코라니, 설마 그 아야노코지 아야코 말인가요?"

그런 이름을 가진 사람은 아마 호시모리시에 한 명밖에 없을 것이다. 알면서도 산시로는 거듭 물었다.

—산시로 씨가 말씀하시는 분이 가렌 씨의 같은 반 친구였던 아야노코지 아야코 씨라면 대답은 '예'입니다. 그 아야노코지 아야코 씨가 맞습니다.

죽었다⋯⋯. 아니, 살해당했다? 아야코가? 플레임에게?

—여보세요, 산시로 씨? 대답해 주십시오. 여보세요?

혼란이 극에 달해 몸을 움직일 수 없었다. 주변 풍경이 급속도로 멀어져 간다.

—여보세요? 여보세요?

야하기의 목소리도 아득히 멀리서 들리는 것 같았다.

Ⅴ. 방랑자

1

그날은 산시로 생애 최악의 크리스마스이브였다.

감시는 당연히 중단됐고, 미야는 굳은 얼굴 그대로 아크 호텔 호시모리로 돌아갔다. 호텔을 나왔을 때보다 들어갈 때 가방이 더 크고 무거워 보였다. 야하기는 아야코의 살해 현장에 갔는지 그 뒤로 연락이 없었다.

집에 돌아간 산시로는 방 침대에 누워 멍하니 천장만 바라봤다. 어머니는 가렌의 장례식 때문에 쉰 시간을 만회하려고 야근하는지 밤이 깊어도 돌아오지 않았다. 뭔가에 홀린 사람처럼 TV를 켜 봤지만 선정적인 자막, 애처로운 배경 음악과 함께 아야코의 죽음을 보도하는 뉴스가 나와 바로 껐다.

아야코도 작은 점으로 흩어지는 걸까. 가렌이 그랬던 것처럼.

아야코의 죽음으로 인해 가렌의 파편화도 더 거세지고 있을 것이다.

산시로는 휴대폰 전원을 끄고 컴퓨터 코드도 뽑았다.

그리고 침대에 누워 이불을 뒤집어쓴 채 눈을 감고 귀를 틀어막았다.

다음 날인 12월 25일.

9시가 지나 1층에 내려가니 어머니는 일하러 가고 없었다. 어젯밤 언제 돌아오고 오늘 아침 언제 나갔는지도 불분명하다. 느낌상 간밤에 한숨도 못 잔 것 같지만 그래도 얕은 잠에 든 듯했다. '겨울 방학이라고 늦잠 자면 안 돼. 오늘 밤도 늦을 것 같아.'

그렇게 적힌 메모가 아침밥과 함께 식탁에 놓여 있었다.

어머니는 일상으로 돌아가기 위해 필사적으로 애쓰고 있다. 나와 달리 어머니가 일하며 가렌을 잃은 슬픔을 어느 정도 정리했으면 좋겠다고 산시로도 바랐다.

그러나 동시에 너무 무리하는 게 아닐까 하고 걱정도 됐다. 아야코가 죽었다는 소식에 반응이 없는 것도 불안하다. 뉴스를 챙겨 볼 시간도 없을 정도로 바쁜 걸까.

아침밥을 먹고 간 흔적이 없는 것도 신경 쓰인다. 일터에서 해결하는 걸까, 아니면……

산시로가 미야의 연락을 받아 아크 호텔 호시모리에 간 건 오후가 되어서였다.

1201호. 야하기의 방.

"솔직히 힘든 게 사실입니다. 그제는 오토미야 씨의 부탁으로 밤새 간자키 레이를 감시했고, 어제는 플레임 사건 때문에 또 밤을 새웠으니까요. 노쇠한 몸에 연이은 밤샘은 고통스럽습니다."

노쇠한 몸이라는 건 과장된 말이겠지만 확실히 야하기의 눈 밑에는 짙은 다크서클이 드리워져 있었다. 거기에 원래도 안색이 좋지 않은데 지금은 병원에서 막 탈출한 환자처럼 얼굴이 창백했다.

"적어도 그저께 밤을 새우지만 않았어도 괜찮았을 겁니다. 아니, 밤을 새워도 뭔가 하나라도 수확이 있다면 이렇게까지 피곤하지 않았을 텐데."

노골적인 비아냥거림에도 창가에 앉은 미야는 대꾸 없이 가만히 창밖만 보고 있다. 하지만 지금 그녀의 망막에는 호시모리만이 비치지 않을 것이다.

야하기는 반응 없는 미야를 보며 어깨를 으쓱하고 침대에 앉았다. 그 후 두 사람 다 입을 다물어서 무거운 침묵이 방 안을 가득 메웠다.

"야하기 씨. 어제는 집에 가신 거 아니었어요?"

산시로는 침묵을 깨려고 일부러 입을 열었다.

"갈 계획이었죠. 하지만 밤샘 후 운전하기 불안해서 여기 와서 잠깐 눈을 붙이고 가려고 했습니다. 그렇게 꾸벅꾸벅 졸고 있는데 제가 키운 형사…… 아니, 절 신봉하는 형사에게 전화가 걸려 왔습니다."

어떤 전화였는지는 묻지 않아도 안다. 야하기의 설명이 끝나도 미야가 입을 열지 않아 다시 침묵이 퍼졌다.

"아야코는 어떤 상황에서 발견된 건가요?"

아무리 기다려도 입을 열 기색이 없어서 산시로는 어쩔 수 없이 사건을 언급했다.

"이건 사실 외부인에게 해도 되는 이야기는 아닙니다만, 그래도 산시로 씨는 아마야 세이시로 씨의 아들이고 오토미야 씨의 조수시기도 하니."

야하기는 거창하게 운을 떼고 설명을 시작했다.

12월 24일. 한부모 가정인 아야코의 집에서는 일하러 간 어머니 대신 아야코 혼자 집을 지키고 있었다. 22일 밤 가렌의 경야 의식을 마치고 돌아온 후 아야코는 컨디션이 좋지 않아 침대에 거의 누워 있었다고 어머니인 아야메가 증언했다.

24일 아침 8시에 아야메가 집을 나설 때도 아야코는 2층 사기 방에서 잠들어 있었다.

신고가 접수된 건 오후 5시 5분. 소방대가 출동했을 때 집에서는 불길이 치솟고 있었다. 다행히 불길 자체는 더 번지기 전에 진압했지만, 1층 거실에서 불탄 사람의 시신이 발견됐다. 그리고 그 시신이 화재의 원인이라는 결과가 나왔다.

소방대원의 통보로 경찰이 집에 도착한 건 오후 5시 22분이었다. 야하기는 그로부터 약 30분 후 현장에 들어갔고, 아야메와 연락이 닿아 시신이 그녀의 딸인 아야코일 가능성이 커졌다.

오후 8시 16분, 생전 아야코와 치열이 일치한다는 점에서 피해자의 신원이 아야노코지 아야코로 최종 결론 내려졌다. 시신은 테이프로 입이 봉해지고 두 손과 두 발에 수갑이 채워진 채 온몸에 등유를 뒤집어쓴 상태였다. 사인은 화상. 감식반원은 그녀가 산 채로 불태워져 사망한 것으로 추정했다.

범인이 침입한 경로는 시신이 발견된 거실 창문이었다. 2층과 달리 거실에서 범인과 피해자가 몸싸움을 벌인 흔적이 나왔다. 이 같은 사실로 미루어 보아 아야코는 용변이나 식사 등의 이유로 1층에 내려왔다가 습격을 당했을 가능성이 컸다.

현장에서는 범인이 사용한 것으로 추정되는 성냥도 발견됐다. 아야노코지 모녀는 비흡연자이기 때문에 범인의 것으로 보이지만 시중에서 흔히 구할 수 있는 제품이라 성냥으로 소유자를 특정하는 건 불가능했다. 그 밖의 다른 유류품은 발견되지 않았다.

위와 같은 이유로 수사본부는 이번 사건을 네 번째 플레임 사건으로 의심하고 있지만, 이번 피해자는 다른 피해자들과 달리 집 안에서 산 채로 불타 죽었다는 점 때문에 섣불리 단정 짓지 않고 신중히 수사를 이어 가고 있다.

"지금까지 밝혀진 내용은 대략 이 정도입니다."

설명을 마친 야하기는 선글라스를 벗고 피곤한 것처럼 미간을 문질렀다.

"소방서에 신고가 접수된 시간이 오후 5시 5분. 범인이 아야코 씨 집에 침입한 시간과 아야코 씨의 몸에 불을 붙인 시간은 아직 불명확하지만, 일단 5시 5분 전에 간자키 레이가 집에서 나가지 않았다면 그가 플레임이 될 수는 없겠지요. 어떻게 생각하십니까? 오토미야 씨."

야하기는 대답을 기대하듯 미야를 봤지만 미야는 여전히 고개를 돌리지 않고 창밖만 보고 있다. 설명을 들었는지도 분명치 않다. 야하기는 결국 체념한 듯 다시 산시로를 돌아봤다.

"어땠습니까?"

"저희가 감시를 시작한 12시 이후 레이 씨는 집 밖으로 한 발짝도 나가지 않았어요."

"감사합니다. 팰리스 L에서는 그가 있는 집의 문과 창문을 전부 감시할 수 있었죠. 즉, 오토미야 씨와 산시로 씨의 눈을 피해 그가 집에서 나갈 수는 없었다는 뜻입니다. 이로써 간자키 레이는 플레임이 아니라는 게 증명됐군요."

"두 사람은 공감각이 없으니 모르는 거야."

그제야 미야가 입을 열었다.

"난 볼 수 있어. 그 붉은 목소리는 잔혹한 살인마의 목소리야. 틀림없어."

"그렇게 말씀하셔도 저희는 공감각자가 아니니."

야하기는 비꼬듯 받아치고 덧붙였다.

"그럼 이렇게 생각해 보는 건 어떨까요? 간자키 레이는 의대생입니다. 수업에서 실험용 동물 등을 죽이기도 하겠죠. 그 시간을 유독 좋아하기 때문에 그의 목소리가 붉게 보이는 겁니다. 칭찬할 만한 건 아니지만, 아무튼 오토미야 씨의 눈에 보이는 건 '생명을 빼앗으려는 사람의 목소리'입니다. 그 생명이 꼭 인간일 필요는 없지 않을까요?"

"대상이 사람이 아닌데 목소리가 붉은 사람은 지금껏 본 적이 없어."

"지금까지 없었을 뿐이지 그가 기념할 만한 첫 사례일지도 모르죠."

"야하기 씨 말씀이 맞아요. 그리고 레이 씨가 그때 밖에 나가지 않았다는 건 미야 씨가 가장 잘 아시잖아요. 그런데도 여전히 레이 씨가 플레임이라고 주장하시는 건가요?"

"주장해."

망설임 없는 즉답이었다.

"어제 집에서 나온 간자키 레이는 평소보다 더 짙은 붉은색 목소리로 말했어. 그건 바로 조금 전에 사람을 죽이고 온 사람의 목소리였어. 뭔가 속임수 같은 걸 쓴 거야."

"평소보다 더 짙은 붉은색이었다는 건 미야 씨의 착각 아닐까요? 그리고 대체 어떤 속임수를 써야 출입구가 아닌 다른 곳으로 집을 빠져나갈 수 있죠?"

미야는 분한 듯 얇은 입술을 깨물었다.

"만약 추리 소설이라면 원격 살인 같은 것일 수 있겠지만, 트릭을 알지 못하는 상태로는 어쩔 도리가 없죠. 오토미야 씨, 그래도 꼭 간자키 레이를 플레임으로 만들고 싶다면 '공범'은 어떨까요? 간자키 레이의 알리바이를 만들기 위해 오토미야 씨와 산시로 씨가 감시하는 동안 다른 공범이 아야코 씨를…….아차, 증거를 전혀 남기지 않는다는 점에서 플레임은 단독범이다. 그제 오토미야 씨가 그렇게 말씀하셨죠. 잊고 있었네요. 그렇다면 역시 간자키 레이가 아야노코지 아야코 씨를 살해하는 건 불가능하지 않을까요?"

미야는 입술을 꽉 깨물었다.

"설마 '아야코 씨 살해범만 모방범'이라고 말씀하시지는 않겠죠? 플레임, 즉 간자키 레이 감시를 시작하자마자 때마침 모방범이 살인을 저질렀다? 아무리 그래도 그건 너무 터무니없는 우연 같습니다. 간자키 레이는 플레임이 아닙니다. 이제는 인정하시는 게 어떨까요?"

"그렇게 말하면 감시를 시작하자마자 플레임이 범행을 저지른 것도 터무니없는 우연 아니야?"

"'플레임 감시를 시작하자마자 때마침 모방범이 범행을 저질렀다'보다는 그나마 그럴싸한 것 같습니다만."

미야는 입술을 더 세게 깨물었다. 산시로는 내심 한숨을 내쉬었다.

미야 씨는 지금 간자키 레이 설에 지나치게 집착하고 있다. 어떻게 해야 레이가 플레임이 아니라고 인정할까.

야하기는 "오토미야 씨의 그런 표정을 보는 건 신선하네요" 하고 여유롭게 미소 지으며 말을 이었다.

"사실 안 좋은 소식이 하나 더 있습니다. 아직 언론에 발표되지 않았지만 어젯밤 늦게 호시모리만에서 시신이 한 구 떠올랐습니다. 무거운 추 같은 것에 매달려 한동안 바다에 가라앉아 있었던 것으로 보인다더군요. 사망한 지는 열흘 정도 지난 것으로 추정되고요. 부패와 손상 정도가 심각했지만 시신에서는 죽은 후 불탄 흔적도 발견됐습니다."

야하기의 말을 오롯이 이해하기까지 시간이 필요했다.

"다섯 번째 플레임 사건이 일어났다는 말인가요?"

"아마도. 지금으로서는 아직 신원 확인이 되지 않았고, 시신 손상 때문에 나이와 체격 등도 파악하기 어려운 상황입니다. 그나마 알 수 있는 건 피해자가 여성이라는 점과 영양 상태가 좋지 않았다는 것 정도라더군요. 실종자 명단을 살피고는 있지만 조건이 일치하는 사람이 없는 것으로 보니 이번에도 노숙인일 가능성이 큽니다. 그렇다면 오이타, 사카이 씨 사례와 유사하다는 점에서 플레임의 범행을 의심해야겠죠. 참고로 피해자가 정말 노숙인이라면 간자키 레이와의 연관성도 없을 것 같습니다. 물론 신원이 특정되지 않는 이상 단정할 수는 없지만요."

"호시모리만에서 시신이 나온 건 의외지만, 다른 피해자가 있을 거라고는 알고 있었어."

깜짝 놀랐지만 미야가 괜한 자존심 때문에 이런 말을 하는 건 아닌 듯했다. '일어날 수밖에 없었던 일'이라는 듯 지극히 담담했다.

"그건 놀라운 발언이군요. 자세히 설명해 주시겠습니까? 오토미야 씨."

"가렌이 살해된 이유가 '간자키 레이가 플레임인 걸 알아차렸기 때문'이라면, 그 사실을 어렴풋이 알고 있던 가렌이 결정적인 순간, 즉 간자키 레이가 누군가를 살해하는 현장을 목격했을 가능성도 충분하잖아. 그러니 아직 발견되지 않았을 뿐이지 조만간 불탄 시신이 더 나올 수 있다고 예상한 거야. 발견 순서로 치면 다섯 번째지만, 시간순으로 보면 가렌이 죽기 전 살해된 세 번째 피해자 아닐까."

"그 말은 즉, 오토미야 씨는 아직 발견되지 않은 피해자가 있다는 걸 알면서도 저에게 비밀로 하셨다는 말이군요."

"알고 있었던 게 아니라 예상한 거야. 다만 시신이 호시모리만에 가라앉아 있을 줄은 몰랐어. ……간자키 레이는 다른 시신은 왜 바다에 버리지 않았을까. 시신 유기 장소에도 어떤 의도나 목적이 있는 걸까? 그리고 시신을 불태운 것과는 어떤 관계가……."

중간 이후부터는 거의 독백에 가까웠다.

"미야 씨 말씀대로 다섯 번째 시신과 가렌이 관련 있다고 해도 이미 레이 씨가 플레임이 아니라는 건 확실해요. 아야코 사건에서 레이 씨에게는 완벽한 알리바이가 있으니까요."

산시로는 일부러 그 점을 다시 한번 강조했다.

"가렌은 **진짜** 플레임의 살해 현장을 목격했다. 그래서 입막음으로 살해당했다. 다섯 번째 시신이 호시모리만에 버려진 데는 깊은 의미가 없을 거예요. 플레임은 정신 이상자이니 어디까지나 자신만의 논리로 사람을 죽이고 태우고 있으니까요. ……죽기 전 가렌의 모습이 왠지 이상했던 걸 설명할 수 없다는 건 같지만……."

"저 역시 간자키 레이가 이번 사건에는 관여하지 않았다고 봅니다. 어제만 해도 오토미야 씨의 공감각 때문에 간자키 레이가 모방범일 수 있겠다고 생각했지만, 아야노코지 아야코 씨 사건이 발생해 그 가능성은 폐기됐죠. '간자키 레이는 플레임의 모방범이고 아마야 가렌을 살해했다. 그런 간자키 레이가 감시를 당하자마자 두 번째 모방범이 아야노코지 아야코를 살해했다'. 이는 '간자키 레이가 감시당하자마자 때마침 모방범이 범행을 저질렀다'라는 것만큼이나 현실에서는 일어나기 어려운 우연입니다. 절대 불가능하다고 단언할 수는 없지만, 간자키 레이에게 살인과 시신 소각의 동기가 없다는 점을 고려하면 검토할 가치가 극히 낮죠.

다만 전 산시로 씨와 달리 오이타 가나에 씨, 사카이 기요미 씨, 그리고 다섯 번째 시신까지 세 건은 플레임의 소행이고, 아마야 가렌 씨와 아야노코지 아야코 씨의 두 건은 '진짜 모방범'의 소행이라고 생각합니다."

"하지만 아야코만은 '상태'가 달랐잖아요."

그 '상태'를 구체적으로 말하면 '아야코만 다른 피해자들과 달리 집 안에서 산 채로 불탔다'라는 것이지만, 역시 입에 담기는 꺼려졌다.

"그런데도 정말 가렌과 동일범의 소행으로 생각해도 되는 건가요? 서로 다른 모방범의 소행일 수도⋯⋯."

"'진짜 모방범'은 경찰이 폐공장을 조사한다는 걸 알고 더는 그곳을 이용할 수 없겠다고 판단했다. 그러니 어쩔 수 없이 집에 직접 침입해 아야코 씨를 붙잡아 그녀를 살해하려던 찰나, 예상치 못한 저항을 받아 급히 그녀의 몸에 불을 붙이고 도망쳤다, 라고 추측해 볼 수도 있겠죠. 아니면 단순히 수사를 교란하는 게 목적이었을 수도 있고요. 가렌 씨와 '상태'가 달랐다고 해서 모방범을 여러 명으로 단정 짓는 건 섣부른 판단입니다. 오히려 가렌 씨와 아야코 씨가 친구였다는 점을 고려하면 '진짜 모방범'은 한 명이라고 보는 게 타당합니다."

야하기는 그렇게 설명하고 노트북을 펼쳐 그저께 미야가 작성한 메모에 항목을 추가했다(○는 추가 항목).

'이상자 설' 제시자 - 산시로

● 오이타, 사카이 살해 동기와 시신 소각 및 유기 이유
- 범인의 이상성 때문
● 아마야 가렌의 살해 동기와 시신 소각 및 유기 이유
- 범인의 이상성 때문
● 사건 전 가렌의 모습이 이상했던 것과 사건의 연관성
- 설명 불가(사건과는 무관?)
○ 아야노코지 아야코 살해 동기와 시신 소각 이유
- 범인의 이상성 때문
○ 다섯 번째 시신(시간순으로 치면 세 번째 피해자?)의 살해
   동기와 시신 소각 및 유기 이유
- 범인의 이상성 때문
○ 비고
- 간자키 레이는 이상성이 인정되지 않았고 아야코 살해도
   불가능. 따라서 플레임이 아님

'모방범 설' 제시자 - 야하기

● 오이타, 사카이 살해 동기와 시신 소각 및 유기 이유
- 범인의 이상성 때문
● 아마야 가렌의 살해 동기와 시신 소각 및 유기 이유

- 플레임 모방범의 소행
● 사건 전 가렌의 모습이 이상했던 것과 사건의 연관성
- 현재로서는 알 수 없지만 여기에 모방범을 특정할 단서가
  있을 것으로 추정
○ 아야노코지 아야코 살해 동기와 시신 소각 이유
- 가렌 살해와 관련 있는 것으로 보임
○ 다섯 번째 시신(시간순으로 치면 세 번째 피해자?)의 살해
  동기와 시신 소각 및 유기 이유
- 범인의 이상성 때문(아마야 가렌의 죽음과는 무관)
○ 비고
- 간자키 레이가 모방범일 가능성은 소멸. 오이타, 사카이,
  다섯 번째 시신은 플레임, 가렌과 아야코는 모방범의 범행

'간자키 레이 설' 제시자 - 미야

● 오이타, 사카이 살해 동기와 시신 소각 및 유기 이유
- 설명 불가
● 아마야 가렌의 살해 동기와 시신 소각 및 유기 이유
- 간자키 레이가 입막음을 하려고 살해한 후 수사 교란을 위
  해 시신을 소각, 유기함
● 사건 전 가렌의 모습이 이상했던 것과 사건의 연관성
- 사건 전 가렌의 모습이 이상했던 건 간자키 레이가 플레임

이라는 걸 알아차렸기 때문

○ 아야노코지 아야코 살해 동기와 시신 소각 이유

- 설명 불가(간자키 레이는 알리바이가 있으니 범행 불가능)

○ 다섯 번째 시신(시간순으로 치면 세 번째 피해자?)의 살해
  동기와 시신 소각 및 유기 이유

- 설명 불가

○ 비고

- 간자키 레이는 동기와 이상성이 없고 아야코 살해도 불가
  능했기 때문에 플레임이 아님(붉은 목소리라는 의문만 남음)

"이렇게 보면 역시 제 모방범 설이 가장 설득력 있네요. 무엇
보다 모든 사건을 설명할 수 있으니까요. 이번 사건에는 정신
이상 살인마인 플레임과 그 모방범의 범행이 겹쳤습니다. 그래
서 더 복잡해졌죠. 하지만 정보를 정리하면 적어도 가렌과 아
야코 씨 사건은 두 사람에게 원한을 품은 자의 범행으로 추측
할 수 있습니다."

"확실히 모방범 설이 가장 깔끔하기는 하지만 역시 정답은
아니라고 생각해요. 어제도 말씀드렸지만 제 여동생은 누군가
에게 살해당할 만큼 원한을 살 아이가 아니었어요. 아야코도
마찬가지였고요."

"누군가가 어떤 이유로 원한을 품을지는 알 수 없는 법이죠.
인간이야말로 타인은 이해할 수 없는 이유로 아무렇지 않게 다

른 사람을 원망할 수 있는 존재이기 때문입니다.

어쨌든 그럼 저와 산시로 씨는 간자키 레이 설을 부정한다는 점에서 일치하네요. 간자키 레이를 플레임이라고 생각하는 분은 오토미야 씨뿐입니다. 맞죠?"

미야에게는 조금 미안하지만 엄연한 사실이니 산시로도 "그러네요" 하고 동의했다.

"그런 이유로 오토미야 씨, 간자키 레이 설은 이제 그만 폐기하시죠."

미야는 당장에라도 두 볼에 바람을 넣을 것처럼 불만 가득해 보였지만 잠시 후 힘없이 한숨을 쉬었다.

"그래, 알겠어. 그럼 날 일단 아야코 씨 집에 데려다줄래? 현장을 확인하고 싶어."

"굳이 말씀드릴 것도 없겠지만 지금 그곳은 관계자 외 출입금지입니다. 게다가 지금은 감식도 진행 중이라 가만히 결과를 기다리는 게 더 효율적일 것 같습니다."

"나한테는 공감각이 있어. 폐공장 때처럼 감식에서는 보이지 않는 게 보일 수도 있다고."

하지만 그 공감각에 미야는 계속 휘둘리고 있는 게 아닐까. 다른 사람은 보지 못하는 걸 본다는 것은 장점이 될 수도 단점이 될 수도 있을 텐데, 미야에게는 지금 난섬으로 작용하는 것 같다.

반면 산시로의 머릿속에서는 무언가가 조금씩 형태를 이루기 시작했다.

현 단계에서는 모든 게 단편적이라 큰 의미가 있어 보이지 않는다. 그러나 티끌 모아 태산이라는 말이 있듯 이 모든 게 한 곳에 모이면 뚜렷하게 진실이 그려질 수도······.

그러나 아직 사건의 전모는 보일 듯 보이지 않고, 잡힐 듯 잡히지 않았다.

"어쩔 수 없군요. 그럼 오토미야 씨 말씀대로 하죠. 차로 모셔다드리겠습니다. ······아, 그전에 전화 한 통 하고 싶은데 먼저 가서 기다려 주시겠습니까?"

"응. 차 앞에서 기다릴게."

미야는 야하기에게 대답하고 산시로 쪽을 봤다.

"산시로 군도 같이 갈 거지?"

산시로는 개운치 못한 마음으로 고개를 끄덕였다.

2

보기만 해도 고급스러워 보이는 야하기의 차를 타고 아야코의 집에 도착했다.

주변에는 이미 기자들이 몰려와 있었다.

산시로도 만난 적 있는 여기자가 카메라맨처럼 보이는 스태프와 화기애애하게 담소를 나누고 있다. '카메라가 돌 때만 슬퍼하다니' 하고 화를 낼 정도로 어린애는 아니다. 이 사람도 오늘 이곳에 일하러 온 것이다. 다른 사람의 죽음을 슬퍼하며 사시사철 어둡게 가라앉아 있다가는 버틸 수 없다. 어쩔 수 없는 일이다.

다 알지만, 거친 말뚝으로 가슴을 후벼 파는 듯한 이 불쾌한 감정은 뭘까.

야하기는 아야코의 집 바로 앞에서 차를 세웠다. 야하기가 앞장을 서고 산시로, 미야가 뒤따랐다. 문 앞에 선 경찰관이 입을 열려고 할 때 야하기는 위협적으로 경찰수첩을 꺼내 들었다.

"경찰청의 야하기입니다. 이분들은 피해자의 지인입니다. 피해자의 어머니께 인사드리고 싶다고 합니다."

그야말로 일방적인 통보였다. 경찰은 왠지 못마땅해하면서도 마지못해 길을 비켜 줬다.

그때 뒤에서 발소리가 들렸다. 이쪽을 향해 똑바로 걸어오는 소리.

"넌 출입 금지야."

발소리의 주인공이 입을 열었다. 고개를 돌린 산시로는 무심코 소리쳤다.

"겐지!"

아야코가 죽었다는 소식을 듣고 집에 왔다가 우연히 우리를 만난 걸까.

그러나 겐지의 얼굴에는 우연한 만남을 기뻐하는 기색이라곤 없었다.

오직 분노만 가득했다.

"안녕하세요, 탐정님."

겐지가 미야 앞에 서서 입을 열었다. 목소리가 평소와 다름 없는 게 오히려 무섭다. 핏발 선 눈동자는 분출되기 직전의 마 그마를 연상시켰다.

"실례지만 탐정님은 뭘 하고 계셨나요?"

"응?"

산시로도 무심코 몸이 떨릴 만큼 날카로운 눈빛으로 쏘아봐 도 미야는 지극히 침착했다.

그런 모습이 겐지의 분노를 더 자극한 듯했다.

"플레임 말이야, 플레임. 알면서 모르는 척하지 마."

말투에서 경어도 사라졌다. 옆에 있던 경찰이 분위기가 심 상치 않은 걸 느끼고 겐지의 어깨를 붙잡으려다가 망설이는 모 습을 보였다. 곧 뭔가를 말하려고 했지만 이번에는 야하기에게 제지당해 결국 얼굴을 찡그린 채 입을 다물었다.

"당신, 간자키 레이가 플레임이라고 단정했지? 그렇게 잘 아 는데 왜 아야코를 죽게 내버려뒀어? 말이 돼?"

격분한 겐지가 미야의 멱살을 잡았다. 여자치고 키가 크다고 해도 가녀린 몸이 가뿐히 들어 올려졌다. 그렇게 까치발로 서 있어도 미야는 겐지의 손을 뿌리치지 않았다. 오히려 한 치도 겁먹은 기색 없이 겐지의 눈을 빤히 바라봤다.

"겐지, 레이 씨 일은 우리도 어쩔 수 없었어. 어제 레이 씨를 감시하는 동안에 사건이 일어난 거야. 그러니 미야 씨만 탓하는 건…….”

“나도 알아!”

짐승 같은 포효였다. 그는 산시로가 아는 평화주의자 사오토메 겐지가 아니었다.

아마 가렌을 만나기 전 겐지의 모습 아닐까.

가렌 때문에 사라져 버린, 예전의 겐지.

“탐정님을 비난하는 게 번지수가 틀렸다는 건 나도 안다고. 하지만 어쩔 수 없어. 플레임이…… 그놈이 가렌을 죽여 놓고…… 살인마 주제에 또다시 뻔뻔하게…… 난 평화주의자인데…… 제길…….”

겐지는 말을 잇지 못하고 어깨를 조금씩 떨며 거칠게 토해냈다. 손은 여전히 미야의 옷깃을 움켜쥐고 있다.

그러나 잠시 후 결국 천천히 손을 내려놓았다.

“아야코 일은 미안해. 전적으로 내 책임이야.”

발이 땅에 닿고 나서야 미야는 입을 열었다.

아니에요, 미야 씨. 미야 씨만의 잘못이 아니에요.

산시로는 속으로만 그렇게 중얼거리고 구겨진 재킷과 블라우스를 매만지지 않는 미야에게 차마 말을 걸지 못했다.

“하지만 앞으로는 맹세컨대 새로운 피해자가 나오게 두지 않아. 내가 반드시 플레임을 잡을 거야. 그러니 용서해 달라는 건 아니지만, 조금만 기다려 주겠니?”

"제가 뭐라고 용서를…… 죄송합니다."

겐지는 힘없이 중얼거리고 요란하게 한숨을 내쉬었다.

"소란을 피웠네요. 이만 가 보겠습니다. 말씀하신 대로 탐정님을 믿고 얌전히 기다릴게요. 전 평화주의자니까……. 그럼 산시로, 아니 조수, 힘내."

경찰이 훈계 한마디 할 새도 없이 겐지는 당당하게 경례를 한 번 하고 재빨리 자리를 떴다.

떠나기 전 얼굴이 웃고 있었다. 하지만 그것은 평화주의자가 되려고 억지로 지어낸 어색한 미소였다.

한 번만 더 자극받으면 마그마가 터져 버릴 듯한 아슬아슬한 미소.

겐지는 점점 감정을 제어 못 하고 있다. 가렌을 위해 만든 평화주의자의 인격이 무너지려 하고 있다.

이게 다 플레임 때문에.

산시로는 두 주먹을 꽉 쥐었다.

"겐지 군은 역시 귀여운 것 같아."

이제야 옷 주름을 펴는 미야는 오히려 즐거운 듯 말했다. 겐지 앞에서 보인 엄숙한 표정은 온데간데없이 산시로를 돌아봤다.

"그럼 가 볼까?"

그렇게 묻더니 대답도 듣지 않고 성큼성큼 아야코의 집으로 들어간다.

"감정 전환이 빠른 분이에요."

"금세 얼굴에 다시 미소가 돌아온 걸 보면 그렇죠. 하지만 전 곤란해하거나 고민하고 두려워하는 오토미야 씨 쪽이 훨씬 마음에 듭니다. 조금 전 그 소년, 이름이 사오토메 겐지라고 했나요? 벼르고 온 것마냥 기세가 대단하던데 결국 그렇게 끝나 아쉽네요. 오토미야 씨의 단정한 얼굴에는 고뇌의 그늘이 어울립니다. 아까 호텔에서 봤던 그런 표정을 더 자주 보고 싶습니다만."

그래서 말리려는 경찰관을 제지한 걸까. 산시로는 어이없어하면서도 일단 미야의 뒤를 따랐다.

플레임 때문에……. 그렇게 주먹을 쥐자마자 머리에 떠오른 그림은 기분 탓으로 넘기기로 했다.

그렇다. 이제 와서 굳이 그런 걸 왜.

서랍에 고이 넣어 둔 서바이벌 나이프 같은 걸 떠올릴 이유가 없다.

절망이 사람이 되어 옷을 걸치면 지금 눈앞에 있는 여자이지 않을까.

아야코의 어머니 아야노코지 아야메를 보자마자 산시로는 그렇게 느꼈다.

아야메는 작고 아담했던 아야코와 달리 키가 크고 날씬한 분이었다. 외국어로 발음하는 생소한 일을 한다고 들었다. 혼자 딸을 키워 온 커리어우먼으로, 주말과 공휴일을 가리지 않고 바쁘게 일한다고 했다. 그런 가정환경이 비슷한 점도 가렌과 아야코가 친해진 이유였을지 모른다.

2년 전쯤 아야코와 함께 쇼핑을 나온 아야메를 산시로는 딱 한 번 마주친 적이 있었다. 그때는 아야코의 어머니답게 밝고 명랑한 분이라는 인상을 받았다.

하지만 지금은 당시 흔적은 티끌도 찾아볼 수 없다.

어젯밤에는 어쩔 수 없이 호텔에서 묵었지만 오늘은 딸의 장례 준비를 위해 돌아왔다고 했다.

"또 무슨 일로 오신 거죠?"

아야코의 집은 낡기는 하지만 '저택'이라 해도 무방할 만큼 크고 넓었다. 산시로와 미야는 작은 일본식 방으로 안내받아 들어갔다. 사건 현장인 거실에는 들어갈 수 없고, 그걸 떠나 아야메도 두 번 다시 발을 들이고 싶지 않은 듯했다.

"제가 아는 건 다 말씀드렸잖아요. 이 모든 건 크리스마스이브에 몸이 좋지 않은 딸을 혼자 두고 일하러 간 제 잘못이에요. 그걸로 충분하지 않나요?"

"불편 드려 죄송합니다. 하지만 사건을 종합적으로 한 번 더 정리하기 위해 말씀을 여쭙고 싶습니다."

공손하게 고개를 숙이는 야하기는 정중하면서도 요구를 끝까지 관철시키려는 자 특유의 태도로 말했다. 산시로는 내심 아야메에게 동정심을 느꼈다.

야하기의 기세에 눌렸는지 잠시 후 아야메는 힘없이 고개를 끄덕였다.

"……네, 알겠습니다. 그런데 그쪽 분들은?"

"안녕하세요. 전 아마야 산시로라고 합니다. 동생이 아야코와 친하게 지냈습니다. 이분은 호시모리 고등학교 졸업생인 오토미야 미야 씨입니다."

산시로가 대답하자 옆에서 미야가 정중히 고개를 숙였다.

"아, 가렌의 오빠 산시로구나. 미안, 아줌마가 깜빡했네……."

알아봐 줘서 다행이지만 억양 없는 목소리가 가슴을 아프게 했다. 산시로가 "아니에요. 오히려 힘드실 텐데 맞아 주셔서 감사합니다" 하고 고개를 숙이자 아야메는 힘없이 고개를 끄덕이고 미야 쪽을 봤다. 움푹 팬 두 눈으로 미야의 은발이 신기한 듯 보며 물었다.

"졸업생이라고 하셨는데 딸과 어떤 사이였나요?"

"올봄에 졸업생들이 학교에 가서 오리엔테이션을 했거든요. 그때 아야코와 알게 되어서 친해졌답니다."

사전에 입을 맞춘 거짓말이었지만 미야는 사실처럼 능숙하게 연기했다. '은발은 타고난 것'이라는 빤히 보이는 거짓말을 할 때도 있지만, 이렇게 전혀 다른 면모를 보일 때도 있다. 알면 알수록 신기한 여자다.

"정말 슬프고 안타깝고 화가 나요. 플레임을 용서할 수 없어요."

힘없이 중얼거리는 말은 아마 진심일 것이다. 아야메는 멍한 얼굴로 "그래요. 머릿결 관리 잘해요"라고 엉뚱하게 대답하고 야하기를 돌아봤다.

"근데 왜 딸의 친구들까지 온 건가요?"

"사실 겉보기와 달리 오토미야 씨는 우정을 매우 소중하게 여기는 분입니다. 생전 아야코 씨를 평생 추억하기 위해 가능하다면 작은 유품을 하나 받아서 간직하고 싶다고 합니다. 맞죠?"

미야는 얌전한 얼굴로 고개를 끄덕였다.

"아, 그렇군요. 경찰에서 허가하신 거면 괜찮겠죠. 원하는 걸로 가져가세요⋯⋯."

평소라면 의심했겠지만 지금의 아야메를 설득하기에는 충분한 구실이었다. 수사를 위해서라고 해도 뭔가 미안했다.

"감사합니다. 그럼 오토미야 씨와 산시로 씨는 아야코 씨 방에 가셔도 됩니다. 물론 뭘 가져가시기 전에는 제 허락을 꼭 받으시고요."

그렇게 당부하고 야하기는 다시 아야메를 봤다.

"그럼 힘드시겠지만, 어제 아야코 씨가 어땠는지 제게 다시 한번 들려주시겠습니까?"

야하기의 모습은 '이분은 내가 맡을 테니 가서 조사하고 싶은 게 있으면 하고 와'라고 해석해도 될 것 같았다.

"네⋯⋯. 아, 산시로. 아야코의 방은 2층 계단을 올라가면 바로 나온단다. 천천히 둘러보고 오렴."

"감사합니다."

공손하게 고개를 숙이고 나가는 미야를 따라나서기 전 산시로는 아야메를 살짝 엿봤다.

그녀의 모습은 가렌을 잃은 직후 어머니의 모습과 겹쳐 보였다.

"저분, 걱정되네."

미야는 긴 복도를 걸으며 일본식 방을 둘러봤다.

"목소리가 새파랗더라."

새파랗다. 미야의 눈에 그렇게 보이는 목소리는 자살을 원하는 사람의 목소리다.

"또 구해 주실 건가요?"

"또?"

"마린 타워에서 절 구해 주셨잖아요. 그렇게 아주머니의 마음도 달래 주시면 좋을 것 같아서."

"그건 무리야. 사실 그렇게 한 건 산시로 군이 처음이거든. 무슨 말을 해야 좋을지도 모르고."

"그런가요? 전 파란 목소리를 보실 때마다 그렇게 하시는 줄 알았어요. 익숙해 보였거든요."

"아니. 새파란 목소리를 그리 흔히 볼 수 있는 것도 아니야. 평소에는 거의 탁한 파란색만 보이거든. 진심으로 죽을 배짱도 없는 사람들의 목소리."

산시로도 움찔할 정도로 냉담하게 내뱉고 미야는 앞을 봤다.

"내가 할 수 있는 일은 플레임을 붙잡는 것뿐이야. 다른 희생자가 나오기 전에."

냉담한 건 똑같지만 미야는 굳게 다짐하듯 결연히 말했다.

아야코의 방에 들어가기 전 먼저 살해 현장인 1층 거실로 향했다. 입구에 출입 금지를 알리는 통제선이 있지만 그 안에는 아무도 없었다.

"현장 검증은 끝난 것 같네요. 자유롭게 조사할 수 있겠어요. ……어라?"

그렇게 말하다가 퍼뜩 깨달았다. 돌이켜보니 아야코의 집에는 현관을 지키고 선 경찰 외에는 다른 경찰 관계자가 한 명도 보이지 않았다.

"형사님들은 다 돌아가신 걸까요? 바로 어제 사건이 일어났고 아주머니도 오셨으니 몇 명 정도는 남아 있어도 될 것 같은데……."

"능숙하게 조사를 마치고 지금쯤 다 같이 수사 회의라도 하고 있지 않을까?"

미야는 별로 관심 없다는 듯 말했다.

'능숙하게'라는 표현은 요시노가리 경감과 거리가 멀어 보이지만, 애초에 살인 현장에 몇 명의 경찰관이 얼마나 오래 머무는지 산시로는 알지 못했다. 속으로 그냥 그런 것이겠거니 생각하고 거실을 다시 둘러봤다.

어제 있었던 화재 진압 때문에 전체적으로 물기가 남아 있는 상태였다. 바닥에는 밟기가 망설여지는 화려한 카펫이 깔려 있었다.

그곳 거의 중앙에서 약간 창가 쪽으로 검게 그을린 자국이 넓게 퍼져 있다.

그을음을 중심으로 천장과 벽에도 불탄 흔적이 남아 있다. 아야코 모녀가 둘이 쓰기에 너무 큰 소파와 식기장도 마찬가지였다.

아야코는 별말 하지 않았지만, 어쩌면 전에 더 많은 가족이 이 집에 살지 않았을까.

"여기서 아야코는 몸에 등유가 끼얹어진 채 바닥에 쓰러진 후 불이 붙었겠지. 그리고 카펫에 옮겨붙은 불이 벽과 천장을 태웠고, 얼마 후 그걸 본 이웃 주민이 소방서에 신고했을 거야."

통제선을 넘어 거실에 들어간 미야가 냉정하게 상황을 분석하기 시작했다. 산시로는 '여기서 아야코가 죽었구나' 하는 묘한 생각에 사로잡혔다.

아직은 아야코가 살해된 것 자체가 질 나쁜 농담처럼 느껴졌다. 지금이라도 소파 뒤에서 '몰래카메라였습니다!' 하고 아야코가 튀어나올 것 같았다.

"피해자 중 오직 아야코만 산 채로 불에 탔어. 게다가 현장도 폐공장이 아니고. 다른 피해자들과 명백하게 상황이 달라. 물론 플레임은 맥락도 없이 닥치는 대로 사람을 죽이고 불을 지르고 있다고 볼 수도 있겠지. 다만 여기에 모방범이 개입될 경우……."

왼손을 가볍게 말아 쥐고 혼잣말을 하는 미야의 입에서 레이의 이름이 나오지 않아 산시로는 안도했다. 물론 미야의 성격으로 봤을 때 아직 방심할 수 없다.

미야는 그 뒤로도 연신 혼잣말을 중얼거리며 창가로 갔다. 전면 창의 자물쇠 부근에 바깥에서 테이프를 붙인 흔적이 있고, 유리가 깨져 있다. 범인은 이곳을 통해 거실에 침입한 듯하다. 테이프는 아마 유리 깨지는 소리가 울려 퍼지지 않게 붙였을 것이다.

"아무래도 이곳에는 단서가 없을 것 같네. 아야코의 방으로 가자."

그 말을 신호로 두 사람은 다시 2층으로 올라갔다.

아야코의 방은 분홍색 카펫이 깔린 소녀다운 방이었다. 단, 소녀 앞에 '초등학교 저학년'이라는 말을 덧붙일 필요도 있어 보였다.

벽에 여아용 애니메이션 캐릭터 포스터가 잔뜩 붙어 있고, 선반에는 아이들이 좋아할 만한 봉제 인형들이 보였다. 거기에 이불에도 귀여운 캐릭터 그림이 그려져 있다. 이불이 걷혀 있는 건 아야코가 마지막으로 침대에서 나간 상태 그대로여서일 것이다.

"범인이 이 방에도 들어왔을까요?"

"야하기 씨가 말하길 아야코는 1층으로 내려갔을 때 공격당한 것 같다고 하니 가능성은 작겠지만 단정할 순 없겠지. 범인이 정말 플레임이라면 그는 흔적을 남기지 않는 천부적인 재능을 타고났으니까. 물증으로 해결할 수 없다는 특수성이 사건을 더 복잡하게 하고 있어."

미야는 방 안을 돌아다녔다.

"눈에 띄는 물건은 감시반이 전부 가져간 걸까……. 여기에도 단서가 될 만한 건 없어 보이네. 컴퓨터라도 남아 있다면 플레임과의 연결 고리를 찾을 수 있을 텐데. 내가 먼저 조사하게 해 주지, 야하기 씨도 참 센스가 없다니까."

"아무리 그래도 그건 어렵지 않을까요."

"뭐, 인정해. 범행 현장이 다른 곳도 아니라 이 집이니 경찰을 먼저 들여보낼 수밖에."

그런 문제가 아니고 컴퓨터 분석이라면 경찰이 더 잘하지 않겠냐는 말이었는데.

"어쩔 수 없지. 컴퓨터 분석 결과는 나중에 야하기 씨에게 듣기로 하고……. 아, 그러고 보니 아야코가 장례식 때 뭔가 이상한 사이트를 추천했다고 하지 않았니?"

"아야코는 평소에도 이상한 사이트를 자주 추천해서 다 기억은 못 하지만…… 아마 'PSYCHO의 방'이었던 것 같아요."

"흐음. 한번 들어가 볼까?"

스마트폰을 꺼내 검지로 화면을 빠르게 두드리는 미야 옆에서 산시로도 화면을 들여다봤다. 사이트는 금세 나왔다. 어두운 계열로 통일된 사이트가 브라우저에 표시됐다.

배경은 검정, 글자는 진한 빨강. 'PSYCHO의 방'이라는 으스스한 사이트 이름 아래에는 '방황하는 어린 양들이여, 언제든 나에게로 오라'라는 문구가 보였다.

"이게 무슨 사이트랬지?"

"잘은 모르지만 인생 상담 사이트라고 들었어요. 관리인인 PSYCHO 씨라는 분이 방황하는 어린 양들, 그러니까 방문자들의 고민을 듣고 조언해 준다고 하던데요. 자작곡 같은 것도 업로드한다고……."

"인생 상담이라. 여긴가 보네."

미야는 '위대한 복음'이라고 적힌 메뉴명을 클릭하더니 곧이어 "와, 이게 대체 뭐야" 하고 어이없어했다. 산시로도 비슷한 심정이었다.

'남편이 바람을 피우는 것 같아요. 어떻게 해야 할까요?'

—당신도 바람을 피워라.

'좋아하는 여자애한테 '웃는 모습이 징그러워'라는 말을 들었어요.'

—징그러운 게 매력이 되도록 노력해 보라.

처음 눈에 들어온 고민 상담 두 건만 읽어도 더 읽기 싫어졌다. 아야코는 이런 사이트를 나한테 추천한 걸까. 사이트에 접속하지 않아서 다행이라는 생각이 절로 들었다.

"지푸라기라도 잡는 심정으로 올리는 거겠지. 이런 조언을 듣는다고 고민이 전혀 해결될 것 같지 않지만. 아야코는 장난

삼아 이 사이트를 너한테 추천한 걸까? 아니면 진심으로?"

"진심이었을 거예요, 분명."

"참 독특한 아이였네."

메인 페이지로 돌아가 이번에는 'Song'이라고 적힌 메뉴를 클릭해 봤다. MP3 음악 파일이 업로드돼 있다. 이게 바로 아야코가 말한 '죽고 싶지 않아지는 노래'인가. 산시로가 "별로 듣고 싶지 않아요"라고 해도 미야는 거침없이 파일을 클릭했다. 로딩 화면이 나오더니 잠시 후 노래가 흐르기 시작했다.

"우와……."

첫 인트로부터 귀를 막고 싶어졌다. 멜로디는 표절이라 해도 좋을 만큼 국민 가수로 유명한 어느 여가수의 데뷔곡과 비슷하지만 원곡과 비교하면 어딘가 이상하다. 음악에 대한 지식이 없어 구체적으로 설명하기 어렵지만 어쨌든 어색한 느낌이 강했다.

"그 곡을 엉망으로 편곡하면 딱 이런 식이겠네. 싸구려 작곡 소프트웨어로 만들었을 텐데 어떤 의미로는 대단한 것 같아."

미야는 오히려 감탄하는 듯했다.

서글픈 리듬으로 변한 그 대히트곡에 허밍 소리가 얹혀졌다.

—루루루, 루루루, 루루루, 루루루, 루루루.

그렇게만 들리는 가공된 목소리. 이제는 정말 말도 얹고 싶지 않다. 이건 들으면 죽고 싶거나 죽고 싶지 않아지는 것 이전의 문제다. 누구나 한번 들으면 두 번 다시 듣고 싶지 않을 노래가 분명하고, 멜로디도 귀에 남지 않았다.

한마디로 엉망진창이었다.

재생 시간을 보니 곡 전체 길이가 30분이나 됐다. 비슷한 리듬이 끝없이 반복될 수도, 어떤 지점에서 변조가 등장할 수도 있지만 도저히 끝까지 들을 엄두가 나지 않았다.

이런 사이트에 접속해서 내가 정말 기운을 차릴 거라고 믿었을까. 전부터 이상한 아이라고는 생각했지만, 아야코는 대체 무슨 생각이었을까.

하지만 그 '이상한 아이'가 이상한 사이트를 추천해 주는 일은 앞으로 없다.

문득 시야가 흔들리고 눈시울이 뜨거워졌다. 다음 순간, 아야코의 죽음을 처음 현실로 느낀 동시에 자책이 밀려왔다.

나는 가렌뿐 아니라 가렌의 친구도 지키지 못했다.

모든 게 내 잘못이다.

그렇게 자책하는 자신을 보며 더 놀랐다.

미야 씨. 미야 씨만의 잘못이 아니에요. 조금 전 겐지에게 비난을 들은 미야를 그렇게 위로해 주려고 했는데. 가렌과 달리 아야코를 지키겠다고 맹세한 적도 없는데.

하지만 어쩌면 이것은 '탐정'이건 '조수'건 '형사'건 '인형'이건을 떠나 사건을 '수사하는 자'들의 숙명일지 모른다. 새로운 희생자가 나온 순간, 사건을 수사하는 자들은 크든 작든 이런 감정을 느낄 수밖에 없다.

왜냐하면 그 '수사하는 자'들이 기계가 아닌 인간이기 때문이다.

미야가 아야코의 죽음을 받아들이며 자신을 탓한 건 필연이었다.

이 여자는 왜 굳이 이런 운명을 짊어지면서까지 탐정 일을 하려는 걸까. 그토록 정신력이 강한 걸까. 외모만 보면 유리 공예품처럼 가녀린데.

산시로는 천천히 미야를 바라봤다.

미야는 스마트폰을 꼭 쥐고 화면을 뚫어지게 보고 있었다.

"미야 씨?"

대답하지 않는다.

"미야 씨!"

목소리를 높이자 그제야 미야가 놀란 듯 고개를 들었다. '우두커니' 하는 자막이 보일 것 같은 평소 미야답지 않은 표정이었다.

"왜 그러세요? 설마……."

자책 때문에 무너져 버린 걸까.

긍정하는 대답이 돌아올까 봐 머뭇거리고 있자 미야는 겸연쩍게 미소 지었다.

"이, 미안. 의외로 개성 있는 좋은 곡 같아서 말이야."

"노래를 듣느라 정신이 팔려 있었던 거예요?"

도저히 이해할 수 없지만, 클래식에 조예 깊은 미야의 귀에는 명곡으로 들릴 수도 있나 보다.

괜히 걱정했다.

그 후 두 사람은 방 안을 다시 둘러봤지만 거실과 마찬가지로 별다른 특이점은 찾지 못했다. 플레임과 연결된 단서도 없었다.

결국 아야코의 집 조사는 성과 없이 끝났고, 산시로는 무력감과 자책에 더해 초조함까지 느끼게 됐다.

3

같은 날 저녁. 아크 호텔 호시모리 1201호.

야하기는 콧노래를 흥얼거리며 짐을 정리하고 있었다.

"오늘 밤은 집에 돌아갑니다. 어제 정말 고생했으니까요."

미야는 창가 의자에 앉아 그런 야하기를 보고 있었다.

아야코의 집에서 나온 뒤 산시로는 "오늘은 너무 피곤해요" 하고 집에 돌아갔다. 갈 때 외친 "내일부터는 또 마음껏 부려 먹어 주세요"라는 말과 달리 얼굴에서 내면의 피로가 그대로 묻어났다.

그 아이의 균형이 무너지고 있는지도 모른다.

사건을 더 일찍 해결할 수 있다고 믿었기에 '조수' 일을 맡겼는데.

"아, 물어보신 그 컴퓨터 건 말인데, 아무래도 분석에 시간이 조금 걸릴 것 같습니다. 아야노코지 아야코 씨는 평소에도 컴퓨터를 끼고 살았는지 하드디스크에 이상한 소프트웨어와 파일이 가득 차 있다고 하네요. 다만 그 안에 플레임과 연결될 만한 단서가 있을지는 모르겠습니다. 제 직감으로는 별로 기대하지 않는 게 좋을 것 같네요. 그건 그렇고, 이번에는 오토미야 씨도 유독 실수 연발 아닌가요?"

"실수 연발?"

미야는 무표정한 얼굴로 턱을 괴며 물었다. 야하기는 눈으로만 웃으며 속내를 살피듯 나직이 입을 열었다.

"본격적으로 수사를 시작한 지 단 사흘 만에 간자키 레이를 플레임으로 단정하셨죠. 하지만 그건 완전히 잘못된 판단이었습니다. 아야노코지 아야코 씨 사망 당시 간자키 레이에게는 완벽한 알리바이가 있으니까요. 그리고 아이러니하게도 오토미야 씨께서 바로 그걸 증명할 수 있는 증인인 상황. 산시로 씨 앞에서는 일부러 말하지 않았지만, 오늘 아야코 씨 집에 간 진짜 목적도 간자키 레이가 어떤 트릭을 썼는지 확인하고 그 증거를 찾으려는 것 아니었나요?"

"예리하네."

"이래 봬도 전에는 장래를 촉망받던 인재였습니다."

자신만만하게 한쪽 눈을 찡긋 감는 야하기. 윙크한 걸까. 입까지 감정이 연동되면 조금은 귀여웠을 텐데.

"칭찬받은 김에 하나 더 추리해 보자면, 오토미야 씨는 결국 간자키 레이가 어떻게 아야노코지 아야코 씨를 살해했는지 그 트릭을 밝히지 못했습니다. 아닌가요?"

미야가 긍정도 부정도 하지 않고 있자 야하기는 말을 이었다.

"명확히 말씀드리죠. 간자키 레이가 아야노코지 아야코 씨를 살해하는 건 불가능합니다. 그는 오토미야 씨나 산시로 씨에게 들키지 않게 그 집에 드나들 수 없었습니다. 어떤 트릭을 써도 불가능합니다. 아니, 트릭이랄 게 있을까요. 간자키 레이가 순간 이동이라도 할 수 있다면 이야기가 달라지겠지만."

"그런 사람이 있을 리 없잖아."

야하기는 "아시는군요" 하고 조롱 섞인 웃음을 터뜨렸다.

"이번에 오토미야 씨가 실수하신 이유는 이번 사건을 '와이더닛'으로 판단하셨기 때문입니다. 공감각으로 플레임을 식별한다, 아니 **식별할 수 있다고 믿었기** 때문에 '후더닛'에 대한 검증을 팽개치셨죠. 간자키 레이의 목소리를 붉다고 잘못 보셨기 때문에 존재하지 않는 동기를 찾다가 헤매게 된 겁니다."

잘못 본 게 아니다. 정말 붉었다.

하지만 그렇게 주장해 봐야 누구도 알아주지 않는다. 유일하게 곁에 남아 있는 거나 마찬가지인 이 엘리트 경찰 관료도 마찬가지다.

"타인의 실패 원인을 분석할 정도로 여유 있나 보네."

미야는 대신 그렇게 받아쳤다.

"만약 내가 여기서 사건을 해결 못 하면 **예의 그것**에 맞추지 못하는 거 아니야?"

"최악의 경우 다른 데서 점수를 벌어서 맞추면 되니 걱정 안하셔도 됩니다. 그보다 오토미야 씨야말로 저에게 반발할 여유가 없을 것 같은데요. 최근 제가 의뢰한 사건에서 실패를 거듭하고 계시니."

"실패했다고 보지 않아. 전부 확실히 해결됐어."

"인정합니다. 하지만 제 요구를 충족시키지는 못했죠."

선글라스 너머 눈빛이 약간 싸늘해진 느낌이다. 기분이 상한 걸까.

그래도 상관없다.

"그래. 확실히 야기 씨에게 반발할 처지가 아니라는 건 인정해. 그래도……."

"내일부터는 또 마음껏 부려 먹어 주세요."

기세등등하게 외치고 미야와 헤어져 집에 돌아온 산시로는 불단 앞에서 손을 모아 가렌에게 인사하고 방에 들어가 침대에 누워 있었다.

'오늘 밤도 늦을 거야'라고 적힌 메모처럼 어머니는 아직 돌아오지 않았다. 지금이 늦은 시간인지도 모르겠다. 머리가 욱신거렸고 시계를 보고 싶지 않았다.

죽었다. 가렌, 그리고 아야코도.

둘 다 아직 고등학생인데, 살해당했다.

그것도 모자라 불태워졌다.

무력감과 자책, 초조함이 뒤섞여 아무 생각도 할 수 없었다.

간신히 형태를 이루는 사고는 오직 하나.

가렌. 내가 너에게 해줄 수 있는 건 역시 아무것도 없는 걸까?

그때 아래층에서 현관문이 열리는 소리가 들렸다. 어머니가 돌아온 듯하다. 간신히 고개를 들어 시계를 봤다. 아직 6시 반. '오늘 밤은 늦을 거라고 하지 않았나' 하고 의아할 겨를도 없이 쿵 하고 뭔가가 쓰러지는 소리가 아래층에서 울려 퍼졌다.

뭐지? 산시로는 반사적으로 일어나 계단을 뛰어 내려갔다.

현관문 앞에는 어머니가 엎드린 채 쓰러져 있었다.

"엄마!"

서둘러 어머니의 몸을 일으켰다.

차갑고, 무거웠다.

"엄마, 왜 그래?"

"산시로…… 미안하다…… 정말 미안…….."

어머니는 핏기 없는 입술을 바르르 떨며 잠꼬대처럼 같은 말을 반복했다.

가렌의 장례식날 밤에 봤던 것처럼 표정이 텅 빈 껍데기처럼 공허하다.

그때 본 옆얼굴은 역시 환상이 아니었던 걸까.

"대체 뭘 사과하는 거야? 괜찮아. 됐어."

산시로는 애써 밝게 웃으며 어머니를 부축해 거실로 갔다.

난방을 켜고 부엌에서 뜨거운 차를 끓여 오자 어머니는 비로소 안정을 조금 되찾은 듯했다.

낯빛은 여전히 유령처럼 창백하지만.

가렌이 죽고 나 역시 많이 초췌해졌지만 어머니는 그 이상이다. '누가 봐도 모자지간인 걸 알 수 있는 얼굴'이라는 말을 자주 들었는데 예전과는 완전히 달라져 버렸다.

"오늘 늦는다고 하지 않았어?"

이렇게 마주 보고 대화하는 게 얼마 만일까. 어머니가 장례 준비 때문에 바쁘게 움직이기 시작한 뒤로 둘이서 차분히 대화할 기회가 없었다. 경야 때도 어머니는 가렌의 유골함만 가만히 바라보고 있어서 차마 말을 걸 엄두가 나지 않았다.

"응. 원래는 바빠서 조금 더 늦게까지 있어야 하는데, 안색이 좋지 않다며 얼른 집에 가라고 하더라. 손님을 맞아야 하는 매장 담당이 정말 한심하지……. 미안하다, 산시로."

"그러니까 왜 자꾸 사과하냐니까. 나한테 미안할 건 하나도 없는데."

산시로가 기억을 더듬으며 "그러고 보니 경야 전날 저녁에도 사과했잖아"라고 하자 어머니는 힘없이 미소 지었다.

"아니, 너에게 사과해야 할 게 두 개나 있어. 하나는 장례식 준비와 뒷정리를 내가 독차지했다는 것. 몸이라도 바쁘게 움직이지 않으면 도저히 못 견딜 것 같았거든. 너도 함께하고 싶어 한다는 걸 알았지만 내 감정만 우선해 버렸어. '산시로가 힘들 테니 모든 걸 나 혼자 해야 해'라고 억지로 믿었어. 그럴 리 없는데도. 정말 미안."

"신경 쓰지 마. 나도 나대로 이것저것 하고 있었으니까."

"너도 집에 가만히 있으면 너무 슬퍼서 그런 거겠지."

"엄마가 느끼는 슬픔이 조금이라도 줄었다면 그걸로 만족해."

이미 짐작하고 있었기에 밝게 대답할 수 있었다. 바로 "두 번째는 뭐야?"라고 묻자 어머니는 대답했다.

"산시로, 너를 두고 죽으려고 했다는 거야."

─아빠가 먼저 세상을 떠났을 때 엄마는 죽고 싶을 정도로 슬펐단다. 앞으로 어떻게 살아야 할지 모르겠더라. 하지만 너와 가렌을 두고 죽을 수는 없었어. 그래서 열심히 일하기로 한 거야.

─자전거를 타는 것처럼 멈추면 그대로 쓰러질 텐데, 문득 아빠가 생각날 때마다 다리가 몇 번이나 멈출 뻔했어. 그래도 너와 가렌의 얼굴을 떠올리며 간신히 지금껏 달려왔고.

─잠깐 멈춰도 괜찮겠다고 생각하게 된 건 그로부터 몇 년이 흐르고 나서였어. 너희와 함께 사는 행복을 깨닫게 됐지. 너희를 키우는 게 내 삶의 의미라고 믿었어.

─그런데 어느 날 갑자기 가렌을 빼앗기고 만 거야. 아빠를 빼앗겼을 때와 같은 고통을 또 몇 년이나 겪어야 한다니. 또 그 자전거를 계속 타야 한다니. 정말 견딜 수 없었어. 게다가 충

격이 간신히 조금 가라앉을 무렵에는 다음으로 산시로, 너까지 빼앗길지도 모른다는 공포가 찾아와 남은 인생을 캄캄한 어둠 속에서 헤맬 것만 같았어.

─그래서 죽으려고 한 거야.

─식사를 거르고 잠을 안 자면 몸이 점점 쇠약해지지. 그렇게 서서히 목숨을 끊을 수 있어. 물론 이러면 안 된다는 건 알고 있었어. 너를 두고 세상을 떠나는 건 무책임할뿐더러 용서받을 수 없는 일이니까. 하지만 내 안의 또 다른 내가 속삭이더구나. '괜찮아. 산시로는 걱정하지 않아도 돼. 걔는 내년에 고등학교를 졸업하고 혼자서도 잘 살 애야. 네 마음을 이해해 줄 거야. 조금 이기적이어도 괜찮아'라고.

"그런 속삭임을 들으며 이성이 조금씩 마비된 것 같아. 최근 며칠은 끼니를 거르고 잠도 제대로 못 잤어. 그러다 결국 이렇게 된 거야. 하지만 아까 네가 날 부축해 줄 때 정신이 번쩍 들더라. 내가 아들을 두고 혼자 목숨을 끊으려 하다니, 어떻게 그런 생각을……. 미안하다, 산시로. 정말 미안해……."

탁자로 숙인 어머니의 얼굴에서 눈물이 뚝뚝 떨어졌다.

"엄마……."

비난할 수 없다. 나도 며칠 전 비슷한 생각을 했으니까. 만약 미야가 옆에 없었다면 단순히 생각에 그치지 않고 실행에 옮겼을 수도 있다.

엄마와 난 정말 닮았구나. 얼굴뿐 아니라 사고방식도.

미야가 보면 두 사람의 목소리는 분명 똑같이 파랗게 보일 것이다.

어머니의 손을 꼭 잡았다. 뼈 모양이 느껴질 만큼 바짝 야위었다.

"엄마는 그냥 지쳤을 뿐이야. 정말 목숨을 끊을 거였다면 한 번에 죽었을 거야."

산시로는 최대한 부드럽게 말했다.

"그렇게 하지 않은 건 다 날 생각해서겠지. 그러니 이제 사과하지 마. 오늘 저녁은 내가 만들게. 그걸 먹고 오늘은 푹 자. 조금은 기운이 날 거야. 알겠지?"

어머니는 눈물을 흘리며 어린아이처럼 몇 번이고 고개를 끄덕였다.

어머니가 잠자리에 든 걸 확인하고 산시로는 방으로 돌아갔다.

무력감, 자책, 초조함도 이제는 사라졌다.

가슴에 남은 건 어두운 감정뿐이다.

플레임이 죽인 건 가렌만이 아니다. 오이타 씨, 사카이 씨, 아야코, 다섯 번째 시신만도 아니다.

평화주의자인 겐지.

아야코의 어머니 아야메.

그리고 내 어머니까지.

그밖에 얼굴도 모르는 사람들이 지금도 플레임에게 살해당할 위기에 처해 있다.

그 죄는 목숨으로 갚아야 한다.

플레임은 살 가치가 없다. 어두운 감정이 초래한 생각이지만 엄연한 사실이다.

가렌은 폭력을 증오했다. 폭력을 세상에 퍼뜨리는 플레임이 살아 있기를 바랄 리 없다.

그렇다. 이것이 바로 가렌을 위해 내가 할 수 있는 일이다.

처음 내린 답이 옳았던 것이다.

산시로는 서랍을 열어 서바이벌 나이프를 꺼냈다. 조심스레 칼집에서 칼을 빼낸다.

크고 날카로운 칼날이 피를 찾아 헤매는 흡혈귀의 송곳니처럼 빛났다.

이 녀석을 뿌리까지 네 심장에 꽂아 주마. 네 죄의 무게를 느끼며 발버둥 쳐라. 경찰 눈을 피해 뒤에서 히죽거리며 범행을 거듭해 온 너에게 걸맞은 대가다, 플레임.

아니, 잠깐.

뒤에서 히죽거린다고?

문득 머릿속에 번개 같은 섬광이 스쳤다.

만약 이 번뜩임이 사실이라면……. 미야가 생각했던 것과 다르지만, 이것이 '와이더닛'의 정답……? 그렇다면 '후더닛'도 해결……?

플레임은 바로 그 사람 아닐까.

머리에 스친 번뜩임을 되새기며 고민하고 있을 때 휴대폰이 울렸다. 발신 번호 표시 제한으로 걸려 온 전화다. 누굴까. 산시로는 서바이벌 나이프를 다시 칼집에 넣고 전화를 받았다.

"여보세요."

―안녕.

미야였다. 그러고 보니 내가 아직 미야의 전화번호를 모른다는 걸 깨달았다.

―안 잤어?

"네. 아직."

시계를 보니 10시가 막 지나 있었다.

―다행이네. 피곤하겠지만 부탁이 하나 있어. 들어줄래?

"뭐죠?"

―간자키 레이 씨에게 사과하고 싶어.

예상도 못 한 말에 소스라치게 놀랐다.

―아야코 사건이 일어났을 때 레이 씨는 분명 그 집에 있었어. 그러니 그 사람은 플레임이 아니야. 나도 이제 인정해야 할 것 같아.

드디어……. 산시로는 미야가 눈치채지 못하게 안도의 한숨을 내쉬었다.

―그래서 말인데, 사죄의 의미로 레이 씨에게 식사를 대접하

고 싶어.

"네? 레이 씨 성격상 그런 건 사양할 것 같은데요."

—이대로 넘어가기에는 마음이 편치 않아. 그리고 레이 씨는 내 외모가 자기 취향이라고도 했잖아.

그러고 보니 그런 말을 들었던 게 기억났다.

—내일 '라 스리즈'에서 만나는 게 어떨까? 전에 네게도 잠깐 이야기한 그 케이크가 맛있는 가게야.

잠시 망설였지만 어쩌면 앙금을 풀 좋은 기회가 될 수도 있겠다는 생각이 들었다.

"네. 알겠어요. 연락해 볼게요."

—좋아. 그럼 잘 부탁해. 레이 씨를 꼭 데려와 줘. 부탁이야.

산시로와 통화를 마치고 미야는 화장대 앞에 앉았다.

—내일 저녁에 돌아올 건데…… 정말 그렇게 하실 건가요? 너무 아깝지 않습니까? 재고하시는 게 어떤가요.

야하기는 마지막까지 좀처럼 미련을 버리지 못했다. 야하기답지 않다.

자신과는 상관도 없는 일인데, 새삼 참 이상한 사람이다.

"자, 그럼 해 볼까."

미야는 오른손으로 은발을 하나로 묶으며 거울 속 오토미야 미야를 봤다.

반대편 손에는 가위가 들려 있었다.

4

12월 26일.

산시로는 레이와 함께 라 스리즈를 향해 가고 있었다. 미야와 약속한 시간은 오후 3시. 아직 여유가 있다.

어머니는 간신히 잠든 것 같다 싶으면서도 깨기를 반복했다. 오늘 하루라도 곁에 있어 주고 싶지만 미야와 레이의 화해를 옆에서 지켜보고 싶은 마음이 컸다. 잠든 어머니를 확인하고 곧 돌아오겠다는 메모를 남긴 후 집을 나섰다.

"신경 쓰지 않아도 되는데. 오히려 내가 미안하게 됐네."

"그렇게 말씀드렸는데도 미야 씨는 마음이 편치 않다고 하시더라고요."

"원래 남을 의심하는 게 탐정의 일이잖아."

그렇게 말하지만 레이도 기분 좋아 보였다. 오래전부터 여자관계가 화려했던 사람이고, 미야더러 '좋아하는 타입'이라고 한 것 또한 사교적인 빈말이 아니었을 수도 있다.

라 스리즈는 주택가 안쪽에 있었다. 주변이 화단에 둘러싸여 있다. 문 색은 프랑스 영화에 나올 법한 주홍색. 세련된 외관 곳곳에 센스가 돋보이는 카페였다.

"오토미야 씨가 이 가게 단골인가 보네."

"네. 호시모리시에 머무는 동안 단골이 됐고 점장과도 친해졌대요."

3시가 되어도 미야는 나타나지 않았다. 혹시 먼저 왔나 싶어 창문으로 가게를 들여다봤다. 아기자기한 인테리어에 걸맞게 카운터의 쇼윈도에서 케이크들이 보석처럼 진열돼 있었다.

미야는 안쪽 자리에 이미 앉아 있었다. 오늘도 회색 바지 정장 차림이다. 턱을 괴고 우두커니 앉아 있는 모습이 한 폭의 초상화 같다.

하지만 그녀의 얼굴을 본 순간 산시로는 경악을 금치 못했다.

"미야 씨가 안에 있는데…… 저 여자, 정말 미야 씨가 맞을까요?"

"그게 무슨 소리야? 화려한 은발 여자가 또 있을 리…….”

레이의 말이 끝나기도 전에 산시로는 라 스리즈로 뛰어 들어갔다.

"어서 오세요!"

점장의 우렁찬 인사에도 반응하지 않고 산시로는 곧장 미야의 자리로 향했다.

"안녕. 먼저 와 있었어."

미소 짓는 미야의 얼굴은 어제까지와 마찬가지로 아름다운 조각상 같지만.

"그 머리! 대체 어떻게 된 거예요?"

"아, 다행이다. 알아봐 줘서."

미야는 목덜미에 손을 대며 만족스럽게 미소 지었다.

"응. 싹둑 잘라 버렸어."

은발은 그대로다. 하지만 허리까지 내려오던 긴 머리카락이 흔적도 없이 사라지고 숏컷 스타일이 돼 있다. 얼핏 보면 천진난만한 어린 소년처럼 보이기도 한다. 긴 머리가 사라진 덕에 가늘고 긴 목이 더 강조됐다.

"그건 누구나 알아볼 거예요. 그런데 왜…… 그렇게 기른 머리를…… 아깝게……."

"네가 놀랄 줄은 몰랐네. 긴 게 좋았니?"

"꼬, 꼭 그런 건 아니지만."

불필요한 게 사라지는 만큼 긴 머리보다 짧은 머리가 외모를 속이기 어렵다. 언젠가 가렌이 읽던 패션 잡지에 그런 글이 적혀 있었다. 그때는 그냥 그런가 보다 생각했는데, 단발을 넘어 숏컷인 미야를 보니 그게 사실이라는 걸 자연히 알 수 있었다. 그전보다 미모가 더 돋보였다.

긴 머리일 때도 눈에 띄게 예쁘다고 생각했지만, 소년 같으면서도 상큼한 매력을 풍기는 이 헤어스타일도 꽤나……. 아니, 이렇게 속으로 분석할 때가 아니다. 여기서는 일단 '잘 어울리시네요'라고 가볍게 칭찬하고…….

"그런 헤어스타일도 잘 어울리시는군요, 오토미야 씨."

청량감이 느껴지는 목소리에 선수를 빼앗겼다. 레이가 어느새 산시로 뒤에 서 있었다. 미야의 머리에 정신이 팔려서 눈치채지 못했다.

"칭찬 감사해요. 산시로 군도 본받으렴. 여자가 헤어스타일을 바꾸면 칭찬부터 해야 하는 법이야."

"……너무 갑작스러운 이미지 변신이라 놀라서……."

이성을 대하는 데 레이와의 압도적인 능력 차이를 느끼며 산시로는 간신히 중얼거렸다. 미야는 온화한 얼굴로 "이미지 변신이라 할 수준은 아닌 것 같은데" 하고 품위 있게 손을 들어 의자를 권했다.

사흘 전 만났을 때처럼 산시로와 레이는 미야의 맞은편에 앉았다. 자리 배치만 같을 뿐 그때와 같은 무거운 분위기는 일절 없다.

"우선 먼저 사과드릴게요. 정말 죄송합니다."

레이가 앉자마자 미야는 진지한 얼굴로 깊숙이 고개를 숙였다.

"제가 레이 씨를 플레임으로 의심하는 바람에 얼마나 불쾌하셨을까요. 정말 면목이 없어요."

"아뇨, 괜찮습니다. 전 떳떳하니 언젠가 의혹이 풀릴 거라 믿었으니까요. 설마 이렇게 빠를 줄은 몰랐지만. 제가 운이 좋았네요. 아니, 이렇게 말하면 아야코에게 미안하군요."

레이의 얼굴에 그늘이 드리웠다. 친동생처럼 귀여워하던 가렌에 이어 가렌의 친구마저 살해됐다. 게다가 아야코는 평소 레이를 좋아해 잘 따르기도 했다. 의혹이 풀렸다 한들 마음 편할 리 없다.

"아뇨. 누구보다 면목 없는 사람은 저예요. 수사를 재정비해서 반드시 플레임을 잡을 거예요. 하지만 그전에 꼭 사과드리고 싶어서."

"신경 쓰지 않으셔도 됩니다."

"신경 쓰여요."

미야는 눈을 내리깔고 고개를 흔들었다.

"사건 해결에 급급한 나머지 레이 씨께 정말 큰 폐를 끼쳤어요. 죄송한 마음에 오늘 이 자리를 마련했고, 반성의 의미로 머리를 자른 거랍니다."

"그 일 때문에 머리를 그렇게 짧게 자르셨다고요?"

산시로의 질문에 미야는 진지한 얼굴로 고개를 끄덕였다.

"남자들도 어떤 일에 책임을 지려고 삭발할 때가 있잖아. 나도 처음에는 그러려고 했는데, 역시 삭발은 망설여지더라. 그럼 적어도 숏컷으로는 해야겠다고 생각했어. 이렇게 짧게 자른건 너무 오랜만이라 목이 휑한 게 어색하고 불안하기는 해. 머플러도 좋은 게 없어서 춥고."

책임지는 방식 또한 평범한 사람들과 동떨어져 있다. 레이도 비슷하게 느낄 것 같아 고개를 돌리자 그가 입을 열었다.

"삭발하지 않아서 정말 다행입니다. 그랬다면 과연 '잘 어울리시네요'라고 할 수 있었을지 모르겠네요."

레이는 담담한 얼굴로 말했다.

"저만 안 어울릴 뿐이지 그런 스타일이 어울리는 멋진 여성분도 많아요."

그제야 미야가 어렴풋이 미소 지었다. 레이가 화내지 않아서 긴장이 풀린 듯했다.

"아무튼 그래서 이 숏컷은 제 반성의 징표예요. 그리고 여기서부터는 제 사죄의 징표. 교코 씨!"

미야가 그렇게 외치자 카운터 너머에서 수염이 덥수룩한 건장한 점장이 나왔다.

……이 사람이 교코 씨? 그러고 보니 '어서 오세요'라는 목소리가 우렁차지만 묘하게 요염했던 것 같기도……

"교코 씨라고요? 아무리 봐도 남자분인데……"

"사소한 건 신경 쓰지 마."

산시로가 의아해하고 있자 미야는 '성별이 사소한 건 아니잖아요'라고 지적할 새도 없이 태연하게 손을 흔들었다.

교코 씨는 활짝 웃으며 커다란 쟁반을 들고 왔다. 쟁반 위에 케이크들이 빽빽이 놓여 있다. 딸기 쇼트케이크, 초콜릿, 녹차, 캐러멜, 푸딩…… 일일이 눈으로 좇으려 해도 절반도 안 돼 결국 숫자를 세는 걸 포기했다.

레이도 당황한 기색이 역력했다.

"너희가 미야짱의 친구들이구나. 숏컷 미야도 정말 귀엽지 않니? 아줌마 질투 나게."

수염이 무성한 얼굴로 '아줌마'니 '질투'라고 하는 게 어울릴리 없다. 야하기부터 시작해 미야는 괴짜를 주변에 불러 모으는 어떤 능력이라도 가지고 있는 걸까. 나만은 예외라고 믿고

싫었다.

"저…… 오토미야 씨, 이 엄청난 양의 케이크들은 뭔가요?"

"미야짱의 마음이야."

미야가 아닌 교코 씨가 대답했다.

"미야짱이 그랬어. 모두에게 케이크를 대접하고 싶다고. 정말 마음씨 착한 아이지. 아줌마가 얼마나 감동했는데. 사양 말고 마음껏 먹으렴."

"아니, 그런데 이렇게 많으면 가격도……."

"아, 신경 쓰지 마세요. 돈은 제가 낼 거니까요."

당황하는 레이를 향해 미야가 웃으며 말했다. 산시로는 얼떨결에 물었다.

"정말 괜찮으세요?"

"걱정 마. 이건 내 마음이야. 산시로 군도 나 때문에 고생 많이 했으니 편히 먹어도 돼."

"아니, 전……."

"괜찮아, 괜찮아. 아직 더 있어."

산시로는 레이와 눈을 마주쳤다.

그 후.

모든 케이크를 가져올 때까지 교코 씨는 카운터와 테이블을 세 번이나 왕복했다. 눈앞에 펼쳐진 케이크 과밀 지대. 단 걸딱히 싫어하는 건 아니지만 이 정도면 평범한 사람에게는 고문에 가깝다. 케이크를 먹기 전부터 레이의 얼굴에는 피곤한 기색이 역력했다.

"홍차도 있단다."

레이 앞에는 붉은색, 산시로 앞에는 파란색, 미야 앞에는 은색 찻잔이 놓였다. 조심스럽게 찻잔 안을 들여다보니 향기로운 붉은 액체로 가득 차 있었다.

"아줌마가 특별히 만든 '교코 로얄즈'야. 천천히 음미해 보렴."

의기양양하게 홍차 이름을 말하는 교코 씨를 보고 있자니 '제발 평범한 홍차로 바꿔 주세요'라고 부탁할 수 없었다.

"드디어 다 나왔네. 자, 그럼 먹어 볼까요."

케이크 군단을 앞에 두고 미야는 신이 난 것처럼 잔에 각설탕을 넣었다. 여기에 당을 더 넣는다고? 레이는 얼굴을 찌푸리며 말했다.

"단 걸 좋아하시나요?"

"아뇨, 특별히 그런 건 아니에요."

설득력 없는 대답이었다.

미야가 두 개째 각설탕을 넣자 레이는 속이 안 좋아졌는지 고개를 돌린 채 잔을 입에 가져갔다.

레이 씨, 괜찮으세요? 그전에 이 교코 로얄즈라는 차, 정말 사람이 마셔도 되는 차일까요.

산시로는 진심으로 그렇게 걱정했지만 다행히 레이가 별 반응이 없어서 자신도 용기 내어 교코 로얄즈를 한 모금 마셔 봤다.

독한 붉은색에 비해 의외로 맛이 평범하고 특별할 게 없는 홍차였다.

"그럼 잘 먹겠습니다."

신난 것처럼 녹차 케이크부터 먹기 시작하는 미야.

레이 씨에게 사죄한다는 핑계로 그냥 본인이 케이크를 먹고 싶었던 게 아닐까. 산시로는 속으로 의심하며 초콜릿케이크를 선택했다.

"……잘 먹겠습니다."

레이는 그렇게 말하면서도 케이크에는 손대지 않고 홍차만 홀짝였다.

"여기 케이크는 정말 맛있어요. 전부 교코 씨가 손수 만든 거예요. 천재 파티시에예요."

미야의 말대로 밍밍한 홍차와 달리 케이크는 맛있었다. 수염이 덥수룩한 외모로 이런 맛도 모양도 보석 같은 케이크를 만들다니.

"오토미야 씨, 하나 여쭤도 될까요?"

레이는 여전히 케이크에는 손대지 않은 채 물었다. 미야는 행복한 것처럼 케이크를 우물거리다가 진지한 레이를 보고 케이크를 먹는 손을 잠시 멈췄다.

"오토미야 씨는 갑자기 왜 저를 플레임이라고 단정하셨죠? 그때는 이유를 '비밀'이라고 하셨는데, 이제는 알려 주실 수 있을까요?"

미야는 레이를 빤히 쳐다보다가 말없이 포크를 내려놓고는 냅킨으로 입가를 닦고 결심한 듯 입을 열었다.

"저에게는 공감각이 있어요."

"공감각? 시네스테시아Synesthesia 말입니까?"

"네. 청각에 부수적으로 시각이 반응하는 공감각이에요. 즉, 소리에 색이나 형태가 보이죠."

"색청의 일종이군요. 놀랍습니다. 책에서 읽은 적은 있지만 실제 그런 분을 뵙는 건 처음이네요. 수만 명에 한 명꼴로 나타난다고 하니 언젠가 공감각자를 만날 기회가 있을 것이라 기대했지만 이런 식으로 실현될 줄은 몰랐습니다."

"제 경우는 상당히 특수해서 뇌뿐만 아니라 시세포도 함께 반응해 더 강력한 편이에요. 맨눈으로는 모든 소리가 보이는 탓에 부담이 커서 평소에는 전용 콘택트렌즈로 조절하고 있어요."

"시세포도……. 그렇군요. 그건 확실히 특수하네요."

의대생답게 레이는 공감각 지식을 가지고 있는 것 같다. 산시로 때와 달리 대화가 물 흐르듯 이뤄지고 있다.

"아무튼 그런 특수한 공감각자분을 만나 뵙게 되어 영광이군요. 하지만 제가 용의자가 된 것과 그게 무슨 관련이 있을까요?"

"아무리 콘택트렌즈로 조절해도 지울 수 없는 소리가 있어요. 바로 자살을 원하는 사람의 목소리와 살인을 원하는 사람의 목소리죠. 제 눈에 전자는 파랗게, 그리고 후자는 붉게 보인답니다."

솔직히 속내를 털어놓는 미야는 이제 레이가 플레임이라는 의심을 완전히 떨친 것 같았다.

"미야 씨는 레이 씨의 목소리 색을 잘못 본 거예요. 그래서 레이 씨가 플레임이라고 착각하셨죠."

산시로는 안심하고 농담하듯 대화에 끼어들었다. 그러나 미야는 대번에 세차게 고개를 흔들었다.

"아니, 잘못 본 건 아니야. 지금도 마찬가지고. 레이 씨의 목소리는 붉게 소용돌이치고 있어."

"아직도 그런 말씀을……."

"레이 씨, 저도 하나 물어도 될까요?"

미야가 산시로의 말을 가로막으며 다시 말했다.

"네. 뭐죠?"

"지금 그 '뭐죠?'까지 붉게 물들어 있어요. 레이 씨, 솔직히 대답해 주세요. 꼭 플레임이 아니라고 해도 레이 씨가 강렬한 살인 욕구를 가지고 있는 건 확실해요. 목소리가 시종일관 붉게 물들어 있다는 건 평소에도 속으로 끊임없이 살의를 불태우고 있다는 뜻이니까요. 희대의 살인마라고 의심해도 어쩔 수 없는 거예요. 레이 씨, 레이 씨는 대체 누구를 그토록 죽이고 싶은 건가요? 아니면 설마 누구를 이미 죽였나요?"

"미야 씨!"

이야기가 다르다. 화기애애하던 분위기가 단숨에 찬물을 끼얹은 듯 조용해졌다. 아무리 배려 깊은 레이여도 이 정도면 인내심의 한계를 느끼지 않을까.

그러나 산시로의 걱정과 달리 레이는 웃음을 터뜨렸다. 그렇게 우스워서 어쩔 줄 모르겠다는 듯이 어깨를 들썩이며 한참을 더 웃었다.

"……그런 이유로 의심받고 있었군요. 공감각 이야기를 조금만 더 일찍 해 주셨다면 미야 씨도 오해하지 않으셨을 텐데."

"오해요? 제가?"

"아, 오해라는 말은 적합하지 않을 수도 있겠습니다. 저에게는 확실히 죽이고 싶은 상대가 있으니까요. 평소에도 그를 죽이는 상상을 하고, 어떨 때는 그를 죽이고 싶어서 어쩔 줄 모르겠고, 만약 그가 제 앞에 나타나면 수단과 방법을 가리지 않고 즉시 죽이려고 달려들 겁니다. 그러고 나서 제가 어떻게 되는지는 상관없습니다. 그만큼 저에게는 강렬하게 증오하는 상대가, 분명히 있습니다."

"그게 누구죠?"

온화한 레이가 이토록 누군가를 증오하고 있었다니. 산시로는 반신반의하며 조심스레 물었다.

미야는 날카로운 눈빛으로 레이를 잠자코 응시하고 있다.

"누구겠어. 산시로."

순간 레이의 얼굴에서 미소가 사라졌다.

"플레임이지, 플레임. 가렌의 원수. 가능하다면 지금 당장 그 자식의 숨통을 끊어 놓고 싶어."

플레임.

그 이름을 입에 담는 레이의 얼굴은 분노와 한탄으로 일그러져 있었다. 조각처럼 다듬어진 얼굴이라 더 서슬 퍼렇게 느껴졌다.

하지만 산시로는 그런 레이를 보며 용기도 얻었다.

레이조차 이토록 플레임을 증오하고 있다. 내가 하려는 일은 역시 옳다.

그러나 이성이 지배하는 뇌 한편에서는 의심이 들기도 했다.

레이가 아무리 플레임을 당장 죽이고 싶을 정도로 증오한다고 해도 목소리가 스물네 시간 붉게 보일 수 있을까. 미야의 말처럼 그건 희대의 살인마 정도가 되어야 하지 않을까.

"플레임을 향한 강렬한 살의 때문에 제 목소리가 붉게 보인다……. 바로 그게 진실 아닐까요? 오토미야 씨."

"그렇군요……. 네, 그렇겠죠……."

미야는 석연치 않은 표정으로 대답하고 캐러멜 케이크를 입에 넣었다.

식사는 한 시간 정도 만에 끝났다.

라 스리즈에서 나온 미야는 크게 기지개를 켰다.

"휴, 잘 먹었다. 배불러."

그렇게 먹으면 누구나 배부를 수밖에 없다.

쓴웃음을 짓는 레이도 비슷한 생각을 하는 듯했다. 결국 케이크 대부분은 미야의 배 속으로 사라졌다. 가녀린 몸 어디에서 그토록 당분을 갈망하는 걸까.

"잘 먹었습니다. 맛있었습니다."

레이는 케이크에 거의 손을 대지 않았으면서도 정중하게 감사 인사를 했다.

"저야말로 와 주셔서 감사해요. 다음에 또 플레임 일로 이야기를 들으러 갈 일이 있을지도 모르겠어요. 그때는 물론 용의자가 아닌 가렌의 관계자로서."

미야는 레이에게 말하고 산시로를 돌아봤다.

"난 호텔에 가서 야하기 씨에게 오늘 일을 보고할 거야. 그후 사건을 조금 더 검토해 보려고 하니 오늘은 따로 움직이는게 어떨까? 밤에는 폐공장에 가 보려고. 혹시 놓친 게 있을 수도 있으니까. 뭔가 발견하면 내일 너한테도 알려줄게."

"네, 알겠습니다."

산시로도 혼자 움직이고 싶던 참이라 마침 좋았다.

"폐공장이라면 북쪽에 있는 그 공장 말인가요? 그런 곳에 대체 뭐가?"

'폐공장'이라는 단어에 레이가 반응하자 미야는 '아차' 하듯 혀를 살짝 내밀었다. 숏컷 때문에 꼭 장난을 들킨 소년 같다.

"비밀로 해 주세요. 그렇지? 산시로 군."

"레이 씨한테는 말해도 될 것 같은데요."

"아니, 나도 괜찮아. 궁금하긴 하지만 나도 그 공장에 좋은 기억이 없어서."

9년 전 사건을 암시하는 게 분명했다. 지금껏 살아오며 몇 안 될 레이의 실수일 것이기에 더는 언급하지 않기로 했다.

"그럼 내일 연락할게. 수사가 막다른 골목에서 빠져나올 수 있게 다시 열심히 뛰어야겠어."

미야는 추운 듯이 어깨를 움츠리며 차에 올라탔다. 평소처럼 안전 운전을 하는 차가 모퉁이를 돌아 자취를 감췄다.

레이가 기다렸다는 것처럼 입을 열었다.

"수사가 막다른 골목에 빠져 있었어?"

"네. 지금껏 미야 씨는 레이 씨를 플레임이라고 주장하며 한 발짝도 양보하지 않았으니까요. 전 레이 씨에게 동기가 없다는 이유로 반대했지만요. 결국 아야코 일이 일어나기 전까지 미야 씨는 공감각에 지나치게 의존했던 것 같아요."

"실제로 내가 플레임을 죽이고 싶을 정도로 증오하고 있으니 꼭 실수라고 할 수 없지."

레이는 어깨를 살짝 으쓱했다.

"아무튼 공감각자라니, 다음에 또 만나면 충분히 대화해 보고 싶은걸. 가능하면 둘이서만."

레이는 80퍼센트 정도 진심이 느껴지는 투로 말하고 씩 웃었다.

"자, 난 아직 리포트가 남아서 가야 할 것 같은데, 넌?"

"저도 들러야 할 곳이 있어서요. 오늘은 즐거웠습니다."

"그래. 앞으로도 오토미야 씨와 계속 함께 수사하는 거지? 조심해. 상대는 사람을 여럿 죽인 살인마니까."

"네."

그 후 레이도 떠나 산시로 혼자 남았다.

'들를 곳이 있다'라고 한 건 거짓말은 아니지만 그렇다고 진실도 아니었다. 어쨌든 빨리 혼자가 되어 생각을 정리하고 싶었다.

마침내 플레임의 정체를 알아냈으니까.

미야가 오늘 혼자 움직이겠다고 한 것도 결심에 힘을 실었다.

오늘로써 결판을 낸다.

평소 어머니가 자주 들르는 반찬 가게에서 조림 반찬 도시락을 사서 집에 돌아갔다. 그 후 잠든 어머니를 확인하고 도시락 위에 '갑자기 볼일이 생겼어. 늦게 올 것 같아. 미안'이라는 메모를 남기고 집을 나섰다. 뚜렷한 목적지도 없이 걸으며 추리를 재검토했다.

어젯밤 머리를 스친 번뜩임은 어떤 각도에서 검증해도 허점이 없다.

그러다가 내 가설이 결정적으로 맞다고 확신하게 된 건 오늘 라 스리즈에서의 만남 덕분이다.

아무리 플레임을 증오한다고 해도 살인마가 아닌 레이의 목소리가 미야의 눈에 왜 계속 붉게 보였을까.

'미야의 공감각은 강력하고 정확하니 레이의 목소리가 붉게 보였다'.

'레이는 살인마가 아니기 때문에 목소리가 붉게 보일 리 없다'.

모순되는 이 두 가지 가설이 양립할 수 있는 설명이 하나 있다.

이 설명은 어젯밤 나의 검증 결과를 뒷받침하기도 한다.

플레임은 틀림없이 그 사람이다.

그리고 아이러니하게도 이번 사건의 핵심은 **미야가 상상한 것과 다른 형태의 '와이더닛'**이었다.

물증이 있다면 더 완벽하겠지만 플레임은 자신의 기척과 흔적을 지우는 데 천부적인 재능을 타고났다. 물증으로는 그를 추적할 수 없다. 진실을 직접 눈앞에 들이밀며 자백을 받는 수밖에.

미야 씨, 확실히 전 헤이스팅스일지 몰라요. 하지만 말이죠. 헤이스팅스도 어떻게 하느냐에 따라 사건을 해결할 수 있답니다.

산시로는 주머니 위에서 서바이벌 나이프를 꼭 쥐었다.

5

호시모리 마린 타워. 오후 7시 30분.

들뜬 마음을 억누르며 마무리까지의 절차를 구상하다 보니 시간이 어느새 이렇게 됐다. 타워는 밤 8시에 문을 닫지만 앞으로 30분이면 충분하다.

마지막 결전 장소로 이곳을 택한 이유는 두 가지다.

하나는 이곳이 가렌과 추억이 깃든 장소이기 때문이다.

다른 하나는 플레임의 움직임을 봉쇄하기 위해서다.

플레임은 지금껏 교묘하게 사람들의 눈을 피해 악행을 저질러 왔다. 공공시설에서 대놓고 타인에게 위해를 가할 리 없다.

반면에 나는 잃을 게 없다.

미야에게 처음 공감각 이야기를 들은 마린 타워 라운지. 플레임이 두려워서인지 오늘 밤도 라운지는 한산하다. 몇 안 되는 관광객은 '플레임은 나와 상관없어'라고 생각하는, 가렌을 잃기 전 나와 비슷한 행복한 사람들일 것이다.

앞으로 그들 앞에서 펼쳐질 참극을 상상하니 죄책감이 약간 느껴졌다.

하지만 금방 끝날 테니 부디 용서해 주기를.

플레임의 심장에 나이프를 꽂아 선혈이 분수처럼 솟구치게 하는 것.

가렌. 내가 휴대폰을 수리 맡겼다고 네게 알려 줬다면 넌 죽지 않았을지 몰라. 널 지키지 못한 건 아무리 후회해도 부족하고 겐지나 어머니에게도 죽을 때까지 사죄해야 할 거야.

그러니 나는 내 손으로 직접 플레임을 처단하려고 해. 가렌. 네가 아무리 폭력을 싫어한다고 해도 이제는 너도 플레임을 방치해 둘 수 없다고 생각하겠지? 플레임이 죽기를 진심으로 바라고 있을 거라고 믿어.

그때 한밤의 어둠을 품은 거울 같은 유리창에 그의 얼굴이 비쳤다.

왔다.

점퍼 주머니에 손을 집어넣는다. 있다. 서바이벌 나이프가 확실히 있다.

"기다리고 있었습니다."

산시로는 천천히 뒤돌아봤다.

폐공장. 밤 8시 30분.

스미는 달빛이 황량한 공장 안을 희미하게 비추고 있다.

찬바람을 느끼며 미야는 목을 움츠렸다. 오랫동안 긴 머리였으니 한동안 적응하기 힘들 것이다. 오늘도 온종일 거울에 비친 내 모습을 보며 왠지 어색하고 낯선 느낌을 받았다.

하지만 조금 더 일찍 잘랐어도 됐다.

긴 머리가 어울린다고 했던 사람들과는 이미 소원해졌다. 유일한 예외가 야하기인데, 그는 원체 속마음을 알 수 없는 사람이다.

공장 안을 몇 바퀴 돌아 보고 미야는 숨겨진 문 앞에 섰다. 두어 번 문을 여닫아 봤지만 정말 잘 만들어졌다는 감탄이 절로 나왔다. 20년 가까이 흘렀는데도 고장 나지 않은 견고한 만듦새가 마음에 들었다.

예전 이 방의 주인은 중요한 무언가를 방 안에 숨기고 있었을까. 아니면 애초에 그런 건 존재하지 않고, 그저 정교한 위장문과 비밀 공간을 소유하는 즐거움 자체에 빠져 있었을까. 어느 쪽이든 공장 폐쇄 후 이곳에서 사람이 살해되고 시신이 불태워질 줄은 상상도 못 했을 것이다.

숨겨진 문을 보고 있자니 문득 여러 기억이 되살아났다.

찾아오는 친구도 없고 함께 사는 아버지조차 매일 집 안에 있는지 없는지 모르는 상태에서 책상 앞에 앉아 줄기차게 의학 서적만 읽던 날들. 책장 문 안쪽의 공간이 세상의 전부였던 날들.

그때 야하기가 날 찾아왔고, 그 후…….

미야는 감상에 젖지 않게 주의하며 쪼그려 앉아 눈앞에 검게 펼쳐진 공간을 응시했다.

♦

오토미야 미야.

뒤에서 보니 새삼 여리고 가냘픈 여자다. 긴 머리를 잘라서 목덜미가 드러난 탓에 더 그렇게 느낄 수도 있다.

그 목은 가늘고 투명할 정도로 하얘서 조금만 힘주어 비틀어도 뚝 부러질 것 같다.

하지만 그런 아까운 짓은 하지 않는다.

평소에는 당차고 쾌활한 여자다. 하지만 결국 여자일 뿐.

폭력 앞에서는 짓밟힐 수밖에 없다. 그것은 절대적인 진실이다.

이 순간이 오기만을 기다려 왔다.

조금 전 간 곳에서 예상보다 시간을 허비했지만, 애타게 기다리던 그 시간조차 지금은 사랑스럽다.

심장 박동은 평소와 다르지 않다. 지금까지의 살인으로 이미 내성이 생겼다. 막상 때가 닥치면 조금 흥분할 수도 있겠지만 그전 단계는 익숙하다.

발소리를 죽이며 조용히 다가간다. 오토미야 미야에게는 공감각이 있다. 아주 작은 소리에도 그녀의 시각이 뭔가를 포착할지 모른다.

그녀 바로 뒤에 선다. 오토미야 미야는 아직 눈치 못 채고 있다. 숨겨진 문을 바라보며 상념에 잠긴 듯하다.

좋아, 좋아. 모든 게 순조롭다.

오른손에 쥔 전기 충격기를 그녀의 드러난 목 쪽으로 가져간다. 그러자 본능적으로 위험을 느꼈는지 미야가 숨을 쉬며 뒤돌아봤다.

"안타깝군. 늦었어."

스위치 온. 튀어 오르는 전류. 귀에 거슬리는 스파크 소리.

오토미야 미야는 돌아본 자세 그대로 몸을 크게 기우뚱하더니 잠시 후 더러운 공장 바닥에 엎드린 채로 쓰러졌다.

"전류 소리는 어떻게 보였을까?"

이 목소리는 그녀의 고막에 닿지 못하고 망막에도 비치지 않을 것이다.

VI. 플레임

1

그 남자가 집을 찾아온 건 소녀가 열여섯 살이 되기 나흘 전이었다.

숨겨진 문이 열리는 소리를 본 게 그야말로 오랜만이었다.

……아빠?

아직도 아버지의 존재를 간절히 바라는 자신이 초라하고 가엾어서 소녀는 울고 싶었다.

그러나 문 너머에 서 있는 사람은 당연히 아버지가 아니었다.

탁상 거울에 비친 모습은 연갈색 선글라스를 낀 낯선 남자였다. 창백한 얼굴이 해골 같아서 처음 본 순간에는 남자가 병에 걸렸을지도 모르겠다고 생각했다.

동시에 나도 차라리 병이었으면 얼마나 좋을까 하는 부러움도 느꼈다.

"안녕하세요. 제 이름은 야하기라고 합니다. 당신은 신을 믿습니까?"

소녀는 야하기라는 남자에게 관심을 주지 않고 책으로 다시 시선을 돌렸다.

"무슨 책을 읽고 계시죠? 그 책, 혹시 신경 의학의 대가가 쓴 책 아닌가요? 열다섯 살인 당신이 이해할 수 있습니까?"

뒤에 선 야하기에게 등으로 나가 달라고 요구했다. 이런 남자를 상대할 이유도, 여유도 없었다.

소녀는 초조해하고 있었다.

공감각은 병이 아니다. 희귀하기는 해도 인간의 지각 현상의 일종이다.

어느 책에나 그렇게 쓰여 있었다. 그중에는 심지어 공감각을 지니고 태어난 것을 기뻐하며 적극적으로 공감각 연구의 피험자가 된 사람이 있고, 자신의 경험담을 자랑스럽게 써 내려간 사람도 있었다.

나와 같은 사례는 고사하고 비슷한 처지에 있는 사람도 없다.

그런 사실을 마주할 때마다 소녀의 목소리에는 푸른빛이 더해졌다.

"그런데 말이죠. 방에서 악취가 나네요."

소녀가 대답할 생각이 없다는 걸 알았는지 야하기는 화제를 바꿨다.

"담배를 피우시나 봅니다. 우리나라는 미성년자의 흡연이 법으로 엄격히 금지돼 있습니다. 직업 관계상 그냥 넘길 수는 없을 것 같네요."

"어제 끊었으니 문제없어요."

'직업 관계상'이라는 말에 '무슨 일을 하시는데요?'라고 물어 주기를 바랐겠지만 그렇게 호락호락하지 않다. 야하기는 전혀 개의치 않는 듯했다.

"끊으셨다고요? 왜죠?"

"내뱉는 연기마저 새파랗게 보여서요."

어차피 무슨 말인지 모르겠지만 설명할 이유도 없다. 이대로 그가 뭘 더 물어도 대답하지 않을 작정이었다.

"그렇군요. 그건 정말 유감입니다. 당신에게 파란 목소리는 자살을 원하는 사람의 징표였나요? 내뱉는 연기에까지 그런 색이 보일 정도면 상태가 꽤 심각하군요."

도발적인 말에 소녀는 무심코 고개를 돌리고 말았다. 남자와 눈이 마주쳤다.

그러나 야하기는 역시 미동도 하지 않았다. 선글라스 너머 눈이 여전히 웃고 있다. 아무리 노려봐도 그 눈빛은 변하지 않았다.

내가 노려봐도 이토록 태연하다니.

"……가세요."

지친 소녀는 토하듯 말했다. 남자가 누군지 궁금하기는 했다. 그러나 야하기의 목소리를 계속 지켜봐야 하는 상황을 견딜 수 없었다.

"정말 가도 될까요?"

야하기는 소녀의 내적 갈등을 조롱하듯 물으며 입가를 천천히 올렸다.

"이대로 부자 아버지 밑에서 계속 온실 속 화초처럼 살 생각입니까? 사랑은 없지만 돈은 있는 이 집에서?"

"이미 1년 전부터 아버지 돈에 손댄 적 없어요."

사랑은 없지만 돈은 있다. 그 한마디를 듣고 온몸의 피가 순식간에 뇌로 쏠렸다.

"전부 제가 직접 번 인세예요. 곡을 쓰고 데이터를 기획사에 보내서 번 돈이에요. 타박받을 이유가 없어요."

"의학 공부와 병행해 음악 공부도 하시는군요. 대단하네요."

"아니, 그런 건 안 해요."

평소에는 이메일과 인터넷 채팅으로만 외부와 교류하기 때문에 지금 야하기와 나눈 대화만으로 작년 1년간 다른 사람과 나눈 대화량을 훌쩍 뛰어넘었다. 그런 사실을 불쾌해하면서도 소녀는 말을 멈추지 않았다.

"음계나 코드 같은 건 잘 몰라도 색이 예쁜 소리를 연결하면 자연스럽게 모두 좋아하는 곡이 만들어져요. 그게 다예요. 예술적 가치 따위 없어도 돼요. 오로지 돈 벌려고 만드는 거니까."

"팬이 들으면 실망할 발언이군요. 열심히 노력하는 음악가들에 대한 모독이기도 하고요. 하지만 전 좋습니다. 당신이 만든 'Messiah Complex'라는 곡을 좋아해서 휴대폰 벨소리로도 해 놨죠."

"제가 만든 걸 아시나 봐요. 아쉽게 됐어요. 어차피 작곡 같은 건 별생각 없이 틈틈이 하는 거니까."

그러자 야하기가 어깨를 들썩이며 웃음을 터뜨렸다.

"참, 그리고 그런 화려한 은발 머리에 부잣집 아가씨 말투는 어울리지 않습니다. 머리를 다른 색으로 염색해 보는 게 어떨까요?"

"가시라니까요!"

소녀는 결국 참지 못하고 소리쳤다.

"염색 같은 건 안 해요! 제가 이 머리가 되고 엄마와 미요 언니가……."

"그 능력을 작곡 외에 다른 데 써 보는 건 어떻습니까?"

무슨 말인지 알 수 없었다. 더 날카롭게 쏘아봐도 야하기는 꿈쩍하지 않는다.

"아무리 명곡을 만들어도 당신의 마음은 채워지지 않겠죠. 그렇다면 그 능력을 다른 곳에 유용하게 써 보는 겁니다. 당신도 어렴풋이 알지 않나요? 어차피 치료할 수 없다는 걸. 의학 서적을 아무리 뒤져도 이제는 당신이 가진 지식만 못 하다는 걸. 이대로 가다가는 머지않은 미래에 파란색에 결국 패배해 목숨을 잃게 될 거라는 걸. 그렇지 않습니까?"

나 자신이 이를 가는 소리가 보였다.

야하기는 승리를 확신하듯 미소 지었다.

"어떻습니까? 제 인형이 되는 겁니다. 그럼 당신이 원하는 걸 드리지요. 저라면 그렇게 할 수 있다는 것도 아시겠죠. 그렇지 않습니까? 오토미야 미야 씨."

야하기에게 풀네임으로 불린 건 오직 그때 한 번뿐이었다.

2

호시모리 마린 타워. 저녁 7시 40분.

"처음 당신을 만났을 때부터 뭔가 이상하다고는 생각했어요. 말과 행동 곳곳에서 위화감이 느껴졌죠. 그게 정확히 뭔지 알 수는 없었지만요. 하지만 어젯밤 문득 '플레임이 지금 이 상황을 보며 뒤에서 히죽거리고 있지 않을까'라는 생각이 머리를 스쳤을 때, 지금껏 제가 느껴 온 위화감의 정체를 단숨에 알 수 있었어요."

심장이 크게 요동치고 있다. 아무래도 난 근본적으로 조수 체질 같다.

하지만 이 일만큼은 반드시 해내야 한다.

상대는 말없이 산시로에게 뒷이야기를 재촉하고 있다. 키 차이는 나지만 상대는 병에 걸린 사람처럼 야위어 있고, 나는 합기도를 배웠다. 몸싸움에서 질 리 없다. 게다가 다른 사람들도 함께 있는 이 마린 타워 안이라면 플레임도 설칠 수 없다. 모든 게 작전대로다.

"미야 씨는 머리가 정말 좋은 분이에요. 탐정이 되어 지금껏 여러 사건을 해결해 왔겠죠. 이번에도 공감각 덕분에 폐공장의 숨겨진 문을 찾아냈고요.

하지만 생각해 보세요. 그분이 아무리 강력한 공감각자라고 해도 단지 **그것만으로 수사를 의뢰받는 건 이상하지 않나요?** 게다가 이번 사건의 용의자 플레임은 수사를 의뢰한 시점에 이미 최소 세 명을 살해하고 시신을 불태운 흉악한 살인마잖아요. 물론 미야 씨 나름대로 체력과 운동 신경은 있을 거예요. 하지만 그건 어디까지나 '나름'이죠. 현실적으로는 공감각이 강력하다는 걸 제외하면 작고 가녀린 여성이라는 말이에요. 플레임과 맞서기에는 너무 위험해요. 전 그런 걸 지금껏 이상하다고는 생각했지만 크게 고민하지 않고 넘기고 말았어요.

하지만 바로 이 위화감 속에 플레임의 범행 동기, 즉 '와이더닛'의 해답이 숨겨져 있었어요. 일단 이에 대해서는 나중에 설명하겠습니다."

상대는 움직이기는커녕 눈 하나 깜빡이지 않는다. 거의 밀랍 인형과 대화하는 기분이다.

"두 번째 위화감의 원인은 바로 제 휴대폰이었어요.

12월 13일 밤, 제 휴대폰에 가렌이 남긴 마지막 음성 메시지가 있다는 걸 전 숨겼어요. 하지만 미야 씨가 그 사실을 알게 돼 결국 경찰에 휴대폰을 제출했죠.

그런데 이틀 후 휴대폰을 돌려받았을 때 휴대폰은 제가 처음 건넨 상태 그대로였어요. 비닐에 싸여 있지도 않고, 전원도 계속 켜져 있었죠. 누군가가 손댄 흔적이라곤 없었던 거예요. 아니, 실제로도 그랬어요. 휴대폰은 **감식반에 넘어가지 않았을 테니까요.** 제가 건넨 그분 손에서 멈춰 있었던 거죠. 경찰은 아마 음성 메시지의 존재를 아직도 모를걸요. 어쩌면 사건 당일 밤 가렌의 행적조차 파악 못 하고 있을지도 모르겠어요.

그렇다면 그 사람은 휴대폰을 왜 감식반에 넘기지 않았을까요? 그건, 수사본부에 불필요한 정보를 제공하고 싶지 않았기 때문이에요. 수사가 진전되는 걸 막기 위해. 그리고 그건 꼭 휴대폰만이 아니었어요. 미야 씨가 발견한 폐공장의 숨겨진 문도 마찬가지였죠. 미야 씨에게 보고받고 그 사람은 감식반이 그곳에 가서 조사한 것처럼 말했지만, 그 역시 거짓말이에요. 누구에게도 말하지 않았을 게 분명해요. 경찰에 전달되는 정보가 적으면 적을수록 좋으니까요."

이쯤 되면 '그 사람'이 누구를 가리키는지 명백한데도 상내는 여전히 표정 하나 바뀌지 않는다.

허세다. 허세를 부리고 있을 뿐이다. 산시로는 그렇게 되뇌며 설명을 계속했다.

"휴대폰 감식과 숨겨진 문 모두 경찰에 제가 직접 확인한 건 아니에요. 전부 제 상상이죠. 하지만 그렇게 가정하니 세 번째 위화감의 정체도 보이기 시작했어요. 플레임은 자신의 기척을 지우는 데 천부적인 재능이 있는 사람이에요. 그래서 지금껏 목격자가 없고 물증도 전혀 나오지 않았죠. 줄곧 지적돼 온 사실이에요. 그리고 그 사람 역시 자신의 기척을 지울 줄 아는 사람이었어요. 호텔 방에서 처음 만났을 때 아무 예고도 없이 제 앞에 불쑥 나타났으니까요.

그가 그런 사람인데도 미야 씨는 그를 완전히 신뢰하고 있는 탓에 의심하지 않았어요. 제가 정말 믿을 수 있겠냐고 물어도 '그 사람은 자주 오해를 산다'라는 식으로 흘려 넘겼죠. 그 사람이 바로 진짜 범죄자였는데."

동요를 유도하기 위해 일부러 '그 사람'이라는 우회적인 단어를 반복해도 상대는 여전히 밀랍 인형처럼 움직이지 않는다. 이쯤 되자 산시로도 약간 고민이 됐다. 내가 틀린 걸까. 아니, 그럴 리 없다. 충분히 검증하고 검증했다.

가렌, 조금만 기다려 줘.

"네 번째 위화감의 원인은 바로 아야코 사건이 발생한 24일의 알리바이예요. 아시다시피 그날 간자키 레이 씨에게는 확고한 알리바이가 있어요.

반면, 그 사람은 그 시간대의 알리바이가 없죠.

그 사람은 '집에 가겠다'라고 하고 호텔에 돌아가 눈을 붙였다고 했어요. 하지만 그걸 증명해 줄 사람은 아무도 없죠. 이때 조금 더 의심해야 했어요.

그날, 그 사람은 팰리스 L에서 나간 후 아야코의 집에 가서 아야코를 살해했어요. 그리고 부하 형사에게 전화가 오자 호텔에서 자고 있었던 것처럼 위장했죠. 아야코의 어머니가 그날 집을 비운 건 우연이었을 텐데, 어머니도 집에 있었다면 함께 죽일 계획 아니었을까요? 누가 죽든 상관없었던 거예요. 그 사람의 목적은 아야코를 죽이는 게 아닌 다른 데 있었으니까요."

목적. 그 단어에 마침내 흥미를 느낀 것처럼 상대는 눈썹을 치켜세웠다.

처음으로 반응을 끌어냈다. 좋아.

"그 사람의 목적. 그건 바로 출세 코스를 팽개치면서까지 수사 현장에 개입할 수 있는 지위에 집착한 이유와도 관련이 있어요. 또 그건 첫 번째 위화감인 '그 사람은 왜 미야 씨에게 수사를 의뢰했는가'에 대한 답이기도 해요. 그 사람의 목적, 그건 바로."

산시로는 한 박자 쉬고 마침내 결정적 한마디를 내뱉었다.

"**오토미야 미야예요.**"

상대는 나직이 숨을 내쉬었다. 정곡을 찔렀다는 증거일까.

산시로는 쉬지 않고 몰아붙였다.

"오이타 씨, 사카이 씨, 호시모리만에서 발견된 다섯 번째 시신, 아야코, 그리고 가렌까지 전부 그 과정에서 억울하게 휘말린 희생자에 지나지 않아요. 그 사람, 아니 **당신**은 미야 씨가 괴로워하는 모습을 보며 쾌감을 느끼는 정신 이상자예요. 그렇게 뒤에서 계속 미야 씨를 농락하면서 히죽거리고 있었던 거예요!"

오랜 고심 끝에 내린 결론을 마침내 제시했다.

동시에 머릿속이 뜨거워졌다.

"어제 당신은 '오토미야 씨의 단정한 얼굴에는 고뇌의 그림 자가 어울린다'라고 하셨죠. 돌이켜보면 당신은 미야 씨가 고 민하고 괴로워하는 표정을 지을 때마다 기뻐하는 모습을 자주 보였어요. 그때는 그냥 농담하거나 장난하는 줄 알았는데 그 모든 게 진심이었던 거예요. 세상에는 여자가 고통스러워하는 모습을 보며 흥분하는, 그런 부류의 사람이 실제로 있다고 하 니까요."

미야를 처음 만난 날 밤. 인터넷에서 플레임 사건 정보를 수집 할 때.

가렌이 겪었을 고통, 아픔, 공포를 소재 삼아 잔인한 망상을 펼치며 즐기는 이들의 댓글을 산시로는 직접 읽었다. 이런 사 람들이 세상에 이토록 많다는 사실을 믿을 수 없었다.

그리고 그들과 똑같은 사람이 지금 내 눈앞에 있다.

"오토미야 미야를 고통스럽게 하는 것. 이것이 바로 이번 사 건의 동기이자 '와이더닛'의 해답이에요. 플레임 사건은 오직 그것만을 위해 만들어진 거예요. 사이코 킬러를 가장한 범죄, 그리고 당신이 계속 주장해 온 모방범 설도 전부 미야 씨를 혼 란에 빠트리기 위한 것이었어요. 심지어 시신을 불태워 기이한 장소에 유기한 행위에도 이렇다 할 의미는 없었던 거예요.

당신이 미야 씨와 얼마나 오래 알고 지냈는지는 모르겠어요. 지금껏 어떻게 신뢰 관계를 쌓아 왔는지도요. 하지만 그런 비정상적 성적 욕구를 채우기 위해 당신은 이번 사건을 저질렀어요. 애초에 미야 씨에게 지금껏 일을 의뢰한 것도 다 미야 씨의 신뢰를 얻기 위해서였겠죠.

그렇게 생각하면 미야 씨가 감기약이라고 믿은 당신의 그 약의 정체도 의심스러워져요. 그건 정말로 살인 충동을 억제하는 신경 안정제 같은 게 아니었을까요?"

그러자 그는 '증거 있나?'라고 묻는 것처럼 태연하게 팔짱을 꼈다.

"안타깝지만 증거는 없어요. 하지만 한 가지, 오직 당신만 가능한 게 있죠.

바로 미야 씨의 콘택트렌즈예요.

미야 씨는 레이 씨의 목소리가 계속 붉게 보인다고 했어요. 하지만 레이 씨는 살인마가 아닌 것으로 판명됐죠. 그런데 목소리가 왜 계속 붉게 보였을까요? 논리적으로 납득할 수 있는 설명은 오직 하나, 그건 '콘택트렌즈가 오작동을 일으켰기 때문'이에요. 아니, 처음부터 당신은 오작동을 위해 조작된 콘택트렌즈를 미야 씨에게 건넸어요. 그래도 레이 씨의 목소리가 붉게 보인 건 아마 우연이었을 거예요. 오작동의 진짜 목적은 **당신의 목소리가 붉게 보이지 않게 하는 것이었으니까요.**"

그 때문에 미야는 진짜 살인마와 대화하는 동안에도 붉은색을 볼 수 없었다.

"당신은 미야 씨가 자기 취향의 99퍼센트를 만족시키는 사람이라고 했죠? 미야 씨는 말 그대로 당신의 '인형'이었던 거예요. 당신은 지금껏 그런 미야 씨를 진짜 내 손안의 인형처럼 마음껏 괴롭혀 왔고요. 이번 사건은 역시 제가 제시한 이상자 설이 정답이었어요. 플레임은 바로 야하……."

말을 마치거나 서바이벌 나이프를 꺼낼 새도 없었다.

지금껏 팔짱을 끼고 있던 두 팔이 산시로를 향해 일직선으로 뻗어 왔다. 빠르다. 경계는커녕 피할 수도 없을 만큼.

다른 사람들이 있으니 설치지 못할 거라는 논리는 살인마에게 통하지 않는구나.

그걸 깨달았을 때는 이미 늦었다.

3

폐공장. 밤 8시 40분.

찬 기운이 스민 바닥을 뺨에서 느끼며 미야는 희미하게 눈을 떴다. 달빛이 들어오는 한밤의 폐공장. 두 손은 수갑에 묶인 채 가슴 앞에 있다. 두 발목에도 족쇄가 달려 있다.

"큭……."

자유를 빼앗긴 사지로 억지로 일어서려고 몸을 움직인 순간.

"얌전히 있는 게 좋아, 오토미야 미야."

누군가의 목소리가 들렸다. 미야는 자신을 이렇게 만든 그를 올려다봤다.

"뭐지? 그 반항적인 눈빛은."

다음 순간, 무자비하게 배를 걷어차였다. 발끝이 복부를 파고든다. 미야는 고통에 찬 비명을 지르며 사지가 묶인 채 바닥을 뒹굴었다.

"애벌레 같잖아, 오토미야 미야."

비웃음 소리.

"근데 안심해도 돼. 애벌레든 뭐든 죽인 뒤에는 확실히 태워 줄 테니까."

"죽인다고? 태운다고? 그럼…… 당신이…… 설마…….."

극심한 통증을 견디면서도 미야는 그를 노려봤다. 그는 고개를 크게 끄덕였다.

"그래. 플레임이야. 물론 이건 매스컴에서 멋대로 지어낸 저속한 별명이지만."

감정이 배제된 목소리. 이 사람의 이런 목소리는 처음 듣는다.

"어째서…… 왜…… 대체 왜 당신이…….."

"재미있더라, 네 엉터리 추리. 진실은 네가 상상도 못 할 곳에 있었는데 말이지. 하지만 내가 그걸 설명할 의무가 있을까? 넌 그냥 무슨 일인지 모르고 혼란스러운 상태에서 죽으면 돼. 그 표정을 지켜보는 것도 재밌겠네."

"말도 안 돼……. 왜냐하면…… 당신은…… 당신은 나에게……."

남자는, 플레임은 가방에서 액체가 담긴 페트병을 꺼냈다. 캄캄해서 잘 보이지 않지만 액체는 어두운색을 띠고 있다. 플레임은 페트병에 입을 한 번 맞추더니 쓰러져 있는 미야를 향해 다가왔다.

"싫어! 안 돼! 오지 마!"

"하하하. 눈물까지 글썽이네. 아무리 기가 세다고 해도 너도 결국 여자구나."

플레임은 기어서 도망치려는 미야의 머리를 비웃으며 발로 밟았다. 오른발과 왼발로 번갈아 밟다가 오른발이 더 편한지 그쪽을 머리에 올린 채 체중을 싣는다.

"윽……."

"괜찮아, 괜찮아. 이걸로는 죽지 않아."

플레임은 페트병 뚜껑을 열었다.

"자, 냄새가 익숙하지? 누구나 한 번은 맡아 본 냄새일 거야. 알지? 어라, 당황해서 잘 느껴지지 않으려나."

"그만해! 도와주세요!"

"평소와 전혀 다른 사람 같네. 그래. 죽는 건 누구나 무서운 법이지. 금방 끝내 줄 테니 조금만 참아."

미야의 몸에 액체가 떨어졌다. 처음에는 조심스럽게 한 방울. 그러다가 점점 많은 양으로.

"싫어…… 이게 뭐야……."

"그러니까 가만히 있으랬지. 생각보다 활기가 넘치네. 기대되는걸."

플레임은 미야의 머리를 밟은 채로 페트병을 바닥에 내려놓더니 주머니에서 칼을 꺼냈다. 시중에서 흔히 볼 수 있는 칼이 어둠 속에서 불길하게 번뜩인다.

칼을 본 미야는 몸을 크게 한 번 떨더니 얼음처럼 굳어 버렸다.

"괜찮아. 아직 죽이지는 않을 테니까. 날뛰면 마음이 바뀔지도 모르지만. 무슨 말인지 알지?"

자상하게 묻는 플레임을 보며 미야는 알았다는 걸 강조하듯 고개를 연신 끄덕였다. 그 모습을 보고 플레임은 만족스럽게 미소 지었다.

"그럼 지금부터 내가 시키는 대로 해. 절대 반항하지 마. 알겠지? 조금이라도 반항하면 그 순간 푹 찌를 거야."

미야는 순종적으로 계속 고개를 끄덕였다.

"그래, 착하네. 이렇게 보니 겁에 질린 얼굴도 꽤 귀엽잖아. 평소에도 그렇게 얌전하게 굴면 얼마나 좋아. 자, 어떡할까? 이대로 계속 있을래? 아니면 잠시 대화라도 나눌까? 어느 쪽이든 마지막에는 널 불태우는 건 변함없지만. 그리고 난 네 질문에 답할 생각도 없어."

"정말…… 정말 당신이 플레임인가요? 왜죠? 아니라고 믿었는데……. 그때도 나한테…….”

“질문에는 대답하지 않겠다고 방금 말했을 텐데. 넌 사람 말을 안 듣는구나.”

플레임은 신사적이었다. 신사적으로 오른발에 힘을 주었다. 미야는 굴욕과 혼란, 고통 때문에 얼굴을 일그러뜨리며 필사적으로 소리쳤다.

“왜죠? 어떻게 당신이 플레임이죠? 이건 이상해요!”

“질문은 거절한다고 했어. 이해력이 떨어지는 건가?”

플레임은 어처구니가 없는 것처럼 내뱉고 허리를 숙여 미야의 뺨에 칼끝을 들이댔다. 순식간에 미야의 얼굴이 굳었다.

“절…… 죽일 거예요? 그 칼로?”

“똑같은 말 반복하게 하지 말아 줘. 난 네 질문에 대답할 생각이 전혀 없어. 아니면 넌 공감각만 있고 머리는 나쁜 건가? 그렇구나. 그럼 진실을 알아채지 못한 것도 당연…….”

“미야 씨!”

어둠을 가르는 고함 소리. 미야, 그리고 플레임도 갑작스러운 침입자 쪽으로 시선을 돌렸다.

그곳에는.

“……산시로 군?”

어깻숨을 몰아쉬며 헐떡이는 아마야 산시로가 있었다.

“……산시로 군. 이런 데서 뭐 하는 거야……?”

바닥에 엎드린 채 두 손과 두 발을 묶이고 머리를 짓밟힌 상태로 그렇게 묻는 미야의 모습은 애처롭다기보다 우스꽝스러 웠다. 공포에 질려 자신의 상황을 잊었는지도 모른다.

어리석게 들리는 그 질문에 산시로는 즉시 대답할 수 없었 다. 여기까지 전속력으로 자전거를 타고 왔기 때문이다. 숨이 턱 끝까지 차올라 제대로 말할 수 없었다.

"오늘은 따로 움직이자고 했잖아. 왜 온 거야?"

"……저도 올 줄…… 몰랐어요."

숨과 생각이 미처 정리되지 않은 상태에서 대답했다.

"마린 타워에서 만났어요……. 그 사람을…… 플…… 플레 임……."

"응?"

"플레임은 야하기……

……그러니까 야하기 씨를 플레임이라고 생각해서 불러서 그렇게 말했더니 갑자기 그분이 제 어깨를 붙들고 웃으면서 '지금 오토미야 씨가 진짜 플레임과 폐공장에 있을 테니 그쪽 으로 가 보는 게 좋을 겁니다'라고……. 그래서 전속력으로 여 기까지……."

"뭐? 야하기 씨가 플레임이라고? 정말 그랬어?"

"그 '야하기 씨'라는 사람은 아까도 이름이 나왔는데, 혹시 오토미야 미야의 의뢰인인가? 누군지 몰라도 꽤 흥미로운 인물 같네."

그렇게 말하며 플레임…… 간자키 레이는 평온하게 씩 미소 지었다.

4

　"……산시로 군. 어떻게 야하기 씨가 플레임이라는 그런 놀랄 만한 오해를 하게 된 거니?"

　눈에 들어오는 광경 속에서 입을 떡 벌리고 어리둥절해하는 미야의 얼굴은 천진난만한 소녀처럼 귀여웠다. 하지만 머리를 짓밟고 있는 레이가 흉측한 탓에 전체적으로 초현실적인 그림처럼 보인다.

　"동기가 뭐야? 설마 내가 괴로워하는 모습을 보며 쾌감을 느끼는 비정상적 성적 욕구를 채우기 위해, 라고 하지는 않았겠지?"

　"아니, 그, 그게…… 그분은 미야 씨가 자기 취향의 99퍼센트를 충족한다고 했으니, 꼭 엉뚱한 발상은 아닐 거라고……."

　"99퍼센트잖아. 그 사람에게는 나머지 1퍼센트가 필수적이고 그 1퍼센트는 바로 '가슴이 풍만한 여자', 그리고 그걸 충족시키는 백 퍼센트의 여성이 바로 그의 아내인 시즈카 씨인 거야. 그런 걸 왜 그렇게까지 중시하는지 난 이해할 수 없지만."

　"이런 절체절명의 위기에서도 굳이 그런 걸 자세하게 설명하시는 걸 보니 사실 미야 씨도 거기에 콤플렉스가 있는 거 아닌가요?"

"지금 그걸 논해야 해?"

"미야 씨가 먼저……."

"그리고 네가 또 떠올렸을 법한 건……."

미야는 강제로 화제를 원점으로 되돌렸다.

"혹시 아야코 사건이 일어났을 때의 알리바이? 호텔 직원들에게 확인하지도 않고 야하기 씨에게 알리바이가 없다고 확신한 거 아니니?"

"……죄송합니다."

"그리고 기척을 감추는 재능? 야하기 씨가 그런 건 직업상어쩔 수 없다고 했지. 그리고 그 사람 스스로 '플레임은 기척을지우는 데 천부적인 재능을 타고났다'라고 했잖아. 범인이 자기 입으로 단서가 될 말을 꺼내겠어?"

"……그렇죠."

"설마 '자신의 목소리가 붉게 보이지 않게 일부러 미야 씨에게 오작동되는 콘택트렌즈를 건넸다. 간자키 레이의 목소리는우연히 붉게 보인 거다'라고까지 하지는 않았겠지? 그건 조금만 생각해도 말도 안 되잖아. 내가 야하기 씨의 수사 의뢰를 받은 건 이번이 처음이 아니니까. 함께 일하며 도움받아야 하는상대에게 그런 불량품을 주겠어? 게다가 그런 오작동을 일으켰다면 내가 알아차리지 못할 리도 없고."

"……뭐라고 말씀드려야 할지 모르겠네요."

"산시로 군, 도대체 넌 어디까지 헤이스팅스인 거니?"

"어쩔 수 없었어요!"

미야가 맞다는 걸 알면서도 외치지 않을 수 없다.

"그렇게 노골적으로 수상한 사람이 옆에 있는데 어떻게 의심을 안 해요."

"그러니까 그 사람은 쉽게 오해를 사는 사람이라고 했지."

그렇다. 확실히 말했다.

그럼 왜 하필 젊은 여성인 미야 씨에게 일을 의뢰하는 거죠?

그 사람, 제 휴대폰을 수사본부에 넘기지도 않았어요. 의심받아도 싸요.

그런 지적도 쉽게 반박당할 것 같아 산시로는 결국 아무 말도 할 수 없었다.

"산시로 군한테 정말 실망했어. 가기 전에 잠깐 멈춰 서서 조금만 고민했어도 허점들을 눈치챘을 텐데. 넌 너무 성급하게 결론을 내리려고 하고, 바보는 아니지만 머리 쓰는 법을 모르는 것 같아."

"뭐야? 누가 그렇게 한가하게 주거니 받거니 하고 있으래? 오토미야 미야. 지금이 어떤 상황인지 잊었나? 아니면 공포 때문에 미칠 것 같아 일부러 현실을 잊으려고 노력하는 건가?"

레이는 그렇게 윽박지르며 왼발 뒤꿈치로 미야의 배를 연달아 세 번 걷어찼다. 힘이 실리지는 않았지만 미야는 숨 막히는지 고통스러워했다. 힘없이 바닥에 누운 미야는 평소와 전혀 딴 사람 같았다.

"품위 없는 신음이네. 죽어 가는 돼지처럼."

그리고 간자키 레이. 그가 다른 사람처럼 보이지는 않았다. 레이는 어디까지나 레이다. 레이는 평소 레이 그대로, 레이답게, 레이다운 태도로.

미야를 죽이려고 한다.

여전히 믿기지 않았다. 레이는 정신 이상자가 아닐뿐더러 사람을 다섯이나 죽일 동기, 하물며 시신을 태워야 할 필연성도 없다. 아야코 살해 당시에는 철벽같은 알리바이도 있다.

이렇게 모든 조건이 갖춰져 있는데도 어떻게 레이 씨가 플레임이란 걸까.

"자, 어떤 상황인지 모르겠지만 산시로의 말을 믿으면 그 '야하기 씨'라는 사람은 플레임, 그러니까 내가 여기 있는 걸 알고 있다는 거네. 신기해라. 어떻게 알았을까? 아무튼 그럼 이제 곧 경찰이 들이닥칠 수도 있다는 말이잖아. 오토미야 미야부터 죽이고 대처법을 생각해 봐야겠는걸."

레이에게서는 설령 경찰에 포위당해도 어떻게든 될 거라는 자신과 여유가 느껴졌다.

엄연히 그 자리에 있었는데 없었던 것처럼, 흔적을 일절 남기지 않으며 범죄를 저지르고 다니는 살인마 플레임. 레이에게 그런 일면이 있었다니.

"왜…… 대체 왜 미야 씨를 죽이려는 거죠?"

그러자 레이는 "말해도 넌 이해 못 할걸" 하고 고개를 흔들었다.

"그런데 산시로. 난 넌 죽이고 싶지 않아. 믿기 어렵겠지만 사실 가렌도 죽이고 싶지 않았어. 이제 더 이상 아는 사람을 죽이는 건 싫어."

가렌도 죽이고 싶지 않았다. 그 말은 즉.

"레이 씨가 정말…… 가렌을 죽인 건가요?"

"그러니까 내가 계속 맞다고 했잖아!"

"미야, 넌 가만히 있어. 또 지껄이면 얼굴을 차서 코뼈를 부러뜨릴 거야. 어차피 곧 죽을 거라지만 예쁜 얼굴이 망가지는 건 싫겠지."

레이가 발끝을 코에 대자 미야는 입을 다물었다.

"레이 씨, 대답해 주세요. 레이 씨가 정말 가렌을……."

"그래. 죽였어. 그건 정말 미안하게 생각해."

레이는 진심으로 괴로운 것처럼 살인을 인정하는 한마디를 입에 담았다.

"하지만 어쩔 수 없었다고. 걔가 범행 순간을 목격해 버렸으니까. 그래서 조금이나마 죄책감을 덜려고 장례 준비를 도우려고 했는데."

"당신이 가렌을 죽였다고!"

머리끝까지 피가 솟아 달려드는 산시로에게 레이는 조용히 칼을 겨눴다.

"얌전히 굴지 않으면 아무리 너여도 죽일 수밖에 없어."

단숨에 몸이 굳었다. 무서웠다. 날카로운 칼보다, 레이가 너무도 평소와 다름없다는 점이.

산시로가 움직이지 못하고 있자 레이는 만족한 듯 고개를 끄덕였다.

"좋아. 고마워. 우리 둘의 대화는 오토미야 미야부터 처리하고 천천히 하자. 자세한 이야기는 그때 들려줄게. 시간이 별로 없으니 지금은 방해하지 말아 줘. 일단 두 손을 머리 뒤로 포개고 바닥에 무릎 꿇고 있어 줄래? 아, 반항할 생각은 안 하는 게 좋아. 시키는 대로 하지 않으면 지금 당장 오토미야 미야의 목에 칼을 꽂을 거니까."

미야가 간곡한 눈빛으로 산시로를 봤다.

레이가 시키는 대로 해. 네가 날 구해줘.

연약해 보이는 눈빛에 이끌려 산시로는 사고를 멈추고 레이의 지시에 따라 자세를 취했다.

"조금만 더 떨어져. ……좋아, 그래. 거기면 돼. 거기서 가만히 기다리는 거야, 산시로."

감정이 거의 담기지 않은 평소 같은 목소리다. 조금이라도 정신 이상자 같은 울림이 느껴진다면 그나마 현실감이 있을 텐데.

"자, 오토미야 미야. 아까 하던 이야기를 계속하지. 사실 난 널 처음 봤을 때부터 관심이 많았어."

레이는 바닥에 둔 페트병을 집어 들었다. 안에 어두운 액체가 들어 있다.

"조금 더 뿌릴게."

"싫어! 그만해!"

간곡한 호소를 무시하고 레이는 담담하게 페트병 속 액체를 미야에게 쏟아부었다.

머리. 다음은 목, 등, 허리, 다리…….

주변에 액체 냄새가 퍼졌다. 일상에서 흔히 맡을 수 있는 냄새다. 하지만 '이런 곳에서 이런 냄새가 날 리 없다'라는 상식 때문에 후각이 혼란스러워 산시로는 정작 냄새의 정체를 알아차리지 못했다.

"안 돼……."

공장에 울려 퍼지는 미야의 울음소리. 귀를 틀어막고 싶지만 온몸이 굳어서 손끝 하나 움직일 수 없다.

"흐음, 평소에는 아주 기세가 등등한 여자라 기대했는데…… 별 효과가 없네. 이걸 구하느라 멀리까지 가서 고생했는데 다 헛수고였나. 역시 살아 있는 상태로는 부족한 건가. 죽어 줘야겠어."

레이는 이해할 수 없는 말을 중얼거리고 "아, 참. 깜빡할 뻔했다" 하고 기억났다는 듯 말을 이었다.

"오토미야 미야, 넌 공감각자였지?"

"……."

"질문을 금지했지 대답까지 금지하지는 않았어."

레이가 머리를 터뜨릴 기세로 다리에 힘을 주자 미야의 얼굴이 처참하게 일그러졌다.

"맞지?"

"으읏…… 네, 전 공감각자예요……."

"시세포가 함께 자극받는 특수한 공감각을 전용 콘택트렌즈로 조절하고 있다고?"

"……네."

"그럼 그 콘택트렌즈를 빼 줄래?"

미야가 깜짝 놀라 숨을 삼키는 소리가 또렷이 들렸다.

"그렇게 놀랄 필요 없잖아. 내가 왜 손을 뒤가 아닌 앞으로 묶었을지 생각해 봐. 콘택트렌즈를 뺄 수 있게 하려고 아니겠어?"

"레이 씨. 미야 씨는 공감각이 지나치게 강력해 맨눈으로는 일상생활이 불가능할 정도예요. 너무 가혹해요."

아무래도 그런 말을 중얼거린 것 같지만 레이는 이상하다는 듯이 이맛살을 찌푸렸다.

"산시로. 네가 지금 무슨 말을 하는지 전혀 못 알아듣겠어. 미안하지만 좀 조용히 있어 줄래?"

그 말을 듣고서아 산시로는 지금 자신이 제대로 말도 못 할 만큼 떨고 있다는 걸 깨달았다.

"시세포까지 자극받는 공감각자는 앞으로 두 번 다시 못 만날지 모른다고. 날 방해하지 마."

레이의 두 눈은 호기심으로 빛나고 있었다.

"자, 얼른 빼 봐. 정말 기대되는걸. 공감각자가 소리를 어떤 식으로 인지하는지. 네가 어떻게 하느냐에 따라 목숨을 살려 줄 수도 있어."

거짓말이다. 미야가 어떤 반응을 보이든 레이는 미야를 죽일 것이다. 죽인 후 시신을 불태울 것이다. 그걸 뻔히 알면서도 미야는 "정말요⋯⋯?" 하고 묻고 애원 섞인 눈으로 레이를 올려다봤다.

"응, 정말이야. 그러니까, 어서."

레이는 비웃음을 감추며 오른발을 미야의 머리에서 뗐다. 미야는 묶인 두 손과 두 다리로 불안정하게나마 무릎을 세우고 앉아 손을 눈앞으로 가져갔다. 약기운이 다 된 마약 중독자처럼 온몸을 부들부들 떨고 있다.

"그렇게 떨다가 눈 찌르겠다. 희귀한 공감각인데, 아깝게."

"으⋯⋯으⋯⋯으⋯⋯."

미야는 눈물 고인 두 눈에 손끝을 갖다 대며 기어가는 목소리로 말했다.

"산시로 군⋯⋯. 부탁이야⋯⋯. 보지 말아 줘⋯⋯.'

그러고 보니 미야는 다른 사람에게 콘택트렌즈를 바꿔 끼는 모습을 보이고 싶어 하지 않는 이상한 고집이 있는 게 기억났다. 이런 상황에서도 여전히 그런 소녀다움에 집착하다니. 애처로운 마음에 차마 지켜보고 있을 수 없어 산시로는 두 눈을 질끈 감았다.

"양쪽 렌즈를 확실히 다 떼어야 해."

여전히 평소와 다름없는 침착한 레이의 목소리가 들린다. 이건 꿈이다. 이대로 눈을 감고 있으면 잠들 것이고, 다시 눈을 뜨면 꿈에서 깰 것이다.

"좋아, 좋아. 잘 땐 것 같네."

얼마 후 들린 레이의 목소리에 그런 희망은 산산조각 났다.

"자, 그럼 바로 시작해 볼까. 지금부터 내가 여러 소리를 낼 테니 어떻게 보이는지 대답해."

희망을 산산조각 낸 그 목소리는 지적 탐구심으로 가득 차 있었다.

"솔직히 말해야 해. 네가 공감각자라는 걸 안 뒤부터 이 순간만을 기다렸으니까."

한겨울 밤인데도 온몸에 땀이 흘렀다. 그런데도 떨림은 멎지 않는다.

만약 미야가 플레임의 마수에 의해 위기에 빠진다면 내가 지킬 것이다. 조수로서라기보다 한 남자로서.

지금이 바로 그 순간인데도 몸이 전혀 말을 듣지 않았다.

레이가 플레임이라는 사실과, 가렌이 레이의 손에 살해됐다는 사실. 지금껏 내가 믿어 온 것이 근본부터 무너져 내린 충격 때문에 일어설 수 없었다.

"자, 이쪽을 봐."

레이는 미야의 공감각을 시험한 후 미야를 죽일 것이다. 죽이고, 불태울 것이다. 가렌을 죽이고 불태웠던 것처럼. 대체 왜

태우는 걸까. 알 수 없다. 모르겠다. 정말 모르겠다……

산시로의 무력감이 절망으로 바뀌려는, 바로 그 순간.

목이 졸려 죽기 일보 직전의 짐승 같은 절규가 주변에 울려 퍼졌다.

5

처음에는 미야의 비명인 줄 알았다. 다양한 색을 한꺼번에 보게 된 미야가 과부하를 견디지 못해 절규했다고 생각했다.

하지만, 아니었다.

"아, 정말 이렇게 손이 많이 간 녀석은 처음이야."

이건 분명 미야의 목소리다. 그 안에 공포와 혼란, 애원 같은 기운은 사라지고 없다.

산시로는 조심스레 눈을 떴다. 미야의 뒷모습이 보인다. 그리고 그 너머에는.

"그으아아으으으으아으으……."

눈을 부릅뜬 채 기이하게 신음하며 온몸을 사시나무 떨듯 경련하는 레이. 미야는 무릎을 꿇은 자세로 그를 내려다보고 있었다.

"미야 씨……?"

무슨 일이 일어났는지 알 수 없지만 일단 다가가려고 했다.
그러나.

"오지 마!"

날카로운 목소리에 제압당해 그 자리에 멈춰 섰다. 미야는
지금 아무것도 들고 있지 않은데도 칼을 든 레이보다 위협적이
었다.

잠시 후 그 칼조차 레이의 손에서 미끄러져 미야 앞에 떨어
졌다.

"쉽지 않네. 악당에게 붙잡힌 비련의 여주인공을 연기하는
게."

"연기?"

"응? 산시로 군, 설마 내가 정말 꼬맹이처럼 겁에 질려 벌벌
떠는 줄 알았어? 지금껏 날 그런 캐릭터로 본 거야?"

"그건…… 하지만 역시 여자분이시니…….."

"뭐야. 여자는 악당에게 붙잡히면 무조건 벌벌 떨어야 해?
그런 건 편견이야."

미야는 평소처럼 태연하게 말하고 손을 바쁘게 움직이기 시
작했다. 금속이 부딪치는 듯한 소리가 들린 후.

"좋아. 풀렸다."

수갑을 획 던져 버렸다.

"어떻게 푸셨어요?"

"소매 속에 철사를 숨겨 놨거든. 아야코 사건을 보고 간자키 레이가 상대를 제압하는 도구로 수갑을 쓸 거라고 예상해서."

미야는 등을 돌려 쪼그려 앉아 이번에는 족쇄를 풀기 시작했다.

"아야코 사건…… 그럼 그것도 레이 씨가 한 짓이라는 말인가요?"

"응."

미야는 족쇄와 씨름하며 가볍게 고개를 끄덕였다.

"말도 안 돼. 그때 레이 씨에게는 완벽한 알리바이가 있잖아요. 범행 시간 동안 집 밖에 한 발짝도 나가지 않았는데."

"잠깐만. 금방 설명해 줄게. ……됐다."

철컥 소리와 함께 족쇄가 풀렸다. 미야는 힘차게 자리에서 일어나 수갑처럼 족쇄도 던져 버렸다. 그러더니 산시로 쪽을 보지도 않고 "아, 힘들었어" 하고 기지개를 쭉 켜고 문득 떠올린 것처럼 목덜미에 손을 얹었다. 이번에는 투투툭 하고 스티커 같은 뭔가를 떼는 소리가 들린다.

"그건 또 뭐예요?"

"야하기 씨의 미행 세트에 있는 비닐 인공 피부."

미행 세트? 레이의 집을 감시할 때 '필요하면 여장도 시킬 거다'라고 하면서 보여 준, 그 공공칠가방 속에 들어 있던 물건일까.

"그런 걸 왜 준비하셨어요?"

"의대생이면 클로로포름으로는 드라마 속 장면처럼 상대가 쉽게 기절하지 않는다는 걸 알 테니까. 날 기절시키기 위해 전기 충격기 같은 걸 쓸 거라고 예상했지. 그래서 전기가 통하지 않게 목에 인공 피부를 감아 둔 거야. 혹시 모르니 속옷도 비닐로 된 걸 입었지만 어차피 목을 노릴 줄 알았어. 낮에 일부러 목덜미를 노출하면서 강조하기도 했고."

"설마 미야 씨, 그것 때문에 머리를 자르신 거예요?"

"그렇지. 여자의 생명과 맞바꾼 셈이야."

"우오…… 우그으으……."

레이는 여전히 탁한 신음을 내고 있다. 산시로와 미야가 무슨 말을 할 때마다 몸을 경련하고 더 큰 고통에 빠진 것처럼 바닥을 데굴데굴 구른다. 그런 상황이 반복됐다.

달빛에 비친 레이의 얼굴은 어린아이가 아무렇게나 문질러 댄 점토처럼 흉하게 일그러져 있다. 대체 무슨 일이 일어난 걸까. 처음에는 미야가 빈틈을 노려 레이의 배나 급소 같은 곳을 걷어찼을 것으로 예상했지만 외상 같은 건 없어 보인다. 고통스러워하는 반응도 예사롭지 않다. 평범한 통증이 아닌, 더 크고 격렬한 무언가와 싸우고 있는 느낌이다.

"레이 씨에게 무슨 일이 일어난 거죠?"

"그전에 산시로 군, 네 그 엉터리 추리에는 정말 경악했어. 야하기 씨가 플레임이라니, 어찌나 어이가 없던지 정신이 번쩍 들더라니까. 그 뒤로 다시 '악당에게 붙잡힌 비련의 여주인공' 모드로 돌아가기 얼마나 힘들었는지 알아?"

미야는 질문에 답하지 않고 레이를 가리켰다. 레이의 입에서 "흐이익!" 하는 애처로운 소리가 터져 나온 직후 코를 찌르는 자극적인 냄새가 주변에 퍼졌다.

아무래도 레이가 소변을 지린 듯했다.

"이 녀석이 바로 플레임이야."

"네. 그건 알겠어요……. 저도 인정할 수밖에 없네요. 하지만 레이 씨가 어떻게 플레임일 수 있는 건가요?"

"너와 야하기 씨가 내가 제시한 간자키 레이 설을 부정한 이유가 뭐야?"

"이상성과 범행 동기가 없다는 것, 그리고 레이 씨는 아야코 살해가 불가능하다는 것이었죠."

산시로는 자신은 헤이스팅스에 불과하다는 걸 새삼 느끼며 대답했다. 푸아로, 즉 명탐정 미야는 지금 어떤 얼굴로 수수께끼에 도전하고 있을지 문득 의문이 들었다.

조금 전부터 미야가 이쪽을 돌아보지 않고 있기 때문이다.

"그래, 맞아. 그 두 가지였지. 그럼 우선 두 번째인 아야코 살해 문제부터 시작해 볼까?"

산시로의 의문에 아랑곳하지 않고 미야는 설명을 시작했다.

"그건 이 녀석의 속임수였어."

"하지만 레이 씨가 그날 저희에게 들키지 않고 집을 빠져나가 아야코의 집에 다녀오는 건 아무리 생각해도 불가능해요."

"그래. 직접 위해를 가하는 건 불가능하겠지. 간자키 레이는 그날 분명 집 안에서 한 발짝도 나가지 않았으니까."

"그럼 레이 씨에게 공범이 있었다는 말인가요?"

"공범이라 할 수도 있겠지만 당사자는 공범이라는 인식이 없었을걸. 자신이 이용당한다고는 눈곱만큼도 생각하지 못하고 범행에 가담했겠지. 간자키 레이가 플레임인 걸 알았다면 협조하지 않았을 텐데."

"무슨 뜻인지 모르겠어요."

"그래. 너무 돌려 말했네."

뒷모습만 봐도 미야가 쓴웃음을 짓는 게 느껴졌다.

"아야노코지 아야코는 자살했어."

"네? 자살이라고요?"

아야코가 살해됐다는 소식을 처음 들었을 때도 실감 나지 않았는데 자살은 그걸 뛰어넘는다. 받아들이고 말고의 문제가 아니다. '있을 수 없는 일'이라고 할 수밖에 없었다.

"그럴 리 없어요. 미야 씨도 짧기는 했지만 아야코를 만나 대화도 해 보셨잖아요. 그 아이가 자살할 사람으로 보였나요?"

"응, 보였어. 목소리가 파랬거든."

파란 목소리……. 미야의 공감각에서 그것은 자살을 원하는 자의 목소리 색이다.

"아야코의 목소리가요? 그럴 리가……."

말하는 도중 퍼뜩 떠올랐다.

가렌의 경야 의식을 마치고 나온 아야코를 만나 대화할 때 미야의 얼굴에는 희미하지만 그늘이 드리워져 있었다.

설마 그게…….

"경야 때……."

"그래. 그때 내 눈에는 아야코의 본모습이 보였어. 자살을 원하는 사람의 본모습이."

할 말을 잃었다. 아야코와 자살. 그 두 가지가 머릿속에서 도저히 맞물리지 않았다.

"가렌의 죽음으로 아야코가 그토록 큰 충격을 받은 건가요? 두 사람은 분명 사이가 좋았지만, 그렇다고 뒤따르고 싶을 정도로는……."

"아니, 그건 아닐 거야. 아야코의 목소리는 그렇게 순수하지는 않았으니까. 불순물이 섞인 탁한 파란색이었고, 형태도 눅눅한 비스킷 같았어. 게다가 간자키 레이의 모습을 본 순간 그 파란빛이 다시 눈 녹듯 사라지기도 했지. 가렌의 죽음과 아야코의 자살 욕망은 직접적인 관계가 없어. 아니, 그걸 넘어 굳이 말하자면, 그래. 아야코는 가렌을 부러워했을지도 몰라."

"부러워했다고요? 살해된 가렌을?"

"살해됐으니 부러운 거지. 이렇다 할 수고를 들이지 않고 죽을 수 있었으니."

"그, 그게 무슨……."

말도 안 되는 소리예요!

울컥 치밀어 오른 분노 때문에 말문이 막혔다.

"그렇게 흥분하지 마. 어디까지나 아야코의 심리고 다른 사람은 이해 못 할 수도 있으니까. 아야코는 평소부터 죽음에 매료돼 있었고, 동경을 가지고 있었어. 가끔 있지? 남들이 보기에 축복받은 사람인데 스스로 자신이 세상에서 가장 불행하다고 생각하는 사람. 그런 아야코의 성향이 사춘기 특유의 일시적인 것이었는지, 오래전부터 지속돼 왔는지는 알 수 없어. 이제는 확인할 방법도 없고."

"……전부 미야 씨의 추측일 뿐이에요. 증거라곤 없어요."

분노를 참으며 반박하면서도 속에서는 불안이 서서히 고개를 들기 시작했다.

평소 지나치게 응석받이였던 아야코. '이상한 아이'라고 불리며 반에서 고립될 뻔한 아야코. 가렌을 친구보다 언니처럼 여긴 것 같은 아야코…….

"'PSYCHO의 방'."

그때 불쑥 튀어나온 고유명사가 불안을 더 증폭시켰다.

"아야코가 네게 추천한 인생 상담 사이트. 기억하지?"

"네. 그게 왜요?"

"'죽고 싶지 않아지는 노래'였나? PSYCHO 씨가 직접 불렀다는 그 이상한 노래. 그 노래 속 목소리는 파렸어. 즉, 사이트 관리자인 PSYCHO 씨는 다른 사람의 인생 상담을 해 주면서 그 스스로는 자살을 바라는 사람이었던 거야. 어쩌면 사이트를 만든 것도 '이 세상에는 나보다 불쌍한 사람들이 있다'라는 걸 확인하고 안심하려는 목적 아니었을까."

"그건 그것대로 놀라운 이야기지만…… 그게 아야코와 무슨 관계가 있는 거죠?"

"사이트 관리인인 PSYCHO 씨가 바로 아야코였어."

갑작스러운 미야의 결론에 산시로는 놀라지도 어처구니없어 할 수도 없었다.

"목소리를 가공하기는 했지만 색과 형태 모두 아야코의 목소리와 똑같았거든. 틀림없어. 음성 분석을 제대로 하면 동일 인물인 게 밝혀질 거야."

"제대로 음성 분석을 거친 게 아니니 그것도 미야 씨의 착각일 가능성이 있지 않나요?"

미야는 고개를 흔들었다.

"아야노코지 아야코. 발음 연습하기 좋은 이름이야."

"오토미야 미야도 비슷해요."

"아야코의 아야彩는 '색채' 할 때 '채彩'. 그리고 '채'는 일본어로 '아야'가 아닌 다른 발음으로 읽을 수도 있어. 거기에 '코'를 붙이면?"

대번에 숨이 멎었다.

사이✦, 코. 아야코를 다르게 읽으면 사이코. 그건 즉.

"PSYCHO……."

"정답. 목소리에다 암호 같은 닉네임까지. 이 정도면 충분하지? 아야코는 그 사이트 관리자인 PSYCHO 씨와 동일인이었고, 강렬한 자살 욕구를 가지고 있었어."

아야코가 PSYCHO였다.

그 기이한 인생 상담 사이트의 관리자가.

미야가 말하길 아야코가 그런 사이트를 운영한 이유는 세상에 자신보다 불쌍한 사람들이 있는 걸 확인하고 안도하기 위해서였다고 한다. 당사자가 세상에 없는 이상 진실은 알 수 없다. 하지만 정말 그게 사실이라면 산시로, 즉 나에게 'PSYCHO의 방'에 들어가 보라고 권한 것도…….

―와, 나보다 더 불쌍한 사람이 여기 또 있잖아.

"아야코는 평소 죽음을 동경하는 이기적인 사람이었어."

그렇게 중얼거리는 미야를 보며 깨달았다. 아야코와 대화할 때 미야는 줄곧 아야코와 눈을 마주치지 않고 팔찌로 시선을 떨구고 있었다.

진홍색 보석이 박힌 백금 팔찌.

지금도 미야는 그 팔찌를 차고 있다. 그저 좋아하는 액세서

✦ 일본어로 彩를 음독하면 '사이'가 된다.

리 정도로 여겼는데, 혹시 이 진홍색 보석은 불순물이 섞인 파란색과 마주했을 때 주의를 분산시키기 위한 것 아닐까.

"그때는 플레임 때문에 워낙 정신없기도 했고, 그냥 일시적인 거겠거니 싶어 아야코의 그 파란색을 무시했어. 그 자체는 후회하지 않아. 그런 탁한 푸른빛에 연연했다가는 내가 버티지 못했을 테니까.

다만 아야코의 그런 자살 욕구를 자신을 위해 이용하려고 한 사람이 있었어. 아야코는 오래전부터 그를 찾아가 상담도 했겠지. 그게 바로."

미야는 등을 돌린 채 턱으로 레이를 가리켰다.

"레이 씨라고요?"

고개를 끄덕이는 미야. 레이는 여전히 기묘한 신음을 울리며 가끔 떠올린 것처럼 몸을 부르르 경련했다.

"간자키 레이는 가렌이 죽어서 큰 충격을 받은 아야코를 교묘하게 부추겨 자살로 몰고 간 거야. 그런 동시에 아야코가 플레임에게 살해된 것처럼 연출하려고 꼼꼼하게 사전 계획을 세웠겠지. 창문을 깨서 누군가가 집에 침입한 것처럼 보이게 하거나, 몸싸움을 벌인 흔적을 만들거나. 만약의 사태에 대비해 오래전부터 그런 구상을 짜지 않았을까?

그리고 우리가 그의 집을 감시하는 동안 간자키 레이는 아야코와 계속 화상 채팅 같은 걸 한 것 같아. 자살 욕구를 더 부추기려고 '같은 시간에 함께 죽자' 같은 말로 구슬렸을지도 모르지. 간자키 레이를 전적으로 신뢰한 아야코는 결국 레이가 시키는 대로 했고, 자신의 컴퓨터 관련 지식을 총동원해 채팅 기록을 전부 삭제하고 스스로 몸에 등유를 뿌리고 몸을 묶고 성냥불을 붙였어. 간자키 레이 역시 마찬가지로 채팅 기록을 지워 증거를 인멸했을 거고."

"아야코는 왜 그렇게까지 해서 목숨을 끊은 거죠?"

"가장 큰 이유는 아마 어머니 때문이었겠지. 딸이 자살하면 얼마나 큰 상처를 받을지 헤아리기도 힘드니까. 그 정도 양심은 있었던 게 아닐까. 아니면 그조차 없고 그냥 처음부터 끝까지 간자키 레이에게 세뇌당했을 수도 있어. 간자키 레이는 유능한 정신과 의사 지망생이니 고민 많은 소녀 한 명을 마음대로 조종하는 것 정도는 식은 죽 먹기였을 거야. 뛰어난 재능이 독이 된 경우라고 해야겠네.

아무튼 이렇게 간자키 레이는 자신이 플레임인 걸 숨긴 채 아야코 스스로 '플레임에게 살해된 것처럼' 목숨을 끊게 하고 철벽의 알리바이를 손에 넣었어."

온몸에 소름이 돋았다. 그날 레이는 아야코를 그렇게 죽음으로 몰고 가며 평소와 다름없이 행동했던 걸까. '집에서 나온 간자키는 평소보다 더 짙은 붉은색 목소리로 말했다'라는 미야의 말이 결국 맞았던 걸까.

"네. 아야코 일은 알겠어요. 결국 레이 씨가 아야코를 간접적으로 살해했다는 말이네요. 그래서 다른 피해자들과 시신의 상태도 달랐던 거고요.

하지만 그럼 동기는 뭔가요? 가렌은 입막음과 수사 방해였다고 치고 오이타 씨와 사카이 씨, 그리고 다섯 번째 시신으로 떠오른 사람을 레이 씨가 살해한 이유는요? 불태운 이유는요? 그리고 미야 씨까지 죽이려고 한 이유는요?"

"그렇게 한꺼번에 묻지 마. 뭐, 답은 다 똑같지만."

미야는 짧아진 머리카락을 쓰다듬더니 손에 묻은 냄새를 맡았다.

"일부러 멀리까지 가서 사 왔다고 하니 향은 그럭저럭 괜찮네. 근데 이런 걸 사람한테 붓는 건 아니잖아. 장난도 정도껏 해야지."

"아까 그 액체 말이죠? 그게 뭐예요?"

"간장."

미야가 불쾌한 것처럼 툭 내뱉었다.

"간장요? 그런 걸 왜……?"

"살아 있으면 역시 안 됐겠지. 시신이 아니고서는 효과가 약했던 거야. 아, 정말 화나네. 이거, 내가 좋아하는 코튼데. 얼른 가서 샤워하고 싶어."

"무슨 말씀인지 모르겠어요. 제대로 설명해 주세요. 대학 수업에서 했다는 그 정신 감정 결과가 결국 틀렸고 레이 씨는 정신 이상자였던 건가요?"

"이상자라고 할 수는 없다. 야하기 씨라면 아마 그렇게 대답하지 않았을까."

"그렇다면……."

"식인食人."

"말도 안 돼!"

너무도 직설적인 그 단어를 듣고 산시로는 즉시 부정했다.

"그건 야하기 씨도 말씀하셨잖아요. 시신에 부자연스러운 손상 같은 건 없었고 타액도 검출되지 않았다. 그러니 식인 같은 건……."

말을 마치기도 전에 산시로는 깨달았다.

깨달아 버렸다.

문득 지금껏 봐 온 것들이 주마등처럼 머리를 스쳐 갔다.

음식물 쓰레기 처리기 속에서 빛나던 레몬.

기요카와 주조의 '만텐마루'.

그리고 미야의 몸에 뿌려진 간장.

설마…… 설마, 설마…….

한참을 말없이 고민하다가 마침내 산시로는 무겁게 입을 열었다.

"레이 씨는 오이타 가나에 씨의 시신을 불태우고 그 위에 레몬즙을, 사카이 기요미 씨의 시신을 불태우고 그 위에 요리술인 '만텐마루'를 뿌렸다. 그리고 미야 씨의 몸에는 간장을 뿌리고 그 모습을 보며 즐거워했다. 보는 것만으로 충분했다. 즉……."

산시로는 자신이 끝내 도달한 '동기'를 스스로 믿지 못하면서도 입 밖에 꺼냈다.

　"레이 씨는 공감각자, 즉 시각에 부수적으로 미각이 반응하는 공감각자였다……."

　"명예 회복이네. 헤이스팅스 군."

　'씩' 하고 웃는 자막이 들릴 것 같은 목소리.

　그래도 탐정은 뒤돌아보지 않았다.

　"내가 소리를 들으면 색과 형태가 보이는 것처럼 간자키 레이는 본 것에서 맛을 느끼는 공감각자야. 그런 능력을 활용해 시신을 보고, 맛보기 위해 플레임이 된 거야. 그것이 바로 이번 사건의 범행 동기. 보기만 하면 되니까 칼이나 포크 따위로 시신을 훼손할 필요가 없고 타액도 검출되지 않았어."

　"하지만…… 어떻게 그런……."

　산시로는 직접 말해 놓고도 혼란스러워하며 머리에 떠오른 의문을 간신히 입에 담았다.

　"야하기 씨가 그러지 않았나요? 레이 씨에게 식인 취향 같은 이상성은 없었다고요. 그런데 식인이 동기라니……."

　"그건 네 기억 착오야. 야하기 씨는 '간자키 레이가 식인을 '문화'로 인식하고 있었다면 정신 감정에서는 이상성이 없다고 나올지도 모른다'라고 했으니까. 그리고 간자키 레이는 바로 그 '문화'로서의 식인 행위를 했어. 그 결과 정신 감정에 걸리지 않아 '이상성 없음'으로 나온 거지."

"현대 일본에서 식인을 문화로 삼는 건 말도 안 되잖아요."

"그래서 간자키 레이가 공감각자라고 하는 거야. 보는 것만으로도 얼마든 맛볼 수 있으니까. 요즘 같은 시대에는 시신 사진이 업로드되는 사이트 같은 건 인터넷에서 쉽게 찾을 수 있어. 그는 그렇게 계속 시체들을 보고 맛보며 어느새 그게 당연해졌겠지. 공감각은 사람마다 받는 자극이 다르기 때문에 시신을 보고 어떤 맛을 느꼈는지는 알 수 없어. 하지만 유독 불에 탄 시신의 맛을 가장 좋아했던 건 확실한 것 같아. 그러니 살아 있는 나에게 간장을 부어도 별맛을 느끼지 못했던 거야. 활기가 넘친다느니 한 걸 보면 날 산 채로 잡아먹어 보려고도 한 걸까? 아무튼 정신 나간 자식이라니까."

"사진만으로 맛볼 수 있다면 그걸로 충분하지 않나요? 굳이 직접 죽이지 않아도요. 예를 들어, 그 노비조에서 레이 씨는 메뉴판을 뚫어지게 봤잖아요. 그것만으로도 미각이 충족되지 않았나요?"

"사진보다 실물이 미각 반응이 더 좋았겠지. 실제로 그 후 간자키는 고기에 간장을 잔뜩 붓고는 내가 재촉할 때까지 먹으려 하지 않았어. 그전까지 배가 고프다고 했는데도 말이야. 지금 다시 생각하면 그때 간자키는 간장을 뿌린 고기를 이미 시각으로 맛보고 있었던 거야."

당시 간자키를 보며 식욕이 사라질 정도로 긴장했는데도 침착하다고 감탄했다. 그래서 음식에 손을 대지 않는 거라고 믿었다.

그게 착각이었다니.

"간자키 레이에게 이상적인 건 불탄 시신의 실물을 보며 맛보는 것이었어. 그러던 어느 날, 저걸 떠올렸겠지."

미야는 여전히 등을 돌린 채 책장처럼 보이는 숨겨진 문을 가리켰다.

"어렸을 때 이곳을 찾은 간자키 레이는 우연히 저 숨겨진 문의 존재를 알게 됐어. 누구에게도 들키지 않고 시신을 불태우기 이보다 더 좋은 장소도 없지 않을까? 하지만 이곳 일대는 내년부터 개발에 들어갈 예정이잖아. 그럼 이제 이곳이 철거되는 것도 시간문제다. 그렇게 되기 전 진짜 시신을 만들어서⋯⋯ 그러니까 그 입장에서는 시신을 **조리**해 눈으로 맛보고 싶었던 거야. 바로 그것이 플레임이 탄생한 계기였어."

산시로는 반론을 제기하려다가 마땅한 재료가 없다는 걸 깨닫고 입을 다물었다.

"또 다른 계기는 대학 수업 때 받았던 정신 감정이야. 비록 간이 감정이기는 해도 저명한 정신 감정의 교수에게 그는 '이상성 없음'이라는 판정을 받았지. 간자키 레이는 이 감정 결과만 있으면 '시신을 불태우는 엽기 살인마' 후보에서 자신이 제외될 거라고 믿었어. 그리고 실제로도 그렇게 됐잖아. 경찰과 야하기 씨, 그리고 너와 나까지 모두 감정 결과에 속아 넘어갔으니까."

내년으로 다가온 폐공장 철거와 대학 수업 때 받은 정신 감정.

정말 그런 이유로 간자키 레이는 플레임이 된 걸까.

정말 그런 이유로 가렌은 살해당한 걸까.

"간자키 레이는 손쉽게 죽일 수 있는 사람이면 누구든 좋다는 식으로 '식재료'를 타협해 일부러 신원 파악이 어렵고 실종돼도 논란이 적을 만한 노숙인을 노렸어. 첫 번째 피해자인 오이타 가나에 씨는 안타깝게도 그런 이유로 표적이 된 거야.

간자키 레이는 오이타 씨를 살해하고 저 비밀 방에서 시신을 불태운 후 신선한 레몬즙을 그녀의 몸에 뿌렸어. 그 후 눈으로 시신을 충분히 맛본 후 시신을 '기주엔'의 음식물 쓰레기 처리기 속에 버렸지. '기주엔'은 적극적으로 자사 정보를 공개하는 선진 기업이니 부지에 몰래 들어가기 쉬웠을 거야. 사전에 그곳 음식물 쓰레기 처리기 속에 레몬들이 들어 있다는 것도 확인했을 테고. 그 안에 시신을 넣으면 시신에 레몬즙이 뿌려졌다는 걸 알 수 없게 되지.

두 번째 피해자인 사카이 기요미 씨 역시 마찬가지야. 오이타 씨와 같은 이유로 간자키 레이는 그녀를 노려서 살해한 후 이곳에서 시신을 불태웠어. 그리고 미식가답게 이번에는 다른 맛을 즐기고 싶었던 걸까? 간자키 레이는 요리술로 인기 많은 기요카와 주조의 '만텐마루'를 시신에 부어 실컷 맛본 후 시신을 술통에 유기했어."

그렇다면 시신이 그런 기묘한 장소에 유기된 이유가…….

"설마 레이 씨는 시신 자체가 아닌 시신에 뿌린 조미료들을 은폐하려고 했던 건가요?"

"맞아. 그런 거지. 간자키 레이 입장에서는 호시모리만에 쉽게 시신을 버릴 수 없었어. 아무리 무게추 같은 걸 단다고 해도 시신이 떠오를 위험이 있으니까. 시간이 오래 흐른 뒤면 모를까, 만약 시신이 일찍 떠올라 시신에서 레몬즙이나 요리술이 검출되면 경찰은 당연히 미심쩍게 생각하겠지. 게다가 앞으로 공감각에 대한 연구가 더 진행돼 사람들 사이에 널리 알려지면 '시각과 미각이 연동된 공감각자'인 자신과도 연결될 위험이 있었어. 가능성은 작아도 간자키 레이는 그런 만일의 사태에 대비한 거야.

산시로 군, 네게는 가혹한 말일 수 있지만 그런 간자키 레이에게 행운이었던 것이 바로 가렌을 살해한 것이었어. 가렌이 범행 순간을 목격하는 바람에 간자키 레이는 그녀를 살해하고 시신을 불태운 뒤 이번에는 아무런 조미료를 뿌리지 않고 시신을 공원에 버렸어. 그래도 친여동생처럼 아끼던 여자아이를 맛보고 싶지는 않았겠지. 또 그렇게 하면 수사를 교란시킬 수도 있고. 그 후 간자키 레이의 노림수대로 가렌의 시신이 발견되자 경찰은 수사 방침을 정하지 못한 채 혼란에 빠졌고, 나 역시 간자키 레이가 플레임이라는 걸 일찍 알아챘지만 동기를 알지 못해 막다른 골목에 몰리게 된 거야."

"그럼 미야 씨는 언제부터 레이 씨의 동기를…… 그러니까 레이 씨가 공감각자라는 걸 알아채신 건가요?"

"처음부터 이상하기는 했어. 9년 전 너와 네 지인들이 이곳에 와서 집단 자살한 사람들의 부패한 시신을 발견했을 때 간자키 레이가 구토를 했다고 했지? 하지만 내 눈에는 아무리 봐도 간자키 레이가 그런 사람으로 보이지 않았어. 아마 가렌의 경야 때 비슷한 말을 했던 것 같은데."

그렇다. 미야는 그때 확실히 레이가 시신 같은 걸 봐도 멀쩡할 것 같다고 했다.

그때는 레이의 외모만 보며 편견을 가진다고 생각했는데, 진지하게 추리하고 있었던 걸까.

"그래서 왠지 이상하다고는 느꼈지만, 확실하게 깨달은 건 호시모리만에서 다섯 번째 시신이 발견됐을 때야. 다른 시신들도 그냥 바다에 버렸으면 편할 텐데, 왜 굳이 이 시신만 바다에? 그 이유를 곰곰이 궁리해 보니 알겠더라고. 플레임이 지금 은폐하려는 건 시신 그 자체가 아닌 거기에 딸린 무언가다. 그리고 거기서 레몬즙과 요리술에 도달하는 건 별로 어렵지 않았어."

"설마 다섯 번째 시신은 소금으로 맛을 냈다는 건가요?"

"맞아. 소금은 바닷물에 섞이면 시신이 일찍 발견되더라도 검출되기 어려우니까. 다섯 번째 시신은 바다에 버린 것 자체가 증거 인멸이었던 거지. 덕분에 난 동기를 알아챌 수 있었고.

9년 전, 간자키 레이는 이 공장에서 부패한 시신을 보며 자

376

신이 시신에서 유독 특별한 맛을 느낀다는 걸 깨달았을 거야. 그전에 자신이 공감각자인 걸 자각했는지는 모르지만, 그렇게 한꺼번에 많은 시신을 볼 기회는 없었을 테니까. 전혀 마음의 준비가 되지 않은 상태에서 미각에 뭔가 강렬한 맛이 퍼지지 않았을까? 그래서 자기도 모르게 너희가 보는 앞에서 구토를 한 거고."

믿기 어렵지만 미야의 추리가 맞다는 걸 인정할 수밖에 없다. 그래도.

"그것도 다 추측이잖아요. 어떻게 그것만으로 레이 씨가 공감각자라는 걸 아신 거예요?"

"내 나름대로는 틀림없다고 믿었지만 나도 확신까지는 못 했어. 간자키 레이가 플레임이면 나처럼 실생활에 영향이 있을 정도의 강력한 공감각자일 거고, 그 숫자는 10만 명에 한 명 정도라고 하지. 그래서 함정을 설치했어."

"함정?"

"교코 씨의 도움을 받았어. 아까 라 스리즈에서 케이크를 먹을 때 간자키 레이의 홍차에만 타바스코소스를 조금 뿌려 달라고 했거든."

"하지만 그때 레이 씨는 매워하는 기색 같은 건 보이지 않았는데요."

"그야 당연하지. 내가 왜 그렇게 많은 케이크를 준비했을 거라고 생각해?"

그 만남의 목적을 이제야 깨달았다.

"……미리 대량의 케이크를 보여 줘서 레이 씨의 혀에 단맛을 가득 채운 거군요. 그런 상태에서 타바스코소스에 반응하는지 관찰했고."

"아까 말했듯 공감각은 사람마다 받는 자극이 다르니 단맛이 가득 채워졌는지까지는 나도 알 수 없어. 평소에는 눈에 보이는 것에서 어렴풋하게 맛을 느끼지만, 대량의 케이크를 보게 되자 간자키 레이의 미각은 어떤 자극으로 가득 차 홍차에 섞인 타바스코소스를 알아채지 못했다. 아무리 소량이어도 홍차에 그런 게 들어 있으면 누구나 금세 알아챌 텐데. 그래서 그때 난 간자키 레이가 공감각자라고 비로소 확신할 수 있었던 거야."

교코 로얄즈 홍차가 그토록 진한 빨간색을 띠었던 것도 겉보기에는 홍차에 타바스코소스가 섞여 있다는 걸 알아채지 못하게 할 의도였을까.

"그 후 내가 그 앞에서 공감각자라고 고백해도 간자키 레이는 자신도 공감각자인 걸 전혀 내색하지 않았어. 철저히 숨겼지. 그 덕에 범행 동기에 대해서도 의심의 여지가 없다고 확신했고."

가장 큰 수수께끼가 풀렸다. 이번 사건은 역시 동기의 미스터리, 즉 '와이더닛'이었다.

플레임이 사람을 죽이는 이유. 그것은 **시각을 통해서 시신을 맛보기 위해.**

일반적으로는 상상할 수도 없는 동기다. 그러나 간자키 레이가 공감각자인 점을 고려하면 이해할 수 없어도 납득은 할 수 있다. 미야가 주장하는 간자키 레이 설은 동기가 없다는 게 큰 걸림돌이었지만, 그것이 밝혀진 이상 부정할 재료도 없다.

이것이 바로 이번 사건의 진실이다.

호시모리시의 인구는 14만 명이 약간 넘는다. 그중 현 외에서 온 미야는 제외.

즉, 호시모리시에는 10만 명 중 한 명꼴이라는 '강력한 공감각자'가 존재했던 것이다.

그런 공감각자이자 플레임인 간자키 레이는 지금 왜 고통에 차서 바닥을 데굴데굴 굴러다니고 있는 걸까.

"간자키 레이는 자신의 기척을 지우는 데 천부적인 재능을 타고났어. 이번 사건은 물증으로 추적할 수 없는 특수한 사건이었지. 하지만 그 나름의 방법은 있었어."

미야는 여전히 뒤돌아보지 않고 말을 이어 갔다.

"이 녀석이 나를 두고 자기가 좋아하는 타입이라고 했으니까. 그런 마음에 드는 '식재료'를 죽이고 불태워서 맛보고 싶어 할 거라 확신했어. 그래서 더는 의심하지 않는 척하며 사과하고, 머리를 짧게 잘라 목을 강조한 후 폐공장에 간다는 걸 알렸지. 예상대로 간자키 레이는 공장에 찾아와 인공 피부를 붙인 내 목에 전기 충격기를 들이댔어. 그 후 난 겁에 질린 비련의 여주인공을 연기하며 분위기를 조성해 그가 플레임인 걸 스스로 실토하게 한 거야."

레이가 지금 고통스러워하는 이유는 알 수 없다. 계속 등을 돌리고 있는 미야도 신경 쓰인다. 거기서는 불안과 더불어 왠지 모를 불길함이 느껴졌다. 하지만 적어도 사건에 관해서만큼은 모든 게 밝혀졌다.

모든 게 내 상상을 뛰어넘는 지점에 있었다.

내가 형처럼 따르고 가렌이 호감을 품어 온 간자키 레이가 플레임이었다. 인간을 '식재료'로 여긴 남자. 잔인한 본성을 가면으로 가리며 일상을 지내 온 살인마.

상상도 못 할 진실 앞에서 나는 어떻게 해야 할까.

서바이벌 나이프는 지금 점퍼 주머니 안에 있다. 합기도 실력으로는 레이를 당해낼 수 없다. 하지만 정확히 어떤 이유인지 몰라도 지금 바닥에 쓰러져 있는 레이라면 쉽게 찔러 죽일 수 있다. 가렌의 소원을 이루고, 복수를 달성할 수 있다.

아무리 레이 씨라고 해도 죽여야 한다. 이 사람은 희대의 살인마니까.

하지만.

"지금 다시 생각하면."

산시로는 감정을 제대로 정리하지 못한 상태에서 일단 입을 열었다.

"저에게도 레이 씨가 공감각자인 걸 깨달을 기회가 있었던 것 같아요. 밸런타인데이 때 가렌이 만든 투박하고 쓴 초콜릿을 레이 씨가 '맛있네'라고 하며 먹어 줬거든요. 어쩌면 그때 그 투박한 초콜릿을 본 것만으로 이미 맛을 느꼈을지 모르겠어요."

"그런 일이 있었구나. 하지만 그것만으로 간자키 레이가 공감각자라는 걸 알아차릴 수는 없었을 거야. 애초에 네가 공감각자의 존재를 알게 된 계기는 나와의 만남이었으니까."

"그래도 뭔가 이상하다고 느껴야 했어요. 제가 조금 더 신경 썼더라면 레이 씨가 공감각자인 걸 알아차리고……."

"알아챘다고 해서 뭐가 달라졌을까? 설마 간자키 레이가 단지 공감각 때문에 플레임이 됐다고 생각하는 거야?"

"그 정도는 아니겠지만 원인의 하나일 수는……."

"아니."

냉기를 머금은 채찍 같은 한마디였다.

"공감각 자체가 강렬한 지각 체험인 만큼 한 사람의 인생관에 전혀 영향을 미치지 않는다고 할 수는 없겠지. 하지만 난 간자키 레이가 플레임이 된 건 공감각과 전혀 별개의 문제라고 생각해.

아마 간자키 레이는 공장에서 부패한 시신을 보고 나서 인터넷이나 암암리에 유통되는 책을 읽으며 시신 사진을 찾아다녔을 거야. 그 결과 그는 플레임이 됐어. 선천적이나 후천적인 걸 떠나 전적으로 간자키 레이라는 한 개인의 문제일 뿐, 공감각과는 관계가 없어. 시신을 보고 어떤 맛을 느끼든 눈앞에 죽어 있는 게 나와 똑같은 사람이라고 인식하면 평범한 사람은 그걸 맛보겠다는 발상은 하지 않을 거야. 백번 양보해 시신 감상이 취미라고 해도 실제 사람을 죽이겠다는 발상은 하지 않아. 아니, 하지 않아야 해.

하지만 간자키 레이는 그 선을 넘어 버렸어. 간자키 레이에게 '식재료'란 인간을 구성하는 한 요소에 불과했을 텐데 어느새 그것 외에 다른 건 보지 못하게 된 거야. 여기에 공감각이 개입될 여지는 없어. 오히려 멋진 지각 체험으로 멈출 수도 있는데, 간자키 레이는 스스로 그런 기회를 뿌리쳤어."

"그렇군요. 죄송합니다."

공감각을 다른 사람과 공유할 수 없는 이상 다른 사람은 보이지 않는 걸 보는 미야는 인간 사회에서 고립되기 쉽다. 그걸 넘어 '공감각 때문에 살인마가 됐다'라는 식의 논리는 받아들이기 힘들 것이다. 미야의 말이 옳고, 내 발언은 경솔했다.

"하지만 그것까지 다 포함해 레이 씨 본인에게 이야기를 듣고 싶어요. 레이 씨도 할 말이 있을지 모르잖아요. 경찰서에 데려가기 전 시간을 조금만 주시면 안 될까요?"

"재미있는 말을 하네, 산시로 군."

미야는 등골이 서늘해질 정도의 냉소를 머금은 목소리로 말했다.

"실제로는 대화 따위 필요 없이 얼른 죽이고 싶은 거 아니야? 목소리가 새빨간 걸 보면."

새빨갛다고? 내 목소리가?

"자각 못 했니? 지난 며칠간 네 목소리에서 붉은빛이 자주 보이기는 했지만 지금은 계속 새빨개. 네가 입을 열 때마다 새빨간 물방울이 튀고 있어. 지금 당장 간자키 레이를…… 플레임을 죽이고 싶어 하는 심정이 절절히 전해질 만큼."

그렇지 않다고 부정할 수 없다.

나도 모르는 사이 오른손에 서바이벌 나이프를 움켜쥐고 있었기 때문이다.

그렇구나. 나는 역시 레이 씨를 죽이고 싶은 걸까. 당연하다. 이 사람은 본색을 숨기고 우리에게 접근해 가렌의 목숨을 앗아 갔고, 그것도 모자라 뻔뻔하게 장례식까지 도우려고 했다. 살아갈 가치가 없다. 이제는 이것 외에 내가 가렌을 위해 할 수 있는 일이 없다.

쓰러진 레이는 이제 거의 움직이지 않았다. 얼굴이 눈물과 콧물, 침과 땀이 섞인 액체로 범벅돼 있다. 눈동자는 초점이 맞지 않는다. 입에서는 이따금 짐승 같은 신음이 새어 나온다. 레이의 몸에 무슨 일이 생겼는지는 모르지만 그가 지금 정상적인 상태가 아닌 것만은 분명했다.

분노에 휩싸여 칼을 들고 한 발짝 내딛으려는 찰나.

"그래도 열일곱 살 소년을 살인범으로 만들 수는 없지."

미야는 그렇게 말했다.

"죽이게 해 주세요, 미야 씨. 미야 씨 일은 이제 끝났어요."

"뭐야. 역시 야하기 씨한테 아무것도 못 들었나 보네."

미야는 바닥에 떨어진 칼을 주워 들며 말했다.

"여기서부터가 진짜 내가 할 일인데."

"네? 뭘 하시려는 건가요. 설마 그 칼로 레이 씨를……."

"찌르거나 하지는 않아. 그럼 나까지 살인죄로 잡혀갈 테니까. 아, 이런 경우에는 정당방위가 성립하려나?"

미야는 왠지 즐거워 보이는 얼굴로 왼손으로 능숙하게 칼을 만지작거렸다.

"무슨 말씀인지 모르겠어요. 칼 같은 건 버리고……."

"플레임 사건을 수사해 그의 정체를 밝히고 제거하라."

미야는 낮고 차가운 목소리로 그렇게 내뱉더니 빙글빙글 돌리던 칼을 멈추고 그 끝을 레이에게 겨누었다.

"그게 야하기 씨가 나한테 의뢰한 임무야. 야하기 씨가 수사에 개입하는 건 말이지. 수사를 교란하기 위해서야. 그러니 자신이 얻은 정보는 최소한만 수사본부에 전달하지. 경찰이 나보다 제거 대상에 먼저 도달하지 못하도록. 이번에도 X현 경찰은 수사를 하고 있다고 믿겠지만 결국 야하기 씨의 손에 놀아나고 있을 뿐이었어."

"대…… 대체 무슨 말씀을……."

"뇌출혈이려나, 심장마비이려나. 아니면 전혀 다른 걸 수도. 과연 뭐가 사인이 될까?"

미야는 이해할 수 없는 말을 중얼거리며 칼을 크게 휘둘렀다. 위기를 느낀 산시로는 재빨리 미야에게 달려들었다. 그리고 미야의 왼팔을 붙잡고 있는 힘껏 그녀의 몸을 돌려세웠다.

"미야 씨, 잠깐만……."

그렇게 미야의 두 눈을 본 순간.

산시로의 세계가 폭발했다.

6

가장 먼저 들어온 색은 금색이었다. 미야는 꼭 제물을 발견한 마녀처럼 싸늘하게 미소 짓고 있다. 크게 뜨인 두 눈은 호기심으로 가득 차서…….

눈?

이상하다. 검었던 미야의 눈동자가 어느새 금색으로 변해 있다.

그렇게 생각했을 때 이미 산시로의 온몸은 금빛에 잠식돼 있었다. 나와 세상을 구분 짓는 중요한 무언가가 녹아내린다.

입에서 소리가 나왔다. 무슨 말인지는 모른다. 의미가 있는 말인지, 그저 비명인지도.

"놓으렴."

미야의 질책이, 아팠다.

비유가 아닌 온몸의 피부에서 화상을 입은 것 같은 통증이 느껴졌다. 시야에는 초록색 안개가 끼어 있다. 달콤한 향기가 코를 찌르고, 혀에서 느껴지는 약간의 매운맛.

아, 이건 미야의 목소리다. 지금 나는 미야의 목소리를 오감으로 느끼고 있다.

목소리뿐 아니라 미야의 왼팔도 마찬가지다. 체온을 피부로 느끼는 것을 넘어 눈, 코, 혀, 귀 등 모든 감각 기관으로 미야의 왼팔을 느끼고 있다. 답답하고, 숨 막힌다. 좌우로 나뉜 뇌에 앞뒤로도 균열이 생기는 것이 보인다. 그리고 균열은 앞뒤, 좌우로 점점 더 수가 늘어났다.

뇌가, 슬라이스되고 있다.

"산시로 군, 놓지 않으면 너도 큰일 날 거야."

하지만 제가 놓으면 그 칼로 레이 씨를 찌를 거잖아요.

'그 칼'과 실제 칼이 시야에 들어온 순간, 온몸을 두들겨 맞는 듯한 통증이 덮쳤다. 정신이 아득해진다.

대체 무슨 일이 일어난 걸까. 그렇게 생각만 하는 건지, 소리 내어 말한 건지도 구분되지 않는다.

"바로 이게 야하기 씨가 내게 일을 의뢰하는 이유야."

금빛 눈동자인 미야가 말했다.

"인간의 뇌는 말이지. 기본적으로 다중 자극을 견디지 못해. 하지만 공감각자는 항상 뇌에 부하가 걸리기는 해도 그게 일상이라 익숙한 거야. 그 부하를 공감각자가 아닌 사람에게 가하면 어떻게 될까? 그에 대한 답이 지금 산시로 군의 상태야."

무슨 말인지 모르겠다. 그저 기분 나쁘다. 불쾌하고, 역겹다.

"산시로 군, 넌 지금 공감각자가 되었어. 그것도 하나의 자극에 오감이 전부 반응하는, 그야말로 유례를 찾을 수 없는 희귀한 공감각자. 어때? 괴롭지? 뇌에 갑자기 그 정도 부하가 오면 나라도 견디기 힘들걸. 공감각자들은 대부분 하나의 자극에 반응하는 감각이 둘, 많아야 셋이니까. 다섯 개는 정말 무리지. 실제로 공감각자인 간자키 레이도 지금 이렇게 고통에 몸부림치고 있잖아. 넌 지금 내 목소리를 듣는 것만으로 청각 외에 시각, 미각, 후각, 촉각이 반응하고 있어."

미야가 요염하게 미소 짓는 모습을 보고, 듣고, 맛보고, 냄새 맡고, 느낀다.

경험한 적은커녕 이 세상에 존재하는지도 몰랐던, 형용하기 어려운 감각이다.

"내 맨눈, 즉 이 금색 눈을 본 사람은 강제로 감각이 통합돼 어떤 자극에 무의식적으로 오감이 전부 반응하게 돼. 이것이 바로 내 능력, 즉 '광감각狂感覺'이야."

광감각. 미야의 진정한 능력. 비장의 카드. 야하기가 미야에게 수사를 의뢰한 진짜 이유가 이것이었을까. 공감각이 아닌 광감각이었을까. 평소 콘택트렌즈를 끼는 건 지나치게 잘 보이는 소리를 제어하기 위해서만이 아닌, 금빛 눈을 가리기 위해.

광감각 때문에 하나로 뒤섞여 어긋난다. 감각이 흐트러진다. 아니, 흐트러지는 건 감각만이 아니다. 더 근원적인, 인간으로서의 무언가가……

"알았으면 이제 그만 놔 줘. 넌 아직 괜찮아. 간자키 레이는 이미 늦었지만. 이 녀석은 시각과 미각이 연동돼 있는 만큼 오감을 통합시키기 더 쉬웠어. 딱 한 번 노려봄으로써 치명타를 입힐 수 있었지. 그 뒤로도 계속 눈을 노려보며 천천히 수수께끼를 풀었으니 나와 산시로 군의 목소리가 이 녀석의 오감을 계속 자극했을 거야. 녀석이 저지른 죄의 무게와, 날 농락하며 콘택트렌즈를 뗄 기회를 좀처럼 주지 않았던 걸 고려하면 당연한 대가지."

그걸 위해 수수께끼 풀이를.

"그래. 자신의 죄를 폭로하는 말이 그대로 자신을 파괴하는 흉기가 되는 것. 그야말로 최고의 형벌 아니겠어?"

그래서, 레이 씨를 이제 어떻게 할 건가요?

"난 아무것도 안 해."

아무것도 안 한다고요?

"그래. 그냥 칼끝을 이 녀석 앞에 갖다 대기만 할 뿐."

그럼 어떻게 되는데요?

"글쎄?"

글쎄라니, 그런 무책임한 말이…….

"어쩔 수 없잖아. 자극이 한계치를 넘었을 때 어떻게 되는지는 사람마다 다르니까. 뇌출혈이 생긴 사람도, 심장마비를 일으킨 사람도 있었어."

뇌출혈? 심장마비? 그건…… 그 나루카와라 고조와 스기노 겐이치로도 설마…….

"그래서 내가 말했지? 나루카와라 고조와 스기노 겐이치로는 플레임과 무관하다고. 그 녀석들은 내가 직접 심판한 거야. 법으로 심판받지 않은 사람을, 법으로 심판할 수 없는 방법으로."

심판이라니, 미야 씨에게 그런 권리가 있는 건가요?

"권리 따위 신경 안 써. 야하기 씨가 의뢰했으니 그대로 따를 뿐. 자, 이제 됐지? 내 눈을 더 보고 있다가는 너도 위험해. 지금부터 네가 보는 앞에서 플레임을 죽여 줄게. 원래는 플레임을 처리한 후 진실의 일부를 네게 알려 줄 계획이었는데, 기왕 이렇게 함께하게 됐으니 플레임이 죽는 순간을 보여 줘도 괜찮을 것 같아. 넌 네 손을 더럽히지 않고 플레임의 처형 장면을 구경할 수 있는 거야. 나쁘지 않지?"

하지만 미야 씨 같은 분이 살인을 하는 건…….

"아니, 지금껏 여러 번 해 온 일이야. 이제 와서 한두 명 늘어난다고 달라질 건 없어."

그런가요. 그렇다면 부탁드려도…… 어차피 플레임을 죽이는 것만이 제가 가렌에게 해 줄 수 있는 유일한 일이고…… 그래서 저도 이렇게 나이프를 가져왔고…….

나이프?

아버지의…… 아마야 세이시로의 목숨을 앗아 갔던 흉기?

산시로는 두려움에 떨며 자신이 움켜쥐고 있던 서바이벌 나이프로 시선을 향했다.

그 순간 오감을 휩쓰는 폭풍이 순식간에 사라졌다.

―폭력은 싫어. 폭력만 없었어도 아빠는 죽지 않았을 테니까. 다른 사람을 때리거나 발로 차는 오빠도 보기 싫어. 무서워. 오지 마. 저리 가.

그날 가렌은 그렇게 말했다. 지금 난 아버지의 목숨을 앗아간 것과 같은 흉기로 플레임의, 레이 씨의 목숨을 빼앗으려 하고 있다. 그건 정말 가렌이 바라는 행동일까. 겐지와 아야코, 어머니 일 때문에 분노에 휩싸여 가렌을 위하는 척하며 결국 내 복수 욕구를 충족시키려는 것뿐 아닐까. 하지만 그게 무슨 문제인가. 어차피 모든 복수는 자기만족이다. 그걸 넘어 '가렌을 위해 뭔가를 해 주고 싶다'라는 것도 자기만족이다. 게다가 지금 나는 내 손으로 레이 씨를 칼로 찌르는 게 아니다. 미야 씨가 광감각으로 대신 처리해 줄 것이다. 신경 쓸 필요 없다. 미야 씨에게 죽여 달라고 하자. 하지만 레이 씨는 가렌이 좋아했던 사람이다. 이성이 아닌 동생 취급만 당했지만 가렌은 죽기 전까지 레이 씨를 좋아했다. 그런 사람을 내 자기만족을 위해 죽여도 되는 걸까. 하지만 가렌이 좋아했던 사람이기에 더 용서할 수 없다. 이 녀석은 가렌을 무자비하게 죽인 후 수사를 교란하는 데 이용했다. 천만번 죽어 마땅하다. 손톱을 하나하나 뽑고, 이빨을 하나하나 부러뜨리고, 양쪽 귀를 자르고, 코를 쪼개고, 두 눈알을 파내고, 손가락과 발가락 스무 개를 자르고, 사지를 모두 뜯고, 혀를 절단하고, 온몸의 뼈를 다 부숴도 부족하다. 그걸로도 부족하다. 하지만 미야 씨라면 그걸 뛰어넘는 극심한 고통을 이 녀석에게 선사할 수 있다. 죽여 달라고 해, 어서. 하지만 이 사람은 플레임이고, 살인마고, 가렌의 원수이기도 하지만, 우리 남매를 귀여워해 준 형이자 오빠, 합기도 선배, 그리고 역시 가렌이 좋아했던 사람이라는 점에서는…….

작은 점으로 잘게 쪼개져, 바람에 날리듯 흩어지고 무너지는 가렌.

파편화되어 가는 가렌.

"그렇게나 많은 사람을 죽였으니 이 녀석에게도 재판받을 권리 따위 없어. 자, 여기서 죽이자. 가렌도 그걸 바라고 있을 거야. 그런 위험한 건 버리고 내게 맡기렴."

미야의 목소리와 함께 통합된 오감이 되돌아온다.

"미야 씨야말로……."

내 목소리에 오감이 마구 자극돼 현기증이 인다. 그래도 산시로는 성대에 힘을 주어 입을 열었다.

"미야 씨야말로 그 칼을 버리세요."

"뭐?"

"전 사건 전 가렌의 모습이 왠지 이상했던 것과 플레임은 직접적인 관계가 없다고 판단해 야하기 씨를 플레임으로 의심했어요. 하지만 가렌은 레이 씨가 플레임이라는 사실을 알게 되자 고민했어요. 그 아이답게 레이 씨의 태도가 묘하게 변한 걸

민감하게 느끼고 그가 정말 플레임이라는 걸 알아차린 거예요. 가렌은 레이 씨를 정말 좋아했으니까요. 그 사실을 저에게 말하지 않은 건 레이 씨 스스로 자수하게 하기 위해서였다. 그게 미야 씨의 추리였죠?"

"그래. 하지만 범행 현장을 목격당하자 흥분한 간자키 레이의 손에 살해돼 그건 결국 실현되지 못했어."

"그러니 제가 대신 자수하게 할게요."

"뭐? 이 녀석에게 그럴 가치는 없어. 게다가 폭력을 싫어한 가렌을 폭력으로 짓밟은 인간이잖아. 이제 와서 자수시켜 봐야 가렌이 과연 기뻐할까?"

"사실 무엇이 가렌을 위하는 일인지는 잘 모르겠어요. 그래도 이 사람은 ……가렌이 정말 좋아했던 간자키 레이는……."

인간이니까요.

간신히 쥐어짠 그 한마디가 미야의 귀에 닿았는지는 알 수 없다. 자신이 내뱉은 말 때문에 극심한 통증이 밀려와 산시로는 온몸에서 힘이 풀렸다. 손에서 떨어진 칼이 콘크리트 바닥에 부딪혀 둔탁한 금속음을 울렸고, 그것이 결정타가 됐다.

산시로는 미처 몸을 가누지 못하고 그 자리에 무릎을 꿇었다. 악취를 맡고서야 자신이 구토했다는 걸 깨달았다. 얇게 슬라이스된 뇌가 액체로 변하고 토사물로 변하는 환상이 보인다.

두개골 내부가 환상의 토사물로 넘쳐난다. 그것이 악취를 뿜으며 요동치다가 눈, 귀, 입, 코를 통해 몸 밖에 새어 나왔다.

그래도 산시로는 미야의 팔을 놓지 않았다.

미야는 두 눈을 크게 뜨고 산시로를 보고 있다. 입을 살짝 벌리고 있다. 신기한 무언가를 목격한 아이 같은 무방비한 표정.

이 표정, 어디선가 본 것 같다. ……그렇다, 처음 만나서 내 목소리가 파란 물방울 형태를 하고 있다고 했을 때……. 이런 아름다운 파란색을 본 건 어쩌면 처음일지도 모른다는, 그런 말도 했던 것 같다…….

미야가 고개를 돌린다. 시야에서 금빛 눈동자가 사라진다.

"……미야 씨?"

미야는 대답하지 않는다. 제멋대로 날뛰던 오감이 급속도로 원상태로 수렴해 간다. 세상이 17년 동안 보아 온 익숙한 풍경으로 바뀌고 있다.

살았다.

이번에는 안도감 때문에 힘이 풀렸다. 감정은 '졸리다'에 가깝다. 편안하고 부드러운 어둠이 찾아와 아무 생각 없이 그것에 몸을 맡긴다.

"넌 나랑 정말 닮았어……."

미야가 뭔가 중얼거린 것 같지만 더는 들리지 않았다.

마지막 장

12월 27일.

　호시모리 시립 병원의 특별 관리 병동 특별 병실. 일반인은 절대 발을 들일 수 없는, 존재조차 세상에 공개되지 않은 병실.

　"숏컷도 잘 어울리시는군요. 지금까지와 방향성이 다르지만 제 취향입니다. 머리가 자랄 때까지 가발 착용을 지시할까 고민했는데 하지 않아도 될 것 같네요."

　미야가 들어서자마자 야하기는 인사도 없이 그런 말을 꺼냈다.

　"첫마디가 그거야?"

그저께 아크 호텔 호시모리.

확실히 야하기 씨에게 반발할 처지가 아니라는 건 인정해. 그래도 간자키 레이를 함정에 빠뜨리려면⋯⋯. 그 한마디를 시작으로 미야가 계획을 설명하자 야하기는 큰 틀에서 승인했지만 머리카락 문제만큼은 "아깝군요. 다른 방법은 없을까요?" 하고 집요하게 반대했다.

그런데 지금은 다 잊었는지 기분 좋아 보인다. 미야는 보란 듯 한숨을 내쉬고 말을 이었다.

"생각했던 것보다 기운이 없어 보이네."

"그야 그럴 수밖에요."

첫마디와 마찬가지로 생기 없는 목소리.

"복약 관리를 잘못해 마침 약이 다 떨어졌을 때 산시로 씨에게 플레임 취급을 당했습니다. 머리끝까지 화가 치민 나머지 저도 모르게 피를 토하고 말았죠."

"알고 피를 토하는 사람은 없을걸."

미야는 그의 침대 옆에 섰다. 침대 옆 탁자에 책이 잔뜩 쌓여 있다.

"그런데 기운 없는 것치고 책은 또 많이 가져왔네."

"전부 세카이 계열 작품입니다. 재밌습니다. 어떤 장르든 읽어 보지 않고 선입견을 가지는 건 어리석음의 극치죠."

"그렇겠지."

관심 없는 주제라 미야는 가볍게 받아넘겼다.

"선글라스는 벗는 게 어떨까? 어차피 공격 같은 건 안 해."

연갈색 선글라스. 광감각을 차단하는 방어구.

그래서 미야를 처음 만났을 때 야하기는 미야와 눈이 마주쳐도 오감이 통합되지 않았다.

"오토미야 씨를 못 믿는 건 아니지만 이 선글라스에는 도수가 있습니다. 근시가 심해서 벗으면 오토미야 씨의 미모를 볼 수 없습니다."

장난스럽게 농담하는데도 목소리에 여전히 생기가 없다. 상반신을 일으키려고 하지도 않는다. 낯빛은 꼭 죽은 사람 같다.

퇴원한 지 얼마 안 돼 너무 무리했어.

12월 12일, 스기노 겐이치로의 처분을 보고한 곳도 병실이었고, 야하기는 그 후 한동안 더 입원해 있었다. 어제도 컨디션이 좋지 않다며 밤이 돼서야 호시모리시에 돌아왔다.

그러니 얼굴을 마주하는 건 이틀 만이다.

"산시로 씨 때문에 가뜩이나 짧은 수명이 더 줄었습니다. 딸과 함께할 크리스마스 횟수도 줄었고요. 호텔에 도착하자마자 전화가 걸려 와 무슨 일인가 했더니 저더러 대뜸 플레임이라고 하는 게 아니겠습니까? 용서할 수 없지요, 정말."

"그래서 산시로 군을 폐공장에 보낸 거야?"

"네. 원래대로라면 저를 플레임 취급한 시점에 이미 총살감이지만, 아마야 세이시로 씨의 아들인 점을 고려해 오토미야 씨에게 맡기기로 한 겁니다. 오토미야 씨가 플레임을 처치하는 현장에 함께 있더라도 운이 좋으면 살 수 있을 테니까요."

이런 언행 때문에 얼굴이 창백하고 두 볼이 홀쭉해진 걸 봐도 진정으로 동정할 수 없다.

"자, 오늘 이렇게 오토미야 씨를 수고롭게 이곳까지 부른 건 그 플레임 건 때문입니다."

입가가 웃지 않는 건 평소와 똑같다.

하지만 지금은 눈도 웃고 있지 않다.

"오토미야 씨. 당신은 왜 플레임을 죽이지 않았습니까?"

역시 그 이야기인가. 쓰러져서 응급 입원해 최대한 안정을 취해야 하는 상황에서도 잘도 이런 걸 묻는다.

그러니 이 남자가 싫다.

"요시노가리 군도 깜짝 놀라 '플레임을 죽이는 거 아니었습니까?'라고 묻더군요."

요시노가리 경감. 그는 미야가 가장 싫어하는 부류인 '야하기 신봉자' 중 한 명이다. 거짓 정보로 수사팀과 언론을 오도하는데도 누구에게도 원망받지 않고 오히려 감사의 말을 듣는다. 속인 상대가 속았다는 사실을 눈치 못 채게 한다.

야하기의 말에 따르면 '수사 능력은 약간 부족하지만 교란에 있어서만큼은 천재'.

이번 사건에서도 '플레임 여고생 설'을 비롯해 언론에 선정적인 범인상을 퍼뜨리고, 미야가 자유롭게 움직일 수 있게 전화 한 통으로 아야코의 집과 폐공장에서 수사 인원을 내보내는 등 여러 면에서 암약했다.

"플레임은 물증을 전혀 남기지 않았습니다. 설령 평소처럼 체포되더라도 법정에서 최고형을 선고받을지는 미지수죠. 더군다나 오토미야 씨의 능력 때문에 **그런 지경**으로 자수했으니 재판이 제대로 열릴지도 불투명합니다. 플레임을 처형할 수 있는 사람은 오직 오토미야 씨뿐이었습니다. 이제 어떡하실 겁니까?"

"꼭 죽이는 것만이 심판은 아니야. 가끔은 재기불능 상태로 남겨 두는 것도 좋을 것 같아서."

"가끔이라고요? 늘 그렇지 않습니까? 항상 마지막 순간에 멈추는 바람에 상대를 그저 병원 신세만 지게 만들죠."

"결과적으로 그 후 다들 병원에서 죽었어. 내가 죽인 거나 마찬가지야."

"그 자리에서 죽이는 게 제일이죠. 계속 늘기만 하는 우리나라의 의료비도 절감할 수 있고요. 오토미야 씨의 그런 어중간한 행위는 자신이 최종 책임을 지는 것을 회피하는, 지극히 유치한 행동입니다. 나루카와라 고조와 스기노 겐이치로도 반드시 죽이겠다고 약속하셨는데."

"자꾸 떠들면 몸에 더 무리 가지 않을까?"

그렇게 말해도 야하기는 말을 멈추지 않았다.

"간자키 레이는 어떻게든 죽여야 했습니다. 아마야 가렌의 어머니는 믿는 사람의 손에 딸을 살해당하는 고통을 맛봤고, 아야노코지 아야메 씨는 딸이 분신자살했다는 게 드러나 생지

옥에 떨어졌으니까요. 오이타 가나에 씨와 사카이 기요미 씨의 유족은 그들이 단순한 '식재료'로 살해됐다는 사실을 알면 어떻게 생각할까요? 다섯 번째 시신도 언젠가 신원이 밝혀지면 마찬가지로 유족이 큰 충격을 받을 겁니다. 물론 유족에 대한 심리 케어는 필요합니다. 그건 간자키 레이의 부모도 마찬가지고요. 하지만 간자키 레이는 죽여 마땅한 범죄자다. 그 의견만큼은 일치했을 텐데요."

"간자키 레이는 앞으로 영원히 말도 제대로 못 할 테니 진실이 밝혀질 일은 없어. 그리고 내 앞에서 가족 이야기를 꺼내며 동정심에 호소하려 해도 소용없다는 걸 야하기 씨가 누구보다 잘 알 텐데."

"그렇죠. 아버지는 해외로 도피했고 어머니와 언니도 세상을 떴으니까요."

"언니는 살아 있는데?"

"미요 씨의 그런 상태를 보고도 살아 있다고 하시는 건가요? 어떤 의미에서는 간자키 레이보다 더 심하지 않습니까. 미야 씨 때문에⋯⋯."

"야하기 씨가!"

미야는 순간 감정이 폭발해 버럭 소리쳤다.

"범죄자를 죽이고 싶어 하는 게 꼭 정의감 때문은 아니잖아. 그저 악인들이 자기보다 오래 사는 걸 용납할 수 없을 뿐이라는 걸 다 알아."

야하기가 입을 다물었다. 차가운 표정으로 미야를 노려본다. 미야 역시 싸늘한 눈빛으로 받아쳤다.

"사과하지 않을 거야, 난."

"오토미야 씨."

야하기는 갑자기 끈적임이 느껴질 정도로 지나치게 상냥하게 말을 걸었다.

"간자키 레이는 왜 오이타 씨와 사카이 씨를 타깃 삼았을까요?"

"갑자기 그게 무슨 소리야?"

"그러지 말고 대답해 보시죠. 왜 그랬을까요?"

"전에도 말했잖아. 두 사람 다 노숙인이었으니까. 신원을 파악하기 어렵고 실종돼도 소란이 생길 확률이 낮다. 다섯 번째 시신도 같은 이유고. 손쉽게 죽일 수 있는 사람이면 누구든 상관없었던 거야."

"그렇죠. '식재료'는 그렇게 타협했다고 하셨죠."

"기억하면서 왜 물어?"

"오토미야 씨의 추리에서 제가 유일하게 의문을 느낀 게 바로 그 부분이었습니다."

야하기는 미야의 말은 무시하고 설명을 이어 갔다.

"정말 '식재료'를 타협했다면, 간자키 레이는 왜 오토미야 씨를 노렸을까요?"

"내가 좋아하는 타입이라고 했어."

"오토미야 씨의 외모가 그의 취향이었던 건 사실일 겁니다. 하지만 과연 그것만으로 '식재료'로 오토미야 씨를 선택했을까요? 오이타 씨와 달리 신원이 확실한 오토미야 씨가 실종되면 소란이 벌어질 가능성이 크고, 게다가 적어도 산시로 씨는 가만있지 않았을 겁니다."

"대체 무슨 소리를 하려는 거야?"

"그냥 병자의 망상쯤으로 들어 주십시오."

야하기의 말 한마디 한마디가 몸에 들러붙는 느낌이다.

"간자키 레이는 타협한 것이 아니다. 오이타 씨와 사카이 씨, 다섯 번째 시신도 다 선택될 만한 마땅한 이유가 있어서 '식재료'로 선택됐다……. 이런 추리는 어떨까요? 물론 이것도 어디까지나 병자의 망상입니다만."

물어 놓고는 미야의 대답을 기다리지도 않고 야하기는 말을 이어 갔다.

"오이타 씨는 남편과 이혼 후 행방불명. 사카이 씨는 사업에 실패 후 실종. 그 후 두 사람 다 노숙인이 되었습니다. 행복한 삶이었다고 할 수는 없겠죠. 그리고 그것이 바로 간자키 레이가 '식재료'를 선정하는 기준 아니었을까요? 즉, 간자키 레이는……."

미야는 야하기에게서 시선을 떼지 않기 위해 눈과 목덜미에 있는 힘껏 힘을 줬다.

"간자키 레이는 인생에 불행이 새겨진 여성을 좋아했고, 그런 그녀들을 '식재료' 삼아 맛보려고 했다."

"또 그가 정신과 의사가 되려고 한 것도 불행한 여성들을 최대한 많이 만나고 싶어서였다. 그렇게 생각하면 간자키 레이가 아마야 가렌 씨의 시신을 불태우기만 하고 조미료를 뿌리지 않은 이유도 이해가 됩니다. 그녀는 명문교에 다니는 우등생이었습니다. 아버지를 여의기는 했어도 당시 가렌 씨의 삶은 전반적으로 불행과 거리가 멀었죠. 그래서 맛보려 하지 않았던 겁니다."

"친동생처럼 아끼던 여자아이를 맛보고 싶지 않았고, 그저 수사를 교란하려고 했다. 그게 진실이야."

"물론 그런 이유도 있었겠죠. 거기에 다섯 번째 시신의 신원이 확인돼 그녀가 생전 행복한 삶을 살았던 게 밝혀지면 저의 망상은 무너집니다. 다만 지금으로서는 이 망상을 부정할 근거가 없는 게 사실이죠.

그렇다면 간자키 레이가 오토미야 씨를 노린 진짜 이유도, **가족들을 그렇게 만든 불행이 오토미야 씨의 인생에 새겨져 있기 때문일 겁니다.** 아무리 감추려고 해도 간자키 레이는 그걸 훤히 알아봤을걸요. 자신이 가장 선호하는 '불행이 새겨진 여자'인데다가 외모도 자기 취향이었으니 오토미야 씨는 그에게 최고의 '식재료'였던 거죠. 얼른 맛보고 싶어 안달이 났을 겁니다. 그래서 위험을 무릅쓰고 죽이려고 했다. 전 이것이 진정한 진실이라고 생각합니다."

"꽃밭처럼 즐거운 망상이네."

"저에게는 꽃밭 같은 망상이지만, 오토미야 씨에게도 그럴까요?"

불쾌감을 자극하는 웃음소리. 끝난 줄 알고 방심하기를 기다렸다는 듯 야하기는 다시 입을 열었다.

"자, 망상은 이쯤에서 멈추고 건설적인 이야기로 돌아가죠. 지금까지도 오토미야 씨는 저의 의뢰를 제대로 이행하지 않았습니다. 나루카와라 고조, 스기노 겐이치로를 잇달아 제거하지 못한 것은 물론 간자키 레이까지. 이 정도면 처음부터 제 지시에 따를 의사가 없다고 봐도 되지 않을까요. 전에도 제가 말씀드렸죠. '말을 듣지 않는 인형은 필요 없다'라고."

"……전과는 상황이 달라."

'다릅니다'라고 공손하게 말할 뻔한 것을 간신히 참았다.

"야하기 씨한테는 시간이 없잖아. 날 이용할 수밖에……."

"**예의 그건** 다른 방법으로 해결하겠습니다."

시금껏 야하기의 입에서 나온 말 중 가장 냉혹한 한마디였다.

"해고라는 뜻이야?"

"그렇게 되겠네요. 하지만 오토미야 씨께서 어려운 사건들을 해결해 오신 건 사실입니다. 달리 먹고살 길이 없는 오토미야 씨에게 '탐정' 자리를 빼앗는 게 사활 문제인 것도 무시할 수 없고요. 그래서 친절한 저는 오토미야 씨에게 마지막으로 한 번 더 기회를 주기로 했습니다. 앞으로 제 명령에 절대복종하겠다는 맹세를 행동으로 보여 주신다면 해고는 철회하겠습니다."

"어떻게 해야 하는데?"

온몸에서 열기가 느껴졌다.

"제 구두를 핥아 주십시오. 얼룩 하나, 먼지 하나 남지 않을 만큼 깨끗하게, 구석구석까지."

구두.

발밑에 눈길을 향한다. 슬리퍼 옆에 야하기의 가죽 구두가 가지런히 놓여 있다. 아내인 시즈카가 직접 닦았는지 구두약이 꼼꼼하게 발라져 검게 빛나고 있다.

이걸 핥으라고? 내가? 노예처럼?

핥지 않으면 해고?

…….

"왜 그러시죠? 자, 빨리 핥으시죠."

"알겠어. 핥을게…… 라고 할 줄 알았어? 이 정신 나간 변태 같으니."

미야는 두 손을 허리에 얹고 깊숙이 숨을 내쉬었다.

"그런 말을 하려고 일부러 구두를 준비한 거야? 전에도 비슷한 일이 있었지? 원래 그런 취향인가 보네."

"아닙니다. 당연히 질 나쁜 농담이죠."

"질이 나쁜 걸 알긴 아나 봐."

"물론입니다. 그저 제가 화났다는 걸 전하고 싶었습니다."

"전해진 건 야하기 씨의 취향이 정말 고약하다는 것뿐이고. 뭐, 화났다는 건 알겠어. 다음부터는 확실히 끝장을 낼게. 그걸로 됐지?"

"네, 모쪼록 그렇게 해 주십시오. 그래야 오토미야 씨도 힘들지 않을 테니까요."

이 자식……

미야는 대답하지 않고 야하기에게 등을 돌렸다.

"거절할 때까지의 시간, 7초."

미야가 나가자 홀로 병실에 남은 야하기는 혼잣말을 중얼거렸다.

"지난번에는 10초 이상 망설였는데 말이야. 거기에 거절할 때 자칫 존댓말까지 쓸 뻔했고. 좋지 않아. 그 아마야 산시로라는 소년을 조수 삼겠다는 걸 묵인한 게 실수였을지도 모르겠군. **미야의 광감각이**……."

♦

같은 날 저녁 6시 30분.

산시로는 발신 번호 표시 제한인 미야의 전화를 받고 호시모리역으로 불려 나왔다. 어젯밤 폐공장에서 헤어진 후 처음 얼굴을 마주한다. 레이를 경찰서에 데려가 몇 시간 동안 조사받았으니 며칠 만에 재회하는 기분이 들었다.

미야는 어제와 다른 코트를 입고 개찰구 앞에 서 있었다. 머리가 숏컷이 됐다고 해도 선명한 은발은 역시 눈에 띈다. 개찰구를 지나는 사람들이 한 번씩 시선을 던지고 갔다.

산시로를 발견하자마자 미야는 손을 들어 올렸다.

"불러서 미안."

"괜찮아요. 어머니가 걱정돼서 시간을 많이 내기는 어렵지만."

어젯밤 산시로가 레이와 함께 경찰서에 간 뒤로 수사본부는 산시로의 어머니에게 연락해 집을 찾았다. 미성년자인 산시로에게만 이야기를 들을 수는 없었을 것이다. 하지만 그녀의 초췌한 몰골을 보고 "자세한 이야기는 다음에 듣겠습니다" 하고 곧 다시 물러났다고 한다. 가렌을 죽인 사람이 레이라는 사실이 결정타가 됐는지 어머니는 지금 세상과 단절한 것처럼 깊이 잠들어 있다.

할 수 있는 말과 할 수 없는 말이 있지만, 진실만은 가능한 범위에서 들려주자. 그리고 당분간 어머니와 시간을 함께하자.

홀로 남은 가족을 두고 목숨을 끊고 싶은 충동을 어머니와 나 모두 다시는 느끼지 않도록.

"저도 감사 인사를 드리고 싶었어요. 미야 씨 덕에 사건이 해결됐으니까요."

"그래. 산시로 군과 야하기 씨가 내 공감각을 전적으로 믿어

췄다면 더 일찍 해결됐을 텐데."

속으로 '조금은 겸손해도 되잖아요' 하고 쓴웃음을 지었지만 사실이니 어쩔 수 없다.

나는 결국 가렌을 위해 아무것도 하지 못했다. 레이의 마수에서 동생을 지키지 못했고, 플레임의 정체도 밝히지 못했다.

그러나 레이가 미야에게 살해되는 것만큼은 막았다.

죽이고 싶을 정도로 그가 밉고 아무것도 할 수 없다는 무력감 때문에 미칠 것 같지만, 가렌이 '바라지 않는 일'을 '하지 않는 것' 정도는 할 수 있었다.

무슨 일이 일어났는지 몰라 안달복달하고 있을 겐지에게도 그것만큼은 전하고 싶다.

그 녀석이 다시 평화주의자로 돌아갈 수 있게.

의기양양하던 미야가 문득 진지한 얼굴로 말했다.

"경찰서에서 힘들었지?"

"네. 예상한 것보다 더. 이것저것 얼버무리느라 고생했어요. 다행히 도중에 그 요시노가리 경감님이 오셔서 제가 언급하고 싶지 않은 부분은 일부러 피해서 질문해 주시더라고요. 저로서는 고마웠지만 그렇게 조사해서 정말 괜찮을지 모르겠네요."

"원래부터 자질이 부족한 사람이니 괜찮아."

미야는 무심하게 대답하고 덧붙였다.

"아무튼 잘 해결된 것 같아 다행이네. 이제 마음 놓고 돌아가도 되겠어."

"가시는 건가요. 너무 서두르시는 거 아니에요? 쉬엄쉬엄하셔도 될 것 같은데."

그렇게 말하면서도 사실 역에 불려 나왔을 때부터 어렴풋이 짐작은 하고 있었다.

"아니, 이제 가야지. 그전에 너한테 신세를 많이 졌으니 작별 인사를 확실히 하고 싶어서."

"오히려 제가 신세 졌죠. 헤이스팅스 흉내만 잔뜩 내고 별 도움이 못 돼 드렸으니까요. 야하기 씨도 많이 화내셨죠?"

"아니, 전혀. 신경 쓰지 말라고 전해 달래."

"그런가요."

거짓말일 것이다. 그가 그렇게 너그러울 리 없다.

전광판을 올려다봤다. 상행 열차는 앞으로 7분, 하행 열차는 앞으로 2분 후 출발 예정이다. 미야가 어떤 열차에 탈지 모르지만 사람을 불러 놓고 2분 만에 사라질 리 없다. 설령 하행 열차에 탄다고 해도 몇 대는 보내고 탈 생각 아닐까.

그래도 말을 꺼낼 거면 빠를수록 좋다.

"미야 씨, 쓸데없는 참견이라는 걸 알지만, 작별 전에 하나만 말씀드려도 될까요?"

그러자 미야는 '뭔데?' 하고 묻는 것처럼 고개를 살짝 기울여 산시로를 올려다봤다. 그대로 박제해 방에 장식해 두고 싶을 만큼 사랑스러운 모습이다.

그렇다. 어떻게 봐도 이 여자에게 탐정 일은 어울리지 않는다. 아야코의 집에서 느낀 '수사하는 자'의 숙명. 유리 세공품처럼 가녀린 몸으로 그런 가혹한 일을 계속 견딜 리 없다.

아니, 겉모습뿐 아니라 마음도 그렇다.

나루카와라 고조와 스기노 겐이치로를 심판했다. 미야는 그렇게 말했지만 두 사람은 병원으로 옮겨진 뒤 며칠 후 사망했다. 야하기에게 '제거하라'라는 지시를 받았겠지만, 최후의 일격만은 망설인 게 아닐까. 어젯밤 설령 자신이 그 자리에 없었더라도 레이도 목숨만은 건지지 않았을까.

미야가 어떤 경위로 야하기의 '인형'이 됐는지는 알 수 없다. 하지만.

"미야 씨, 야하기 씨와는……."

멀어지는 게 좋을 것 같아요. 가렌의 장례식 후 아크 호텔 호시모리 1201호에서 야하기 씨는 실수로 이런 말을 했어요.

뭐, 그렇게 보이도록 **조련**한 거지만요.

그 한마디는 아마 잘못 들은 게 아닐 거예요. 그러니…….

그렇게 말하려고 산시로가 숨을 크게 들이켠 순간.

─2번 선에 하행 열차가 들어옵니다. 흰 선 안쪽에 물러서서……

"미안, 산시로 군. 난 그만 가 볼게."

"네?"

들이쉰 숨을 헛되이 다시 내뱉고 말았다.

"벌써요? 전 방금 왔는데."

"다음 일을 해야지. 앞으로도 만날 기회가 있을 거야. 그때 다시 만나자."

미야는 그렇게 말하더니 산시로의 대답도 듣지 않고 순식간에 개찰구로 뛰어갔다. 빠르다. 뒷모습이 금세 작아져 인파 속에 섞였다.

"미야 씨! 잠깐만요! 미야 씨!"

힘껏 소리쳐도 미야는 돌아보지 않았다. 계단을 뛰어 내려가 어느새 시야에서 완전히 사라졌다. 산시로가 쫓으려고 지갑을 찾는 동안 열차가 플랫폼에 들어오는 소리가 들렸다. 늦었다. '전화라도……'라고 생각해 휴대폰을 꺼냈다가 지금껏 미야에게 걸려 온 모든 전화가 발신 번호 표시 제한이었음이 떠올랐다. 이쪽에서 연락할 방법은 없다. 야하기에게 가서 물어볼까. 혹시 경찰청에 연락하면……. 아니, 야하기를 만난다고 해도 그가 순순히 미야의 연락처를 알려 주지는 않을 것이다.

만약 미야가 플레임의 마수에 의해 위기에 빠진다면 조수로서라기보다 한 남자로서 미야를 지킬 것이다. 그렇게 결심했다.

"하지만 난 플레임보다 훨씬 더 큰 무언가로부터 미야 씨를 지키지 못한 게 아닐까……."

아마야 산시로는 침울하게 중얼거렸다.

◆

하행 열차 안은 한산했다.

큰 소리로 음악을 듣는 헤드폰 낀 남자. 새된 목소리로 떠드는 여고생 셋. 버튼을 연타하며 게임에 몰두 중인 덩치 큰 남자.

보기에도 사이좋아 보이는 어린 여자아이와 그 아버지.

나른한 열차의 주행 소리.

미야는 맨 앞 차량 가장 앞쪽의 아무도 없는 마주 보는 좌석에 앉아 있었다. 은색 머리카락에 승객들의 시선이 꽂히는 게 느껴지지만 이미 익숙하다. 맞은편 자리에 짐을 내려놓아 다른 사람이 앉지 못하게 하고 창밖을 봤다.

원래는 상행 열차에 탈 계획이었다. 대화의 흐름에 따라 열차를 두어 대 정도 더 보내고 타도 괜찮을 거라고 생각했다.

그러나 충동적으로 도망쳐 버렸다.

산시로의 입에서 내가 가야 할 길을 부정하는 무언가가 튀어나올 것 같아서.

폐공장에서 간신히 쥐어짜듯 입에 담은 그 말처럼.

가렌이 정말 좋아했던 간자키 레이는, 인간이니까요.

그 한마디에서 보였던 것.

순도 높은 보석처럼 아름답게 빛나는 보랏빛 물방울.

자살 충동의 파란빛과 살인 욕구의 붉은빛이 섞인 색.

여동생을 지키지 못한 죄책감에 시달리면서도 그 원인을 제공한 상대를 지키려는 색.

어둠에 잠긴 폐공장에서 그 보랏빛은 신성할 정도로 눈부셔 보였다.

나는 절대 그런 색을 낼 수 없다.

두 눈의 콘택트렌즈를 뗀다.

순간 세상의 색채가 바뀌었다.

헤드폰을 낀 남자가 크게 듣고 있는 음악 소리. 여고생 세 명의 떠들썩한 목소리. 덩치 큰 남자가 버튼을 연신 두드리며 게임을 즐기는 소리.

보기에도 사이가 좋아 보이는 어린 여자아이와 그 아버지의 대화 소리.

열차의 나른한 주행 소리.

그 모든 소리가 보인다.

이곳이 바로 나의 세계.

산시로 군과 다른 세계.

아니, 세계라고 부를 만큼 넓지는 않다.

"감옥인가."

소리로 만들어진 감옥, 그 안에서 오토미야 미야는 홀로 나직이 속삭였다.

옮긴이의 말

귀로 듣고 빛의 언어로 수수께끼를 풀다

전례 없는 '공감각자' 탐정의 등장,
그리고 '와이더닛' 미스터리의 새 지평

한 사람이 내뱉는 목소리가 색으로 보인다면 세상은 어떤 모습일까요. 그리고 그 색채가 단순한 형상에 머무르지 않고 진실을 꿰뚫는 단서가 된다면 어떨까요. 『공감각 아름다운 밤에(이하 공감각)』는 이러한 기묘하고도 매혹적인 상상을 바탕으로 탄생한 미스터리 소설입니다. 아니, 꼭 상상이라고만 할 수는 없겠습니다. 작품에서도 언급되듯 '공감각'은 허구 속 개념이 아니라 이 세상에 엄연히 존재하는 감각이니까요. 공감각(Synesthesia)이란 특정한 감각이 또 다른 감각을 불러일으키는 현상을 뜻합니다. 글자에서 색을 보거나, 소리를 형태로 인식하는가 하면, 사람에 따라서는 음악을 들을 때 특정한 색이 떠오르거나 숫자와 문자들이 개별적인 색채로 보인다고도 합니다. 과학적으로 연구가 진행된 바 있는 이 신비로운 감각은 단순한 신체적 특성을 넘어 감각의 경계를 허물고 새로운 세계를 창조한다는 점에서 무한한 상상력을 자극합니다. 현실과 환상의 구분을 흐릿하게 하면서도 인간이 지닌 인식의 다양성을 드러낸다는 점에서 소설의 소재로도 대단히 매력적이라 할 수 있습니다. 하지만 이를 단순한 설정에 그치지 않고, 공감각을 지닌 탐정을 등장시켜 어느 해안가 마을에서 벌어지는 기이하고도 충격적인 연쇄 방화 살인 사건을 해결하는 본격 미스터리로 풀어낸 작품은 『공감각』이 유일할 것입니다. 그리고 이처럼 독창적이고 실험적인 작품이 당당히 세상의 빛을 볼 수 있었던 배경에는 일본 대형 출판사 '고단샤'가 주최하는 신인 작가 등용문, '메피스토상'이 있습니다.

메피스토상은 '재미있으면 무엇이든 된다'라는 모토 아래 지금껏 모리 히로시, 니시오 이신, 츠지무라 미즈키 같은 쟁쟁하고 개성 넘치는 작가들을 배출해 왔습니다. 작가 아마네 료는 2010년 『공감각』으로 제43회 메피스토상을 수상하며 화려하게 데뷔했고, 이를 통해 메피스토상이 추구하는 실험 정신과 도전적인 서사의 전통을 이어가면서도 자신만의 독창적인 길을 개척했다는 평가를 받았습니다. 특히 '공감각자 탐정'이라는 전례 없는 캐릭터 설정과, 작품 중반 이후 범인을 특정한 뒤 범행 동기를 집중적으로 추적하는 '와이더닛(Whydunit)' 형식을 결합한 점은 신인 작가로서는 대담한 시도이자 장르적 도전이었습니다. 이러한 독창성과 실험성이 돋보인 덕분에 『공감각』은 출간 이후 평단과 독자의 찬사를 받았고, 신인 작가의 데뷔작으로서는 이례적으로 일본 본격 미스터리계의 거장 시마다 소지가 감수를 맡은 미스터리 전문 잡지 『미스터리 월드』 2011년도 판에서 '황금의 본격 미스터리'로 선정되는 영예를 안기도 했습니다. 이후 『공감각』은 '미야 시리즈'라는 이름으로 시리즈화되었으며 현재까지 세 권의 후속작이 출간되며 작가 아마네 료의 대표작으로 자리 잡았습니다. '공감각'이라는 설정이 단순히 기발한 아이디어를 넘어 미스터리 서사의 방식에 새로운 가능성을 불어넣었다는 점에서 『공감각』은 출간된 지 15년이 지난 지금도 일본 미스터리 소설계에서 독특한 위치를 차지하는 작품인 것입니다.

『공감각』이 독특한 것을 넘어 독보적인 지위를 확립했다는 평가를 듣는 요소도 있습니다. 작품에서 가장 중요한 축을 이루는 '와이더닛'의 충격적인 진상이 바로 그것입니다. 『십각관의 살인』으로 유명한 일본 미스터리계의 대부 아야쓰지 유키토는 2013년 개고를 거쳐 출간된 원서의 문고본 띠지 속 추천사에서 '작품 결말에 밝혀지는 진상을 읽고 전율했다. 절대 이 책을 읽지 않고 넘어가서는 안 된다'라는 극찬을 남겼으며, 책을 읽은 어떤 독자는 '이는 오로지 『공감각』이라는 작품에서만 가능한, 아니 그걸 뛰어넘어 미스터리 역사상 전무후무한 '와이더닛'이다'라며 경악을 표하기도 했습니다. 이제 그 충격적인 범행 동기가 무엇인지 여러분께서 직접 확인하실 차례입니다. 이야기가 점점 어두운 심연으로 가라앉다가 마침내 진실이라는 한 줄기 빛에 닿는 순간, 독자 여러분 역시 저마다 다른 색채로 이 작품을 경험하게 되실 거라 확신합니다. 그리고 부디 작품을 충분히 만끽한 후에는 이야기가 선사하는 충격과 전율을 더 많은 독자들이 온전히 느낄 수 있도록 주변에 스포일러는 절대 삼가 주시기를 바랍니다.『공감각』의 출간 이후 아마네료는『희망이 죽은 밤에』,『그 아이의 살인 계획』 등 국내에도 출간된 사회파 미스터리를 통해 또 다른 방식으로 독자들과 만나고 있습니다. 본격 미스터리와 사회파 미스터리를 자유롭게 넘나들며 단순한 트릭과 반전을 넘어 인간 심리와 사회 문제를 깊이 있게 탐구하는 그의 작품 세계는 앞으로도 더욱 확장될 것입니다. 그의 다음 행보를 기대하며, 작가의 더 많은 작품이 국내에 소개되기를 진심으로 기원합니다.

2025년 봄
이연승

공감각 아름다운 밤에

1판 1쇄 인쇄 2025년 5월 14일 **1판 1쇄 발행** 2025년 5월 26일

지은이 아마네 료 **옮긴이** 이연승

발행인 송호준 **편집장** 민현주 **총괄이사** 황인용

표지디자인 솔트앤블루 **본문디자인** 송재원 **제작** 송승욱

표지일러스트 Yoshitsugi Yoshida

발행처 블루홀식스 **출판등록** 2016년 4월 5일 제 2016-000100호

주소 경기도 파주시 회동길 483-1 **전화** 031-955-9777 **팩스** 031-955-9779

이메일 blueholesix@naver.com

ISBN 979-11-93149-46-1 03830